舞青蘇

夜貓公子愛捉鼠

◆清楓聆心／著

卷一

晴空

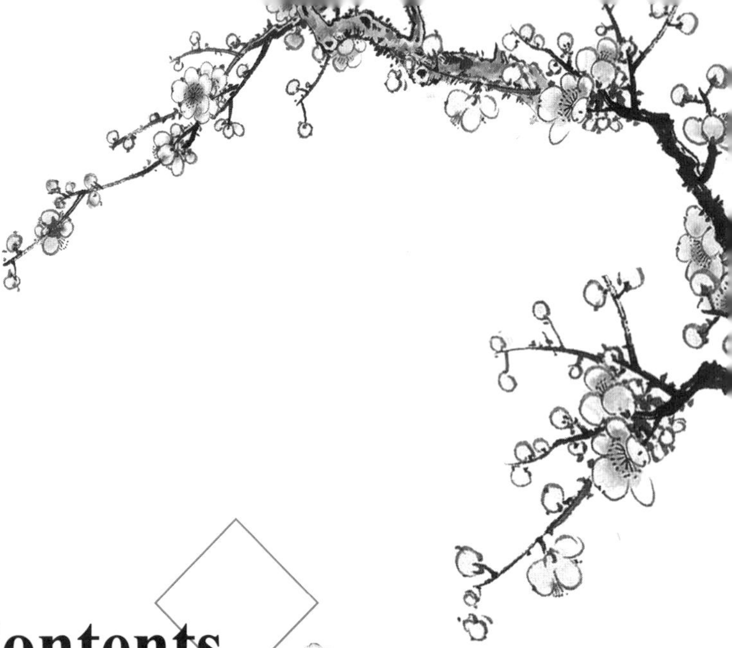

Contents
目錄

作者序

讓我們一起於夜相逢，於夜相知，於夜相愛

不說網文或約稿，其實從年少就開始寫作。受擅長撰稿和閱讀的父親影響和引導，童年生活記憶最深的就是讀書和作文。待到成年，反而母親成了最倔強的一個，知道我在網上寫小說後，一直鼓舞我堅持下去，每一章都仔細讀，是我最忠實的粉絲。

作家，是一個遙遠的夢，從不曾放在口頭上說，卻也從不曾放下過筆。由小學的日記開始，從大學電臺主持人的播音稿，再寫到今天幾百萬字的小說，十分神奇。如今，這仍是夢，卻近到能夠憧憬的距離。更令我愉快的是，越來越多的讀者喜歡我寫的故事，創作不僅是自娛自樂了。

網路文學一直受到很多爭議。當紅網路作家的讀者數已遠遠超過了傳統作家，一年一本快速成名也是十年磨一劍的出版書無法比擬的，不過我認為，不管是網路還是傳統出版，都屬於文學範疇，而文學最美之處，正在於它包容力強，變化萬千，領域廣闊無垠，任我們盡情翱翔。音樂如此、書畫如此。它們共同創造出藝術的殿堂，完全超越國籍、語言、人

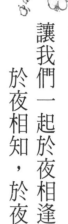

種、空間和時間，是心靈的想像和釋放。

《紅樓夢》是曹雪芹的夢，《西遊記》是吳承恩的夢，我覺得，每一本書都是作者的一個夢。我們比較幸運的是，能將這些夢變成文字，讀來也不至於枯燥，所以可以與同好做夢的讀者們分享而已。

我幾近頑固得認為，孩子和大人都需要童話夢，言情小說就是最美的童話夢之一。書中男女主角美好的愛情，那樣令人怦然心動，又哭又笑，明知遙不可及，卻期待著在現實中哪怕得到千分之一、萬分之一，一點點相似也好。

每位作者都有自已理解愛情的方式，或一見鍾情，或死去活來，或糾葛情仇。我理解的愛情，要先有相思，看上去淡如水色，飲來酸澀嗆辣，入喉回轉甘甜清新。無論如何，需要一段同甘共苦的時間，看到了對方的真正面貌，情感積累到一定的量，才會轉為愛情。這種愛情一旦成型，爆發力之強，不會輸於任何其他方式，愛火永不熄，一燃一生一世。

我的書，總希望在童話之內，放一些生活、放一些經歷、放一些感悟，讓讀者讀完之後，不管哪個年齡層，都能學到一點點東西，或腦海中迸發一星星火花。哪怕是速食，也是可以回味的速食。

我書中的人物，配角的比重雖不如主角，我卻總喜歡把他們寫得與眾不同，用有限的篇幅描繪得活靈活現，為他們在讀者的記憶中爭一席之地。沒有出色的配角，就沒有出色的主角。各有特色的配角恰如其分烘托出主角，主角才能自如發揮個性。《重生打造完美家園》中的顧芸芸，《掌事》中的裘三娘和臭魚，《紙貴金迷》中的師父左拐，《御宅》中的小霸王王麟，都是不可缺席的配角。他們每個人的故事，可以單開一本書，而且絕對不會枯燥。

有讀者說，聆子寫結尾，總好像故事還沒完，明明仍有很多情節可以繼續發展。

這就對了。

「王子和公主永遠幸福快樂地生活在一起。」這是孩子們對童話結局的盼望，也是我大綱的最後一句，可是，帶著現實，故事不會就此完結，王子和公主更精彩的生活才剛剛開始。

柴米油鹽？未必！

要看每個人的嚮往和渴望，也許冒險、也許平靜，只不過再也不是獨自的旅行，卻多了良伴。有伴的旅行，選對了，會很快樂很安閒，至少在大部分流淌的時間裡。

所以，在這裡多囉嗦一句好啦，仍努力尋找愛情的讀者們，請多花些時間，慎重選擇另一半。

《舞青蘇》是聆子的第一部中篇古代言情小說，也是比較集中感情線的小說。

女主夏蘇，慢性子，膽小如鼠，不太強勢，說話柔聲細氣，具有天賦又不顯自信，與我塑造的大長篇自強自傲的女主角十分不同，卻是個不論哪方面都相當細膩，在重要關頭能做出大膽決定的奇妙女孩子。更特別的是，她愛穿行於夜色，走街串巷中如魚得水，將自己過去受到的痛楚全然拋卻，即便只剩了獨身一人，仍安靜做著喜歡的事。

我很喜歡她。

男主趙青河，古今身分的重疊，性格強大自信，擁有出色的行動力，擅長觀察和推理，另一面卻對人情孤傲淡漠，毫無耐心。他與夏蘇合拍的地方，在於夜行。

兩人的晝伏夜出，成為這段愛情的獨有開端。於夜相逢，於夜相知，於夜相愛。

不論陰謀也好、詭計也好，見不得光，暗箭傷人，卻偏偏遇到了兩個越夜越勇的人，於是，壞人立竿見影，惡人自食其果。

如我其他的小說一樣，總喜歡給女主角一技傍身，同時也是出自對古代工藝的沉迷和好奇，我這回賦予了女主角繪畫的技藝。一提繪畫，有人可能

會覺得無聊無趣。不過，這個繪畫的技藝略有不同，是製造仿畫。因為女主角居住蘇州，就有一個專有名詞——蘇州片。

蘇州片，通俗點說，是蘇州古代畫工仿照名畫的作品，如果當真畫來賣，就是偽作，也就是我們現代社會的假古董假字畫。蘇州片歷史悠久，已成為中國古代書畫的重要部分，我個人覺得是比較有趣的題材，雖然這裡涉及到的《溪山說墨笈》等等是杜撰的，有些名家和作品卻真實存在，有興趣的讀者可以上網搜索一下，補充點歷史小知識。

這裡感謝編輯給我創作這個作品的機會，並且精心準備了上市企劃。網文日日更新，很難像約稿這樣，能有時間反覆咀嚼情節和文字，現在，我如願以償。

最後，感謝支持和相信我的讀者，希望能和你們一起，在愛情童話中同行！

清楓聆心

於二〇一五年夏

卷一

水墨卷

楔子

京城劉家，滿朝皆知，乃欽定皇商，專為宮中採買。

在珍寶業獨占鰲頭，內省特許採礦權。

家主劉瑋，天生一雙好眼，握得一枝好筆，下筆有神，書畫大家，鑑真辨假從不出錯，深受皇上喜愛。然，劉瑋性喜漁色，妻妾成群，生有五個女兒，後收養一子。

如今，老爺老矣病矣，大女、二女已出嫁，三女、四女新長成，養子狼子，野心勃勃，偏逢妻妾妖嬈，於是各為其主，各耍曖昧，明爭暗鬥，一潭深水越攪越渾，難以消停。

這季悶夏的某一深夜。

這是劉老爺下不了床的第二個年頭，劉公子出遠門辦事，劉府群龍無首之際，發生了一件大事。

劉家四小姐，從拘禁的地屋裡不見了！

雖然劉府五千金，有四位刁蠻任性得赫赫有名，這位四小姐平時卻悄聲無息，境遇可憐。這不，劉公子要將她嫁給宮裡的大太監為妾，怕她抵觸反抗，臨行前就她鎖進了黑暗的地屋之中，長達兩個月之久。

只是整個劉府的人都想不到，一直懦弱受欺，說話不敢大聲，連走路也怕惹人嫌的四小姐，在公子即將返回，婚事迫在眉睫的節骨眼上，居然逃了！

地屋只有一扇小窗，七八歲的孩童大概能鑽，但大人是絕對鑽不出去的。而劉府武師個個身手了得，即便守了兩個月，有些懈怠，但當晚在地屋內外值夜的也有四個人。更遑論，劉府如同一個富裕的小國，各位主子的地界分明，門無數，鎖無數，層層進進，高牆棘簷，戒備森嚴，巡邏日夜不停。

四小姐縱然可以瘦到鑽出窗去，可以僥倖從看守們眼皮底下溜開，可是那道道門、層層牆，還有一撥撥巡邏武師，應該插翅都難飛。然而，她卻飛了，且沒有一雙眼瞧見。人們就連她何時不見的，都無法推斷出來。

四小姐本是個安靜的姑娘，不受囂扈的父親兄長和姐妹們待見，自然也不受僕人們高看。被關的這段時日，刁婢們偷懶，隔三岔五才送一回飯，準備的食物都跟乾糧似的，能存十天半個月。唯一可依據的就是，看守人昨晚曾隔鐵門瞧見她側躺在木床上，發現她不見的這晚，床上卻空了。

雖然可能遲了一日，劉府的人卻再不敢懈怠半分，由三小姐主持大局，抬出父親、兄長的名號，請動京中城官朝官。各城門嚴密盯緊，設關卡，如通緝令般發放畫像，加重賞金，甚至調度大鎮小縣捕差，兵鎮還提供人力，對出城的所有要道展開橫掃搜索，擴至方圓百里。

劉家勢力之大，由此可見一斑。

這麼大陣仗，很快有了消息，有人在距城南三十里的山道上見到劉四小姐。

那一帶人煙稀少，只有一座香火不盛的尼姑庵，劉三小姐當即認定那裡是四妹最有可能的藏身處，親自率人快馬趕去。

然而，劉三小姐撲了個空。

庵中姑子七八人，無一人見過劉四小姐。劉家人也搜不出半點四小姐來過的痕跡，氣得劉三小姐直甩鞭子，打人找晦氣。

他們卻不知，一駕驢車剛從尼姑庵離開，自南繞西，渡過大河，恰恰出了劉家的包圍圈。車上，載的正是劉四小姐。

老實說，劉四小姐自己都不大明白，怎麼就能輕信這位車主的話，莫名答應隨其離開，還居然睡了一路，直到讓人喚醒。她娘說過庵主是真善人，可她從不曾見過庵主，更不認識眼前這一位。

「小夏，快到了。」車主是位中年婦人，自言夫家姓趙，娘家姓常，因庵主與她交情甚篤，每半年會去庵中住幾日，這才遇上藏身的劉四小姐。常氏容貌端莊美麗，氣質素雅，聲音輕柔，「從這裡坐船就可南下，不過妳一個姑娘家，真要自己去麼？」

常氏的聲音，像她娘親。劉四小姐，不，現在是夏姑娘了，慢騰騰坐直，「多謝夫人相助之恩，有機會，我一定會報答您的。」

信得一時，信不了一世，不管是答應保密的庵主，還是眼前這位帶她逃出困境的夫人，她的防心都不能放下。

「妳要是能等上一年半載，我們就可以一道走了。」常氏語氣微憾，卻實在好心，「這麼吧，我讓老管家去打聽一下船期，妳趁這幾日準備些行李，總不能臨到用時再買，那可要花費不少。小夏，別怪我說實話，我瞧妳不是能大手大腳的境況。」

確實不是。從前逃跑過一回，讓劉徹言捉住，所以至今，稍微值錢些的首飾都不讓她戴，貴重物品皆不可經她手帶進帶出，由丫鬟代勞搬運。她屋裡的東西全列在清單上，少一樣就要追查到底。

而她為了鑽地窗，就只穿一件綢衣，脫身之後，找出費盡心機積攢的小包裹，立即出府，頭都不敢回。小包裡沒有銀兩，只有娘親的遺物，一些名品顏料筆硯，都是捨不得送進當鋪的東西。

她被困京城附近，也是囊中羞澀的緣故，不能馬上遠走高飛。

「夫人，我……」

「娘，妳回來了！」車簾一掀，一雙朗星目，笑起兩排白牙，半塊身板就能撐滿車門，見車裡除了娘親，還有一個髒兮兮的姑娘，「咦？從哪兒撿來的小老鼠？」

「你別造次，這位是夏蘇姑娘，要在咱家暫住幾日，快收起頑性兒，別嚇壞了人。」常氏推開年輕人，搭著他的猿臂下車去，回身對傻在車裡的劉四小姐道：「小夏莫怕，這是我兒趙青河，成日習武，才練出這副嚇人身板，其實沒多少心眼，直來直去的性子。」

趙青河一直舉著胳膊，見夏蘇不動，撇撇嘴，「我娘把我說成傻大個兒，我卻看妳更傻些，要不要下車……」

夏蘇雙足落地，沒有借他的胳膊，冷冷挑起眉，一言不發，走去跟在常氏身旁。那一刻，她全然預料不到，和這家子的緣份，遠不止幾日，而是剛剛開始。

兩年後——

第一片

雨夜故人

上夜，雨愁綿。

一頂小轎，不急不緩，穿過焦黃的梧桐林子，繞過小半邊湖，停在泊船橋畔不遠處。

湖邊一艘兩層大畫舫，明燈輝美，笑聲低高，令寒雨再無蕭索之意。

有人推窗，一口乾盡杯中酒，伸手接雨，忽然大聲道：「有了，點圈畫水推去岸，半枝荷花一朵蓬。」絲毫沒自覺根本是爛詩兩句。

大雨大風，柳枝亂搖，空曠蕭瑟，片刻就全身颼涼發毛的大晚上，偏偏這等人還有興致遊湖吟詩，真他娘，吃飽了撐的。前頭的轎夫想著，卻不敢埋怨半個字，因全憑一身力氣吃飯，這樣的天氣裡還能有活兒接，也算老天眷顧。

他躬腰讓身，抬抬兜帽，走到轎窗邊上，壓低了聲，「夏姑娘，雨恁大，要不要咱們直接上泊橋？」

半晌沒人應他。

他耐著性子，「夏姑娘，到地方了。」

咚！

轎子板震了震，發出一聲悶哼。

然後，傳出窸窸窣窣的聲音。

轎夫紋絲不動。夏姑娘嗜睡，從街頭到街尾這段路都能打個盹，更別說三刻鐘的路了。聽這動靜，大概這一路上還做了好幾個夢，不然不會撞重了頭，摸索這麼半天。

片刻後，蔥白的一根纖纖手指勾起簾子，一雙揉紅了的眼珠子向外頭轉來轉去，也不說話，就那麼一下睜大了眼、一下又瞇小了眼，反覆調節視線。

唉——轎夫真心無奈。

給這位姑娘抬了三個月的轎子，老地方更是來來去去，她還是防他好似防賊一樣，每回一定要看清落轎的地點後才會下轎。他若真是人口販子，偷偷抬到青樓裡去，她再怎麼仔細，難道還能逃得了？

轎夫肚裡咕嚕，仍不吭聲。得罪誰，也不能得罪銀主，而且天地良心，他切切實實是個好人。

窗簾放下了，門簾裡露出一隻繡鞋。

白襪黑鞋。

雖小巧，看得出是天足。

呱！啪！咚！

一隻青蛙，不知是否讓畫舫那邊的動靜嚇著，在殘荷上跳兩下，躍進水裡。僅此而已。鞋，卻瞬間不見了。

轎夫好笑，「夏姑娘不用防著，附近無人，只是青蛙嚷雨。」

過了一小會兒，白襪黑鞋又露了出來，緊跟著一個細巧的女子探身出轎。她彎身立直，撐起油傘，肘裡掛個藍花布包，也不急著走，小心看過周圍，再望向畫舫，竟往轎門裡又退了半步。

轎杆上掛著一盞老油燈，燈色蠟黃劣質，僅照得出她巴掌大的半張臉。細眉圓眼，鼻子俏翹卻不挺，下彎的嘴角顯得呆板，姿色很似一般，倒是皮膚有幾分潤美也細膩。

「夏姑娘，地上到處積著水塘子，您這鞋不好踩，還是咱送您到船邊。」轎夫實在忍不住了，冷瑟瑟的細密綿雨，風還大，這麼磨蹭下去，豈不是要等到天亮？

女子心道，她也想啊。

但是，不行。

交易不能見光，買主和賣主見面，閒雜人等越少越好。

連傘帶著布包一起往懷裡攏緊，女子開口說話了，那聲音細細柔柔，比相貌出眾些，好似能直撥心弦，「我自己去，煩請阿大稍等。」

話音落，人已經在一丈多外。

轎夫有點傻眼，原來烏龜也是可以挺利索的嘛！

他不見，烏龜還能咬牙切齒。

布鞋沒踩足三步就濕到腳底心。風斜吹勁，傘必須護著貨，以至於馬面裙邊和半邊琵琶袖很快就被淋得濕答答的，寒意直襲身上。但她也顧不上，只想那位主顧實在夠難伺候，對東西挑剔愛壓價不說，交貨的地點和時間更是隨他心意。

難伺候，卻還要伺候，皆因那位再怎麼壓價，總比別家給得多。她沒得選，接下來兩個月的買米買菜錢，全等這一筆交易。

女子足尖點上舢板，無聲飄行丈半，才想起要弄出動靜，立刻重踩下去。立刻有人跑來船櫞喝問，她已經立回舢板前，還不忘轉頭看看柳樹下的轎子。

今夜有風有雨，轎夫應該沒看到她露的這一手。

「小女子姓夏，來給吳老闆送貨。」看清燈下那人，女子鬆口氣，「興哥兒在啊。」

她聽舫上那麼吵，就怕還得應付不相識的人。

「夏姑娘可來了，小的等您半天啦！」興哥兒的影子被舫燈拉得長長的，待他跑下舢板，卻是瘦矮個子，十六、七歲的年紀。

他穿著雨蓑，肩上扛著一柄極大的油傘，五官普通，唯黑白分明的眼珠子透出幾分老道，「大黑的天，怎麼也沒挑盞燈？您請上船，小的給您照路。」

女子一愣，上去？

「不必了，興哥兒拿了貨去，我在這裡等就是。」

「二爺關照，這樣糟糕的天氣還勞夏姑娘跑一趟，一定要請您坐坐，喝杯熱茶。再說，您知道二爺的習慣，越是貴的東西，看得越仔細。今晚又不同往日，咱的買家也在。二爺從您這兒買，在裡頭就直接賣了，自然半點馬虎不得。萬一出什麼岔子，也好就近找您，貨畢竟是您的。」興哥兒歪頭往她身後看了看，「您不必擔心轎夫，我請他上來喝好酒，保證不跟您抱怨一個字。」說罷就招手喚人。

女子想他年紀雖不大，卻真能幹。

「夏姑娘？」小子耐心十足。

又分明是怕她做工不精。女子暗自嘆口氣，心裡念了三遍沒得選，微微一笑，「那就叨擾了。」

「不叨擾、不叨擾，是夏姑娘幫了小的一回。」

興哥兒領著她，從東面走道進了一間小屋。

桌上有酒有菜，還生著旺火的爐子，而一路過來只聞笑聲，不見人影，也是主人的精明。女子在門口伸頸探頭，看清了小屋沒別人，才跟進來，慢吞吞解開包袱。

藍花布鋪桌，露出一只長條錦盒。

興哥兒一直安靜瞧著她小心防備的模樣，也不說話，直到接過錦盒，才道：「夏姑娘隨意些，小的已吩咐過，無人敢亂闖。等您身上乾透，吃好喝好，小的就回來了。」

女子點頭，看興哥兒關上門。這位小哥做得如此周到，無需自己多嘴一句，好是挺好。只是跟這些聰明的人打交道，她實在被動到心累，要不是看在銀子的份上……

腦中不禁浮出那張棱角分明的莽夫臉，今夜竟想起他兩回。

都怪這鬼天氣。

同他生活了兩年，不曾覺得他有一處好，如今人已死了三個多月，她居然才發現他的好處。也是，如果每個月還能從他手裡搶下幾兩銀子的家用，她就不必被人差遣得像狗一樣。

看著一桌子好菜，女子不動筷子，坐得很端正。就算面對不陌生的人、不陌生的地，也不能全然放開膽子，更何況她和吳老闆之間才交易過兩回，今日是第三回。

知人知面不知心。

「我的爺欸，您別亂打主意，吳老闆多精明……」不滿的年輕聲音陡然響起。

女子立刻坐直身子，眼睛瞪得像兔子般圓，驚嚇的同時，想要去插門栓，但到底離得太遠，眼睜睜看門被打開。

門外站著一個人，外加胳膊下圈著一顆腦袋。

人，很高。高她一個頭的艙門，他卻需要彎腰。

人，很魁。兩個她能並排過的艙門，他一個就撐得滿滿當當。

人，很棱——她指的是長相。臉的輪廓像是被斧頭劈出來的，有棱有角，一看就是又臭又硬、不知拐彎的脾氣。硬棱的臉型，五官也顯硬，冷刀的狹眼，絕崖的鼻梁，抿起嘴來削薄無情。

這個人、這張臉，對女子而言，熟到不能再熟。

初見他時，她曾莫名心安過，覺得靠山滿穩的。誰知道，他是空長著英雄臉的石頭腦袋，蠢狗熊，恬不知恥的厚皮賴子，因為他的蠢，拖累了一家子人。

但是……

可是……

鬼呀！

「喔？有人？」那人嘴角微揚，衝胳膊下的腦袋瓜一樂，再抬頭道，「這位姑娘，對——」不住……話還沒說完，呃……人呢？

對牆的窗子上驚現一個大洞，半扇破木架歪晃著，哐啷墜了地，風雨即時穿堂，灌得暖屋濕冷，爐火奄奄一息。

屋裡，已無人。

男子眨眨眼，嘴張半天才納悶道：「見鬼了？大驢，剛才咱面前有個丫頭僵站著吧？」胳膊下的腦袋沒好氣，卻夾帶一絲明顯的得意，「我的祖宗爺，不是您見鬼，是她見鬼。別看蘇娘膽小如鼠，可聰明得緊，這會兒轉不過彎，等會兒就想明白了。她既然都瞧見您了，咱不用再鬼鬼祟祟，四處混吃混喝，可以回家了吧？」

叫大驢的人，泰伯當初留他運棺，原本兩個月前就該到家，不過，雖然延了這些時日，好歹運回活生生的爺，自覺不會挨訓了。

「蘇娘？蘇娘……」男子嘴裡咀嚼這兩個字，一拍頭，想起大驢平常哈拉，「是我娘在庵裡撿來的丫頭。」

大驢腦袋向上轉，翻白眼，「不止，夫人認她當了乾女兒，夫人臨終前，您還被迫認她為義妹，發誓若有惡待，這輩子就討不著媳婦。」

男子眉毛一聳，聽聽這是什麼誓言？除了討媳婦，好像他就沒別的志氣。只是大驢有一點沒說錯，既然被家裡丫頭看到，他恐怕不能繼續裝死了。

「那丫頭會功夫？」他已不是大驢嘴裡頭腦簡單的武夫了，一雙眼精光四射。

「怎麼可能？頂多就是跑起來快。您不知道，她膽子跟針尖那麼……」

男子卻突然回身，將大驢擠到後面，目中精光散盡，悍武抱拳，大剌剌問：「二爺，怎麼連您都驚動了？」

船邊，三四個小廝打著兩柄大傘擋風擋雨，只為一位年輕公子。公子顏如玉，氣質似風流，目光似斯儒，周身似貴似傲，淡定慵閒，就是沒有半點銅臭味。

同夜，狂風大作，盆雨瓢潑。

一道影子快如鬼魅，躥上趙府後頭高牆。

眼看可以輕鬆入內，人影竟硬生生打個後空翻，回到牆外，規規矩矩扣了兩記銅環。

深更半夜出入，當然不可驚動別人，扣環聲不大響，但她也不再敲，站門簷下安靜等著。卻不小心，瞥見頭上一只破瞎白燈籠，那個褪墨的大晦字分外刺眼，引得她冷笑連連。

喪——個鬼啊！

淺簷難敵風雨，感覺衣料一陣一陣貼背，秋寒入骨，她將布衣攏緊，慢半拍才發現自己犯傻。後背已能擰出一盆子水來，攏緊反而更黏冷，她嘆氣，站直。

很快，門縫裡閃來亮光。門閂輕下，露出一張不苟言笑的矍瘦老臉，身著黑布長衣，捲起白袖，帽上一圈粗麻棘布。他看到門前已變成落湯雞的人，立刻黑了臉，可是驚歸驚，反應不慢，趕緊放人進來。

老頭往院裡喊：「老婆子，蘇娘回來了。」

小院真是小，沒幾間屋子，口字形三邊廊就把一圈逛完。

夏蘇自然看得到廚房還有燈，頓覺身上不冷。

心頭暖了，臉上卻淡淡然，看不出真顏色，她慢吞說話：「不是讓您二老別等門？」

「那妳又敲門？」老頭立刻駁回，而且還不讓她慢吞吞，催她趕緊換衣服去。

看見夏蘇的屋子亮起光，老頭才轉身走向廚房，見老伴光顧著熱飯熱菜，就道：「蘇娘淋了雨。」

老婦哎喲一聲，連忙從廚櫃裡拿出薑塊，利索切絲，燒水，放一大勺紅糖，「姑娘家最不能淋雨受凍，讓她換個日子出門，就是不聽。」

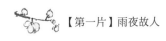

老頭蹲一旁拉風箱催旺火，直到老伴說行了，才從腰裡摸出菸斗，隨便塞些菸絲，對著灶臺上的油燈狠勁一吸，罵一句笨大驢。

乍聽，風馬牛不相及。

一起生活多年的老婦卻明白，且不是憋話的性子，想什麼說什麼：「出門在外，誰能掐得準回來的日子。再說，大驢額頭多寬厚，頂好的福氣相，你這兒心急火燎，他說不準明早就到了門口。不過咱家是不能再少一個人了，我等會兒跟蘇娘哭一哭，讓她別再自己出去做買賣。這孩子其實心腸軟，見不得我老太婆掉眼淚。」

「下回還是我去吧。」老頭有些惡狠狠，卻是跟自己鬧意氣。

老婦回眼瞧著丈夫，看他刻意抬直的佝僂背，再看看他不自然彎曲的左膝，「得了吧，就憑你的老殘腿，還學什麼聰明機靈勁兒。我看，雇個實在人跑跑腿，比你和蘇娘都強。你看人的眼光可是寶刀未老，多留意留意。」

老頭本來被老伴說癟了氣，卻讓最後的那句話打起精神，簡短答道：「說得是。」

男人在家還得靠女人哄，不管在外多能幹多好強。老婦笑著，給夏蘇送薑湯去了。

老頭麻利地將廚房拾掇乾淨，這才走到門外廊下，靠著牆角抽菸斗。邊抽，邊盯著紅銀的草絲兒蜷小了，有些怔忡。

他心裡苦悶，想著之前儘管跟著那樣一個主子，好歹也支撐起這個家，如今突然人沒了，立竿見影，日子就艱難起來。

忽然，他那口子氣急敗壞從夏蘇屋裡跑出來，以兩人多年的默契，肯定是需要他幫手的事，他馬上敲熄了菸斗。

「你這死老頭子，看你不緊不慢，我也沒當回事。」老婆子訓起人來可不慈眉善目，「哪裡只是淋了雨，是讓水澆了一身濕透。可憐的，臉都發青了，手顫個不停。你趕緊扛浴桶來，我去燒水，這寒氣靠薑湯袪不了，今晚要不泡熱湯，一定大病一場。」

夏蘇推開窗，臉色白到透明，細聲細氣叫著老嬸，「別忙了，一大碗薑湯喝下去，我已經好了。」

老婦回頭就衝她瞪眼，「是我懂醫還是妳懂醫？到裡屋烤火去，受寒最怕吹風。」

老頭瘦瓜瓜的臉也對夏蘇苛板著，「我跟妳老嬸商量過，以後找個專門跑腿的人，今後妳就不必常往外跑了。」撂下這句話，也不耽擱，跑去柴房搬桶子。

夏蘇怕很多人、防很多事，打個雷都要跳一跳，但她不怕這對老夫妻對她凶。凶相，卻善心，日久可見。

她關了窗，走到裡屋。剛燒起的炭，一嗅鼻卻已經滿是木煙嗆味。拿鉗子一撥，劣炭不說，還夾著雜屑和細柴條。受潮了，才出嗆煙。

若換作普通大戶，她會以為這是要破落了，但這裡是趙府，江南名門中的名門。

趙府三代之上，出過文淵閣大學士，趙老太爺的親妹子入選為嬪，還生了皇子，皇子後封誠王爺。按大明律，趙老太爺要避政，才遷回蘇州祖居，可是趙氏人脈廣深，不在都城，影響力仍不弱。

而今，第三代子弟無需再避嫌，兩位年紀較長的兒郎已是舉人，就待明年大考。

夏蘇寄住的小院子屬於六房，只是那位六太太越來越摳門，生怕別人不知道六老爺是庶出，是府裡最窮的一個主子。也或許，六太太用這法子逼她走。可當手裡的銀子只夠家裡人吃飯，根本不可能有多餘的錢搬家租屋，她早打算裝傻到底。

現在就又不一樣了。

辦過喪禮的人活得那麼好，還讓她撞個正著，應該不用多久就回家來了，到時候，他的親戚，還由他操心去。

夏蘇將火盆拎出去，重回裡屋，打開窗子。風自窗前橫掃，嗆煙縱升出去，她耐著性子等煙散盡，才翻了一會兒床頭的大箱籠。

泰嬸在外屋說熱水好了，夏蘇回道就來，從箱子裡取了一個鼓囊囊的錢袋。

「老嬸，今晚出了點旁的事，沒能拿回貨款。這裡大概有兩百文，您先買米麵，應付些日子再說。」她最後的私房錢，悉數供出。

泰嬸的眼裡有些憐、有些歉，但不推卻，接過錢袋，低道了聲好。

夏蘇看著泰嬸往外走的背影，張了張嘴，最終沒有叫住她，告訴她今晚的鬼遇。萬一，那人不想回來，泰伯、泰嬸只會以為他死了。這樣的騙局至少不會傷人。

沒有他，她也可以擔得起三人一起生活的開支。這會兒一切才起步，當然有點艱難，可她深知一個道理：放長線釣大魚。給吳其晗吃了三回甜頭，接下來，再想要她的東西，就沒那麼容易了。

浴桶裡的水溫正好，她慢慢蜷起身子，睜眼看每根頭髮絲浸散開來，頗有閒情玩吐著氣泡。水下，無人能見的那張容顏，卸去膽怯與遲慢。

如玉如脂的雪膚，細膩無比。

眼窩深，眸子邃，笑起來的模樣煞是好看。

第二天一早，雨還是大，風卻小了。

夏蘇走出屋子，看看雨勢，決定還是要出門一趟。

她到廚房幫泰嬸準備早飯，正想著怎麼開口，卻聽拍門聲。

「這麼早會是誰？」家裡不富裕，早飯卻不馬虎，泰嬸今日做拿手的煎餅，還有酒釀蛋，不忘關心夏蘇，「身子沒哪兒不舒服吧？」

「沒有。」夏蘇拿了一張燙餅，慢慢吹涼，撕掰了吃。

沒有主人、沒有餐桌，三人如今就在廚房裡吃飯。

泰伯走進來，遞張帖子給夏蘇。

帖面是版畫墨印的，摹李延之的鱖魚，裡面壓梨花案。吳其晗不愧是書畫大商，一張名帖都別出心裁。

夏蘇看過，收貼入袖，卻見老夫婦倆皆盯瞧著她，就知道不說是不行的。

「讓我中午去廣和樓取酬金。」她說完，反瞧著倆老，表情微微帶了點促狹，「去，還是不去？」

泰伯看泰嬸。

泰嬸沒好氣瞥老頭子一眼，暗道就想讓她當惡人。

「既然是妳應得的報酬，沒道理不去。墨古齋赫赫有名，與妳做了好幾回買賣，應是可信，只要那位吳大東家別再大晚上喊人過去。」她還偏不當惡人，「坐轎？」

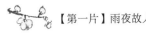

夏蘇搖了搖頭，「估摸中午雨也小了，廣和樓離得近，我走著去。」說到轎子，想起抬轎的喬大，「泰伯，昨夜我走得倉促，忘給喬大工錢，他若上門取，煩您多給他十文錢。害他大雨夜裡出工，結果我沒說一聲就先走，對不住他。」

轎夫是泰伯找來的，道聲曉得。

他與老婆子昨夜裡商量好，不問夏蘇淋雨跑回來的緣由。相處兩年，知道這姑娘不愛碎嘴道閒。她自己要是不主動說，拿燒火棍撬，也撬不開的蚌殼嘴。而且，她很穩重，無需他們擔心有的沒的。

吃罷早飯，泰伯去喬大那兒，泰嬸上街買米。

夏蘇在自己屋裡專心做事，直到被兩串爆拍的門響驚動——

啪啪啪啪！啪啪啪啪！

還有個大嗓門喊：「一群吃閒飯的窮親戚，恁地比我還忙？有人沒有？」

夏蘇走出屋子，發現是對著趙府的內門在震動，就不著急了。

她立在原地，聲音不高不低，「誰啊？」

門又震了兩震，終於消停。大概來的是兩人，另一人耳朵尖，聽到夏蘇的聲音。

可是，大嗓門毫不收斂，先衝著同伴喊：「我怎麼什麼也沒聽見？莫非他家出耗子精，應門都偷著掖著。」再吼門這邊的夏蘇：「妳管我們是誰，總歸是趙家的。」

第二片 烏龜引水

夏蘇故意踩著步子，腳步聲啪啪響。

這情形，落在牆頭一雙銳利的刀目之中，院中分明是一隻烏龜悠哉地繞著原地轉圈。於是，刀目變彎月，似笑非笑。

「開門！屁大的破院子，開個門要這麼久？」等半晌，不見人來，門外又嚷嚷上了。

夏蘇當然仍在原處，懶懶靠住牆，喲一聲，這回說話的聲音要大一些，「門上有鎖，家裡沒管事的人，妳就直說什麼事，待作主的人回來，我會轉告。」

外面的婦人罵窮鬼花樣多，倒也不疑，「今晚老太爺擺家宴，府裡各家親戚也請，一家可去三個。管事的、主事的都算，你們別遲了。」

趙老太爺每兩三個月擺一回闔府家宴，從不忘請寄住趙府的遠親窮戚們。這本身不是值得奇怪的事，只不過，夏蘇不明白為何還來叫他們。這院子已沒了姓趙的人，而喪事辦完的第二天，六太太就各處剋扣，如今家裡什麼都得自己買。

「……」她遲疑著、懷疑著，防備心漸漸脹大，「這位嬤嬤，雖然我聽不出您是哪位，就怕您不知，我家少爺已過身。」對外，她喊那人少爺。

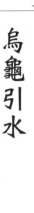

那婦人中氣十足，「青河少爺的事，府裡誰人不知，要不怎麼說管事的、主事的都算。」忽然一頓，笑聲很涼，「去吧，沒準就是你們在趙府的最後一頓好飯。我可聽說，六太太娘家的親戚，已在排隊等著住這個小院子呢。」

趙六爺是趙老太爺寵妾的兒子。小妾雖命短福薄，很能容人的趙老夫人難免對這點薄福有些記仇，對趙六爺一直很嚴厲，結果教養出一個沒主見的軟柿子。六太太由趙老夫人挑選，也是庶出的小姐，小家子氣得厲害，娘家如今只剩三斤破爛釘，還指望她解決溫飽。

夏蘇聽出來，來人不但不是六房裡的，還敢明諷六太太，多半是老夫人直轄。可這趙府水深，她既不沾親，又不帶故，並無半點關心，打算隨口敷衍過去。

然而，一道朗然又驟冷的聲音，忽然如秋氣直降，「請轉告老太爺，今晚趙青河必準時赴宴。」

夏蘇幾乎立刻站直了，望著那人從外牆落下，直奔內門，伸手拽下銅鎖。銅鎖碰手則墜，就好像它是麵粉揉的。

門外立著兩人，一個年紀大些、一個小丫頭。夏蘇幾乎不往趙府裡走動，所以不認識她們。不過，接下來的事，她能料到幾分。

趙青河這個人莽歸莽，因為花錢大手大腳，常在趙府各處混，認識他的人很多。其中，顯然包括這兩位。要不然，怎會是一副見鬼的嚇煞表情？

真的，死人復活這種事，不是夏蘇膽子太小，而是太匪夷所思。她垂了眼，不再看門那邊，擺弄著香袋上的白穗子，想著不用再戴白了，便聽到兩聲驚叫詐屍。

夏蘇不禁冷笑，這世上若真有詐屍，必有鬼神。既然如此，惡人為何不遭報應？

關門聲之後，她抬起眼，正與他相對相看。

昨晚太驚，今日天光下，看仔細了，覺得他似乎有點不同。原本白傻的表情不白傻了，還是蠢哈哈的熊身板卻顯得矯健了，明明還是斧刻的下頜、刀片的眼、崖片的鼻梁……原來，他的唇型變了，嘴角微翹，下唇恢復飽滿的笛葉形，笑著。

夏蘇記得，那是乾娘引以為傲的，唯一一處兒子像娘親的遺傳。

趙青河，她並不情願認下的義兄，數月前出遠門，意外摔下陡坡「身亡」。

這時，死人不但復活，居然還對著她笑？

要知道，趙青河對待她，可不像對待他心尖尖上的人兒，一向只拿鼻孔對著她，正眼也不瞧，曾還指摘她居心不良。

她，對他居心不良？什麼居心？揪腦袋的居心？

若非動不得恩人之子，夏蘇曾想揪下趙青河的腦袋，瞧瞧裡面到底裝了什麼東西？要說腦袋空空，他可非常會瞎折騰，讓她覺得要笨到惡劣也是需要智慧的。

「夏蘇……」趙青河的神情似有一絲懊惱，垂了會兒頭，再抬臉，就感覺笑得有些討好，「……泰伯及泰嬸呢？」

「趙青河。」她一字一字吐名，蹙眉，不知他為何像個做錯事要取得原諒的人。

他漸漸收了笑意，眸光深深淺淺，觀察她，低聲應著。

「死了，就不要回來。」沒有外人在場，方便讓她表達一下心靈深處的哀怨。

他挑眉，頭輕歪，恰好遮去精明穿透的目光，顯得無辜，「我本來是這個打算，但讓妳瞧見了。」

他和她頂嘴的時候，說話向來老實。夏蘇不再多說，轉身進屋，拿了褡連和傘出來。

「出門？」他對大驢的叫門聲絲毫不理，但對夏蘇充滿好奇，任雨淋濕了肩衣，身體仍立得筆直，巍然如山。

「嗯。」她開門，往旁邊一閃，正錯開撞空摔趴的大驢，神情波瀾不興。

「早去早回。」他卻再笑，「請妳幫我帶兩屜廣和樓的小籠包，剛出爐的最好。」

她一腳踏出門檻，因他這話回了頭，又瞧他半晌，眼中疑奇莫名，「……好。」

她出門去，他進門去。

不過，他進的是她的屋門。

大驢喊：「我的爺，那是蘇娘的屋子，您的屋子在全院子唯一那扇鐵門裡。」

但，走錯門的人，完全不糾錯，仍在別人的屋裡轉悠。

倒是送完錢的泰伯僵在門外，一臉不可置信，看大驢的眼神就像對方瘋魔了。

他本想好要怎麼處罰這小子，此刻皆拋棄，一聲霹靂大吼：「大驢，你叫誰爺呢？」

大驢仍趴著，四肢蹭蹭轉個圈，見到泰伯，就拿出早練習多次的眼淚汪汪，假哭，「泰伯，您可不能怪我，絕對不能怪我，要不是少爺一路上磨蹭，我早回來報喜了。但是，發現少爺還有一口氣的人，也是我，無功還有……」

泰伯衝進夏蘇屋裡。

又一走錯門兒的。

大驢聽著那聲嚎啕，爬起來，擦乾假淚，掏掏耳朵，進廚房找吃的去。到家的感覺，不能用言語形容，就算窮破陋破，也舒服啊。

家之外，天地寬。

無風的雨，乖乖讓油傘撐擋，青石板泛天光，亮不濕鞋。清澄烏瓦，洗練白牆，水滴石，簷燕鳴，一夜風雨之後，行人的表情安寧且明快。

仇英的〈清明上河圖〉，似從紙上躍活，而她若沒到江南來，就不知自己筆稚。

夏蘇走得很靜很悄，左手握傘，垂在身側的右手悄動，卻似握筆。某人怎麼死了又活？為何性情變得大不同？這些疑或奇的心事，讓延展於眼前的畫卷一點點擠了出去。只有筆下，她可以決定好壞優劣，要或不要，都握自己手中。

夏蘇悠悠轉過兩條街，就見廣和樓。

廣和樓的東家兼主廚做的浙菜遠近馳名，前後兩棟小樓，戲臺子和說書場攬各道的喜客，還有賣酒的美娘，懂茶的博士，是蘇州城中數一不數二的大酒會。她來過幾趟，坐在偏堂茶廳喝茶，吃飯卻頭一回。

報上吳其晗的名，掌事親自領她去後二樓。這時，一臺戲已開鑼，上來一名粉面桃腮的雅伶，臺下立刻爆好聲聲，拍掌似雨落。

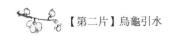

夏蘇看到樓裡繁忙，步子就開始細碎，收窄了雙肩，保持寸寸謹防的姿態，但逢有人從旁過，身子必往另一邊讓開。同時，她低著頭，眼珠子四處亂轉，並不時往樓梯口看，好似怕它會不見。真是顧得了後，顧不了前，等她回過神來，發現領路的人竟不知去向。

這二樓有不看戲看街景的安靜包廂，也有衝著戲臺，鏤空雕畫的屏風隔席。屏風要是下了簾，就看不見裡面。夏蘇不清楚吳其晗的喜好，也不慌張，貼在一根紅柱下，想著有人會來找自己。

原來，那位殷勤說話的掌事見女客安靜，就改為悶頭走，絲毫不覺身後已無人，徑直進入看戲視野最好的隔間，彎腰笑稟：「二爺的客人到了，要不要這就開席？」

正看戲臺的吳其晗轉過頭來，表情從意興闌珊到饒有興致，再到似笑非笑。

這般神情變化來去，看得掌事全然不得要領。然後，聽吳其晗問聲人呢，他就想，這不是多問了嘛，人自然在他身後……

掌事扭臉一瞧，空空如也。

他頓時面紅耳赤，暗罵短命糟鬼的，要讓東家知道他連帶個路都不會，這差事就不歸他了。於是，慌裡慌張打簾跑出去，沒瞧見人，就急忙衝往樓梯口，一腳要踏下階，忽傳來細裡柔氣的女聲：「我在這兒。」

掌事硬生生轉回身來，差點往後仰，連忙抓住了樓杆子，看清剛才經過的柱子下，立著那位姑娘。他一邊驚自己怎能沒瞧見人，一邊跑回來賠不是，再為之領路。好在這回，能配合這姑娘的龜慢，雖然她幾步一讓，搞得他很想擦汗，心中反覆默背東家明訓——客人就是一切，客人的一切毛病都不是毛病。

如此，汗熱又冷，二度走到目的地，花了小一刻，至少把人帶到了。

吳其晗吩咐上菜，看掌事慢吞吞退出去，不禁好笑，敢情夏蘇的慢還是傳染症。

夏蘇作個禮，打量四周，皺了兩次眉。一次，見欄邊無遮簾，戲臺繽彩，臺前堂桌盡收眼底。另一次，見這桌隔席沒有第三人。

她已出深閨，入了小門戶，並不在意男女獨處這樣的事，只是防心令她侷促。

吳其晗全瞅在眼裡，但不說破，就拍拍身旁的座位，「來。」

喚狗一樣。不是狗的夏蘇當然不去，挑了離屏簾最近、離憑欄最遠，也是離吳其晗最遠的位子，坐下，語氣明顯防備，還裝無心地問：「興哥兒不在啊？」

吳其晗心裡歡死了，再沒見過這麼有趣的人，逗道：「昨晚夏姑娘跳了窗，興哥兒卻以為妳跳了湖，急不迭跟跳下去救人，結果著了涼，這會兒在家捏鼻子喝藥呢。他讓我請夏姑娘今後跳窗前記得知會一聲，平常夏姑娘慢悠悠，突然俐落了，他有些不習慣。」

夏蘇抬起頭，面容不笑，微抿嘴，嘴角彎下，對他的逗趣全不領情，語氣疏淡，「吳老闆，昨日我走得匆忙，忘取貨款，煩你結算給我。」

興哥兒說她二十四，可吳其晗看來，她報得有水分，故作老成。這張水靈靈上好玉色的小臉瓜，算上娃娃相，撐到頂，十九歲。

「夏姑娘來得遲，吳某餓得頭暈眼花，吃完飯再說。」吳其晗背過身去聽戲。

夏蘇瞪著他的背，瞪不穿，就只能等菜上滿，催他，「吳老闆，菜齊了，您動筷吧。」快快吃完，快快給錢。

「莫非夏姑娘想請客？」吳其晗轉過臉來，卻擺一副「她沒錢請」的高高姿態，又立刻轉回去了，自問自答：「既是我請，客從主便。」

夏蘇真想拍桌子，砸對面一句「請客就請客」。可憐的是，她身上一個銅子都沒有，今日連茶水都請不起。

吳其晗突然往欄上趴，正好那位女伶一段高腔清唱。

夏蘇瞧著，就好像一根針在心上飛快扎了個洞，鼓帆起風的豪氣也罷，陡然充滿的自尊也罷，漏得一點不剩。

娘說過，沒有實力的逞強，不過讓自己成為笑柄。博得滿堂彩的女伶，音色出眾，唱腔深功，才引眾人注目。她雖無需滿堂彩，但買家的評價對她十分重要。這時，買家要聽戲，讓她客隨主便，暗示她窮也不過是實情，倒不必套上自尊這些，給自己，也給人平白找不痛快。她想得透了，防心也放下了些，看著一桌好菜，只覺得真餓，聽吳其晗一聲自便，就不客氣地動起筷子來。

等一齣戲聽完，吳其晗回身，瞧見夏蘇放筷，且靜靜將筷子撫齊整。那動作，竟然很優雅，完全看不出只是趙氏窮親戚家的一個丫頭。她的謹慎、她的龜慢，小家子氣般的灰黯，未曾令人期待，但偶爾一閃而逝的靈秀犀利卻非比尋常，而她的貨更是難得的珍品。

他是怎麼發現她的？

那日也下著雨，夏日的大雷雨。他在廣和樓茶堂的靠窗位子看畫評會，她從臺階跑上來，正好立在那扇窗外。若不是她要騰出雙手拍身上雨珠，他就不會留心她放到窗臺上的卷軸，也不會隨口問她是來展畫的麼？

她說不是，但好似等雨等得無聊，又聽茶堂裡的人把一幅臨摹仇英的作品誇得天花亂墜，有些不屑，就將卷軸打開來，讓他瞧了一眼。

她當時不屑的表情，與膽小的性子差別甚大，像隻獅子，終於可以自己捕食了的跋扈。只是那回之後，他再沒見過她如此。不過，但凡看過那卷畫的人就會明白，她的不屑和跋扈並非輕狂。

那畫也是仇英名作〈桃花源〉，卻是小畫樣子。他再三看，筆風不但細膩，深具畫家神髓，喜以為是仇英不出世的真跡。她卻直言不諱是仿的。

他驚訝之餘，出價二十兩銀。她躊躇著討價還價，但他看她拮据，必等錢用，自然不會加價。果然，她不滿意，卻還是賣與他了。

雷雨停歇，人也走了，要不是手中多一卷小畫，他以為只是迷雨茫恍中的夢遇。

那畫他轉手賣出十金，買家是愛收藏的土財主，找人鑑定，就成了〈桃花源〉的初稿，珍愛之極。自古傳下的名畫無數，真跡難尋一二，願意擺出供人觀賞的收藏少之又少，更別說多數進了宮廷以及權勢富貴之家。大概這幅畫也會鎖深，傳給土財主的子孫，待價百金千金。那時，他早已作古，實在不必說破真假。

後來讓興哥兒在廣和樓等了好幾日，才撞上夏蘇喝茶。他請她摹一幅古畫，不為別的，就為探她實力，她果然沒讓他失望。

前些日子，偶然得到一把仿唐寅畫作的扇面，畫功雖有唐寅的筆觸和狂氣，布局卻次一等，他就想起她來。她說可以挖補，他以十五兩訂購，貨到付款。

昨日買家到，他催她夜裡來交貨，一看之下，又驚又喜。仿唐寅，變成了唐寅真跡，買家鑑師的眼力根本不能分辨，再賣出高價。

「我吃飽了，多謝。」這人緊盯著她作什麼？夏蘇蹙眉，只好自己打破沉寂。

吳其晗就喚了外頭的夥計進來撤席。

夏蘇見他一筷未動，眉心蹙深，暗想難道下了藥？

「我剛剛吃過了。」吳其晗彷彿知她所想，「廣和樓名聲響亮，夏姑娘不必擔心東西不乾淨。」

可他明明說他餓得頭昏眼花——夏蘇決定不與主顧計較。

「聽說……」差點咬到舌頭，想想誰叫她自己答應了，「……廣和樓的小籠包不錯。」

吳其晗掃過桌上沒怎麼動的菜碟，飯倒是吃得一粒不剩，「夏姑娘早說，我就不點這些中看不中吃的招牌菜了。」

收拾桌子的夥計動作一滯。

夏蘇沒在意，事到如今，只能爭取到底，「我愛吃小點心，尤其入秋了，午後吃兩……屜熱小籠包，就能好好幹活。」

吳其晗心頭大笑，臉上半點不動聲色，囑咐夥計準備兩屜生小籠包，等夏姑娘走時送上。隨後，他從袖中掏出一張銀票，「勞夏姑娘久等。」

夏蘇看仔細面額，確認不少，收入袋中，沒說謝。請客與銀貨兩訖不同，是吳其晗單方面給她的好處，當謝。

「貨，不錯。」

一般，吳其晗不誇他的供貨人，以免他們自以為是，抬高價錢。但夏蘇不同。三個月前，他不小心洩露真意，道她的畫如仇英再世，她眼裡的欣悅不摻貪念。不過，他也不會再誇出心裡話就是。

夏蘇抬頭淺淺笑了一下，右手又握了筆似地蜷住，輕說那就好，起身告辭。

戲臺上又開演了另一齣，銅鑼上下搖，將大堂裡幽幽明明的燈光映入珠簾。

夏蘇白玉的面容因此點上了彩綴，笑眼兒勾勒深邃，半舊不新的綠襦裙也添幾分亮麗，一綹帶著濕雨的烏潤髮絲垂在肩前，襯得細頸分外皙美優雅。那片頸下雪膚，沿漂亮的鎖骨線兩邊鋪展，又柔婉蜒入衣領尖下。

美人極品，不在於容貌沉魚落雁，而在於能否惹人心憐心動。吳其晗眸瞳頓縮，雙目漸漸瞇緊。之前光看著她謹慎防備的模樣好玩，此時不過一個微笑屈膝辭別的婀娜之姿，竟惹他生了憐惜？

夏蘇留意到吳其晗的目光，嘴角往下一彎收了笑，低頭垂眼，全身僵化。即便如此，右手手背突然刺痛，她眼中恍見一朵妖豔的刺野薔從皮膚裡扎開了出來，讓她的左手狠狠往右手上一拍！

夏蘇打得很用力，驚回了吳其晗的神。

彩光還在她的面上輕晃，五官卻呈拘謹呆板，惹憐觸魂的清香彷彿只是他短瞬眼誤，他往椅背上一靠，吁氣之間心態已穩。

「不要急著走，我還要跟夏姑娘下訂呢。」

拔乾淨了！都拔乾淨了！

左手不停摩挲著右手，心驚肉跳的夏蘇聽到下訂兩個字，強壓滿心恐懼，更努力地彎苦了嘴角。不要緊，她已經逃出來了，離得千里遠，躲得很小心，不可能找得到。

「二爺……」心情張惶，她思路就有點亂，「吳老闆這回要訂什麼？」

吳其晗任那聲二爺在心上重敲一記，神情自若，從桌下拿出一卷畫軸，「我訂這幅畫的仿品。」

畫為〈歲寒三友〉，原作是水墨設色，松針疊迭，用筆挺拔，梅花細筆濃墨勾瓣，墨竹撇葉，寫實寫意，為南宋大家趙孟堅所畫。

看見畫，夏蘇心裡再無雜念，只一眼就道：「這已是仿作，吳老闆何需再訂？」

「一眼就能看破的仿品，賣給土財主都難。如今買家多精明，隨身總帶一兩個識畫人，我這個中間商也不能隨便含混過去，多備幾幅，以防遇到好眼力的人。」

「趙子固的〈歲寒三友〉並非盛名之作，他筆法雖清而不凡，但相較其他大家，仍顯不全，又少些天才狂氣，吳老闆恐怕找不到大金主，我亦不覺得此畫有下蛋的必要。」下蛋是指一張名畫多仿幾幅，賣給不同的人。

「這就是我的事了。」能有這番見解，突然覺得也許她並沒有報老了年紀，「夏姑娘只需說接不接。」

「價錢怎麼說？」她需要養家，利字當頭，刀也吞。

「最好的畫、最好的價，能出到三十兩。」她說的，趙孟堅畫作市場欠缺。連名家都讓她貶了，他當然沒理由高價下訂仿作。

這姑娘，也許有一手他人難比的摹畫模擬，但論談買賣，究竟稚嫩些……嗯哼？他何時離她如此近？

夏蘇撐著桌面，曲頸近觀那幅〈歲寒三友〉，不覺自己在吳其晗眼中落成繽紛，輕悄悄，似自言自語一般，「這活兒我還是不接……」一回頭，吳其晗的俊臉離她不過一寸，他的氣息撲面，他的手似張來要捉她的髮，嚇得她渾身汗毛全豎！

「二爺，我家丫頭膽子小，可禁不得你這般嚇唬。」

第三片 說片非騙

簾子一掀，有人當風立。寬背闊肩，不是美男子，卻是真漢子，神雕鬼斧的堅棱傲相。趙青河。

吳其晗垂手直身，暗暗尷尬，神色卻老道，嘻笑好不倜儻，「青河老弟今早離去，正好我有貴客臨門，不及挽留，這會兒來得正好，你我主雇關係雖斷，一定要交個朋友。」

夏蘇急步退至扶欄，面頰緋紅，呼吸起伏得驟烈。

那驚慌無措的模樣，就算她下個動作是轉身跳樓，趙青河也不驚訝。

這雖是正經女子對輕浮男子的正常反應，不過她既然敢隻身前來，說明她的膽子也沒那麼小。聽泰伯說，她與吳其晗已合作過幾回，該是知道吳其晗的人品不差。今日要跳樓的反應，再加上昨晚跳船的反應，都過於激烈了。

趙青河一邊在心裡琢磨，一邊對吳其晗抱拳道好，大步走到夏蘇身前，將她全身微顫看入眼中，「怕妳說話不算話，來跟妳說做人要誠實，記得小籠包兩屜。」

夏蘇愕然，沒好氣抬眼瞪他，「你都到這兒了，不能自己買？」

颯颯的濃墨兩道眉扭曲著，萬分為難，千分難為，好似懊惱，好似無奈，最後認命般長

嘆一聲，表情就像讓人折斷了他一根根的骨頭，慜死英雄之感。

趙青河嘆：「……我沒錢。」

說到錢，夏蘇很機敏，看看一旁目光複雜又帶興味盯著他們的吳其晗，「你為吳老闆做過事，吳老闆雖精明，一定按工算酬，不至於白用你出力。」

「多謝夏姑娘誇讚。」吳其晗乾咳，也有點說和的意思，畢竟剛才冒昧。同時，他知道了「兩屜小籠包」的來由。

「二爺讓我和大驢白吃白住，送我們回蘇州，我就自薦當個護師，可一路順風順水，耗子都沒逮一隻，不好意思再要工錢，昨日辭工之後就兩清了。」趙青河說道。

起初聽大驢哭喊叫他少爺，以為自己是富家子弟，但身上沒有值錢東西典當湊盤纏。到家一看是破爛小院，泰嬸拿出一小袋子銅板當寶，居然還是夏蘇的私房錢，簡直窮得叮噹亂響。

敗家子。死了再活，還是敗家子，打腫臉充胖子，光長肌肉不長腦的蠢狗熊。夏蘇忍住不翻白眼，心頭不斷數落趙青河，又默念「人不能忘恩負義」三遍，才消了心火。

「我和吳老闆還沒說完事，你出去吧。」她不想讓他知道，自己靠賣假畫賺錢。

造假自古有之，而今民間士財鄉紳富有，奢靡之風極盛。皇帝大臣反而不及巨賈富有，為了換取現錢，大量名畫自宮廷深宅流入民間，有錢人紛紛爭搶，偽造業因此也興盛起來。江南之富天下揚名，蘇杭為首，書畫收藏市場遠比其他地方繁榮，仿畫工藝越發精湛，偽作被稱「蘇州片」，讓鑑賞家們頭疼不已。

片，騙也。

夏蘇想不到，自己有朝一日會成為蘇州片子之一。

「妳不是說不接這單嗎？臨摹仿畫，自然一幅差過一幅，恐怕妳不好意思問吳二爺要這筆銀子。再說，題跋的潤筆費都要五十兩、一百兩了，妳可別為區區三十兩壞了自己的名氣。」趙青河往桌上瞅了瞅，「這畫眼熟，子朔屋裡掛著。」

子朔，趙家四郎，是長房嫡長子。

夏蘇知道趙青河是練武之身，耳聰目明，想來將她和吳其晗的對話已聽去挺多。只是他的話，正說中她猶豫之處——價錢太低。

趙青河從前對書畫極為不耐煩，不然也不會賤賣乾娘留給他的一箱子名書古畫，此時讓她抬價的暗示，又是死裡逃生後的性情大改？

夏蘇嘴上道：「我是不想接，只是六太太若跟咱們收房租，你來付？」

她一邊說著，心思卻陡然反轉：趙子朔屋裡掛了這幅〈歲寒三友〉！

趙大老爺是蘇州有名的收藏大家、鑑賞名師。趙子朔為長房嫡孫，自幼有神童之稱。他本來已獲王爺推薦，皇上欣賞，可以直拔為官，偏是不肯，非要參加明年大考。登科進士已是侮辱神童，一甲前三才是眾望所歸。這樣的天之驕子，屋裡怎可能掛著仿畫？

「不是馬上，將來……」趙青河自覺才回來，很多事糊裡糊塗，需要一點適應的時間。

夏蘇冷不防打斷，「將來的事，將來再說。」

從小就有人準備著她的將來，等她明白過來，就開始痛恨，卻已來不及。冠冕堂皇許將來，鮮衣下腐臭險惡，不過是為了那些人的私欲私利。

趙青河看了看她。她悲憤什麼呢？

纖細嬌柔的身體彷彿突然長出螫人的刺，苦大仇深的。難道只因他是個沒出息的義兄，害她拋頭露面兜銀子？但憑他的觀察，似乎也不那麼簡單。

照大驢給他的腦補資訊，約摸兩年前，這姑娘被他娘親在都城郊外的一座小庵領回，那年她十八。

一年後他娘病故，當時他想趕她走，卻有娘的遺言在先，泰伯、泰嬸護犢在後，夏蘇又說當丫頭也行，這才帶上她投奔了趙府。

然而，十八歲之前的夏蘇到底是誰？自哪裡來？她不說，竟然誰都沒問，一味認定既是家人，無謂過往。

就這一點，他覺得這家又窮又敗，實在是情理之中。

泥菩薩心腸，怎麼過江？

既然現在誤打誤撞，他回到家裡，再對泥菩薩不感興趣，有機會還是會好好查一查，以免連累他。好不容易撿回來的命，他分外珍惜。不過，這會兒先一致對外。

趙青河遂轉向吳其晗，「二爺，我家雖是小門戶，但女兒也珍貴，我倆交朋友歸交朋友，對我義妹該有的禮數，還請二爺守緊。若二爺真有心娶我義妹為妻，應當按部就班，請媒人正式提親，等我義妹點頭。她進了吳家門，我這個兄長就不說教了。」再道一句樓外等，便頭也不回，掀簾而出。

吳其晗沉默垂眼，半晌說道：「夏姑娘這位義兄，與傳聞似乎不符。」

認識夏蘇之後，他派人瞭解她的底細，不料她沒什麼，她義兄倒是事情不少。趙青河雖然一身好武藝，但霸道魯莽，腦裡裝草包，十足敗家子。然，護他畫船的趙三郎，沉穩睿智，勇擊水匪，將一船護師管得服服貼貼。昨晚趙青河來辭別，說出真名，令他吃驚不小。

「剛才吳某無心冒犯，一時想的是買賣事，故而出神，還請夏姑娘切莫放在心上。」

夏蘇自然聽得出吳其晗粉飾太平，既不失望，也無尷尬，神色平淡，眼底冷漠沉霜，「吳老闆消息靈通，既知我住趙府，又知趙青河之名，不會不知三個月前我們剛給他辦了喪事。大概哪裡弄錯了，他居然又活著回來，卻多半也是死裡逃生。大難不死，必有後福，他能想著替我出面，是我跟著沾他的福氣了。至於之前那點事，我並不在意，出門做買賣難免與人磕碰，怎能拘小節呢？」

墨古齋中，常用的畫師往往會自以為是，而仗著他稍寵就得寸進尺的女子，無一例外就會貪婪，以致於他處理得太多，亦能做到毫不容情，甚至理所當然了。所以，她大方不拘小節，他該鬆口氣。

但不知為何，吳其晗覺得心情不大好。

戲臺那裡，他新捧的優伶咿呀美腔，竟然覺得刺耳。

夏蘇這時的想法卻落定，「吳老闆可再加些銀子麼？」

她一個造假畫的，畫上不留她的名，名氣一說也就是蘇州片的圈子裡。而她目前只接過幾筆單，剛開始因遇到的中間商不識貨，仿仇英的小畫又不甘賤賣，就粗製濫造對付過去，直到認識了吳其晗才用功。

如果趙府有〈歲寒三友〉的原作，她有信心能仿過眼下這幅。若趙府也是仿作，她的畫功又絕不會次過這幅。之前給趙青河難堪，說六太太可能要收房租，沒準今晚就成真。銀子，能賺一分是一分。

吳其晗的目光落在那張無瑕玉容。怎能呢？分明無奇平淡的刻板五官，為何能驟然亂心？

「妳義兄說題跋潤筆費五十兩起，我就加到五十兩，前提是夏姑娘的東西可以假亂真。夏姑娘亦不必擔心我到時偏頗苛扣，這回不似前幾單，我是瞧過真跡的，也知它確實在趙子朔手中。」

「一言為定。」夏蘇淡然一禮，就走。

「不拿著這幅畫參照嗎？莫非趙四公子的屋子夏姑娘可任意進出？」吳其晗這話就已有些諷刺了。

「此畫太次，與真作相去太遠，不可參照。至於我如何看得到真跡，住在同一屋簷下，總有辦法。還是一個月交貨？」

「十五日。半月後，吳某要去都城，所以急些。」見夏蘇在門口轉回頭來，這是要跟他加價了？果真人心不足……

「義兄回家，我出門恐怕不似從前方便，請吳老闆派人來取，最好是興哥兒親自跑一趟，以免他人冒混。」她不會忘記防備。

吳其晗默然，點頭。

一眨眼，那道細巧的身影不見了，只有竹篾簾子，有一下沒一下，無精打采拍著屏畫梨木緣。

他再反身聽戲，身後無人，對著伶官兒拋來的媚波情眼，竟覺無趣之極，居然想到趙青河這個人。

義兄義妹，本是曖昧之稱，但趙青河在蘇州的混棒子圈裡最出名的事跡，是他對心上女子的轟烈追求，可剖心挖肺，連他老娘留給的全部家財都奉給了對方。

趙青河的心上人，不是夏蘇。

夏蘇快出廣和樓的時候，夥計追送上來一個食盒。她都有點恨上這兩屜小籠包了，怎麼就能答應下來？

樓外，天沉青，煙浸雨，一地葉黃。

灰袍布衣的那人，靠牆立簷下，微微仰著頭，好似看雨出神。也許是雨愁染得人愁，側面神情竟有些孤單寥落。但等他瞧見她時，就堆起笑來，十足皮厚的模樣。

眼花了。夏蘇又想，這人也怪，說等還真等，而且別說當著外人，在趙府裡又幾曾提過他有個義妹。她不過是仗他養著的家裡丫頭，今日卻義妹說得那麼順口。

她將籠屜往他湊來的身上一推，不管他接不接得住，騰出手來撐傘。

籠屜直墜，正好讓他拎著。

她這點小伎倆，從前他是不會容忍的，一定要跟她吵一架，這時卻笑得白牙亂閃。

「好險好險，妹妹妳手下留情，打我兩下沒什麼，萬萬不能拿美食出氣。誰知盤中飧，粒粒皆辛苦啊。」

沒聽夏蘇回他話，趙青河抬眼笑看，卻見原本似要衝進雨中的身姿頓在階下。

夏蘇回過頭來，此時玉白的面顏皺眉、皺鼻、皺嘴，完全組成一顆特白肉包，「你……摔到頭了？」

趙青河突然愁苦了臉，卻露出「妳怎麼那麼聰明」的表情，「對啊，摔得很厲害，流一大灘血，馬上閉氣止脈了。昏迷幾日再醒來，看到大驢，以為陌生人要謀財害命，還打青他一隻眼。不止認不出他，以前的人和事忘得七七八八，連娘的模樣都記不起。大夫瞧不出所以然，只說能活下來就該燒高香。」

那雙刀目，既不凶蠢，也不空洞，細雨淅瀝沉入他眼底，不起漣漪，亦不見底。

趙青河的死因：大雷雨時從陡峭山坡滑摔，命斷當場。

事起：他和泰伯、大驢護送趙氏的另一房遠親出行，回途中出了事，但遠親堅持歸期不可耽擱，泰伯只好接著擔負護師之責，留大驢買棺運遺體。

「什麼都不記得了？」夏蘇回想起昨夜，他對著她真是彬彬有禮，如同初次見面，只是疑點也不少，「既然不記得，你還能背詩？還能說出趙子朔房裡有〈歲寒三友〉？」

大驢的個性毛躁咋呼，但說夏蘇聰明這話倒是不誇張。能讓吳其晗這隻狐狸看重，又能很快抓住他話裡錯漏，趙青河不再抱著打哈哈的心態。

「我是摔成失憶，不是摔成白癡，雖然不記得過往人情和家裡人事，反而從前讀過的書都慢慢想起來了，生活常識很全，道理分明。至於趙子朔房裡的畫，因是名家古畫，屬讀書此類的理性範疇，所以記得。只是，所謂記得，也不過一個靜止的畫面——趙子朔房間東牆掛著〈歲寒三友〉。僅此而已。」看夏蘇越來越包子化的臉，他好心添問，「聽不懂？」

「……你的意思是，你的腦袋分為人情和知識兩大塊，摔沒的是過往人情，但讀書常識道理那一塊，原來塞的不是草包，而是不開竅，如今摔通了。」胡說八道誰不會？

趙青河徹黑眸底一閃即逝的明光，「看妳在吳其晗面前溫婉得很，對我這個哥哥反不如外人，人身攻擊外加拳打腳踢。」

「家裡窮，用不起人參打你，燒火棍就可以對付了。」失憶這事若不是趙青河混說一氣，倒能解釋他從外到裡的古怪異樣，但到底腦筋是不是摔通了，仍不可掉以輕心，銀子還是要放在自己口袋裡才安穩。

夏蘇心思似轉風車，很快打定主意，隨他失憶、詐屍、還魂，還是腦子開竅，從前怎麼對付他，如今仍怎麼對付他。於是，不甚在意他的「抱怨」，敷衍應付過去。

趙青河卻從夏蘇手裡拿過傘去，「我幫妳撐著。」

夏蘇沒再多說，靜默轉身，往來路上走。

他說，幫她撐著。

看來他是真忘了從前舊事。

乾娘彌留之時，讓他幫她撐著家裡，他嘟囔他是一家之主，憑什麼聽一個丫頭的。乾娘沒聽見，一旁服侍的她卻聽得一字不漏。如今，只有腦子裡空白了，才能說出這樣氣定神閒的話，做出這樣大相徑庭的事。

不過，她還相信一句話，叫做「無事獻殷勤，非奸即盜」。再怎麼丟了前塵往事，若無目的，他為何到廣和樓來等她？昨夜之前，他已經不認識她。昨夜之後，一日不到，他和她沒說幾句話，如同陌生人。這份自來熟，不可能無緣無故。

只是，她不出聲，等有奸盜、有緣故的人出聲，又任他將油傘都給了她，冷眼看他提起籠襬，拿袖子抹臉上的雨珠子。長到這個年紀，她已經明白，但凡不是她求來的，帶有別樣意圖的好處，實在無需半點感激。

「今晚要去趙府吃飯……」他出聲了。

夏蘇眉角輕輕一挑。

「我就兩套護師的衣物替換，泰嬸說不大合適，非讓我來找妳，問能否買一身新秋衣。」他的衣物據說都進了當鋪，一套最光鮮的，代替他本尊，葬入地下。

趙青河拿眼角還她的眼角睨光，「不買也沒關係，我覺得不妨事，可泰嬸若問起，我已經跟妳開過口的。」

夏蘇知道趙青河沒說謊。

在投奔趙家的親戚當中，趙青河的待遇不錯，管著一小隊護院，八兩的月俸也算高了。正是因為他總是衣著光鮮，出手大方，顯得家裡還有一些值錢物什，趙府裡的人都給著面子。至於六太太刻薄他們的事，是在趙青河「死」了之後。所以，泰嬸緊張自家少爺今晚穿什麼，也在情理之中。

而趙青河從大驢口中聽說，夏蘇對錢兩十分計較，又對他無甚好感，因此，他不過將答應了的事做到，回去能向那位慈眉善目的老嬸交代。

然後，他跟著她，進了一家錢莊，看她拿出一張銀票，取出銅板和銀子，她的褡連到了他肩上。接著，又進了一家成衣鋪子，聽她吩咐店家給他量身，置辦了一整套新秋挺雅挺貴的行頭，他才緩過神來。

自己這是當上小白臉了嗎？

為了力證不是吃軟飯的，趙青河指著鋪子擺列出來的一身秋裙，直誇好看精緻云云，最後說得自己都真心覺得很美，一句結語萬分中肯，「妳今日要是穿它見吳二爺，他可能立刻就許親了。」

他興奮地回頭等著有人按讚，卻發現她一人打了傘，已走到街上，導致店家看他的眼神有點不對。

他以前得多惡劣，令這位姑娘厭煩到不肯多看一眼、多說一字、多處一刻的地步？

大驢是忠僕，泰伯、泰嬸也是，他活著，就夠他們喜出望外，即便跟他說起從前，多挑選好字眼、好事情。但他看得出來，比起擔心他的失憶，他們更似鬆了口氣。

不瞭解過去，就不能解開謎底，那麼對於夏蘇，這個毫不掩飾厭惡他的人，他得厚著臉皮打交道。

眼皮底下的捷徑，以他「現在」的性格，是一定要抄的。

當即，趙青河興沖沖跑進雨裡，全然不介意夏蘇的白眼，將傘搶了過來，提籠屜，扛購物袋，還有裝著價值十五兩但超過十五兩重、裝滿銀和銅的褡連，甘之如飴當著義兄、兼小廝、兼苦力、兼保鏢、兼小白臉。

兩人一到家中，泰伯就說齊管事已坐等了一盞茶的工夫。齊管事是趙大老爺的得力人，他見趙青河果真活著回來了，不驚愕也不怕詐屍，居然眼淚雙爬、神情激動，好半晌才道趙大老爺請青河少爺儘快過去一趟，而今夜原本的家宴也因此延至三日後。

齊管事直催，趙青河只好帶上泰伯進府。

夏蘇懊惱得卻是家宴延期，一拖就三日。這麼一來，十五日的交貨期實際就成十二日，本來就緊張的時間就會很趕。她在今晚行動和不行動之間猶豫再三，終讓膽小占了上風，決定等上三天。

「妳說齊管事哭個什麼勁啊？」在外顛簸了四個月的大驢又黑又瘦，捏著剛蒸熟的小籠包，一口一個，燙得他口齒不清，張嘴哈氣。

衣服買早了，小籠包白要了。本來對這種容易燙舌頭的點心無感，夏蘇卻有點賭氣，夾了小籠包，咬破麵皮，將肉汁吸得差不多，就整個放進嘴裡，讓腮幫子鼓鼓的。

這是她宣洩心氣的方式，在他人眼裡卻叫斯文秀氣。

泰嬸敲敲大驢的腦袋，「學學蘇娘。你每回都能燙到嘴，這毛躁性子跟著少爺，怎讓我放心？」

大驢接著吞，仍哇啦叫著往嘴裡搧風，「我又不是姑娘家，吃東西得講究模樣漂亮。而且啊，興許就是我毛躁，少爺才回魂。」

泰嬸呸呸兩聲，「什麼回魂！不過是你們誤以為少爺斷了氣。阿彌陀佛，多虧菩薩保佑，不然真當作死了殮棺，怎麼得了？」

家裡人的閒聊讓夏蘇放鬆，不由插嘴，「那麼高的陡坡滑下去，又沒有脈搏，自然當成死了。只是他如今什麼都想不起來，性子也大不一樣，看著很是怪異。」

大驢道：「豈止是大不一樣，根本就像不相干的兩個人，說詐屍我也信。少爺這才回來半日，等你們看上三個月就明白了。」

泰嬸對回魂和詐屍這類詞突然十分敏感，狠賞大驢一個爆栗子。

第四片 梁上雙君

夕陽透過西窗，映入一屋子晚霞，又飛快地消了暖意，漸漸昏沉。已被劈劈啪啪聲吵醒好一會兒，夏蘇知道，不起床不行了。進趙府雖容易，進趙子朔的院子卻不容易，錯過今晚良機，恐怕要大費周章。

她起身，抹了把寒涼的水，穿上薄襖夾衣舊襦裙，隨便梳幾下頭髮，紮成一束了事，走出屋門。

院中，黃昏還拖曳著不肯離去，大片揮灑暮色，照得某個大汗淋漓的人如塗一層金身。吵醒她的罪魁禍首果然在練拳。空氣是冷的，人卻是熱的，霧氳蒸蒸。暮光一照，竟隱隱生起霞煙，那麼近的身影有些朦朧。

但同從前耍刀弄棒不一樣的是，趙青河正跟一個木頭人過不去，劈啪劈啪打著那些橫出來的手杆。他的架式也擺得不開，方圓之內，折手臂、抬手掌，折膝蓋、撞膝腿，繞來繞去都貼著木頭。

夏蘇都懶得奇怪了，進廚房去覓食。

即便擱在從前，別人看來不一樣，恰恰是那位再尋常不過的表現。更何況，他如今開竅

了。開竅，是泰伯及泰嬸認為最貼切、最符合少爺變化的詞。

兩位老人家還徵用許多趙青河小時候的聰明事蹟，說夫人老早就教他讀了很多書，還像模像樣跟名師學過書畫，是深具書香門第傳承的。後來，因習武才荒廢了文道，如今開竅，把聖賢書都記起來了，人自然變得和從前不同。

這說法，讓大驢恍然大悟，而夏蘇照例持著謹慎態度。

她對趙青河沒高要求，只要別打她銀子的主意，去填他愛得心肝疼的那女子的無底洞，他變好變壞，與她並無太大關係。

原本乾娘過世後，她就要走的，但讓泰伯及泰嬸勸著，又同樣要去江南，便跟了來。不料趙青河投奔趙家之後就沒少惹事，一年不到居然「死」了。看老夫妻倆沮喪傷心，她不好提離開，還擔起養家的責任。如今，正主回來，倒是她自立門戶的時機。

蘇州片，桃花塢，她或許可有一番小小作為。

「有吃的麼？」趙青河往自己頭上狠命揉著一條大巾子，又往脖子裡來回摩擦，隔著門檻，問夏蘇。

夏蘇從鍋裡拿出一碗白飯、一個糙麵饅頭，卻沒有分享的意思，「等會兒你就能吃到山珍海味了，還搜刮家裡做什麼？你從前……」她住了口。

他回家才幾日？那些狗熊乖張的愚蠢事，曾經讓她咬牙切齒，現在她卻感覺成了那種茶餘飯後閒談的心情。是她腦筋不好使，還是人本來就容易忘卻？如果這樣，遠在千里外的人，會否忘卻她，給她一條活路走？

趙青河看出夏蘇恍神，目中精光一現又瞬滅，進屋抄走她手裡的饅頭，「從前怎地？」

這幾日旁敲側擊，已經足夠確認夏蘇的從前與這家裡的人完全沒有交集，所以他不會對她尋根究柢。

夏蘇發現自己手裡空空如也，立刻懊惱防功不到家。也有可能是三個月裡養成的陋習，畢竟他都「死」了，她還防備什麼呢。

「從前你早飯、中飯都不吃，就等著一頓大吃大喝，醉醺醺回家睡過一日夜，第二天的伙食都省了。」也不再到灶頭取食物，她吃起白飯來。

好像在聽別人的糗事，趙青河五體投地一臉拜伏，笑模樣搓揉了所有的硬棱匝角，「吃飽一頓過兩日？果真年少時候最能輕狂，我如今一天四頓都嫌少，這副體格擺著呢。」嚼著白饅頭，沒味道，但吃白飯的人為何滋味十足？

他坐到她對面，瞇眼瞧那只藍花碗，懷疑飯下藏著好料。

「容我提醒，你如今的體格比年少輕狂的時候，只有三個月差別。」

必須承認泰伯夫婦的開竅論有點道理，狗熊只會嚎叫，但眼下這位卻會說人話，儘管不怎麼著邊際，還能意會出趣調。

「經歷風雨才茁壯。」趙青河隨口瞎掰。

看來沒經歷風雨之前，一挺胸膛跺跺腳，梁上抖落灰下來，是還沒茁壯的熊孩子所為。

夏蘇突然覺得有點麻煩，趙青河茁壯了，今後是否不好過於直接罵他了？

從前，她可是拿他練膽子的，該罵就絕不嘴軟。偷眼瞟院裡的木頭人，不缺胳膊不缺腿，說明他力道掌握不錯，只不知他不打女人的原則有沒有變？

一隻大手忽然出現在飯碗上空，可惜夏蘇太敏銳，不然用力咬上去，就假裝吃飯的動作沒收住。

「白米飯有什麼好吃？今晚跟我一道赴宴，吃好料去。」怎麼看就是一碗飯。

夏蘇慢吞吞靠住椅背，盯了趙青河半晌，「你回來後，一直跟我套近乎，有何企圖？」

趙青河悠然抱臂，神情磊落，眼瞳墨濃，「妳從小被騙長大的嗎？兄長對妹子好，天經地義。」

「這世上沒有那麼多天經地義，即便親如骨肉，得到一樣東西，必要付出一樣東西。如你來接我，是為了點心和新衣。」夏蘇咬字雖慢，卻無比清晰。

趙青河直視著夏蘇，「我很想反駁妳，可是我不能，因妳說得一點不錯。如我和妳套近乎，想知道自己過去是怎樣一個人，因這家裡只有妳絲毫不掩飾對我的厭惡。也許，透過妳的誠實，我可以找到線索。」

夏蘇本要垂進碗裡去的臉，抬了起來。

黃昏終於落下牆頭，涼夜如蔓藤，爬過門框。她點起油燈，隨熏煙升起的弱光搖曳，與夜融了，似水還寒。她怔忡，心神微恍，捧起碗，「什麼線索？」

「誰謀殺了我的線索。」他笑著，眼中漆墨暗魘，無影無形卻張揚信心，彷彿宣誓對他的獵物勢在必得。

碗在杉板桌上打骨碌轉，米飯跳撒，夏蘇只來得及撈起一筷子的豆粒米團。想來想去，不能輸給會念粒粒皆辛苦的人，因而還是送進了嘴裡。但此時白米飯的滋味，已完全嘗不出來了。她嚥下那最後一口飯，「摔下陡坡不是雨天路滑？」

趙青河搖頭，不過聽到門外大驢嚷嚷少爺該走了的同時，迫人的氣勢全然斂淨，起身邊走邊道：「聽說妹妹很聰明，閒暇時候幫我想一想，誰會比妳還憎惡我？妳瞧，我在外頭遊山逛水挺自在，本無意回來給誰添堵，卻叫妳撞見，不得已只好歸家。若找不出凶手，沒準我還會再死一回，只是這回也許沒有再活過來的運氣了。所以妳也得負點責，是不是？」

「倒還不至於憎惡……」夏蘇咕噥。

不過，趙青河已走出門去，大驢那麼吵，當然沒聽見。

夏蘇發了一會兒呆，將桌子拾掇完，仍未從震驚的心情中拔出來。趙青河是莽夫匹夫，花錢如流水，做事不動腦，說白了是蠢真，沒做過奸惡的事，甚至違法的事。誰會對他憎惡至痛下殺手？

「蘇娘。」泰伯喚夏蘇，「我和大驢陪少爺赴宴，老婆子今晚替人接生，家裡就妳一人。等我們走後，記得關好門窗，不要給生人開門……」

趙青河換了新衣出來，聽個正好，不由好笑，「泰伯當她小娃娃嗎？」

這時天全黑了，除了內門邊大驢手提的燈籠，院裡再無亮光。然而，趙青河練武，夜間視力極佳，見夏蘇跨過門檻。

漆暗的廊下，她身形好不輕盈。

泰伯道：「若是平時，我也不囉嗦，不過最近城裡很不太平，有好幾家遭黑衣人入室竊財。官府都貼出告示了，凡提供可用線索者，賞錢十貫，還讓大家小心門戶。」

夏蘇撞上廊柱，大概是磕了頭，發出好大聲響。

趙青河看她蹲身揉腦袋的悶悶樣，心想自己多疑了。他以為她深藏武技，卻那般纖細，身若流風，不具力量。

「喲，疼吧？」黑暗中那顆腦袋動了動，他居然能看到兩枚眼白。達到目的，趙青河這才笑哈哈叫上泰伯，拉著大驢，走了。

火上澆油地捉弄諷刺，怎麼沒和這傢伙的記憶一起撞飛？夏蘇憤忿瞪著合上的門板，打從心底希望他今晚吃到拉肚子。

不過，她眼下最擔心的是今晚會不會出現意外？城裡有人穿黑衣作案，而她也要穿黑衣辦事，萬一把她當賊，如何是好？

夏蘇摸著額頭，望秋夜星空，如一條銀帶長河，曜曜燦燦，又是個無月無風的好天氣，她在心頭微嘆。無論如何，今晚是必須去一趟的，她直起身，龜行回屋。

約莫半個時辰之後，夏蘇屋裡燈滅，在門前勾勒出一道比夜還深的人影。纖影嫋嫋，緊裹一身夜衣，走路再不似龜爬，點幾下足尖，就躍上牆頭。奇妙的是，影子的動作看起來不快不大，卻優美，似起舞，飛升半空，輕落如仙。唯一美中不足，影子在牆頭蹲得有點久，東張西望防備重重，完全就是膽小某鼠的招牌動作。

許久，黑影跳下，再次施展奇妙的舞步，這回更快，似一縷清風，又彷彿足不沾地駕於雲上。

如她所料，今夜趙府家宴，主人們齊聚一堂，各房留守的僕從們看緊門戶，平時人跡處處的花園廊道冷清無比。趙家四郎的朔今園在東，她住南邊的親戚區，家宴則在北面趙老爺子的老潭院，可謂天時地利人和。

呃……一點小意外，可以忽略不計。

意外，其實只是夏蘇的意料之外。

她做事謹慎，雖說延了三日行動，並非在家坐等，兩回夜行下來，才決定今晚要走的路線，而且還向泰嬸打探得十分清楚。

趙子朔只有兩名貼身小廝，一名外住的管事，幾名不宿園的男僕，一些日間打理的僕婦，看園門的是個十三、四歲的家生小丫頭。

因為三個月來的頭回家宴，趙子朔很大方地帶著兩個小廝一道去，又給小丫頭放了假。今夜，除了到點會來巡護的院師，朔今園應該就是一座空園。

應該，卻出現了不應該的情形。

當夏蘇輕悄跳進牆內，猛見兩個人立在門旁說話，連忙蹲到花壇後。

她離著挺遠一段路，故而也聽不見說什麼，只看出來是兩個丫頭，一高一矮，高的那個腰帶上垂著什麼，一閃一閃發出藍光。還以為有人留園，她正思忖接下來怎麼辦，那兩人卻走了出去，還給園門上了鎖。

丫頭瞧不見行如風輕的黑衣人，而夏蘇只是掐時刻早了那麼一點點。所以，意外實在小得不值一提。

倒是園裡明燈點得鋪張浪費，讓她大傷腦筋。輕功再好，明光之下仍會露出形跡，而且趙子朔可不是趙青河，這位長房嫡孫的住所，園大屋大，迴廊疊宇，曲橋荷塘，大概要備著成家立業開枝散葉。如今，只因他尚未成親，又專心讀書，才不喜歡放太多人。

夏蘇從屋頂俯瞰過去，頭一回進來這裡，又不好見光，儘管泰嬸以一手醫術結交了不少管事媳婦和婆子，打聽朔今園裡僕從人數和分布狀況實屬小菜一碟，但這麼曠亮，無處藏身，令她心裡發虛。

雙手捏緊包袱布條，心虛沒有影響夏蘇的決意，當下拾起幾枚石子往明光處打去，同時藉稀落的花樹山石迅速穿廊。

石子啪啪作響，本似風輕的影子，在明燈照耀之下，猶如怪鳥掠過，確實難掩蹤跡。好在，不起任何人聲，只是驚動了幾株秋早金菊，無風自搖。

夏蘇緩吐一口氣，既確認無人就不再顧忌，從內園走主道，明暗不拘，直直奔入趙子朔的小樓。

藏書閣、讀書屋、待客堂於一樓，而起居室在二樓。她推門進入起居室，一排樓簷琉璃燈盞令屋內無光自亮，格局盡呈眼前。滿目皆書，一室墨香，說是起居寢屋，卻更像書房，書桌就有兩大張，其中一張桌面堆砌著一疊疊寫了字的紙。

神童也需要努力？順利進入這間屋子，讓夏蘇有閒心還能莞爾一笑。隨即，她繞過置物紅木隔斷來到內室，笑意更深。

一床一桌一臥榻，八仙案上方的松竹梅，正是〈歲寒三友〉。

夏蘇跳上八仙案，將畫取下鋪於桌上，又解開身上包袱，從一堆零碎中找出一盞拳頭大小的玻璃燈，點亮後罩上小瓷屏。

幽幽光色冷青，且只往前走，還可以調節亮度，煙熏味極淡，像書墨香。

此燈從海外來，貴比黃金，燈油更是有錢都買不到，是她離家時帶走的唯一一件娘親遺物。因為太珍貴，夏蘇用起來也省，照過一遍就熄去。這幅是紙本，並非仿作所用的絹本，畫風極具趙孟堅筆法神韻，問題就在於這等清涓筆觸欠缺一些獨我靈氣，若不熟悉趙孟堅的畫作，鑑定不易。

不過，夏蘇還有別的鑑法。

她搓著冰涼的手，直至感覺指腹達到最佳敏銳，然後伸手至畫紙前，閉目，以食指、中指觸畫，時而似蜜蜂頻密振翅，時而似輕羽刷過。

待睜眼，已篤定紙張為南宋年代，並非特意作舊的，裱墨因保存良好而不顯著，但仍有年頭了。燈下不見層疊摹仿的痕跡，再加上全補筆法欠呈自然，確是趙孟堅真跡。

夏蘇自幼習畫，對各代名家之長短弊勝如數家珍，何況她雖未見過〈歲寒三友〉，卻見過趙孟堅的〈春蘭〉。

由〈春蘭〉立刻回想到那個家，不禁遍體生寒。雖有金山銀海，瑰寶奇珍，卻也污穢奇臭，陰險惡毒，親非親，情無情，一塊骯髒地。

不想、不想，她甩甩頭，從包袱裡揀起量繩，並將幾十樣尺寸一一記錄。

又取出一小幅白紗絹，鋪在畫上，用粉筆作好標記。再在松竹梅上撒一層銀粉，蓋上吸粉紙，掃下銀粉……如此不厭其煩，只為反覆拓下精確的外廓。

最後是印。印有兩枚，「子固」和「彝齋」，是趙孟堅的字和號。

她書法不強，只能用透描法摹下，但紙本畫易凹，必須掌握好力道，還得描精準。看似最簡單的地方，手心卻一直緊張冒汗，居然還有些心浮氣躁。

描完後，感覺並不好，夏蘇擦著手，還想著要不要再摹一遍，恍然不覺一道黑影溜過偏窗細白綿紙。忽然，有笑聲人聲傳進耳中，她這才發現自己耽擱太久，府裡已經散席，趙子朔他們回來了。

把畫掛回去，七手八腳收了東西，她重新背起包袱往外走。聲音尚遠，自覺慌而不亂，卻在看到外間書桌前有人時，變成大驚失色，還立刻收起一腿，要向後點蹬——

「別撞到屋主那架子的寶貝收藏，不然會很難收拾。」男子手上翻著一本書，雖然背對夏蘇，隔著綿紙的燈色，映得他一身秋水雲錦明動。

夏蘇一眼便認出了這套衣物，更何況，還是自己頭一回花錢，給這名男子買的行頭。

「趙……」青河！她低呼，及時住嘴，卻怎麼也掩不住眼中詫異。

他為何？何時？怎麼在此？

趙青河轉過身來，手裡慢慢搧著一張薛濤箋。

他明明是冷鋒畢現的硬相，從前發花癡時顯蠢，如今笑了，反而森然無情？

夏蘇眨眼之間，錯過趙青河的斂眸。那對眸子裡，其實已不森冷，卻是笑入了眼，好整以暇。

「梁君不走嗎？」梁上君子？還是小耗子？

她不姓梁！夏蘇全身炸毛，彷彿每個毛孔都能射出箭來的狀態，一隻眼珠子盯著房門，一隻眼珠子盯著趙青河，估計下來，勝算不足，還有點腿軟。

她肯定比他跑得快，又絕不能小覷他。從前他也就這身蠻勁拿得出手，現在還有了腦子。至於開多少竅，很有深不可測之感。

「梁君不必這麼盯著我，毛骨悚然哪。」他從未遇到過這樣的女孩，膽子那麼小，卻做那麼膽大的事，明明此時怕得要命，又有士可殺不可辱的神氣，「如妳所見，我不是這個屋子的主人，和妳一樣不請自入。所以跟妳打個商量，妳來過的事我不會告密，妳也當從沒見過我。如何？」

夏蘇心想，對啊，趙青河與趙子朔不熟，跑進別人寢屋裡亂翻，豈非有不可告人的祕密？老實說，她打扮得像個小偷，其實只來看畫而已，倒是趙青河，衣冠楚楚，卻有鬼祟。

雖然很好奇、很懷疑，夏蘇仍明白輕重，馬上就朝門口走，顧天顧地，先顧好自己。

「望君夕亭獨坐，菊千重，寞千重；憶君青湖相隨，琴錚錚，悅深深；盼君落梔明子，瑟嗚歡，心嗚歡。」

夏蘇回身，瞪目，看到他是照著小箋念出來的，雞皮疙瘩立時消退。她膽子小，千萬別拿噁心東西嚇唬她。

「梁君走之前幫我個忙，這首詞是什麼意思？」

趙青河繼續揙著小箋，他看到詩詞就沒轍。

夏蘇本不想理會，但對他念的東西很不屑，聲音粗嘎，也掩不住厭氣，「算不上什麼詞，不過約人明晚子時私會合歡的情信罷了，如此露骨，真是……」憋半晌，罵不出「不要臉」三個字。

「地點？」趙青河連連點頭，很虛心受教。

「大概和梔子花有關的名或景。」夏蘇說完，以為這回可以走了。

但聽趙青河又問：「梁君來時，可曾見過任何可疑之人？」

夏蘇腦海中立時閃過那兩個丫頭，竟想都不想就回答他：「有一個別處的丫頭來過，和可能是門房的小丫頭說話。我沒看清臉，一高一矮，高的那個腰間繫了藍亮的佩飾。」

「多謝。」

趙青河的客氣也讓夏蘇十分不習慣，張了張口，只是乾巴巴地發不出聲。

「我給梁君提個醒，這時趙子朔應該進了園子，妳最好從內屋的窗子攀下去，走這扇門或會撞個正著。」趙青河這才「好心」指引。

夏蘇頓悟，「我若不幫你，你也不會提醒我？」

「得到，必要付出。」趙青河看那對眼珠又開始轉來轉去，強忍住笑，「這句話是今日剛從我義妹那裡聽來，現學現賣，如果今後與妳有緣再會，我可同妳細說。」

絲毫不知自己被看穿的夏蘇，覺得趙青河的腦子不止開竅，還開了洞，跟個小偷約再會，還細說。

要不要烹茶煮酒，跟小偷聊通宵？

小偷，梁上君子，原來是這麼個梁君。

她心底嗤之以鼻，另一面卻不由自主信任他，改由窗口躍出，從樓後走了。

趙青河一邊捕捉著夏蘇離去的悄然足音，一邊將紙箋歸回原位，又靠在窗前，長指輕撥一條縫隙，見趙子朔已到內園。

他也不慌不忙，行至雕花格架下，蹲身歪頭，無限貼近地板，確認夏蘇的足跡已清理，而從門口到書桌那行女子大鞋印保留完好，才直起身入了內室。

隱隱聽到有人大呼藏書閣有亮燈，霜冷漆夜的眸子漠寒不動，一切在他計算之中。只不過，掛歪的畫，落銀粉的桌，空氣中淡淡的煙墨香……

完全留給他一個爛攤子收拾啊！

那誰誰，摹畫的水準無疑非常高，但作案的水準，絕對有待調教。

第五片 天才無用

近來，夏蘇發覺，和趙青河碰面的次數有點頻繁了。

院裡就這麼幾個人，都知道她白日裡睡覺多，晚上精神好，無事不出家門。

窮家的好處在於人心簡單統一，除了趙青河當她是個使喚丫頭，泰伯及泰嬸和大驢皆認她義女半主的身分，雖忌諱少主而喚她蘇娘，卻不會差使她做活。

從前趙青河挑這件事來說，夏蘇大咧咧不理睬，實在忍不了，就夾槍帶棒敲罵他一頓。笨腦袋哪及她伶俐，每每敗下陣去，就能安生兩三個月。

晝夜顛倒的作息，如此頑強地養成。

如今她當然沒改變她的作息習慣，所以和趙青河碰面的時候多是晚間，還不是一般昏暮上夜，而是子夜。

前幾日，夏蘇忙著作畫，半夜出來透氣蹓躂找吃的，遇上趙青河，也只當沒瞧見。他亦不會打招呼，或在院子裡練武，或在堂屋裡喝茶，不過更多時候，卻是待在那間荒廢很久的書屋裡，看書！

兩年來，不曾看他碰過書，更不提他對讀書這兩個字敏感，一聽就會變得暴躁，就算他

娘勸讀也一樣。他將一箱子古書畫送進當鋪的那日，正是泰嬸勸他少和市井混棒們親近，多和趙府裡的少爺們來往。泰嬸一時勸起了興，漏嘴說到讀書考功名，他就化魔了，一箱子扛走，空身一人回來，還賭氣說當了八百兩銀子，他都給了心上人，看今後誰還跟他提讀書。

泰嬸為此傷了心，大病一場，待身體好了，再對看著出生長大的少爺，沉默居多。不過，趙青河現在的大轉變，最高興的就數這對老夫妻了。

至於夏蘇，並非她關心他做什麼，皆因他到哪裡都開窗開門點亮燈，小小的院子避不開視線，總落在眼裡而已。

這夜就是。

畫出最滿意之作的夏蘇，伸展著腰臂，出屋覓食，卻見西廊書房敞亮，窗子大開著。那人靠坐書櫃，一手書，一手辭典，身旁堆著書山，身前鋪著一疊紙，筆墨伺候，真像那麼回事。

鋒眉青山，眸深墨，專注的神情俊冷清涓。他的五官面型屬北方人，粗棱刻顯，雕高掘凹，分分明明，自然比不得南方男子謙和溫玉，卻有天地男兒的氣魄，加之身材高大挺拔，是另一種張狂雋美。原本被笨腦瓜子牢牢封在厚厚的愚垢之下，如今連一張臉都跟著出土放光了？

夏蘇瞧著這麼一個人，突然感悟繪畫中神重於形的精髓意義，可見神惡則形惡，神俊則形俊，外形可隨心神變化而變化。

夜風吹冷身上那一點點屋暖，只披一件外衣的她不由得打個哆嗦，驚覺自己看呆，連忙垂眼檢討自省，將身體慢慢縮進無形的龜殼，挪去廚房。這人若真考到狀元，又與她何干？更何況，他看的都是什麼書啊，騙騙書讀得少的人罷了。

啪嗒啪嗒……

見他扛了一捲篾蓆出來，鋪在院中葉子快掉完的老榆樹下，她立刻盯住那雙光腳，這麼冷的天趿木屐？

啪嗒啪嗒……

夏蘇捧著筷碗，等飯熱時無聊再往外瞥一眼，人又不知搬什麼去了，但蓆子上多了一張雲榻方桌。

啪嗒啪嗒……

她朝天翻眼，不看不看，她吃她的飯，他要樹下乘秋涼，那是他腦抽。

啪嗒啪嗒……

怎能有那麼多東西好拿？她不小心瞄到——真是不小心的，卻是一怔。

不知他從哪兒找出來的元宵燈，正往樹上掛，穗兒流轉，走馬遊畫，幾款精巧的式樣，燈色各異，煞是引人。桌邊紅陶封小爐，溫出了酒香，飄到她鼻子底下，聞出新釀桂花。

一座窮院，原來只要肯花心思，也能製造一方好景出來。

夏蘇耷著腦袋，很鬱悶。可是，吃了幾天沒滋沒味的飯，一旦勾出饞蟲，只有美食美酒才能治，不然會死人。

她不想死，所以她一邊很鬱悶自己沒節操，一邊很勤勞地炒了兩盤菜，盛了兩碗飯，慢吞吞龜行過去。當然，到了這份上，脫鞋入蓆是理所應當。

「妹妹不要板著臉，橫豎也坐下了，與其鬱悶，不如開心些。」提起紅陶酒壺，趙青河為夏蘇斟酒，動作行雲流水。

夏蘇想不到他會為她斟酒，緩轉著溫熱的杯子，定看他一眼，將酒一口飲盡。

「原來妹妹好酒量。」趙青河笑著再斟。

夏蘇看不出趙青河一點不情願，憋了好幾日的話脫口而出：「你……不是摔沒了記憶，而是鬼上身了吧？」

趙青河手一頓，隨即哈笑，「沒錯，趙青河不再是趙青河，是某個孤魂冤鬼，上了這具還存一口人氣的身。我想想啊，我原本叫什麼來著……」

這口氣，卻實在又是他。

夏蘇不笑，開始默默挾菜吃。

趙青河見自己的笑話逗不起笑，聳聳肩，也吃起菜來，卻不沉默，攀談道。「恭喜妹妹完工了。」

夏蘇抬起頭，嵌深的那對漂亮眼睛如寶石璀璨。

「看妳今夜出屋伸腰拉胳膊，不似前幾天躬著小老太婆的背，若非完工，怎會一派悠閒？」還有，屋裡熄了燈，她披衣而出，是吃完東西就要睡覺的態勢。以她這幾日天亮才睡下的習慣，突然作息改變，應該是因為她完成了〈歲寒三友〉，大概明早還會外出。

所以，他這是給她慶祝？夏蘇張口，「我完工，跟你有什麼干係？」

「當然有干係。妹妹是咱家的一根大梁柱，順利完工的話，很快就有進項。有進項，就能開支。」趙青河笑聲變嘿嘿嘿，「我想買書，筆要置新，還有紙……」

夏蘇眼睛眨大，「趙大老爺不是讓你擔當府庫護隊，每月十五兩銀子？」梁柱很重，她細胳膊細腿，頂不起來。

「我考慮再三，還是推了。」

「推了？」那個裝腔作勢，不用花力氣，她都能幹的職位，十五兩如同天上掉下來的。

「推了。輪白日的班，肯定不行。輪晚班，我就沒時間做自己的事了。趙大老爺雖是一片好心，替我安排這份差事，我卻不好意思白拿銀子。」他發現她的大眼睛和小耗子眼、小烏龜眼相去甚遠，多湛美。

這人現在說的是人話嗎？她怎麼聽不大明白？

夏蘇表情迷茫，再喝一杯酒，慢慢問來，「白日裡為何不行？」

「因為要睡覺啊。」

照她的作息標準來看，這條理由算得充足，夏蘇只好接著問下一個問題，「晚上你有何事要忙？」

「先盡著妳安排，妳出門我出門，妳作畫的日子，我看書練武，也可能出去見見買家和書畫商……」

「等等！什麼叫先盡著我安排？」夏蘇越來越糊塗，她對他改變作息毫無意見，但他跟她怎麼能攪和到一起？

「泰伯跟我說，他同妳說過了。」這姑娘善後的本事很糟，廚藝也一般般，看來是個偏才，他不該對她的其他才藝期待過高。

趙青河再抬手，阻止夏蘇開口，臉上無驚無奇，一副了然她要說什麼的模樣，「泰伯說要給妳找個跑腿送貨的可靠人。我卻這麼想，錢財面前人心貪，等到知道不可靠，必然已損失了錢財。雖說可當買個教訓，如果涉及大筆銀兩，還是可惜。再者，妳做的事劍走偏鋒，往小了說是摹畫，往大了說，犯大明律，不能隨意託付人，且普通老實可靠的人又難以應付刁鑽買家。相較之下，吳其晗還不算真小人，都難打交道。今後妳名氣出去，找妳的人一多，鬼神黑白各道都有。所以外人肯定行不通，只能是自己人。」

這回趙青河雖然說了一大段話，夏蘇卻很容易就聽明白了。泰伯跟她說起時，她沒能及時說不行，心裡卻直覺不行。不過，趙青河最後那句「只能是自己人」，讓她心頭一動。

當然，動歸動，她謹慎不減，冷淡道：「我可以誰都不找。」

「那就只能任奸商摳門小氣，妳為二、三十兩銀子嘆血汗沒白流，他們可是轉手就翻了十倍百倍的利潤，感慨賺錢太容易。」趙青河捏著白瓷杯，轉啊轉，目光彷彿完全傾注於流光溢彩的酒面，神情自得，「妹妹對我這兄長縱有千般無奈萬般厭，但一家人就是一家人，已在一條船上，要沉一起沉。想想看，我若沒回來，妳會丟下泰伯及泰嬸，自己過好日子去？而今，我可以起誓，我既然回來了，該我擔的，也絕不遜於妳。即便是從前的我，可曾真丟下過這家的任何人？」

夏蘇默答，沒有。

哪怕和她相看就火冒三丈，趙青河答應她可以跟來蘇州，就從不曾反悔過，口頭出氣也沒有。也許，正是他還有赤子之忱，她留了這麼久。

夏蘇不語，一口酒，再一口酒，動作和她平時走路一樣，很慢。

這幾日，趙青河雖然沒有機會和夏蘇說上話，但經多方瞭解，拼拼湊湊，已能勾勒出本尊的性情。

並不確定從前的趙青河有沒有丟下過家人，他卻願意賭一把，因這家人，包括這位有點古怪的姑娘，都有顆善良心。以此類推，大概趙青河也不會太壞。可能不愛用腦，亂講義氣，魯莽行事，卻非本質惡劣。只是寡母獨子，生活又一直拮据，再寄人籬下，這些不著調的毛病惹出不著調的麻煩，確實會讓人厭煩。

重建失去的信任，比建立全新的信任難得多。

他不著急。

燈花嗶剝聲響，雨珠串落成線，樹下宵夜該散了，兩人卻仍坐著，一人喝酒，一人吃菜。好在雨並沒有下大，有一搭沒一搭，一條線一條線，燈下清晰可數。

夏蘇抿酒，感覺酒味沁了雨味，溫熱入口，喉頭卻絲絲發涼，澆冷心裡一小團熱乎氣。那團熱氣，因趙青河的「自己人」論而生，幾乎立刻就點頭答應。

現在，澆冷了，也清醒了。

帶小籠包，置辦新衣，炒兩樣小菜，這些都是小得不足一提的事，而她性子軟綿也好，不喜歡力爭也好，即便有無比的勇氣離開家，她只是更膽小、更謹慎、更慢吞。

「我不信你。」然而，如今的她，更敢於說真話，「而且，就在你扛走乾娘千叮萬囑要留住的字畫時，你已經弄沉了這條船，事後也滿不在乎。」

當趙青河請了幾個混棒哥兒們吃酒，聽他們繪聲繪影地將這件事描述成「千金散盡還復來」的大丈夫行為，他內心卻明白，這就是前身那位趙青河所做的蠢事之最了，恐怕今後還得背負這件蠢事很久，反反覆覆為此洗刷污名。

果然，這就來了。

「你要我怎麼做？」他可以說他已不記得往事，雖是事實，但人們不會這麼接受，尤其眼前這位討厭他的姑娘。

夏蘇突然起身。

趙青河看她站立的身姿一眼，就知她要去雜物房，所以安穩坐著。不一會兒，見她抱了一只小酒罈出來，他垂眼笑，聽大驢說她饞酒香，倒料不到會如此貪杯。

「我來開封。」他伸出手。

夏蘇猶豫一下，將罈子送過去，慢聲道：「這酒烈，冷著喝更好。」

趙青河點頭，大掌輕鬆拍開泥封，深深一嗅鼻，讚聲好酒，給夏蘇倒上，不過這回用了碗盛酒。

他看她喝酒如喝水，仰頭半碗下去，喝到這會兒還臉色不紅不白，神情淡定，目光比不喝酒時還清亮些，難免還是好奇。喝不醉的體質自有天生的，這位顯然知道自己能喝，且除了那筷子菜，就一直沒放下過酒杯，好似有酒癮的人。

想至此，他將酒罈放到自己身旁，發現她的視線也跟到他身旁，墨眉冷抬，沉聲道：「喝完這碗差不多了。」

夏蘇拿著酒碗的手竟抖了抖，與趙青河對視一眼，立刻耷拉眼皮，輕輕喔了一聲，由喝改為啜飲。

趙青河又想，她這麼聽話，該不會已經醉了？忽而，聽到一句話，只是這句話超出了說話人平時的語速，他又稍稍出神，就沒能聽清。

「妳說什麼？」他問。

「你把八百兩銀子討回來，我就雇你。」她這回說慢了一些，啜飲已止，盯著小半碗澄黃的酒液輕蕩，雨絲落開了酒花。

趙青河左手撐起下巴，同夏蘇一起瞧著她酒碗裡漾起朵朵花，滿眼傲氣，反問道：「妳雇我？」

夏蘇平眼望他，涼聲嗆他，「難不成是你雇我？」

嗒——嗒——嗒——

長指敲桌，篤定十拿九穩，從一開始就沒有讓過步。

趙青河聲音陡然懶了下來，「這是當然的。為了公平起見，我特意放棄山珍海味，跟著妹妹走了一趟。妹妹的輕功雖然一流，但遺憾的是，考慮到這盤營生利高險也高，甚至關乎咱們的小命，妹妹今後還是聽哥哥的話吧。」

平眼變驚目，夏蘇一張臉白得好似透明，而後，脹紅到耳。死死顫捉著酒碗，金液驚起一波波急漪。

也就是說，那夜遇到趙青河，並非撞了巧，是他尾隨她。而他要笑不笑，口口聲聲梁君，還跟她哈拉扯了好些，連逃路都給她指正，因他明知她是誰，才會那樣。

「我並非羞辱妳。」翻了那麼些書，趙青河自覺用詞可以婉轉些，但夏蘇受打擊的模樣超出他想像，讓他臨時添加「安慰」的話語，「妳作為一名畫師，不止我，吳其晗也肯定妳的天賦和才華，我看等妳交了這單，他就會同妳商議，簽妳為長約畫師，妳實在無需妄自菲薄。雖然除了作畫，妳並無其他長處，不過普通人做得好的地方，天才未必做得好。天才多偏執古怪、智商高、情商低……」

酒碗空了，夏蘇沒喝，全潑到了趙青河臉上。

然後，再不看對面那個男人一眼，她起身走回自己屋，大聲甩上門，熄燈睡覺。

趙青河靜望著夏蘇屋裡暗下，抬手抹了把臉。

烈酒和寒雨已經混入口中，一開始冷冽嗆辣，漸漸卻燒起一片火，燙得無比。

這是無意中激出那姑娘的真性情了嗎？一直溫吞吞慢蹭蹭，沒朝氣，灰濛濛的一個人，卻能迸發出璀璨耀眼的火花。

他拿起罈子，一口氣喝乾剩下的酒，再慢慢挾菜吃，吃著吃著，竟呵一聲笑了起來。燈有些明暗不定，柔化了石雕的冷面酷顏，笑臉不羈而俊魅。

第二日早上，夏蘇小心翼翼開門，謹防一簸箕石頭之類的東西來堵她。門外卻沒人，院中老樹下空無一物，後半夜她輾轉噩夢之中似乎聽到雨聲，這時天陰，但地上乾著。

泰嬸從廚房探出身，看到夏蘇伸著腦袋東張西望，神情見怪不怪，說道：「少爺和大驢出門沒多久，老頭子挑馬車去了，家裡就咱倆，快來吃早飯，趁熱吃。」

夏蘇暗自鬆口氣。

昨夜氣急之下，潑趙青河一臉酒就跑了，若是從前，肯定能聽到狗熊吼聲。不過，除了她直做被熊追的噩夢，既沒讓吼叫驚醒，今日清晨也十分平常，沒有熊來的徵兆。

泰嬸應該知道趙青河的心情如何，可她不好意思問，只問泰伯為何要挑馬車。

「少爺說坐轎太慢，馬車方便得多，不用怕壞天氣，而且眼看要入冬了。」泰嬸答著，給夏蘇遞來一大碗紅豆粥，上面一層蜜糖，知她愛吃主食勝過別的。

夏蘇卻有點食不知味，想起昨晚趙青河傲慢的決定，以為潑酒就能讓他明白過來，誰知一覺醒來，他是該幹麼繼續幹麼。

「應該潑水的。」她咕噥。

潑酒，真是醉了。

一抬眼，逮見泰嬸的視線從她身上晃過去，夏蘇摸摸臉，「怎麼了？」

泰嬸笑呵呵道聲沒事，轉過身去刷鍋，閒聊起來，「妳還記得麼，咱們剛來時妳問過，趙府為何會收留那些親戚？」

夏蘇輕輕唔一聲，吹著粥，調羹從邊上撇起。她曾隨口問過，並不執著答案，不過泰嬸忽然說起這個話，應該是在她作畫的這幾日裡發生了什麼事。

這點反應，已足夠令泰嬸興致勃勃說下去，「原來不是所有投奔趙府的親戚都能得到安頓。我們沒在意，其實稍加留心就知道，這些親戚家裡多有未出閣的小姐。」

夏蘇囫圇吞下那勺粥，抬起玉白的臉，舌頭被這話燙到，雙頰熏了粉色，一副水靈的俏模樣，「欸？就咱家沒有？」

「咱家不也有一個麼？」泰嬸瞧著夏蘇，心裡讚聲俏，嘴裡卻是同意，「妳沒去過趙府，加上少爺從前嘴硬，只道妳是個丫頭，所以確實除了咱家之外。」

女子在這方面的聯想力都豐富，夏蘇也不例外，有一點點驚訝。但她缺乏繼續關心下去的動力，最後只回了聲喔。

泰嬸卻處於「自發」模式，不用聽眾附和，也能自得其樂地說下去：「照說，趙家子孫個個優秀，而投奔來的親戚多是沒落了，或是父母不全沒有依靠，在這裡頭找兒媳、孫媳，別人不好說，六太太肯定嫌棄。」

夏蘇微微一笑，「您說得一點不錯。」

性子開朗的老婆婆眨眨眼，「趙老太爺六個兒子，十來個孫子，嫡出的其實不多，庶出的少爺們配這些親戚小姐，倒也不寒磣。再者，親上加親，知根知柢，一個大府裡住著，還能隨時瞭解姑娘的性情，總比外人說合得好。」

感覺趙府養了一群兒媳備選，夏蘇好笑之餘，想到自己如果是那些小姐中的一個，可一點都高興不起來。不過，閨閣女子從來在婚事上沒有自主權，不是不高興就能擺脫的。

「眼下，自長房四郎起，有六位已到了娶媳婦的年歲。不過，趙四和趙六是長房和二房的嫡長子，絕不可能從那些姑娘中選正室。」這麼說的泰嬸，也有賭氣的成分。她知道，那些姑娘中有一個很有可能會嫁給趙氏嫡子，但她壞心詛咒那姑娘不能心想事成。

夏蘇本來專心喝粥，聽到這兒，卻突然想起那張寫給趙四郎的情箋來，不禁開口：「趙四和趙六均為人中之龍，乃趙氏驕傲。近水樓臺，常見常遇，暗許芳心的女子恐怕不少。姑娘家要是主動，但凡男子稍有點輕浮，必然上鉤。趙子朔上鉤了？」

「喲，妳怎麼猜到有人主動勾引趙四郎？」泰嬸終於由夏蘇引導直奔至主題。

夏蘇笑而不答，總不能說，她去過趙子朔的小樓，偷看一幅名畫，還聽趙青河念了一首噁心巴拉的情詩，現在想起那幾句，她還會起雞皮疙瘩。

第六片 梨木回香

泰嬸怎知其中因緣。

繼續道：「是大太太的遠房表妹胡氏，她的女兒給四公子寫了情詩，竟是直接傳到老太太的耳裡。老太太立刻召了大太太過去一頓好罵，又氣又委屈的大太太回去就叫胡氏母女搬走。那姑娘怎能不尋死？所幸救得及時，但也是鬧得盡人皆知。老太爺找趙四郎親自問，趙四郎竟不承認，說不曾收過什麼情詩。最後，老太爺就叫人人噤口，不准再傳此事。不過，胡氏母女還是連夜搬了，平時跟她們交情好的幾家人，一個沒打招呼，不知搬去了哪裡。」

夏蘇對大宅裡的手腕知道不少，八成還是趙老太爺的動作。傳言繪聲繪形，老太太的耳根又不軟，所以不可能無中生有。雖然趙子朔保護胡氏女兒名節，就是不承認，精明如老爺子一定看得分明，那對母女留下也於事無補，不如送遠，等風頭過去再把人嫁了。

「老嬸，出了咱院門，提都別提這件事。」她不喜歡高門大宅，正因為這些明明簡單，卻非要複雜解決的事。

「放心，只跟妳說說。」

這家五個人，心齊一致，泰嬸但嘆，「我給胡氏看過幾回病，她夫君早逝，受婆家排

擠，才投奔了趙府。胡氏為人沒得說，女兒也漂亮乖巧，完全不似會給男子寫情詩的人。有一回我在胡家看到過四公子，他代他母親給胡氏送燕窩補品，和胡氏女兒站著正經說話。那可真是璧人兒一對，任何人看著，都會覺著十分相配。兩人那般守禮，我實在想不到……」

搖頭，還是搖頭，泰嬸無兒無女，卻有一顆慈母心，「我聽有些人把好好一個姑娘說得那麼不堪，就恨不得給他們下巴豆。」

夏蘇放下碗，上前抱住泰嬸，靠在她胖圓的肩頭，「咱不跟小人計較。」

泰嬸捏捏夏蘇的臉，「好，咱不計較。我就是直脾氣，不像那些裝腔作勢的，平時姐姐妹妹、我的兒啊，喊得親熱，出事之後，一面都不露。」

夏蘇想，這才是泰嬸最想說的吧。

「老嬸說的那個裝腔作勢，不會正好是我們剛拜訪了的那個吧？」大驢笑嘻嘻竄進來，「誰不知岑、胡兩家住得最近，這幾日胡家出事，岑家小姐卻病得起不了身。可我從前常去岑家，怎不知道她們兩人交情好？」

泰嬸最聽不得岑字，過去就拎大驢的耳朵，「胡氏女兒和周家的二小姐關係最好，我何曾說岑家的。拜訪？少爺沒了記性，你好歹長著腦袋。我們燒高香拜佛祖，感激讓少爺忘了之前的糟心事，今後能好好當家。你倒好，怎麼又給湊上去了？」

大驢昂昂叫喚，滿廚房亂轉，「跟我沒關係，少爺當初那麼猛追岑小姐，他那群狐朋狗友個個知道，平時就拿著這事下酒呢。哪用我說，前幾日少爺請他們一桌，什麼都知道了。我就奇怪，當日沒去找岑小姐，竟隔了這幾日才去。」

泰嬸氣得朝大驢扔菜鏟，「奇怪什麼，你不是跟著去了嗎？沒耳朵、沒眼睛嗎？不會聽、不會看？」

大驢跳過菜鏟，還是讓木勺敲到小腿肚，直叫疼，「岑小姐病中，我們哪能見得到，少爺把我遣出去，單獨和彭氏說話，我聽個鳥啊！」

彭氏是岑雪敏的親姨母，少寡，同來趙府照顧姪女。

「少爺人呢？」泰嬸見門外只有麻雀吵架。

「不知道，他讓我先回來。」眼看泰嬸要扔菜刀，大驢連忙喊：「我和少爺離開岑家時，彭氏罵得可凶了，還追出來罵少爺癩蛤蟆想吃天鵝肉，警告他再不准上門，不然就要告訴老太爺。少爺哈哈大笑，說今後請他都不來。」

趙青河屢屢捧金送銀去討好岑小姐，多因這貪得無厭的彭氏教唆，拿她姪女的花容月貌當香餌。

如今彭氏罵得如此絕決固然好，就怕跟從前一樣惺惺作態，又要好處又要臉面的。

可讓泰嬸糊塗的卻是趙青河的那句回答。

她看著長大的孩子，她最知道秉性，以後請他都不去的那一句，絕非謊話。她不像她老頭子對少爺唯命是從，少爺說失憶，診脈卻正常。自己雖不是神醫，但醫者憑望聞問切說病，對健康的少爺抱持一點點疑心。思來想去，少爺若裝失憶，無非想讓家裡人鬆懈，不再阻礙他求親，好將岑雪敏快快娶進門。

然而，縈繞她七八日的擔心，今日讓少爺親手揮散了。

泰嬸糊塗著，又欣喜著，偷瞥夏蘇，見她神情怔忡，心念連忙一轉，覺得自己該適時推一把，讓夏蘇對少爺有點好感，「看來少爺這回真的明白過來了，從前都是年少輕狂做的馬虎事，咱也別計較了。難得他回心轉意，家裡人得拉他一把，免得又飄。」

夏蘇發怔，卻與泰嬸糊塗欣喜的緣由不同，但想起自己昨晚讓趙青河討回八百兩銀子，今日他就跑去岑家，還被彭氏罵。可是，他當時又沒應她，她還潑了他一頭臉的酒，以為不了了之……不會吧？

趙青河即便不記得他對岑雪敏的熱情追求，可是，送出去的東西再去討回來，大丈夫顏面完全掃地，一般好點面子的男人都不會願意做。更何況他變了，還絕不是變蠢，是一種盛氣凌人、自信自傲的變化，讓她無法想像他死皮賴臉向彭氏討銀子的模樣。

因為難得的好奇心，夏蘇本來上午要出門，不自覺留在家裡，想等某人回來說說前因後果。差不多到晌午的時候，她揀著豆芽根，正有點花眼犯睏，忽然聽到泰伯一聲吼，驚得跳了起來。

「老婆子！快！快來看！我們把什麼帶回來了！」

泰嬸衝夏蘇又眨眼，笑道：「平時不覺得，缺了才知道好，如今人平安回來，這家就好似終於開了運。現在，就等你倆喜上加喜……」怕夏蘇覺得她偏心趙青河，「我的意思是，妳找個好夫婿，少爺找個好媳婦。」

夏蘇對這種內容是全不上心的，淡淡一笑，起身跟著。還沒跨出門，她就看到院中除了興高采烈的泰伯，還有趙青河。怪不得泰嬸說什麼平安開運的，同時入她眼的，還有趙青河腳邊的一只黃梨木箱子。

泰嬸驚得僵定在門邊，捂嘴睜目，眼睛漸紅，忽然垂頭抬袖擦著眼角。

夏蘇一邊扶著泰嬸，一邊冷眼瞧。

那只黃梨木箱，是趙青河娘親常氏最喜歡的大物件之一，做工精良，能密封隔水，因此用它來收藏珍貴的東西。箱子半年前讓趙青河扛走，裡面裝著常氏留給兒子最後的家財：十二卷古畫、五幅名書，皆大家真跡。

現在，箱子回來了，書畫也回來了麼？

趙青河大步而來，看不出曾經的一絲莽撞性情，行似青山出雲水，蒼鬱峻拔。他也來扶泰嬸，無意中卻與夏蘇的指尖相觸。夏蘇立刻縮手，但她指尖的涼意停留在他的皮膚上，遲遲不暖，令他蹙眉。

「穿得太少。」他打量她一眼，一件裡、一件外，均是單薄棉布，由此找出癥結。她並未因他大手的熱溫觸感而有半分情緒波動，冷冷回他，「還好。」

想說不勞費心，當著泰嬸的面，算了。

泰嬸左看看右看看，兩個讓她如待親生的孩子，一個如火，一個如冰，難以融洽，心中不禁嘆息，但她不強求，一手拉了一人往箱子走去，「近來已添置不少東西，還要買馬車，哪來的錢贖回箱子？」

有生之年，若能促兩人成為好兄妹，在孤涼世間彼此照應，她去九泉之下見到夫人時，就不至於羞愧。

泰伯呵呵笑起，打開箱蓋，「豈止贖回了箱子！」

夏蘇再也無法冷眼旁觀，目光充滿驚奇，盯著箱中那些卷軸，不禁脫口而問：「怎麼贖得回來？」

「當鋪不就是籌急用銀子與人方便的寄處嗎？如今銀子還上，自然就能拿回東西，有何難為？」趙青河的視線自上而下，隔著泰嬸也無阻礙，落在夏蘇光潔的面額。

這人，這眼神，這要笑不笑，她是被他看成傻瓜了麼？夏蘇心裡油然生出一股氣。

趙青河瞧著她粉澈澈的腮幫微鼓，呼吸深長，肩膀都起伏了，就很「好心」地大聲問：「要不要我給妳倒碗酒，妳再像昨晚那樣，潑我一臉來消氣？不然，氣太足會憋內傷的。」

院中，打架的麻雀飛走了，靜得只剩呼吸聲。泰伯的、泰嬸的、夏蘇的。

忽然大驢大叫一聲：「欸，昨晚你倆一起喝酒？孤男寡……」讓夏蘇眼中一道厲光嚇得閉牢嘴。

夏蘇竭力維持淡然，折步往堂屋走去，吩咐道：「將箱子抬進來，我瞧瞧有沒有讓當鋪做了手腳。」

趙青河應得乾脆，雙手合抱，把百來斤的箱子輕鬆扛上肩，隨她走入。

院裡三人，你看看我，我看看你，如此交換了默契，各自做各自的事，沒一個跟去。這種時候，火苗子亂濺，旁觀者只會引火焚身，遠離得好。

打情罵俏？

想得美！

根據以往經驗，不拆房子就不錯了。現在只能期望，那位什麼都不記得的主子爺裝什麼都好，千萬別化身為熊。因為夏蘇最討厭的動物，就是狗熊。

然而，堂屋裡，很靜、很靜，一點火藥味也沒飄。

大門關上良久，車軲轆和馬蹄兒也聽不見了，好不容易露回臉的秋陽並不毒辣，大驢卻覺得恁燒心。

他問神情平靜的泰伯，「老人言，越是大風暴之前，越是平寧。咱家兩位主子這麼平寧，莫非今晚就要拆房子了？」

泰伯斜瞪，曰一字屁，轉身幹活去。

可他心裡其實也焦，少爺和蘇娘兩人一起平靜出門的樣子，很好、很融洽，是他和老婆子日盼夜盼的景象。只是當真發生時，竟然有了大難臨頭的憂鬱。怎麼想都很古怪，兩個水火不容的人，一下子平和並肩，就像貓和鼠，肯定是有什麼鬼！

泰伯想到這兒，腳下一拐，找老婆子商量去。務必，貓和鼠都得平安。

新買的馬是老青驄，新買的車是板條拼，軲轆缺著口，感覺老馬隨時會沒氣，車子會散架，然而看那車夫，趕得悠哉，絲毫不介意馬車拉出了牛速。

車夫不一般，相貌堂堂，寬肩闊背，令不少女娘紅著臉持續偷望。車篷無門板、無門簾，可以望得見一名女乘客，背著街，對著車壁，似乎抱膝。車子渾身發出可怕的嘎吱嘎吱，軲轆一圈震不停，這對人物卻十分安穩，讓人感覺馬是千里名駒，車是貴木沉香。

出了繁華的鬧市，來到偏隅窮坊，行人為生計忙活，少有目光再看老馬破車。

它拐進一條長巷，幽靜無人，車夫就任老馬認道，鑽進車裡，湊近瞧一動不動的姑娘。姑娘腦袋頂著車板，閉了眼睛，呼吸輕淺，居然睡得很香。

趙青河笑露白牙，忽而對著她的脖子吹了一口氣。夏蘇的皮膚分外白皙，他能立刻看到脖後浮起一片極細極短的淡黃絨毛。

還是個黃毛丫頭呢！

他正要換上嘲笑……

夏蘇轉了下脖子，那張巴掌大的臉就正對了趙青河，鼻尖到鼻尖，兩指的距離。她的眼窩較深，閉著眼還能看出大大的眼廓，眼線很長很翹，睫毛如墨羽。她的唇飽滿小顆，唇色卻淡，撒了珍珠粉一般，潤潤散發暉美。半邊細膩透水的面頰，讓他禁不住想到剛出爐的大白饅頭，內裡卻是小籠包的肉餡，多汁鮮美。

趙青河伸出雙手，要掐上大白饅頭的姿勢，臨了，卻改成兩根食指，將她微翹的嘴角往下彎，心道果然。

原來她用彎下嘴角的法子，讓自己看起來不顯眼。那張小嘴若不刻意抿著，容姿嬌而楚楚，笑也惹憐，最易令男人動心。難怪風流如吳其晗，都會被她吸引，想來當時她只顧看畫，沒顧上抿嘴巴了吧。

他想到這兒，恰見她的睫毛微顫。瞬時，那雙睫羽彷彿也從他心上刷過，癢癢難耐，漸漸酥麻。他不禁蜷起點著她嘴角的長指，捉緊，再捉緊。這沒什麼，只能說明他和吳其晗一樣，都是普通男人。

趙青河無聲鑽出車去，將馬車趕到另一條熱鬧的寬街，想著誰能在這麼鬧的地方繼續睡。半個時辰後，面對不曾換過姿勢、睡得像死人的姑娘，他終於明白了人外有人的道理實在不虛。

他只好乖乖把馬車趕回原來的巷子，拍了拍車壁，「到地方了。」

他以為需要多叫幾聲，夏蘇的身體卻猛地一震。

因為她睡姿不好，腦袋僵硬往旁邊車板撞去，發出咚一大聲。

趙青河齜牙咧嘴，哎呀哎呀替她疼，但是眉開眼笑，又分明幸災樂禍。

夏蘇怎能看不出來？揉著頭，狠狠白他一眼，左顧右盼，蹭身探腳，才慢騰騰著了地。

「妳真是……」該防備時不防備，該放鬆時不放鬆，傻到他都懶得說她，改以兩個字代替：「夠慢。」

「你可以不跟來。」她求著他了麼？

趙青河不但討回八百兩，還把原本當死了的書畫原封不動贖回來，夏蘇說話算話，今後讓他跑外面的買賣。她其實也不是不明白，男人在外比女子吃得開，談什麼都要容易些。倒是趙青河沒有昨晚的傲慢，只道他主理買家，她主理造畫，銀錢一本帳，每月結算，如此分工合作。

趙青河看著夏蘇抿垂的嘴角，驚奇一個人的氣質怎會產生這麼大的變化，但他神情不動，目光漆漆，轉眼打量四周。深不見底的支巷，層層疊疊的屋瓦，不知裡面藏著多少貧困落魄戶，難保沒有見色起意、見財起意、走投無路的人。

「萬一哪日妳不見了，我總要知道上哪兒找……」

夏蘇一怔，本以為趙青河會滿腹牢騷嫌髒嫌破，不料——

「妹妹是咱們家的搖錢樹，絕不能有半點閃失……」

夏蘇心上才泛起的一絲絲暖意，頓時降至冷寒，搖錢樹啊——

「咱們家現在除了那箱子不能吃不能用的舊東西，連塊整元寶都沒有，全靠著妹妹手指縫裡漏些銅板下來。」瞥一眼夏蘇肩上背著的鼓鼓褡袋，趙青河記得，上回他背著時好像也這麼鼓，看來夏蘇付給幫手的工錢很是大方。

兩隻手，舉在趙青河眼前，素白，纖細，不軟弱。他居然明白不過來，就聽到夏蘇柔美緩平的聲線。

「滿的。」她說。

「什麼滿的？」他問。

「沒有手指縫。」她的嘴角平中悄翹，眸底盛滿輕嘲，「這叫兜財手，天生的，除非我自願，否則連沙子都漏不下。你想要元寶，還是自己賺得好。」說完，手放回身側，繼續向前走。

竟是這個意思。趙青河忍不住，手握了空拳，堵嘴呵笑，笑完卻也不再說什麼，跟在夏蘇身後。

習慣獨來獨往，看盡虛偽情感，連帶著不信任一切人情交往，他從不曾想過自己有一天會多個烏龜小妹，而他現在竟一點都不覺得煩，且享受她帶來的樂趣。

是他變了？或是她奇特？

七拐八彎的巷子，分不清院裡院外，這片住著無數民家的坊居卻同一色淒苦。

夏蘇熟門熟路，走得雖慢，一步不停，來到一座更灰暗、更破舊的小院子前。

小院子甚至沒有圍牆，只有半圈籬笆，地上還坑坑積著水，蓋不得房子的低窪潮地上卻有一間抹泥屋。

她側目往後瞧，見趙青河只離半步之遙，一雙眼冷望著四周，不似被這些彎彎折折的路繞暈，對小院子的破舊亦不在意，神情沉定。

他變了，真的變了。她不能再像從前那樣小看他。她心裡念著，正要敲門，卻聽籬笆那邊的黝黑屋裡有人破口大罵。

「你這個直不起腰的沒用男人，讓老娘生了個賠錢貨，還讓老娘過這種鬼日子。如今，老娘好不容易給你弄來一份活計，你居然不肯！」

乒乓乒乓，同樣的砸鍋丟碗，與今早家裡泰嬸和大驢之間的追逐卻截然不同，站在院外的人都能聽出凶惡。

夏蘇臉上毫不動容，還不高不低地問聲：「有人在家嗎？」

趙青河在想夏蘇的膽子怎麼突然大了，不由抬高眉梢，撇笑道：「想不到妳還挺會罵人，見血不見刀。」

夏蘇覺得莫名其妙，「我哪裡罵人了？」

「明明有人，妳還問有人在家嗎，不就在罵那個人不是人。」高明啊。

「……」夏蘇睨他，半晌，沒法反駁，但改為拍門。

屋裡那女人沒理會外面動靜，罵丈夫罵得雄赳赳氣昂昂，極盡粗鄙之詞，最攻擊她丈夫身為一個男人的尊嚴以及養家的無能，稍正經的女子都會臉紅。

她聲量那麼大，完全不顧忌各家挨得近，引一群孩子跑來，爬上籬笆探頭探腦，繼而又嘻嘻哈哈笑，學那些難聽的罵詞。

趙青河聽得有點煩，將拍門的夏蘇一把拉後，抬腳就把那片薄門板踹開了。他力大無比，神情不悅時又顯冷酷，嚇得小童們譁然跑掉，罵聲也止，似乎耳根終能清靜。

屋門一聲跳響，風般捲出一名女子，約摸二十八、九，簪金流玉的牡丹頭，妝容齊整嫵媚，身段兒搖若柳枝，有三分不錯姿色，一說話卻無法恭維，對著倒地的門板豎了畫眉，不抬眼就罵，「大清早哪兒來的喪門星，老娘教訓自家男人，要你狗拿耗子管屁……」

正眼瞧清面前體格健壯五官俊冷的男子，婦人舌頭頓時就沒了，雙目放光，輕浮喲了一聲，潑婦的粗鄙收斂乾淨，聲音柔軟，還摻進口齒不清的軟儂腔。

「這位大哥莫非新搬來？」拋個媚眼兒，還沒拋完整，見男子身後慢吞吞步出熟人來。

少婦並不喜歡這個熟人，精妝細面仍漾開了勢利的笑，「夏姑娘，咱家盼星星盼月亮，可終於把妳盼來了。」

夏蘇看少婦一眼就滑開，對她的媚眼視若無睹，神情不冷不熱，喊聲嬸娘，語氣平鋪，「本來前幾日就該來的，恰巧又接到一單活計，就想著併成一趟，故而遲了。」目光經過趙青河，不禁呆了呆。

自他回家來，他在她面前，不是各種意味的笑，就是各種精明的狡傲，更不提眼神深不可測，讓她不大在意那臉的棱硬角石頭線，甚至以為智竅開好，他知道怎麼展現他的外表優勢了。要知，趙青河其實是個有賣相的男人，只不過從前沒腦，就成了蠢壯狗熊。

然而此時，那一臉棱冷肅寒，全身生人勿近的氣魄，竟遠比從前空板著臉嚇人得多。

可也俊酷無比，邪狠無比。

她自覺無感，卻足以令浮柳輕佻，如少婦此類，奮不顧身，飛蛾撲火。

第七片 窮門富戚

夏蘇望著癡癡向趙青河走來的婦人。

只好迎上前去，拽住她的胳膊，將滿是銅錢的褡袋掛到她的肩上，「嬸娘，這是上回的工錢，妳趕緊存好。」

少婦低頭看看鼓滿的褡袋，眼睛發出別樣的光亮，驅散了對好看男人的一時魔障，認清眼前的真實——錢財比男人重要。

她將褡袋抱入懷裡，鬼祟往小屋望一下，再轉回頭來，也不看夏蘇，居然還偷偷貪望趙青河一眼。卻不料，對上一雙冰寒陰沉的眸子，令她瑟抖一記，再不敢花心，頭也不回地跑出去了。

趙青河非常非常不高興，叫住往屋子走的夏蘇，「回家。讓自己的婆娘罵成龜公，任她對別的男人搔首弄姿，他都不敢出頭，什麼丈夫當得這般窩囊？」

地上一個很大的水窪，夏蘇不繞，提裙跳過去，腳跟沾了水，裙上立刻濺到一片泥漿，等她轉過身來，又是彎起笑嘴的輕嘲。

「我找的是裝裱匠，他這丈夫當得窩囊不窩囊，與我何干？」隨即，她走進了屋。

趙青河看著貧黯的屋影將她吞沒，默默想到，她是對他嘲諷上癮了嗎？固然比她故意垂著嘴角可愛多了，但他可不樂意讓她這麼嘲笑，好似他仍是她認知中的蠢狗熊。

這個外號，他誓要從她那顆自以為聰明的腦袋瓜裡擠出去。

現在嘛，先忍著。

趙青河大步跨過門檻，幾乎不用想，聞著那絲兒墨香，就往左邊的屋子去。掀起舊門簾，厚芯布上一股濃霉味熏得他差點嗆咳，看清屋內，不由一愣。

滿牆滿地滾軸卷，新舊相混，雜亂無章，腳都不知往哪兒踩。不過，顯然夏蘇「熟悉地形」，已在最那頭的桌旁坐得相當自在了。

桌子對著一扇小窗，空氣沉濁，窗卻緊閉，用不起窗紙，只以麻布遮擋。整間屋子除了一些名貴質地的卷軸，就一盞琉璃湛澈的桌燈最奢侈，大白天點著，燭焰明亮而少煙，一看就是寶。

趙青河見過夏蘇也有一盞極稀罕的燈，這算是畫匠的統一用具？只是，讓他發愣的並非這裡窮中有貴，而是桌前的男子，和男子懷裡的「東西」。

男子約摸三十出頭，雖然薄長襖上到處打著補丁，青碴髭鬚敷著大半張臉，卻有一雙好眼聚神，同龜公根本不沾邊。

男子一手抱著穿胖襖的奶娃，一手餵粉撲撲的小傢伙吃米糊，神情十分平靜慈愛，沒有貧困的哀愁，沒有惡妻的苦惱，是個極愛女兒的父親，也是個極具手藝的匠人。

而趙青河原本以為，那個輕佻的少婦身後，這間透不進光的屋裡，應該蜷縮著一個悲憤恨世的男人，卻驚訝發現身處於一方寬容的天地，少婦的謾罵，進不來這裡，大概更進不了這個男子的耳朵。

所以，一愣後，他即笑。

男子抬頭看趙青河一眼，不問是誰，繼續老神在在餵他的寶貝。

夏蘇從衣袋裡拿出一張銀號存票，笑容柔柔，聲音柔柔，「周叔，小畫的銀子，除了剛給嬸娘的那袋銅板，其餘都給你存進去了。那幅扇面還要等一等，如今多了個專跑買賣的人，應該很快能找到買家。」

趙青河自認一雙眼利，擅於察言觀色。

他剛才見婦人的潑罵凶悍，推測男主人悲催，想不到男主人自在得很，當爹也從容。而此時的見聞更讓他明白自己猜差了十萬八千里，潑婦不過是紙老虎，被她丈夫吃得死死而不自知。這樣的男人，為自己塗抹上懼內貧困潦倒的顏色，住在迷宮般的深巷，必藏著不可告人的過往。

「放桌上吧。」周姓男子沒看那張票，「蘇娘，扇面要小心處理，最好打聽到吳老闆賣了誰，再尋買家。」

夏蘇應著是，又將身上竹筒拿下，鋪開畫紙，「請周叔裝裱，事成十五兩。」

「趙孟堅的〈歲寒三友〉。」周姓男子這回視線徹底離開他家女娃兒，落在畫上片刻，語氣帶笑，「這哪是仿趙孟堅，竟比原畫更精粹，妳打算給趙子固拔高名氣嗎？」

夏蘇臉紅，「周叔笑我，我哪有那麼本事，不過盡力了。」

趙青河心道，夏與周不同姓，又不曾聽泰伯夫妻或大驢提過夏蘇在蘇州有親人，這份十分自然的親情恐怕同夏蘇的過往有關。

周姓男子這時再看向趙青河，見他儀表堂堂，有著北人氣魄，問道：「在下周旭，是蘇娘的叔叔，不知這位如何稱呼？」

真是親叔叔嗎？既然如此──

趙青河穩穩作答，「小姪趙青河見過周叔。」

他以為報上姓名，這人也會跟其他人一樣，驚訝死人復活。結果周旭毫不驚詫，對這個比自己小不了幾歲的晚輩姪子輕鬆就接受了，削瘦的臉龐神色冷淡，卻是微微一點頭。

而後，他朝夏蘇道：「此人看著可以擔當。」

「周叔這麼說，我就更放心用了。」夏蘇卻不看趙青河，「此人」如今這張帶著聰明的皮相是比從前好用，只不過她不會太信他。

橫豎合夥賺小錢，也不用掏心掏肺，把利益分割清楚，雙方能達成共識，人品不至於殺人，差不多就行了。

兩人接著不再提半句畫或錢的事，就著八九個月大的胖娃娃小名閒聊，小花、小草、小玉取了一堆。

「軸兒。」趙青河沒處站，一動便踢到地上木軸，信口湊熱鬧。

兩人齊眼看他，他連忙擺手，「我用詞遣句實在沒轍，你們不必當真，衝撞了寶貝，也別惱我。」

他這樣沒「自信」，倒叫夏蘇不好再踩，實事求是地評論道：「這個小名還不錯，軸支著畫，堅強得很。」

周旭沉吟，「小名叫軸兒，乾脆再取趙姪說的寶貝一詞，大名也有了，寶軸。」

夏蘇覺得是不錯，配上周姓念起來就有些怪。周寶軸？粥煲粥？

夏蘇雖然這麼誠實說了，周旭卻並不在意，只道寶軸兩字太合心意，又是女兒家，也不會常有人喊她全名，就這樣吧。

趙青河歪打正著，贏得周旭一聲謝。

於是，似乎終於完成今日來意，夏蘇說五日後來取畫，便走出了屋。

周旭沒跟出來，連再會都省了，只是軸兒咯咯的笑聲追上他們，令烏墨青白的單調天地，繽紛了好一瞬。

上了車，夏蘇耷著的眼皮緩緩拾起，似經過一番斟酌，慢道：「嬸娘本是妓子，周叔有時去她樓子賣畫，也算不得熟。她年歲大了，恩客越來越少，又有了身孕，想打掉，周叔卻勸著生下。樓子嬤嬤嫌她已不賺錢，乾脆搗鼓著周叔贖她從良。我開始也是瞧不慣她，替周叔不值。可周叔說他本無打算成家，只覺得和娃娃有緣，娶誰都無所謂，而她的身世其實可憐，愛錢也是悲苦怕了才如此，如今既然出了歡場，不必再看他人臉色陪他人笑，想怎麼樣就隨她高興吧。」

「軸兒不是……」趙青河問了一半頓時住口，吆喝駕起車。

他也是糊塗，何必問呢？

「妳叔叔心如海。」

「不妨說，他隨心自在。」夏蘇語氣輕飄，「心如海」不適合周旭。

隨心自在嗎？趙青河無意識握緊了轠繩，低聲如自言自語：「不看惡臉、不聽惡言，高興怎麼活就怎麼活，真是瀟灑。」

良久，夏蘇的聲音龜慢龜慢地爬來，「倒也無需惆悵慚愧，我叔三十歲的人，六十歲的心，老僧入定，看破紅塵了，能不自在？我們卻『年少輕狂』，自私狹隘一些也很應當。就我嬸娘那樣的人，換作我，是一定不忍的，全看在叔叔面上而已。」好了，她也會用年少輕狂這個藉口了。

這姑娘的反應，總是有些出其不意。趙青河沒有回頭，只是不小心歪傷的心情變得很容易收拾，駕車也輕快。

等馬車停在虎丘的一家飯館前，他又完全不意外地看到了夏蘇的蹙川眉。

「我沒銀子。」她道。

「我沒銀子。」他製造回音。

夏蘇沒好氣，「沒銀子你還來？」

趙青河不答，將韁繩交給夥計，吩咐他用最好的草料餵馬，就徑直走進飯館，揀靠著旁街鏤窗的桌子坐了，點完菜，卻見夏蘇還站著。

「要不要點酒？我看到櫃檯有西鳳酒。」他「鉤」她。

她很沒志氣，上鉤落座，聽他再點了兩小罈西鳳，但等夥計走了，仍記得銀子的大事，「我說真的，身上只帶了十文錢。」原想一人一碗麵打發。

「我也說真的，身上一文錢都沒有，不過……」趙青河從袖子裡摸出一個小小銀錁子，「今日趙大老爺請客。」

夏蘇並不因為能吃白食而鬆口氣，反而感到奇怪，「你推了趙大老爺的差事，他怎還給你銀子？」

「自然不是白送的。」趙青河將銀子放回袖袋，「大概趙大老爺覺得我之前的差事幹得還不壞，就請我查胡氏女兒與趙子朔之事，預支十兩銀子作調查的開銷，辦得好還另有賞錢。」也想不到還能對上他的老本行，所以他答應得很痛快。

夏蘇想的則是，原來趙青河辦得差還能讓人覺著好。

只是她越來越聽不明白，問道：「胡氏母女都已經走了，還調查那位小姐和趙子朔的什麼事？」

趙青河端起白瓷杯抿著茶，眼睛拐向鏤窗外，目光藏著鋒銳，神情卻有些淡，淡得似看透一切，乏味無趣的感覺，語氣也平板，「行李走了，僕人走了，主人還沒走。沒事當然最好，不然趙子朔的未婚妻要如何自處？」

未婚妻？趙子朔有未婚妻！

夏蘇還沒問趙子朔的未婚妻是誰，忽見一個打扮不錯的丫頭從對面小樓的門裡走出來。

丫頭只往左往右探了幾步，又很快走了回去。

「那丫頭穿得不俗，一看就知出自大戶人家……」她腦中靈光一閃，脫口道：「莫非是胡氏的……」

趙青河剝了紅封紙，一邊給夏蘇倒酒，一邊點頭，「是胡氏女兒的貼身丫頭。偷偷回城，卻不知改變裝束，丫頭蠢如此，主子恐怕也聰明不到哪兒去。」他昨日送胡氏母女出城，已將所有人面記住，「妳瞧瞧那居樓，告訴我妳的發現。」

夏蘇完全不察趙青河的「居心」，只是不自覺聽話，仔細打量那座上下層的小樓。

虎丘是蘇州最美的景點之一，全國各地的遊客四季不絕，帶動本地商機繁盛，這一片更是旺中之旺，小樓兩旁鋪子林立，多是大店，而隔壁一家古董店和一家寶玉閣生意也旺得不行，客人穿戴皆富貴。

「那樓當然不是客棧，但說居樓也不對，誰會放著這麼好的地段不做店面出租，反而租給人住呢？除非……」她這時才驚覺自己太聽話，挑起眉來，「我幹麼要告訴你？」

趙青河挾塊滷牛肉進嘴裡，吃完又飲一大口酒，「看不出來也罷了，不必擺出一副跟我不熟的模樣，拒人千里。」

「你激我？」夏蘇神情冽峭。她本來就跟他不熟，好不好！

「說事實而已，激妳作什麼？妳說不說、看不看，與我有何好處？不過隨便聊聊。」淡淡的表情，趙青河似乎表達著自己再真不過，就是眼底漆深，無人看得透。

夏蘇的一碗酒也立時見底，那就隨便聊聊罷，「兩家鋪子是胡氏的吧？丫頭左右走也不怕落入人眼，卻不敢走出兩間之外。而胡氏母女所在的那座樓，原本不是古董店，就是寶玉閣，臨時拾掇了，關上裡頭的小門，給主子騰出來暫住。三座樓之間的過道前均封了磚牆，加造遮雨簷，簷簷交疊似屋頂，看不出裡面。鄰居之間造得這麼親近不常見，約摸就是三家屬一家，走動方便。」

趙青河給夏蘇再倒一碗酒，臉上有笑，「不愧是摹畫高手，觀察力不差。三座樓確實都是胡氏的，寶玉閣的生意更好一些，其中一名小夥計一直站在店門前，看到熟客就打招呼引人過去，顯然原本的店面大，所以胡氏住的樓應屬寶玉閣。胡氏在眾人眼裡是窮親戚，寡母帶女兒投奔，受大太太幫襯，似寄人籬下十分可憐，其實卻是富孀……」

夏蘇見趙青河瞧過來，不明所以，「孤女寡母，怕人覬覦，藏富也正常。」

「趙府雖為名門，家大業大，子孫眾多，銀錢總是緊張，富孀之女身分雖不匹配，嫁妝豐奩也可補足門當戶對之缺。這兩家鋪子的年收入至少有五萬兩。」趙青河的回答卻牛頭不對馬嘴。

他沉笑一聲，繼續道：「趙老爺子和大老爺認為有人陷害這對可憐的母女，皆因趙子朔與胡氏女兒外形般配，相處的時候雖不多，卻很融洽。涉及趙家聲名，只好讓母女兩人先避開風頭，但不能放過居心叵測之人，故而讓我來查。而兩個年輕人若真彼此有意，還是可以給胡氏女兒名分的。」

「本來就是陷害。胡氏富裕而不張揚，又非人品問題，聽你的語氣好似這對母女並不可憐，亦沒居心叵測的人相害，還有可能是她們自己搗出來的。只是胡氏若真有家財萬貫，何必委屈自己女兒為妾？」夏蘇反擊的節奏明快起來。

趙青河仍不動聲色，「這不過是妳一廂情願的想法。胡氏一個婦道人家，無夫無兒，甚至沒有娘家依靠，想找好女婿，只怕有錢也難。與其許給知人知面不知心的貪婪男子為正妻，不如嫁給品行上佳、家世上佳的子弟為小妻。尤其，還是女兒喜歡的人。」

夏蘇即駁，「你說胡氏女兒喜歡趙子朔，莫非僅憑那首短信？依我看，前四句可能出自胡氏女兒之手，後兩句卻是偽筆。」

趙青河眼裡融進了笑意，但聽她說。

「明明是女兒家的抒情感懷之句，文靜相思意，恰如其分，無端大膽約了野合。除非胡氏女兒沒腦子，或她以為趙子朔沒腦子，不然怎樣都不可能寫出那樣的話來。那晚我瞧見的丫頭也可疑，腰間掛貴墜，剛才的丫頭雖穿得不俗，身上不亮。再以胡氏性子隱忍來看，教不出傻僕來。然，趙子朔長相和才華皆上乘，趙府裡但凡和他沒血緣的小姐，哪個不動心思，各人各法而已。正妻也好，小妻也好，一個願打一個願挨，我勸你別管這攤事。」再一碗好酒喝盡，夏蘇盯了一會兒酒罈子，視線慢慢移開。

趙青河心中對夏蘇的出身之謎打了個勾，填上大戶宅深，語氣卻平穩，「不是我自願要管，是要賺點家用給妳。」

「什麼叫賺給我？都是你花……」夏蘇看他將她的酒碗倒滿第三回。

西鳳酒液清澈，辣而不嗆，回味無窮。

她過了兩年窮日子，難得聞到上好的酒香，故而能忍酒癮，現下就在眼皮子底下這麼晃，如何忍得住呢？

纖纖十指，一根根吸上陶碗。

「最後一碗。」

趙青河卻非縱容，看她輕輕皺了皺鼻子，將那不大滿意的樣子全收入眼。

有人管著，也好，不過既然是最後一碗，夏蘇就改了小口抿，十足珍惜著。

片刻工夫，對門的丫頭探出來兩趟，一回比一回焦急，還反覆看著日頭，顯然在等人，但等不來。

「趙子朔不來了吧？」不然還能等誰？夏蘇覺著有些無趣，「你盯著，我喝完這碗卻要走了。」

「聽吳二爺說，他與妳相識是因為碰巧下的一場雨？」趙青河卻問了一句無關的話。

看似無關，夏蘇反問：「你覺得不碰巧？」

趙青河將罈子裡的酒倒盡，「妳躲雨碰到吳二，此刻趙子朔不來我卻在，這兩者異曲同工。」他喝酒很乾脆，也不像莽漢留哈喇子那種，碗空了，一臉清爽，「都不是巧合。」

夏蘇一直捧著酒碗，似貓啜飲，全無慌張，「那是。吳其晗是墨古齋的大東家，平時只和大客名家往來，像我這樣的小人物，想讓他看我的畫、買我的畫，不用些心思，如何接近？他家住杭州，蘇州有墨古齋分號，而且到蘇州就必到廣和樓聽評畫。為了等他，我在廣和樓喝了半個月最便宜的茶水，藉著雨勢，讓他相信我只是個躲雨的姑娘，方能說上話。」

趙青河眸光賞悅，「好耐心、好計策，即便吳二能想明白，也會為妳的誠意打動。那麼，妳與周叔說的扇面，要背著吳其晗，卻是為何？」

夏蘇不稀罕趙青河誇獎自己，扇面卻要他去賣出好價錢，就道出實情，「吳其晗那幅扇面雖非唐寅之作，卻是文徵明[1]仿唐寅的戲作。他以為是無名畫工所仿，要我挖補，我覺得可惜，重作一幅給他，留下了文徵明的真跡。此事不甚光彩，但也不涉良心。文徵明本就是大畫家，他仿好友自然不是為了錢財，正好考驗我們這些畫學後輩，會欣慰此作留在明眼人手裡。你如果能賣，也要跟買家說清楚，是文徵明的真跡，不可與唐寅混淆。」

趙青河一聽，連連道了好幾個妙字，「妹妹牽強附會的本事也是高段。」

注釋——

1 文徵明：文壁，字徵明，號衡山居士、停雲生，明代畫家，長洲（今江蘇蘇州）人，與唐寅、沈周、仇英合稱為「明四家」，亦稱「吳門四家」或「吳門四傑」。並與唐寅、祝允明、徐禎卿並稱「吳中四才子」。文徵明的詩、文、畫無一不精，人稱「四絕」的全才。

夏蘇不理他的評價是褒還貶，面上十分正經，「我要真挖補文徵明的畫作，才是牽強附會。至於吳老闆自己低價購高價賣，我已不論他狡獪。」

也就是她和吳其晗彼此彼此的意思。

趙青河並非貶她，卻無意為自己撇清，起身笑道：「妹妹稍等片刻，我去去就來。」

說到這會兒，要還不知道趙青河去哪兒，夏蘇就眼瞎了，可她一把拉住他的袖子，手掌翻上，帶著筆繭的手心倔強得漂亮，「你只管去，去了不回來也無妨，銀子留下。」

趙青河知道她防心比誰都重，銀子已經掂在手裡了，忽然也生出一點固執，「若請客的是別人，妳也一視同仁要銀子？」

夏蘇直接從他手裡摳出銀塊疙瘩，回道：「那倒不至於，請客的人都離桌了，我還乾坐著麼？」

趙青河盯瞧著她理所當然的表情，「我以為妳憎惡我。」

夏蘇盯回去，冷峭的神情裡摻進一股子莫名其妙，「趙青河，你這熊腦子之前塞了什麼，我是很好奇的，不過你如今既然清空了，填新物什之前，我就再告訴你一遍。我不憎惡你。乾娘還在時，我當你是她兒子，乾娘不在了，我當你是不相干的人。你犯什麼傻、發什麼癡，皆與我無關，想要在你我之間搭根枝，就得藉泰伯、泰嬸。我當他們是親人，他們對你忠心耿耿。」所以，她之前看他讓岑家收成忠狗而無動於衷，只負責搶他的月俸，「你死，我不難過也不痛快，不過世上少個……」

忽然一對劍指輕放在夏蘇的唇前。

這個動作，在旁人眼裡是親密，其實指與唇還隔著一層薄氣。

趙青河，人近邪佞，魂卻遠冷，眼微微笑起，也無溫，對著夏蘇粉澈的面顏，眸底由淺漸深，「不是憎惡這麼極端就好，對於鑽牛角尖的人，我可沒興趣陪著鑽。趙青河從前的糊塗事似無可追討，既然如此，已經過去的恩怨，咱都別說絕了，我這回打算活很久呢，妳也一樣。」

趙青河走了，往飯館後面出去的。

夏蘇的目光怔忡望著對門，卻始終沒看到他。

半晌驚醒，不知怎麼心跳得有點不穩，就想今日非破了三碗酒的禁不可。撕開另一罈酒的封紙，把酒當水，連送三碗下肚，這才將自己的三魂六魄全撈了回來。

她不必禁酒，因她的酒量很大，別說三碗六碗，三罈和六罈的差別都不明顯。她禁的是酒癮，癮起就難控制自己。而她是人，又不是鬼，終究會醉的。醉了以後，就是人偶了，容易受他人擺布的人偶。

為避免自己起酒癮，夏蘇喚來夥計把剩下的半罈子酒搬走。

夥計搬著酒轉身要走時，卻感覺自己的衣服被拽沉了一下，低頭看不見異常，只發現身旁那位姑娘捧著酒碗的手有些抖，用著似乎要將陶土燒碗給捏碎的死緊力氣。他暗暗道奇，也不好問，打著笑臉退了下去。

夏蘇無聲長嘆，到底還是遲了一步，感覺酒癮已經渾身亂竄，洩氣般地任自己將碗中的酒一氣喝盡，又慌忙挾了一大塊滷牛肉，惡狠狠塞進嘴巴裡，好似填滿嘴就能填滿癮一般。

腮幫子讓牛肉撐得發裂，身體卻持續發熱。好死不死，飯館裡響起琵琶聲，一對賣藝的父女開始表演。

她的腳尖隨樂曲輕點起地，知道自己要是再留著，肯定要出事，於是忙去會帳。

待趙青河回來，那張桌子已改坐了別的客人，眼裡頓時有些涼冷。

他雖然離開了不止片刻，但亦沒久到對方應該結帳走人。或者，她既然無意等，一開始直說就是。女人，好像都骨子裡狠，面對幼小的孩子就母性大發，轉過頭去卻能忘得一乾二淨，個個都是說謊面不改色的高手。

趙青河漠然要走，夥計提醒馬車還在。他也不要別人去趕，自己踱到飯館後頭的馬廄。

老馬吃得很飽，見牠嘶嘶噴氣，輕甩銀青的鬃毛。馬車在牆角陰影中，彷彿被遺棄了很久，感覺比第一眼看到的更破更舊。

他牽馬過去，抬了木轅套好車，正要跳上車夫座，眼角瞥到車裡一團蜷影。

那團影子幾乎比墨還濃，只有一角糯裙未及收妥，似凋零的花瓣殘片。

他雙目微睜，沉聲問道：「夏蘇？」

影子動了動，裙角縮進去，有人輕哼一聲。

這是玩的哪一齣？捉迷藏？

但她沒丟下他自己走掉的這個事實，令他的陰暗心情迅速消散，語氣淡然，帶輕笑，「莫非又睏了？」

他沒聽她答，便鑽進車裡去看。她防心重，他也謹慎，凡事保持一份懷疑。而在車軲轆轉起來之前，他好歹要確認那是夏蘇，而不是喝迷了眼、上錯車的陌生人，或想要給他腦後一悶棍的乞丐賊偷。

待看清那人時，他不禁大吃一驚。

夏蘇雖是夏蘇，卻一額頭的密汗，原本梳理整齊的烏髮披散雙肩，一些青絲濕黏著面頰。她的夾衣被揉成團，擠在另一個角落，而她雙手緊捉裡衣衣襟，繫帶亂七八糟。藍棉的雙袖和肩布均汗濕了，貼著她的手臂雙肩。她的裙子也是亂疊，一邊拖曳，一邊卻撩短了，露出寸長白襪。

趙青河想都不想，大掌立刻撫過她的面頰，托起那段腦後細頸，感覺對方的體溫在掌下飆升，以及汩汩的頸脈急沖，毫不猶豫就將人抱進懷裡，另一手輕輕拍打著她的臉，直喚她的名。

有人襲擊了夏蘇！會是誰？

他腦子飛轉。陷害胡氏女兒的小人？還是看她獨身吃飯，因而起了歹念的惡客？甚至是飯館裡的夥計、掌櫃或雜役？或者根本就是黑店黑街？路人皆可疑？

問號一個接一個冒，然後就開始自責，他不該留她一人在店裡，應該帶她一起去見胡氏，更應該直接送她回家，避免她被這件小人案連累。他實在過於得意忘形，忘了這裡的女子行走在外，潛在的危險遠遠大過他以往的認知。

他一邊自問自責，一邊不停地拍打，沒發現懷裡的人不舒服地皺了眉、睜了眼，並開始目露凶光。

「住手。」趙青河拍得不重，但不表示夏蘇享受，更不提她全身抽筋抽得疼疼，還累得要死，連說話的力氣都沒有。

聲音太小，自然沒人理，她不得已大吼一聲，同時一掌往他臉上搧去，「趙青河！你敢打我？」

她的手風甚至沒颳到他的皮膚，卻讓他無意識地捉住。

他是力大無窮，她的手在他手裡如豆腐一塊，疼得她熱汗冷汗一起流。可她死倔，死狠，絕不求饒，一聲不喊，直到他意識到自己的力量，急忙放開她。

她手捏了拳，縮在背後，整個人挪到馬車另一邊。

「妳……」她畏縮什麼？他完全不知自己此刻的觀察力為零，「不用怕，我是妳義兄，襲擊妳的人已經不在這兒了。」

啊？夏蘇冒著汗，比趙青河的反應快，「除了你，還有誰襲擊我？」還是把拳頭揮到他面前去，「我的手差點讓你捏碎了。你以前只是笨，現在居然卑鄙，趁我睡覺想做什麼？」

趙青河引以為傲的冷靜大腦終於回歸了，卻不大敢相信自己的判斷會錯得這麼離譜，「妳在睡覺？」

「難道我在吃飯？」夏蘇冷哼。

趙青河覺著腦門爆了青筋，固然是他判斷失常，其原因暫時神祕不知，只看她那身亂

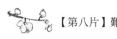

七八糟的模樣，誰能當她在睡覺？

「光天化日之下，妳脫了外衣……」他手指嘩啦啦隔空點她一身，想他湊得近，目力又好，無法將她身上藍棉隱彩的花案錯認，篤定又篤定，那是傳說中的胸衣，「……在人來人往的地方，就這麼衣衫不整地睡著了？」說出來，會被她打死！

不，不，他不是糾結這個，而是她居然，怎麼，睡得著？

夏蘇緩緩低頭，緩緩繫好帶子，緩緩穿上外衣，緩緩拍平裙子。

「車裡悶熱。睡相不好。」八個字，解釋全部「異象」。

雖然，她的脖後頸有一片熱辣，像針扎，是剛剛被某人糙掌拍得臉頰發麻又燙，還有身上不屬於自己的暖陽明息，她已平靜，所以他最好也乖乖接受她的說法。

門簾都沒有的單板車，秋風鑽縫，坐一會兒就能發涼，她卻出了一頭一身的汗。衣裙全亂，跟什麼睡相都沒關係，翻筋斗還差不多。趙青河不知自己剛才怎能判斷她被襲，此時一切證據清晰分明，她不曾掙扎、不曾驚恐，更沒有打鬥的跡象。

他鑽出車。

前幾日一直下雨，這處牆角又陰，土面半乾，腳印難讀，也不是讀不出。夥計瘦小，穿布鞋，只留淺鞋廓。夏蘇的鞋子是翹頭鑲皮小胡靴，靴底黏防水的牙紋。然後就是他的步雲靴，鞋跟帶鐵蹬。其餘的足跡不新，可以忽略。而車軲轆印透著十分古怪，明明是向前傾重，後面卻也有一道深印陷在泥裡，好像整臺車子前後滾壓了一番。

可惜一片牆將馬廄同後院分開，又只有他一家的馬車寄放著，照料的夥計早就到前頭去幹活了，無人目擊。

「妹妹夢見自己在車裡玩猴翻了吧？」見鬼的車悶睡相差，根據鞋印排除第四人出現的可能性，他覺得最合理的猜測是——夢遊。

合理，卻說服不了自己。

趙青河回頭，睇眸望入，夏蘇坐得很端正。

她不看他，抬手打開一條窗簾縫，白晝的光映得她手指瑩亮，另一手卻捉緊成拳。她的肢體語言很緊張、很疲倦，似有一種無形的壓力在迫使她掙扎屈服。

趙青河突然想起來，夏蘇喝酒的模樣跟此時的反應像極了。她有酒癮，很厲害的酒癮。酒癮犯了，就跟菸癮一樣，身體出現奇奇怪怪的不適應，而戒癮的法子則各種各樣。

「夥計說妳還留了半罈酒……」他果然發現她神色一僵，「我懶得帶走，直接喝乾了，妳今後不許背著我偷喝，那罈本是我留給自己的。」

年方二十的姑娘，為何有酒癮？

不待夏蘇有回應，趙青河又道：「妳猜胡氏說誰是害她女兒的人？」

她有祕密，他也有祕密，都屬過去，無須追問不休。

「周家。」酒癮是讓人強養出來的，她戒了，仍有後遺症，但不算嚴重，出身大汗睡一覺就好。

「猜對了。周夫人與趙二太太是表親，情同親姐妹，是來趙府做客的人。周老爺外放為官已有五年，考績已下，內定明年春升任京師戶部。一切若平順，周家小姐自然就配得起趙子朔。而周小姐與胡氏女兒交往密切，拿到胡氏女兒的抒懷小箋輕而易舉。不過……」趙青河語氣卻是一轉。

「周小姐可是趙子朔的未婚妻？」柔音清美，與江南儂語軟綿不同。

趙青河笑答不是，喝馬跑上熱鬧的大街。

秋日短，太陽偏西落，略揉薄紅，輕雲縷縷，安靜鑲著金邊。

蘇杭天堂，入夜也是瑰麗的。

秋雨停罷兩日，夜市恢復喧鬧，明街如畫。

一邊藉著賞菊的由頭，另一邊名勝景地附近的商家們也想了不少花招吸引遊客。但凡有湖有堤，燈會集市和遊船必旺。湖畔水邊的酒樓飯館，鮮少生意清淡，又是蟹黃正肥，怎不高朋滿座。涼而不冷的金秋，正是男女老少皆宜夜行的難得好時節。

這樣的夜，夏蘇自然不會閒著，出門才是正理。只不過今晚，車夫換成喬阿大。

喬阿大為人耿直善良，實在很信得過。雖然一直是轎夫，趕車也並非難學的活兒，又比抬轎的苦力活強勝許多，泰伯一提議，喬阿大就很高興地改行了。

至於趙青河，他為了賺「家用」，對情箋之事查得好像很認真，從虎丘回家後，已兩日不見人影。

坐喬阿大趕的車，夏蘇很輕鬆。

趙青河話多事也多，以合夥為由，管頭管腳，令她懷念從前只會用蠻力的笨狗熊。她並不大聰明，故而怕應付聰明人，對吳其晗之流也是硬著頭皮上陣。如今的趙青河，卻大有不輸吳其晗之感，偏偏又在同一個屋簷下住著，避無可避，自己那點耍小聰明的伎倆很快就會被看穿。

想到這兒，夏蘇嘆氣，要認真考慮搬出去的事了。

「夏姑娘，到了。」喬阿大跳下車，麻溜兒地擺好踩凳。單這一點，他就比趙青河做得好。夏蘇踩了凳，落地。

喬阿大瞧著今夜這姑娘精神不錯，心想大概能早點回家了。

他不知，夏蘇晚上會不會犯睏，要比照著她白日有沒有睡足。而這幾個白日，因趙青河也成了晝伏夜出，所以她睡得十分好。只是夏蘇不會承認，趙青河活著回來，令她卸下心頭重擔，不像過去三個月裡，輾轉難眠，煩惱著怎麼養家糊口。

「夏姑娘，您穿成這樣進去？」馬車雖然停在黑巷口，避開了水街的喧鬧，可喬阿大能看到前頭彩光流溢的樓閣，也能聽到鶯燕如歌，嘻笑如潮。上回是大雨夜紅畫舫，這回是喧鬧夜桃花樓，感覺一回比一回不安穩。

桃花樓，是蘇州有名的青樓。

「阿大放心，我有分寸，定然不會再丟下你就走。」夏蘇以為喬阿大擔心這個。

喬阿大老實，抓抓頭不好意思，「夏姑娘放心，誰請我喝酒都不去，就守到您來。」

夏蘇不覺得上回喬阿大有任何錯，可再說下去要天亮了，笑著吩咐不用死守，獨自往巷子深處走去。

桃花樓的這條偏巷一般只有樓裡人進出，又正是最忙的時候，夏蘇算好了時間來的。到了門前，她的裙裝已變成夜行衣，再將裙裝藏好，輕巧縱身，翻牆而入。

彩燈香酒美人的桃花樓，後面才有真美。

名師親造的園林，通幽曲徑，橋水合鳴，花木石亭，沒有重疊，各有妙意。園子越深，人越清水出挑，連打名頭都不需要。新貴要由熟人推薦，地位財位確認無疑，嬤嬤才肯往裡放人，還有幾道隱門專接專送。普通尋歡客不知其中奧妙，捧著花樓裡的女魁當寶。嬤嬤不是大東家，而是揚州頂紅珍夫人，寡婦富孀，家財萬貫，養得好瘦馬，就因利趁便開了桃花樓，時而送來揚州上品女子，給上品的客。

夏蘇來此也是無奈，誰叫這桃花樓的園林裡還有一個上品的刻印補款人。

一幅摹畫想要以假亂真，畫匠、裝裱匠，刻章匠，三匠缺一不可，只會分工更細。夏蘇天賦專畫，構線填色，甚至仿作舊的功夫皆屬一流。周旭裝裱造扇是御用的水準，當世難尋更好。而這個刻印補款的人，能仿名家印章落款，那也是百年奇才。

周旭之妻罵丈夫龜公，這位才是真龜公。

周旭從中穿針引線，他沒別的要求，只道夏蘇若能自己上門取貨，便接她的訂單。夏蘇知道，他是以桃花樓嚇退她，但等他發現她擅長夜行，卻也不能反悔了。

此時，園林裡廊影幽水重重深，山石盤樹分外詭奇，雖然不時有人穿廊上橋，夏蘇身影如魅，即便同時來幾人，她亦能輕巧躲過，與廣庭明堂的朔今園相比，這裡的地形對她再便利不過了。

片刻來到一道拱門外，門虛掩，她閃了進去。正屋窗紙白亮，有人齊聲吆喝著：「開開開！」隨後傳來得意大笑，更多人哀嚎，顯然一幫子賭徒玩得正痛快。

每一回來，必撞上賭局，約莫也是無聊。這些可以休息的護院，夜裡不大能出門，怕來了找茬的胡鬧客人，輪值的人不夠對付，他們要隨時準備增援。

儘管賭桌上很難分心，夏蘇還是防備著，沿著園牆陰影貼走，繞到廂屋後，穿窗躍進一間房裡，靜靜立在門後。

沒一會兒，院子裡有人罵罵咧咧，「王八羔子，老子不信邪，手氣壞，還能把把壞？等著老子啊！老子拿了棺材本再來，讓你們輸得脫褲子！」

門開了，與罵聲的粗魯相反，推得很輕，似乎知道門後立了人，但合上門，那人就嗤笑，「妳下回改一改站的地方，免得老子心情不好，砸扁了妳的臉。」說完，他一拐一拐走到裡屋點上燈，右腿是跛的。

夏蘇跟得很快，在門簾碰合門框前，也進了裡屋，神情乖乖、動作乖乖，奉上一片透白細絹。

周叔是她娘親當作弟弟照顧過的人，這人是周叔的朋友，雖然年紀也不過二十七、八，就是她的長輩，且一雙手有真功夫，贏得她的尊重。

光下，瘸了腿的男子衣著不修邊幅，面容卻十分俊雅斯文，尤其一雙含春桃花眼，風流畢現。他的那雙手，十指根根修長，瑩玉般的光潤，竹節般的雋骨。但他說話粗放，動作也無禮，拇指與食指將細絹一夾，甩兩甩就丟上桌面，只看絹上描紅的印章一眼就笑了出來，輕浮與鄙夷混雜。

「看妳眼睛長得挺水靈，原來他娘的是兩汪死水泡！把趙子固僅有的兩枚章描得不三不四，我要是那位老人家，一定從棺材裡跳出來罵妳！」

夏蘇耷拉著腦袋，來之前已知要挨罵。紙本不能過於用力。那晚還被趙青河干擾。只是這樣的藉口，一個也不好用，否則會被罵得更慘。

「妳要是早點告訴老子妳會上躥下跳的功夫，老子就另出難題考妳，也不必當妳這個笨丫頭的幫凶，把死人骷髏給氣活了。妳看著老子我很隨和是不是？拿塊石頭，照妳描的醜樣子就能刻，不用顧及老子一世英名？妳要沒長那心眼兒，就別瞎費吃奶的勁……」

那位老子的腦袋昂揚揚，這位吃奶的腦袋繼續耷拉。一刻鐘過去，老子終於發現奶娃不對勁，脖子上那顆腦袋晃什麼晃？

「姓夏的！」他大吼一聲。

夏蘇猛抬起頭，兩眼睜得圓圓的，「是的，老梓叔。」

沒錯，此叔姓老名梓，自稱老子，人稱老梓。

「妳竟敢睡覺！」他後悔死了，幹麼答應給一個臭丫頭幹活？

「沒啊，我沒睡覺。」閉了一會兒眼睛而已。

「那妳把老子的話複述一遍。」沒睡個鳥！她不是頭一回在他訓話時偷睡覺了！老是一耳進一耳出，誰家的家教？

夏蘇哪裡複述得出來，笑而不言，從背後解下包袱，奉上亮澄澄的幾錠銀元寶。

元寶在老梓眼裡閃亮，他冷哼，「妳也只會用這招哄人。」

夏蘇卻知，他並不貪財，只是該他的就是他的，而這些銀子大概不夠他輸幾回。不過，她沒法勸他少賭或戒賭。在別人看來的陋習，或是本人無可選擇的活法。

此時有個女子聲音在屋外高喊老梓。

老梓大聲回道就來，不再看銀子一眼，對夏蘇不耐煩揮手，同時吹燭掀簾，卻壓低了聲音：「快滾、快滾，兩枚印，三日可取。」

「周叔那裡是五日，我就一道取了吧。」夏蘇道。

「既然要去周旭那兒，老子直接給了他就是。妳一個姑娘家家的，深更半夜到處亂跑，家裡人也不管著。我要是妳老子，非打斷妳的腿不可。」話雖然凶狠，人卻是好人。

夏蘇聽著門響，靜等離開的合適時機。

「老梓，那個新來的娥娘弄得客人不舒服，嬤嬤讓你今晚不用做別的，好好調教她，再有下回，連你的工錢一起扣了。」女子笑說著，輕佻得很。

老梓罵了一通什麼，夏蘇卻是聽不清。在青樓裡幹活的男人，一般都沒法說體面，更何況還是瘸了腿的男人。她第一回隨周叔來，就正碰上老梓在屋裡調教完新姑娘。看那女子髮散魂飛紅著臉，周叔尷尬了好一通，反倒是她神色如常。

老梓是龜公，而龜公有幾種，他專教房中事。但他偏生手裡有一門絕技，本可以出彩，卻蒙落塵埃。她覺得自己唯一能做的，約莫就是不讓那門精妙的技藝生廢了。

夏蘇推窗輕出，順著原路返回，眼看就快到小門口，忽聽園內一聲尖叫，緊接著有人驚喊起來。

「遭賊啦！芷芳姑娘的屋裡遭賊啦！快來人……」

第九片 桃花飛賊

夏蘇的魂魄有點發散。

她今夜一身夜行衣，心裡原本就虛得很，聽聞有人大喊抓賊，頓時恍惚，還以為是自己行蹤暴露。心思不集中，矮牆雖不高，蹬了幾次腳尖，竟蹤身不上去。

這時整個園林都讓叫聲驚動了，燈火從各方飄出，眼看著陰影縮小，光亮似漲潮，往她身前的這塊暗地靠近，而小門外竟有腳步聲，很可能是外出的僕從歸來，就算她飛得上牆，恐怕只會撞個正好。

時機，稍縱即逝。夏蘇一咬牙，返身往園林那頭跑去，搶在燈光之前，影藏影，影疊影，最終目的地卻是最明處。最明處，總有最暗處，最危險，卻也最安全。

夏蘇初來乍到時，已經將此園踩遍，不但知道那位芷芳姑娘的住處，腦中更浮現出整張園圖來。說她膽小，也是未必，她身形輕又快極，園藝師的巧心都當了屏障，走的卻是一條人來人往的主徑。

然而，混亂中人聲四起，到處都是動靜，誰又會為了石頭詭突這等風吹草動的小事而心生不安？或有眼明心細的人打燈去照，卻已錯過，也只能以為是風聲。

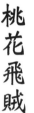

此時，夏蘇的身影安然伏上最明光的最暗處，悄等這場風波過去。

最暗處為何處？

屋頂。

夏蘇夜行，很不喜歡飛簷上頂，認為那是一種不實用的顯擺，會那麼做的人，多屬個性張揚，自以為功夫精妙。

想她晚上出門，在外必看屋頂廊簷，入屋必看大梁氣窗，就防陰的暗的從天而降。

當然，夏蘇的這般以為，有很大成分的心虛。但她今夜上屋頂的做法，無疑明智。因為有賊，一般最先查看的就是屋頂牆頂，而查看過了，自然不會再看第二眼。她暗衣伏夜，不但安全，還能將屋裡屋外的人聲聽得清清楚楚。

一般而言，夏蘇是很有節操的夜行者，不過送到她眼前的熱鬧，不看白不看，且下面聲音都聽全了，乾脆移開瓦，視覺聽覺同步進行。

先見一個年輕的姑娘，顯然就是芷芳，對鴇母哭訴她的首飾、銀兩都落了賊手。

鴇母一邊勸慰一邊罵賊娘養，又叫護院們趕緊到處巡園子去，抓不到小偷，好歹查查是否還有別處失竊。

又見一華服貴客走進屋子，鴇母立刻笑得見錢眼開，把芷芳說得好不淒涼，好似遭了這回偷，晚年無所依。

那位細聲安慰芷芳的客人隨手一抬，就有僕從雙手奉送銀票一疊，開口說要為她贖身。

鴇母臉上立刻開了一朵大喇叭花，芷芳姑娘卻很從容，只柔聲泣腔，哭訴不敢再在這屋裡待了。

華服客就道，贖了身，她自然要跟他走，等捕快問過案，今夜就去他的別院，又讓她不用帶衣服之類的行李，他會為她重新置辦。

芷芳輕聲細語，道迄今吃穿住用都花嬤嬤銀子，屋裡所有就當了謝禮，全給嬤嬤也不要緊，只想跟嬤嬤要牆上那幅古畫當嫁妝。

鴇母沾了唾沫數票子，樂得沒邊，說那畫雖古，卻無名，但女兒喜歡，自管拿去。隨後老婆子又嘰呱了幾十句。

夏蘇總結成四個字——芷芳好命，然後冷眼瞧那男客走出屋，從容的芷芳姑娘臉上終於露出得色驕色。別人看不見，居高臨下的她卻看得門清，絲毫不意外。

男人，多為美色誘惑，不看女人心，等到發現花了錢買到的是麻煩，後悔也來不及了。

約摸三刻時，衙門來了五六名捕快。

捕頭是個大胖子，氣哼哈哈抱怨半夜三更不讓睡覺，只在芷芳姑娘的屋裡蹓躂一圈就出門問話，連不懂問案的夏蘇都覺得太敷衍。

不料，那位男客又轉回來。捕頭低頭哈腰，態度截然不同，把第一個發現可疑黑影的小丫頭問得淚漣漣。要不是男客提醒捕頭，是否與近來幾樁入室行竊的犯人是同一賊，胖捕頭好似恨不得立刻定案，拿小丫頭交差了事。

屋上秋風索寒，但夏蘇一直低伏，動都不動。她只有逃跑的本事，拳腳棍棒一律不通，被人抓住，再封逃路，那她是鐵定要倒楣的。所以，她這門輕功藏隱練就得極深，颳風下雨，夏暑冬寒，不曾間斷過，同時也練出了堅韌。這一趴，一個時辰，她頭部以下的身體與屋瓦成為一體。

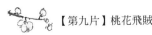

今夜當然抓不到賊，等華服公子一走，胖捕頭也就收了隊。

雖有護院加強戒備，但已經被偷過的屋子，心裡自然而然就會懈怠，不到片刻，兩名護院加入夜值隊，到別處巡看去了。

夏蘇動了，身輕如燕，翻簷似舞，夜色之中彷彿一片天上落下來的深雲。

但她竟不是離開，反而閃進了屋子。屋裡仍點著幾盞紗畫燈，她仔細自己的影子不映照在外窗綿紙上，踮足行至內廳。

不為別的，就是對那幅無名的古畫好奇。

她膽子是小，可她修習輕功，逃跑為二，看畫為一。天下好畫多藏於內室，她想觀想摹，方法很多，最快的一種卻是夜潛，不必經人允許，不必與人攀交。

之前透過瓦縫看，一幅傳神的墨筆花鳥，聽聞無名古畫，她就覺得一怔。

可以大言不慚地說，五百年內的大師級人名出身她皆如數家珍，但凡她瞧過真作的那些名家，對其畫風皴法[2]用墨無一不熟，別人難悟的神韻氣魄靈魂，她亦領會貫通。

她認為，作為名家，出類拔萃的畫技固然重要，揚名古今卻在於作品能傳達到他人的心神。這種表現力，一些人靠長年浸潤的成熟筆力貫透，另一些人靠驚人出世的天賦展示，然而無論如何，名家之作具有一眼令人難忘的特質。

夏蘇離得雖遠，角度亦怪，但既然此畫令她難忘，那麼就算冒險，也要偷偷看上一眼。

這一眼，很值得。

畫為絹本，以錦雞拍花叢捉蟋蟀為題，墨韻十足儒雅，筆法瀟灑自如，畫風流暢卻又細膩。畫卷無印無詩無跋，畫絹舊黃，保養得不大好，唯獨水墨仍精彩非凡。驕傲的大錦雞，拍亂的花瓣驚落，狼狽的小蟋蟀侷促不安，一幅別開生面的畫。

夏蘇慢嘆一聲，隨後凶巴巴，學起老梓的口吻：「老子看妳長得老臉皮，原來他娘的是豆腐渣。把宋徽宗的畫作不當墨寶，老子要是那位君王，一定從棺材裡跳出來罵妳。」

學歸學，學得卻一點不像，軟綿綿的語氣配上老子和他娘的粗話，完全不倫不類，所以說完自己就先笑了出來。

只是，她才笑完一聲，卻聽到了第二聲笑。

夏蘇雖貪看名筆，警惕心卻並未減弱，分明確定屋裡屋外都無人，何來笑聲？她正想落跑，卻聽屋頂上「喀」一聲，抬眼但見一片黑影，如大翅怪鳥從降。她連忙點地後退，心跳劇烈，暗道自己倒楣晦氣，兩番夜行，兩番被人撞見，看來最近應該減少出門。

待夏蘇看清黑影，心驚卻少慌了。

黑影黑衣，與她一樣，蒙頭遮臉，只不過寬肩窄腰的高大身板讓人一看就是男子。對方如此打扮，也是見不得光的，若是小偷去而復返，就更不敢驚動園子裡的人，她有把握離開。這麼想著，夏蘇離開的動作可一點不慢，直往門口竄去。

「喂。」聲音醇厚，刻意低沉，男子喊住夏蘇，「有人已在門外。」沒有要捉她的打算，而是打開了一頂大衣櫥，微微讓開身。

他，在請她進去。

注釋——

2 皴法：國畫山水樹石中，表現凹凸陰陽之感及線條、紋理、形態等的筆法。如披麻皴、荷葉皴、褶帶皴、解索皴、捲雲皴等。

夏蘇看了看外堂窗戶，果然有人影晃動，再看屋裡，除了那個衣櫥，也無處可躲。但她咬唇，並不因此慌不擇路，總要掂量掂量，是黑衣人危險，還是外面的人危險。

「我與妳，真的是偶遇。」黑衣人說完，不再相讓，先鑽了進去。

夏蘇往屋門瞥一眼，推門的影子萬分小心，遲疑不入，似鬼鬼祟祟？她立刻有了決斷，無聲鑽入衣櫥中。

她娘曾說，行夜走黑，對情勢的判斷越客觀冷靜越好，只是關鍵時候，千萬不要怕用自己的感覺判斷，那往往會於絕境中指出一條明路。她現在的直覺，與這個陌生黑衣人藏在狹暗衣櫥，比那一道鬼祟的影子面對面，要明亮。

衣櫥門合上，是黑衣人的手快。隔開了晦暗莫名的光色，卻糅合了沉穩相安的氣息，這種氣息甚至蓋過了原本充滿衣櫥裡的女衣薰香。

夏蘇只能慶幸，這個櫥很大，她的人很瘦，兩人共處，彼此看不見、觸不到，不習慣的只是被體溫蒸暖、越發濃郁的香氣而已。

只不過，她的心神很快全副移到櫥外，漸漸皺深了眉。門外有人要進屋，是她親眼所見，但她聽不到半點聲音，反而是同櫥的人，呼吸極輕極緩，隱隱傳進她的耳中。櫥門密封不算太好，隙光縫縫，手工卻也沒糟糕到借縫偷窺的程度，她剛想著也許鬼祟影子不鬼祟，卻驚見隙光裡晃過了黑。

有人在外走動！

夏蘇連忙收斂懈怠的想法，將呼吸放得更慢。對面的黑衣人要比她耐心得多，呼氣吸氣的節奏一直不變，且剛才他的一絲絲聲息皆已消音，若非一道柳枝還細的光正好落在他的蒙面上，她會以為櫥裡只有自己。

柳枝細的光，將黑衣人的眼微微挑亮一點，金芒成線，彷彿凶狠的豹眼冷窺。

而夏蘇才看了一眼，那線冷金寒芒就對準了自己，令她心頭驚跳。

這人此時對自己不造成威脅，等外面的人走了，可就難料。她同櫥的決心下得雖快，這會兒卻開始懊惱自己莽撞，尤其對方的目光，這麼黑的地方，還看著這麼懾人。善惡之辨，顯然為後者，與莫名的自我感覺截然相反。

夏蘇一顆心吊到嗓子眼，不再看著對面，卻盯住每一條光隙，打算只待影子不再摻入，就立刻出櫥跑路。

很快，光色定住，沒有再讓黑色打晃，而她也覺得等了夠久，剛抬起手要開櫥門，卻讓一股力拉了下來。她驚得變臉，身體卻紋絲不驚，一點聲息也無。別看她鼠膽，動輒怕東怕西，然而拜長年身處於「狼穴」所賜，事到臨頭，她冷靜自持的心態遠遠高於常人。當然，見到趙青河「鬼魂」的那晚，另當別論。

她落下目光，看到腕上多出一隻大手，力道恰好，好似穩穩告知她不要輕舉妄動。

夏蘇慢慢垂手，但那隻大手不放，大概怕她又自作主張。她也沒有試圖掙扎，只是將自己的手握成了拳，彷彿防備他突然造次，就能一拳擊出。天曉得，她的力氣和輕功一樣飄，只是有時虛張聲勢也必不可少。

又過了片刻，聽到咯嗒一聲門響，夏蘇才知黑衣人判斷準確，若隨她剛剛的衝動，不知會造成怎樣的混亂。她有點慚愧。

「可以走了。」黑衣人推門也小心，比指縫寬一點，無聲湊上眼，確認之後才說道。

與此同時，他的身影似夜豹，敏捷自信，毫不拖泥帶水，旋起流風瀟灑。同樣的防備和謹慎，夏蘇做來，形如烏龜，膽如地鼠，磨磨蹭蹭，足尖探地，躬身出來又縮脖轉頭，好像怕有人來提她的腦袋一般，哪有剛才半點飛燕穿廊的雲姿，只看得人好笑有趣。

燈仍是那幾盞。夏蘇看到黑衣人在屋裡東走西走，心道正好，行走的動作忽然流暢起來，要往外跑。但她腦中閃過宋徽宗的那幅畫作，有些不捨，自然而然偏頭，想著再看兩眼。只是，這麼兩眼，她的步子就稍慢了慢。呃？這畫……

「妳說……」黑衣人轉過身來，就見夏蘇一腳外屋一腳內屋，知道她是要溜，眼底燈火流金，聲音無波，「剛才那人在屋裡逗留半晌，做什麼呢？」

夏蘇將視線從畫上調回，一副「你很古怪」的目光絲毫不掩，「你問我？」

黑衣人沉沉一聲笑，「沒有，我自言自語，同道慢走啊。」

同道中人。

夏蘇冷眼一瞥，「誰是你同道？」說歸說，要收起內屋的那隻腳，繼續趕著溜，最後還不忘再打量那幅畫一眼。

黑衣人沒跟來，似真的與她只是偶遇，她心裡鬆口氣之餘，開始奇怪對方的來意。小偷去而復返？或是那些所謂的俠客行正義？她雖無法確定，卻猜這人可能比起最後潛進屋裡的燈下黑影，要端得正一些。

出了屋，慣常走夜路前要先探路，夏蘇翻上廊簷，蹲伏屋頂，尋一條最安全的回家路。也許是她動作龜慢，居然等到了那黑衣人出屋，只不過他不像她要做那麼多準備功夫，出了屋子就入園子，似貓似豹，極其巧妙迅捷，彷彿很莽撞，其實卻膽大心細，明明巡園的燈光還隔著山石，他的身形就會慢下，能預知到危險一般。

因這晚突如其來的偷盜案，打亂了夏蘇早來早去的行程，而在秋涼的屋頂上趴得全身發冷，眼看天都要亮了，園子裡卻到處都是晃來晃去的巡夜。她心裡正煩，但見黑衣人如過無人之境，不禁產生了一個前所未有的大膽想法——跟著他走，應該能安然無恙。

夏蘇難得下決心就行動，立刻尾隨黑衣人而去。

果不其然，一路暢通無阻，而且還是從她進來的小門離開。可是黑衣人卻不出小巷，直接躥牆上了屋頂，走高處。她原本還擔心喬阿大，但馬車已不在巷口，她想阿大機靈，多半看到官衙的人就躲了。於是，她也放心上屋頂。

等到自己親眼看清，夏蘇才明白黑衣人為何篤定選走高處。

這是一片密集的住宅區，星空無月，夜又深，人們酣睡沉沉之時，離打更巡夜的街道也遠，故而屋頂成為最隱祕的路了。

雖說是跟著黑衣人出來的，也難得將一身輕功發揮淋漓，沾瓦無聲，聽風呼耳，冷且清爽，夏蘇卻也沒昏了頭，沒有探究黑衣人身分或來歷的任何意圖，只看準了趙府的方向前行。然而，她很快發現不對。

那道黑影，離得她不近不遠，下屋頂，過小巷，飄過橋，翻躍牆，固執地留在她的視線裡。待影子不見，終於分道揚鑣？

錯！錯！錯！

夏蘇踩上再熟悉不過的牆頭，目光掠過再熟悉不過的院子，停在熟悉卻又陌生的那道影子，眼中的迷霧驅散，清冽到惡狠，瞪著、瞪著，嗤笑冷哼，希望能就此凍冰了他。

「趙青河。」

黑衣如夜，眸如夜，面上蒙巾早就鬆落，立若青松，氣魄長虹，卻不過曇花一現。因那人雙手抱臂，笑臉沒有鋒銳，什麼氣魄都是浮雲，絕對無賴相。

「妹妹欸。」

欸個鬼！她就說，潛意識覺得這人不危險，而且一聲「同道」稱呼，和上回「梁君」是異曲同工。就算如此，他的黑衣裝扮還是嚇得她心裡怕怕的。

「你……」怎麼不早說！

「妹妹怎麼不早說？害我以為是偷兒，打算甕中捉鱉。」篤定抓到一隻小烏龜。

話說，她還真是小心，開溜還要趴屋頂看路線，他又擔心她不跟著走。照她那麼慢吞吞的謹慎法，再趴一日，都不必驚訝。

倒打一耙的傢伙！明明早就認出她來了！

夏蘇躍下牆頭，也拉去蒙巾，讓對方好看清自己臉上鄙視他的表情，「你才是小偷。」

她夜間出門，一向告知泰伯或泰嬸。他如今在家吃閒飯，不可能不知道她今晚要去辦事。想到這兒，又哼了哼，要從他身邊走過去。

趙青河卻捉了她的手肘，「妹妹去哪兒？」

她想讓他別再喊她妹妹。

自他回家來，她每聽一回，不知怎麼就會起一回雞皮疙瘩。然而，義兄妹的關係是在乾娘嚥氣前定下的，她若不接受，就得接受另一種。都是她自己答應過的報答方式，但兄妹好當得多。

「睡覺。」她白他一眼，看到他那身黑衣，心火就燒得很旺。他這是學她嗎？

「這才夜起呢，妹妹騙我也找個好點兒的理由。」別人是朝起，他和她是夜起，越夜越忙碌，「咱倆說說話，今夜裡碰上這麼有趣的事，多不容易。」

「你要是保持著夜起的習慣，今後會很容易碰到有趣的事，因為妖魔都愛夜晚出沒。」夏蘇這話倒不是諷刺。她夜間走動，常見各種夜事，多不好說出口。相較而言，她那點小小的買賣事，就成枯燥乏味了。

「這倒是，若非我夜來無事瞎逛，也看不到妹妹化身成妖呢。」隨手將「妖衣」穿到夏蘇身上，趙青河笑得白牙尖尖，「妳真不好奇？」

趙青河確實不好對付了。夏蘇吐口氣，算了，不跟這個人計較，更何況她真是很好奇。

趙青河從夏蘇吐氣的模樣就知道邀請成功了，「去書房說話。妳先去換衣服，我來備茶水點心。」

不介意做這些瑣事，是趙青河的另一大變化，很君子，非常君子。不過夏蘇可不那麼想，只是樂得不用自己動手，先回房換了衣服，再到趙青河的書房裡去。見書櫃下鋪蓆，蓆上有一大張羊皮墊著，還有靠墊，看著很舒適。

趙青河看她薄棉舊裙，一邊挑墨茶丸子入陶壺，放爐上烤火，「妳還不如不換衣服，看這一身，是故意戳我眼，讓我知道自己沒用，連給妹妹買新衣都沒能力。」夜行衣千篇一律，但讓她穿出了一種別樣風情。

「不用你想太多。」夏蘇在衣裝上的心思一向簡單，坐靠入蓆，拾起一本書，抬眉念道：「天寶錄？」

《天寶錄》是前朝編纂的古書古畫珍品集，在眾多記載古玩字畫的書冊中，較受鑑賞家們推崇。

趙青河把書從她手裡抽過去，隨手放上書架，神情正經，「好歹是我娘愛讀的書，做兒子的既然腦袋開了竅，看看她讀過的書，也算盡孝。」

「不管你是真心還是假意，乾娘若地下有知，都會高興的。」能這般和他坐著聊天，她從前是想都沒想過的，不過如今也無需排斥到底。

歸根究柢，趙青河以前的種種惹禍麻煩行為，並非針對她，也沒對她造成傷害。

他和她，只是住在一個屋簷下，像相識卻不熟的鄰居。因為開支共用，所以看不過他費錢時，就口頭吵吵架，彼此看不順眼，但干涉不到彼此生活。

如此淡然，各過各的，沒有深仇大恨。

所以，可以改善。

第十片 名府庭深

窗子大開著，燈火搖曳，卻敞亮。

茶香與熱食，男子和女子，大大方方共處一室，還很愜意。

「胡氏女兒的事如何了？」夜聊，當然不止聊一件趣事。

「周家已經開始整理行裝，半個月後就入京師。」趙青河先說結果，「實在一點意思都沒有。就是周小姐看見趙子朔與胡氏女兒說話顯得比別人親近，耍心眼要挑撥，從胡氏女兒閨房裡偷了那張抒懷紙箋，請人仿她筆跡，派自己的丫頭買通朔今園的看門小丫頭，將紙箋夾進趙子朔借胡氏女兒的書裡。趙子朔當時燒了紙箋，周小姐居然料得到，所以夾書裡的字箋是全仿，把那張真跡直接漏給了趙老太太。即便沒有後添的那一句，也夠老太太冒火。趙家對趙子朔的期望有多大，怎能讓寡母女兒嫁他？」

是沒意思，但夏蘇想知道，「周家走了，那麼胡氏母女呢？」

「趙子朔本來對胡氏女兒有點欣賞，但看過紙箋，說是失望了，再也無心。胡氏還算明白，昨日帶女兒去湖州落戶，應該不會再有回來的心思。」

壺蓋輕敲，夏蘇也不計較，拎起小壺，用第一泡洗了杯，再加冷泉水烹煮，粉蒸蒸的

細巧小臉流露輕鄙，「這位優秀的趙四郎不過如此。什麼叫失望了？最後又不是胡氏女兒寫的。花心就花心，他沒事亂招惹，到頭來還說他失望。」

「這個嘛……」趙子朔咬一口絲酥卷，「大概就得糊塗著了。」

夏蘇雙手拿起松子餅，要咬下去的動作停住，「什麼意思？」

「老太太看到的字箋上只有四句，但趙子朔那份上是六句，趙子朔以為老太太仁心，把尾句掐了，他又不可能把那句招出來，所以不成了糊塗案嗎？」

看她吃餅的樣子，讓他想起松鼠，好笑。

「你不是知道得完整嗎？」他念給她聽的。

趙青河的眼神立時如看一隻笨瓜，「妹妹好聰明，教教為兄，我能說給誰聽？說了，人問我怎麼知道，我要不要把咱兄妹倆去四郎寢居散步的事說一說？」

夏蘇啞然。對了，他倆雖知道這張紙箋，卻不能光明正大說出來。

「只能說，周家小姐做事比她那張臉看上去聰明得多，唯獨留了一點破綻。我也不必說出妳目擊了她的丫頭，只要讓看門丫頭說真話就行。而這一點破綻，讓我對周小姐十分失望。所以，趙大老爺說事情到此為止，我就到此為止了。」特別沒意思。

「趙子朔失望，你也失望？」啞然一下，再接再厲，倒不知這兩人兄弟情深。

「妹妹猜猜？猜中賞妳一杯酒。」趙青河笑得大咧，滿眼詭狡。

「不猜。」他不安好心，她才不上當，「我就隨便一聊，趙子朔的未婚妻才該猜呢，你找她去。」

趙青河從大笑變微笑，眼眸漆墨，難分情緒，「我之前把話都說滿了，請我都不去，怎

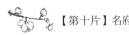

能再去找她？」

趙子朔的未婚妻是岑雪敏。

這事，說驚也不驚，說奇也挺奇。

岑雪敏父母健在，居於更南的某鄉，其父雖非官身，卻為當地名紳富戶，而岑雪敏為獨女，容貌又極其出眾，因此得父母無限寵愛。岑母與趙大夫人本是同鄉，岑父與趙大老爺也十分投契。岑家得女時曾來拜訪趙家，趙大老爺見岑雪敏長得伶俐漂亮，當場送了見面禮，還說要女娃娃將來當他長子的新娘，就跟訂了娃娃親一樣。

岑雪敏十六歲時，她娘生了一種怪病，她爹就請彭氏把她送到趙府託付照顧，自己帶了妻子遍訪天下名醫，從此行蹤不定。雖說是託付，也有履行娃娃親的暗示。

然而，知道這件事的人只有趙大老爺夫婦和岑家，趙府其他人說起岑雪敏，只道和趙青河他們一樣，是住趙府邊緣的客人，卻全然不知她與趙子朔的娃娃親。只不過她父母健在，而且家底殷實富足，是真正的千金小姐，是趙家重視的嬌客，配給的居所也專門裝新，比照府內嫡出的小姐，華麗不失優雅，非一般投奔親戚可比。

趙青河、夏蘇是一年前來蘇州的，岑雪敏只比他們早到三個月，如今十七歲也過半了，已到成親的年齡。

不知何故，趙大老爺始終沒提親事，岑雪敏仍是好友之女，但待遇不曾冷過一分，凡是趙府小姐有的，她也有，吃穿用度無一小氣。趙大夫人更是十分喜愛她，隨她出入府中，如自己親生的女兒一般。岑雪敏也很受年輕奶奶們和小姐們的喜歡，因她性子活潑，善解人意，銀錢上又很大方，幾乎沒有可挑剔的毛病。

趙青河與岑雪敏的淵源，由趙大老爺派了趙青河擔當護院開始。

他帶一支護師小隊，專門負責這片親戚區的日常巡安，當然就受到趙大老爺的囑咐，要對岑雪敏的出入住行特別照顧。他頭一日看到那位小姐就傻懵了，從此日思夜想，雖不至於在府裡亂嚷嚷，在自家小院裡，還有他那些混棒哥兒們面前卻是毫無顧忌，直說此生非岑雪敏不娶，平時無事獻殷勤，每月薪俸就捧給心肝人兒買這買那地亂孝敬。

岑雪敏其實並不輕浮，從無言談舉止有不妥，不過趙青河那會兒還是死腦筋，值錢東西都經她姨母彭氏之手送入，讓彭氏道兩句好話，再加上岑雪敏一顰一笑，足以讓他頭昏昏繼續努力孝敬。

趙青河出事時，也是他樂顛顛護送岑雪敏出遠門歸來。去時，他信誓旦旦，以為終於有機會表明心跡，連帶著感動美人，讓泰伯泰嬸準備給他請媒婆。

那時候，誰也不知道岑雪敏與趙子朔的娃娃親，不過，以趙青河天地不怕的脾性，即便知道，也不會太在意就是了。

夏蘇想著這些往事，再看對面如今面容冷淡，並說過不再去找岑雪敏的趙青河，不禁感慨造化弄人。

趙青河也看夏蘇，對著她探究的目光，勾一抹睇眼笑，「想起我過去的糗事？」

這人如今十猜十中，很嚇人。

夏蘇卻道：「沒有，只想趙大老爺不厚道。」

「的確，他若將岑小姐與趙子朔的娃娃親說出，也不會令各家小姐搶破了頭，弄出這些沒意思的事來。」趙青河明白夏蘇的話，「不過此事不是大老爺背信棄義，而是趙老太爺的意思。」

夏蘇恍然大悟，「繞了半天，還是趙家四郎太優秀，長輩期望太高。岑雪敏就算再出色，家世也不錯，卻難比京裡名門，所以老太爺不肯承認。」

「再者，大明律規定不得私訂娃娃親，民間雖然不管不顧，但有心要拿來做文章，也沒人能指摘不妥。」趙青河不光鑽讀古書畫知識。

夏蘇目光覽過不遠處的大明律書，也不再想什麼這人真變了，淡淡點頭，「這麼看來，岑雪敏也挺可憐的。她十七、八的大好年齡，父母不在身邊，無法替她作主爭取，而這頭定不下和趙子朔的親事，那頭又只能眼睜睜錯過其他好姻緣。」

「好比錯過了妳兄長我。」趙青河說得那般坦然，笑瞧著夏蘇，卻得一枚白眼，就反過來揶揄她，「這麼看來，妹妹比岑小姐還大兩三歲，妹妹更可憐。」

夏蘇對外談買賣，故意報大年齡，但到十月就二十了。只是她有些娃娃相，皮膚又細白如瓷，如娃娃水嫩，人總會往小了猜她的年齡。

夏蘇除了白眼，沒什麼好說，「無論如何，岑小姐比同歲的周小姐要著急嫁。」

趙青河眼中劃過一道精光，開口卻換了另一件事來說，「妹妹今夜為何去了桃花樓？」

夏蘇沒隱瞞，「請人刻章印，〈歲寒三友〉還有七八日要交了。」

趙青河顯得平淡的神情終於有點生動，奇道：「喔？去桃花樓裡刻章？妳還真能找高人啊。」想起她剛才在芷芳姑娘的屋裡自言自語的那段粗話，大致明白她是從哪兒學來的了。

趙青河好奇，夏蘇卻不覺，因此沒解釋老梓的事，也沒什麼好解釋的，她自己都沒搞清楚他的來歷。

「我本來要走了，誰知鬧起小偷，我怕別人把我當了賊，這才躲到屋頂上去。你卻為何出現？」夏蘇問道。

「哪裡不好躲，偏偏挑了出事的屋子，倒是險中求安。」最危險的地方就是最安全的地方，此心理戰術雖運用極其氾濫，卻仍很好用，「今夜同幾個兄弟喝酒，其中就有捕快。他臨時被叫走，我方知桃花樓鬧賊，就來湊個熱鬧。」

夏蘇撇撇嘴，半信半疑。

趙青河看得出來，心想這丫頭的眼力還是很好使的，再道：「誰知還真有黃雀在後。可惜，黃雀飛去，卻不留一絲痕跡，無從得知他的身分意圖。比起某個留爛攤子的夜行人，高明太多。」

夏蘇的語氣清淡涼涼，當她聽不出他在說她？

「誰說他不留痕跡？就算你看盡所有的名寶錄也無用，不過紙上談兵。」要說就點名，不必某某某。

趙青河自認一雙眼明察秋毫，至少比眼前這姑娘強得多，但聽她看出了名堂，當然驚訝，「是什麼？」

「畫。」夏蘇答。

趙青河的腦海裡浮現那間屋裡的擺設，立刻找出來，「妳說錦雞捉蟋蟀那幅畫？」他記得，但是有何問題？

「那人把畫換掉了。」說實話，夏蘇挺佩服趙青河的記性，畢竟原本是一竅不通的傢伙，「那幅畫，在我進衣櫥前還是宋徽宗的真跡，出了衣櫥，真跡變成了仿筆。」

就這樣。

而她必須要回屋睡覺了，今晚累死了。

這日，午時一過，夏蘇就醒了。

因為晚上不做事，睡得比較早，所以白日裡就容易醒。她穿好衣，梳著頭，就聽到門響，走到院裡一瞧，泰嬸正站內門邊聽人說話。

門外是趙六太太的管家陳婆子，正說道：「泰嬸，妳跑一趟也是一樣的，誰不知青河少爺的院裡由妳主內，一點小事，不必勞煩青河少爺親去。青河少爺幫著趙大老爺辦事，那可是大忙人。聽說，庫房的看護差事都要交給青河少爺了。要不怎麼有一說，大難不死，必有後福。」

泰嬸最聽不得好話，「我算什麼主內，家裡都是少爺說了算的。少爺這會兒不方便，我會轉告，請他去六太太那兒，大事小事都跟他說吧。」

夏蘇低眼一笑，泰嬸想偷懶，如今趙青河回來了，就不肯再去應付那位小氣摳門的六太太，橫豎叫一回人就是要多付一回銀子。

陳婆子卻不容易打發，「青河少爺除了同姓，沒有趙氏血統，又是尚未成家的男子，今日六太太和十姑娘一同主理家事，不太好相見。」

趙十娘是六太太長女。

「不好相見，才要改日見。」過去三個月同六太太打交道實屬無奈，再有主子撐腰，泰嬸挺直腰板拒絕。

陳婆子的臉色就有些不好看。

「蘇娘去吧。」一道沉音穩聲，寒涼、帶笑，組合起來讓人心驚又讓人心安，就看人屬於哪一邊的。

泰嬸回身，陳婆子就看到正廊正屋下站著的趙青河。他身上披一襲青煙色的舊秋袍，堅硬的面龐，撐門框的身魄，隔那麼遠，她還能感覺他眼中的峭冷。

陳婆子暗忖，這位少爺從前有這麼高大嗎？那身板，隨便披件舊袍子，就跟大將軍似的，好不威武，而且五官還特別顯俊。府裡最近盛傳青河少爺變了樣，有些大丫頭提及他還臉紅，看來不是空穴來風。不過，剛才泰嬸說不方便，不是不在家，而是還在睡。這都晌午了，居然才起？

這種事當然輪不到陳婆子說，但笑著，道聲青河少爺安，這才轉眼看向院中的姑娘。

她一向只和泰伯及泰嬸打交道，在這院子裡見過夏蘇一兩回，都是一晃而過，把她當成普通丫頭。現在仔細看，仍是個很普通的丫頭模樣，舊衣舊裙，雙平髻，沒有簪子、沒有珠花，繫了兩根桃粉的髮帶。別無可圈可點，但膚白勝雪，吹彈可破。

陳婆子其實不想帶趙青河去，因六太太是欺軟怕硬的主，趙青河功夫了得，哪敢直接找他麻煩？聽趙青河說讓蘇娘去，她不知夏蘇名，也猜這丫頭就是蘇娘，於是趕緊點頭。

「家裡頭的瑣碎事，還是由女子操心得好，泰嬸也好、蘇娘也好，只要能幫青河少爺做主管家的人就行。」陳婆子又想得有些歪氣，這不起眼的丫頭該不會成趙青河的屋裡人了吧？不然以前不見她出面。

趙青河冷漠的面龐就現出一絲促狹真笑意，「婆子大可請六太太放心，蘇娘若不能做主的事，誰也做不得主了。今日也罷，今後也罷，任何事都可找蘇娘說。」

夏蘇黛眉一揚，衝趙青河瞇眼冷笑。

陳婆子越發覺得自己猜中了，心道窮少爺也只能配窮丫頭，再怎麼變，還能變成貴公子不成？暗暗鄙夷著，臉上仍裝笑。

「那就有勞蘇娘跟婆子走一趟吧。」蘇娘聽來就不是丫頭的名字，沒準是一名妾。

夏蘇看看泰嬸，想老人家六十多的歲數還要替不成器的主子擔心，而自己一直躲在後頭不露面。如今，趙青河都知道賺家用了，她自認比趙青河要省心懂事，又欠了泰伯、泰嬸數不清的關愛，總不能比不過他，擔了就擔了。

夏蘇對怔忡的泰嬸一笑，往門口走去。

趙青河卻喚住已轉身的陳婆子，「我忘了告訴婆子，蘇娘是我妹妹，從前我娘對她愛護得緊，十指不沾陽春水。娘去世之後，我就只有這一個妹子，更是寵得她無法無天。眼看一日日成大姑娘了，再不學些家事，怕她找不到好婆家，所以今日狠狠心，讓她進府裡見六太太，能學些賢德出來。她要是耍小姐性子，還請六太太多擔待。我平日忙，怕不能事後再說對不住，就此先一併打好招呼了。婆子轉告清楚。」

陳婆子讓這番話說得一愣一愣的，被趙青河故意誤導，以為兩人是親兄妹，雖然奇怪之前沒聽說，但被保護過度而深藏閨閣的小姐也不算稀奇事。

至於趙青河後面說擔待招呼什麼的，她可就聽不出來了，但喏喏稱是，說一定轉告六太太，而對夏蘇的態度，由輕忽轉了稍正。她畢竟是下人，趙青河哪怕是一門六太太看不順眼的窮親戚，既然趙大老爺肯收留，她就得尊他一聲少爺。他的妹妹，自然也是小姐，面上不能隨意。

夏蘇回頭看趙青河，要笑不笑，一目了然。這人真會推卸責任，招呼事先打好，若她等會兒在趙六太太面前耍性子，他不會事後道歉。

趙青河動了動嘴皮子，無聲抱拳，兩個字，「保重。」

夏蘇微微抬起下巴，傲慢的小樣兒，慢吐兩字，也是無聲，「當然。」

一個又出門，一個又回屋，彼此仍背道而馳，這回卻無不愉快，自覺分工合作。

倒是泰嬸，看也看不明白，以為少爺故意送小羊入虎口，以為蘇娘又要添一筆狗熊的壞帳，因此心裡在犯愁，想想前些日子的和諧到底不真實，兄妹友好的心願還是太遙遠了。

且說，夏蘇從趙六太太的屋裡出來，心情如常，不熱不冷。她看過醜陋陰暗的親情，對於趙六太太那點小家子氣的算計，十分從容。

趙六太太先吃驚她是趙青河妹妹的身分，但不像陳婆子立變態度，仍待她傲慢得很，閒話家常也懶，直說趙青河既然安然返家，租住趙府的銀子就更該主動繳了，畢竟趙青河拿著趙府公中的月俸，補貼回趙府也是應該。

夏蘇心知租錢或早或晚是要繳的。她也打聽過，趙六太太並非針對她一家，但凡住在

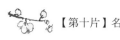

趙六爺外院的，都要繳錢。但趙六太太說得蠻橫，讓她不大高興，又有趙青河說明她的「小姐」性子墊底，她就沒能同意。

不過，她的拒絕要委婉得多，只說趙青河當初投奔的是趙大老爺，趙大老爺借了六老爺的地方安頓他們，而趙青河也一直為趙大老爺辦差，六太太要收租銀，最好通過趙大老爺或趙大太太，這麼才是合情合理，她交銀子也會很爽快。

她還說，六太太要是不好意思開口，她可以問大老爺和大太太，看他們的意思。

夏蘇該說什麼說什麼，所以出來時沒有鬱悶的心結，但趙六太太和趙十娘的臉色卻黑如鍋底，發作不出。

因住在六太太這一片的外家中多是六太太的遠親近親一家親，唯趙青河例外。既然是趙大老爺安頓的人，當然應該由趙大老爺出面，向六房繳租銀，或向趙青河收租銀。

趙十娘到底年輕氣盛，臨了扔出一句她們自會問大太太。

夏蘇知道，趙十娘仗著自身也是趙氏小姐，怎麼著都跟大房親近些，而大老爺對趙青河雖然不錯，大太太就疏遠得多。但她本意只是不想太容易妥協，六房求過大房，大太太同意，這個月就過了，少交一月是一月，還能看那對鑽不過銅板方孔的母女窮折騰。

出了六房的園子，見明湖邊金菊盛放，難得日光之下能欣賞趙府裡的好景，她沿岸走得慢慢悠悠。沒一會兒，見不遠處的紅亭有一群女子，或捉筆、或讀書、或憑欄觀水、或二三笑語，個個簪金戴玉，麗裝華容，賽過湖畔菊花明媚。

夏蘇認得，是趙府千金們，還有體面親戚家的姑娘們。她們自成一個小團體，還起詩社，逢年過節要弄點熱鬧，她夜間出來活動時遠遠見過。

這群人裡，曾包括了胡氏女兒和周二小姐，如今兩人一個走、一個準備走，但平時喊得很親熱的姐妹們心情似乎不受一點影響。

「所謂人情，越富貴，越淺薄。」她輕笑一聲，不打算再過去，轉身要走，驚覺面前立了兩個人。

為首男子高髻扣玉環，銀簪雕雲，黑髮一絲不苟，面如玉，眼如墨，神情溫潤。秋風吹了他的衣袖，身長修拔，謙謙之姿。他身後的男子長得也不錯，歲數相當，但被溫潤的君子比下，微微失色，只可讚聲斯儒。

趙四和趙六，趙家最出色的兩名公子，以往夏蘇只在夜間見過，今日從她的夜視中走出，頭一回在午後陽光下現形。

不可不歎，趙子朔「美君」的美名亦抗得過強光照映，實至名歸。

「好一個人情越富貴越淺薄。」趙六明顯親切，不以夏蘇打扮素舊而不屑，「妳看起來十分面生，哪房的丫頭？」

趙子朔的目光看得很遠，語氣淡淡然，「六弟，應該問哪家姑娘才是。」趙府裡的丫頭都穿統一裁製的衣裙。

夏蘇無意與名門公子攀談，鞠禮便要過去。

趙六卻不依不饒了，「四哥猜得不錯，要是丫頭，哪會這般無禮？」再對夏蘇伸臂一擋，「這位姑娘，妳還沒回答我的問題呢。」

第十一片 不好散席

夏蘇覺得可笑。她剛剛在自言自語，為何非要給他人解答？

這時，一個十三、四歲的華裙小姑娘跑來，「四哥、六哥，太好了，遇上兩位大才子。菱語詩社今日誦菊、畫菊、賞菊，正缺好詞。」

趙六立時忘了眼前的素衣姑娘，稱小姑娘十七娘，興致勃勃直道有趣。

聽腳步聲遠去，夏蘇鬆口氣，抬頭卻愣，脫口而問：「你怎麼還在？」

趙子朔將遠眺的目光收回，「我若去了，豈非成了姑娘所言的淺薄之人？昔日姐妹情不在，今日把酒照樣歡，秋瑟瑟，風寒寒，心戚戚，又有何趣？」

夏蘇多看他一眼，不愧是未來狀元郎，一下子就明白了她的意思。不過，那又怎樣？

「姑娘可是她的好友？」趙子朔的問句裡彷彿有深遠蒼涼。

「她？」

望著眼前這位神仙般的公子，夏蘇突然發現趙子朔原來是真對胡氏女兒有心，惆悵，茫然，或者還很痛楚，但她半分不覺得同情，只覺得無用。人走了，只說失望，又在這裡感懷神傷，明明虛偽到無恥，不是麼？裝什麼裝！

「事到如今，你想要找個陌生人來訴衷腸？四公子原來不止風流，而且還是個懦夫。遺憾，我不認識胡氏女兒。我若是她好友，必勸她莫對你動情，因你根本配不上，連她是怎樣品性的女子都分不清，到頭來尋死覓活，也不過得你一句……」

「蘇娘，妳讓我好找。」

身後頓時溫暖，彷彿一片火牆靠近，夏蘇不甘不願，垂頭輕哼一聲，轉過身，果然見到趙青河。她已經毫不意外了，此人簡直就是冤魂，跟著她飄蕩不散。雖然，她心裡明白，他來得正好。

冤魂還挺有脾性，一眼也沒看她，只是笑對趙子朔說道：「四公子別見怪，我妹妹讓家裡寵壞了，說話不知忌憚，卻實在沒有惡意。六公子在叫你呢，你快過去吧。」

趙子朔見堂弟在亭外衝自己招手，想到他一人進詩社不好，只得與趙青河告辭，臨去時還看了夏蘇一眼，其中意味難辨。

趙青河看在眼裡，待趙子朔走遠，對夏蘇瞇眸寒聲，「我倒是沒看出來，妳還喜歡打抱不平。何必彎彎繞繞，直說有人陷害胡氏女兒就是，說不準趙子朔回心轉意，非娶了胡氏女兒不可。那妳即是他們兩人的紅娘，將來等趙子朔任了家主，妳的好日子可就來了。」

或許是習慣了，夏蘇不怕趙青河的冷言冷語，初雪的容顏熏上火色，「看不慣男子風流寡情又虛偽而已。再說，趙子朔聰明不過爾爾，聽不出其中名堂。」

「妳又知他聰明不過爾爾？」趙青河不以為然。

夏蘇瞅著他，半隻眼瞇笑，「看過你之後，我就知道了，自打你腦袋開竅後，趙四郎就得讓賢。他再聰明，也理不清你給他記的這筆糊塗帳。」

趙青河笑容比夏蘇大氣得多，「不必誇我，我是寄人籬下，還要看臉色的遠親，主家說一是一，說糊塗就糊塗。」只是幫凶一名，不過，他自己沒那麼在乎。

「三哥。」

又來人了，嬌滴滴的人。

那聲三哥，差點讓夏蘇噎著，但有外人在，她就得縮回自己的殼裡去。剛才那樣對待趙子朔，是無意戳到她的某個死穴。抿嘴下彎，夏蘇悄悄往趙青河高大的影子裡挪進。

有意無意，趙青河往旁邊一讓，往後面一退，令陽光照亮了想要退縮的身影。他，與之並列，也一身光明，不知覺，已將人護入他的羽翼之下。

「岑小姐，小病好得快，真是萬幸。」聲音有禮，若不留心就會錯過話中的刻薄。

被護的夏蘇亦沒知覺，自然不會感激誰，只覺一身陽光刺目。本要接著挪，卻讓趙青河的問候惹笑。讀書少，亂用問候語，什麼叫小病萬幸？抬起眼，看到了岑雪敏。

任誰看了岑雪敏，都不能否認她容貌生得極好，氣質也十分出眾。面若皎月膚霜白，小嘴含櫻，杏眼泓波，似落霞染了的雙頰，令看者也醉。身段纖纖，不高不矮正可心。烏髮綰流雲，一枝雙蝶飛起的鎏金玉步搖，長及膝的銀繡團花粉羅兔兒毛衫，鳳尾裙，別具一格的水瀾邊，隨風推雲，美麗精緻又領先於時尚。顯大方、顯貴氣，卻不顯俗富。

岑雪敏盈然施禮，人美，聲音也美，「謝三哥掛心，都好了。」與夏蘇對看，杏眼兒親善，活潑笑顏，「這位姐姐面生，是三哥的……」

「蘇娘，妳與岑小姐還不曾正式見禮吧？」趙青河抬抬下巴，示意夏蘇自己招呼。

夏蘇淺回一禮，「岑小姐……」該說自己是妹妹呢，還是丫頭呢？

「我們兩人還有事，先行一步。」風捲起，趙青河說走就走。

夏蘇雖愣了愣，跟得也快，心中暗暗緩口氣，橫豎不想與富貴千金打交道。

「三哥。」岑雪敏再喚，甜絲絲，如第一聲，大方得很，「我知你惱我。」

趙青河回頭，目光從夏蘇眼裡滑過，他眸底忽明忽暗，卻以笑臉迎人，「知道就好。岑小姐害得我幾乎眾叛親離，差點白搭一條命。都說紅顏禍水，如今死裡逃生，前塵往事都忘乾淨，也算當頭棒喝，今後還請岑小姐離我遠些，我見妳也會繞道而行，免得再生晦氣。」

讓人毫不留情說她禍水還晦氣，甜甜千金的笑臉，剎那驚白。

趙青河沒看見，夏蘇看見了。

不愧是美人，可憐之時還惹憐，大眼汪汪，好像要滾落出珍珠來，但她是女子，不受用，難得跑起小碎步，挺利索地跟著趙青河回家去。

不過，半路上，她實在忍不住說了：「趙青河，你把她說哭了。」

趙青河冷眼照出冷心，相當漠然，「說好聽，是天真。說難聽，是沒腦子。她哭什麼？最煩這種當自己無辜的女人。她對我既然沒男女之情，我跟她劃清界限，她卻覺得委屈。真是虛榮至極，要全天下男人捧著她當寶才滿足。雖說是她姨母攛掇我的，我自己也傻裡傻氣，但她若當真品性高潔，應當早跟我說清楚，而不是膩膩歪歪喊什麼三哥了。」

夏蘇也認為岑雪敏不無辜，「話雖如此，可你這麼直白與她計較，不怕她論你小人？」

「我若計較，就不止要回八百兩銀子，還有我娘傳給兒媳的金銀玉飾，留著我娶媳婦的十條金子，我每月孝敬岑家的小東西、小玩意兒，少說也有百八十兩。」大驢成天跟他嘮叨這些事，就差列張清單出來，「算了，就當花錢消災，除非……」

趙青河一笑，狹細的眼角瞥夏蘇，「妳再讓我去討。」

夏蘇還有點不信，「真讓你去討，你就能討回來麼？」

趙青河神色得意，似乎可以信手拈來，「自然。岑雪敏與趙子朔的娃娃親還半吊著，眼看年齡一天大似一天。我估摸趙家就算不履諾，也不會太委屈岑雪敏，多半要配給趙六。趙六是二房嫡長，二房老爺也是老太太親生兒，老太爺疼趙四，也疼趙六。這時候，岑家最怕的，就是岑雪敏的名聲出么蛾子[3]。我當初送了岑家多少東西，可是明說喜歡岑家小姐的，只要讓我那幾個兄弟嚷得蘇州府皆知，岑雪敏還嫁得了趙四或趙六嗎？想都別想了。以此為要脅，岑家吃進去的，一個不留，都得給我吐出來。」

夏蘇張口結舌，很詫異他有這麼絕狠的想法。

「妹妹說，討還是不討？」趙青河要笑不笑。

夏蘇撇撇嘴，「你自己無賴，還要拉人當無賴，別想得太美。那箱古畫是乾娘千叮萬囑不能動的，你犯了渾，與泰嬸置氣，清醒之後再討回來，不丟人。至於其他東西是你心甘情願追姑娘，要拿人名節說事，我替你不好意思。還有，明知我會說罷了，你少假惺惺。」

趙青河哈哈笑道：「就當我從前瞎了眼……」

「年少輕狂嘛。」夏蘇接道。

趙青河連聲說了幾個不錯。

注釋——

3—么蛾子：北京、天津方言，有鬼點子、出餿主意、耍花招之意。

「你不是什麼都忘了嗎？去岑家的時候，她病而不見，你怎麼認得是她？」夏蘇問。

趙青河暗道丫頭難纏，搪塞，卻合情合理讓人聽不出搪塞，「趙府裡瞧得起我的沒幾個人，還有哪位千金會叫我三哥？」隨即神情一本正經，「即便對我無意，好歹我待之真心，不料出意外後我尚屍骨未寒，這位岑小姐卻只顧趕路，連一個人手、一塊銀子都騰不出來幫我辦後事，怎能不心涼？心涼之後，往事皆變得十分可笑，只當荒唐夢了一場。如今沒了記憶最好，但就算以後想起來，也不會再犯了渾。妹妹嘴硬心軟，今後別再拿此事罵我，也別把岑小姐與我放到一起說。」

夏蘇不知趙青河在杜絕「後患」。

為了岑雪敏這個人，趙青河已受了不知多少笑話，起鬨、冷對和猜疑，感覺會無休無止，但能說服一個是一個。尤其是夏蘇，她的眼睛會罵人，時不時甩來一眼，就令他感覺自己愚蠢一回。

「誰罵你了？」罵他的是泰嬸。她只冷眼旁觀，心笑狗熊腦袋還要戴朵花，不自量力。

趙青河突然伸出雙手，像兩片板，夾住夏蘇的腦袋，兩根大拇指在她深邃明亮的眼睛下面，大刺刺抹過去。臂力大得好似能把夏蘇提起來，與他一樣高，不過，怕她細脖子斷了，他只是湊臉過來，還笑得非常無恥。

「這雙眼裡、這個小腦袋瓜裡，都罵我了。」

夏蘇的臉蛋讓那兩隻大手夾變了形，嘟嘴、鼓面、肉鼻頭，模樣可笑。她看不見自己，只覺全身燃燒了起來，而他的手猶如烙鐵，燙得連頭髮絲都燒出煙味。

她怒紅臉，大吼一聲：「趙青河，你去死！」

火氣沖天，用力抬膝，烏龜的腿，能縮也能伸！

「篤篤篤。」興哥兒耐心再好，距大驢關門進去傳話已過了兩刻時，只好敲第二次門，免得驢子忘性大。

門又開，還是大驢的臉，居然比興哥兒不耐煩，「不是讓你等會兒了嗎？」

兩人雖然坐過一條船，卻不大熟。

興哥兒才十七歲，但能成為墨古齋大東家的得力助手，當然本事不小，面對不該比自己不耐煩的人，絲毫沒有顯出不滿，不仗著彼此認識，反而十分客氣。

「大驢，我能不能討杯水喝？」心頭暗道，大驢傻大個兒。

「你意思是我讓你等得口乾舌燥，我好意思嗎？」傻大個兒不傻，心裡透亮。

在外跑商，皮厚是必須的。興哥兒嘿嘿笑過，拱手道聲對不住，乾脆直說等得有些久。

大驢對坦誠之人不為難，「我知道啊，但興哥兒你來得太早，人還沒起，我也沒轍。」從門後拿出一個銅壺，真倒碗茶遞過去，慰勞辛苦，套上了舊交情。

興哥兒接過，有點詫異，「什麼時辰了，夏姑娘還沒起？」

大驢粗中有細，只道蘇娘今早才歇，故而晚起。總不能說有人白天睡覺、晚上活動，而且如今一個這樣，兩個也這樣，似乎要讓一家子日夜顛倒過來才正常。

「興哥兒啊。」門後上來一道高影。

興哥兒可以只給大驢三分客氣，對此人卻要給十分客氣，掏出帖子送上，「趙三爺在家呢。二爺讓我問您好，若今日得閒，不妨同夏姑娘一道瞧熱鬧去。」

誰想得到呢？趙三郎是趙家遠親，而夏姑娘和這位身手了得的趙三郎是一家人。二爺看重趙三郎的義氣和武功，看重夏姑娘的才氣和畫功，若能收用，二爺可就如虎添翼。

還以為興哥兒只是來取畫，趙青河接過帖子一看，墨古齋與蘇州其他幾家大書畫商今夜聯手開畫市。他正想要增廣人面，多認識些慷慨收藏的富家，機會就來了。

「二爺今晚也在？」他並不展露對買家有興趣，因興哥兒鬼精得很。

「在的。」興哥兒就當趙青河想同二爺敘話。

「那得去。聽說二爺要上京師，一去就要好幾個月了吧？」趙青河笑問。

興哥兒道：「明日出發，回杭州過年。」

趙青河將帖子收入袖中，說聲稍等就走回院裡，沒一會兒再出來，手裡多了一只長匣子，「明日出發，想來興哥兒忙著裡裡外外，實在不必再等蘇娘，帖子由我轉交給她就是。這是吳二爺的東西，拿好了。」

興哥兒從懷袋裡取出一個信封，「也請趙三爺把它轉交夏姑娘。」二爺雖關照要交給夏蘇本人，但同一個門裡住著，交給趙青河也一樣吧？

「興哥兒，船上喊我趙三爺不打緊，這裡就不大妥當了，滿府趙姓，四爺、六爺的。免人誤會，你今後直呼我大名即可。」趙青河接過，輕飄飄的，應該是銀票了。

興哥兒一點就通，喊聲青河少爺。

趙青河看著興哥兒上馬馳遠，這才回身，讓大驢關門。

大驢嘟噥，「少爺，咱瞞著蘇娘偷偷去不好吧？而且蘇娘越夜越精神，會發現的。」

趙青河拿信封搧大驢的頭，「誰說我要瞞她了？她天亮才睡，這麼早叫醒她，你想挨她揍？等她睡到自然醒，再說。」

大驢嘻笑，「欸？蘇娘哪裡會揍人啊？拳頭捏起來，茶杯大小，像團棉花似的。少爺，我瞧您如今很疼蘇娘，莫非……嘿嘿。」

那是你沒被她踹過！趙青河想這麼回一句，但事關男人的尊嚴，沒法說。那姑娘，慢起來讓人急死，快起來讓人嚇死，要不是他身手敏捷，避重就輕……

不回想了，不回想了，少兒不宜。

趙青河改賞大驢爆栗子，「莫非個鬼！疼還是供，你都分不清。家裡如今就靠她掙錢，我不供著她，難道供著你？」

他做事一向有計劃。窮家要富，主要靠疙瘩的、天才的龜慢妹妹，如同撿寶，可遇不可求；周圍潛伏危險，就要製造出安全的氣囊，身邊只留最可信任的人，寧缺勿濫。

男女之情，一見鍾情，日久生情，不管什麼情，他都不大稀罕。一直以來，一個人生活，過得很自在，晝伏夜出，適合形單影隻。

至於夏蘇，他得承認她挺特別的，很獨立、很自我、很多祕密，稍稍留神就能看出她一身的孤寂痛楚，但對他十分坦率，喜惡分明，同時也聽得進道理，感覺可以投契。

她和他，有幾分像。看到她，就似看到他的影子。誰會把自己的影子落下呢？尤其他事事處理得乾淨。所以影子掉了的時候，管一管、帶一帶，如此而已。

到了日頭快落，夏蘇才起床出屋，就聽大驢說起興哥兒來過的事。掃一眼堂屋裡閒坐喝茶的趙青河，她語調不興，「大驢，問問你家少爺，他從哪兒拿的畫匣子？」

大驢覺著怪，他和蘇娘就立在堂屋門外，她說的話，少爺應該聽得清楚，還要他再問少爺，這麼多此一舉？但他不得不聽夏蘇的，「少爺，您從哪兒拿的畫匣……」

「妹妹別耍大驢玩兒了，有火有氣都衝哥哥來，哥哥滿足妳。」趙青河可以失憶，但天生的個性不能改得太過頭，慶幸他也會耍賴，老厚的臉皮。

夏蘇這幾日沒搭理他，只要一看到他那雙手，就有砍掉的衝動。兄妹、兄妹，認得乾親，又非血親，他竟敢對她動手動腳。還好那時四周無人，不然不知道會傳出什麼難聽話來。惡言，殺人不見血，毀清白於無形，她見識得太多，否則為何步履維艱。

趙青河又道：「今後不夾妳就是了，跟妳說聲對不住。不過為這麼點小事，妹妹難道還要跟兄長斷絕關係嗎？」

大驢如壁虎貼在門牆，偷聽到「不夾妳」三個字，沒明白，但直覺有貓膩[4]。

夏蘇看不出趙青河有任何對不住的誠意，「再有下回，我就不留情面。」

「妹妹不知自己的模樣很……」好心習慣沉澱，壞心自由落體，「像小老鼠，我拍出『老鼠夾』實屬本能反應。妹妹以後膽子大些，不要那麼賊眉鼠目，否則我不夾，也有別人夾妳。」

夏蘇萬萬沒想到，跟這個人說話，也有自己被氣到無語的一天。他力氣本就比她大，如今腦子還比她聰明，眼看已是魔高一丈了，她今後的日子豈非難過？

「好吧，天下無不散的筵席。」她對這個家有著眷戀，也是她娘死後，唯一待她真心的地方。即便窮，他們簡單的純心仍能為她遮風擋雨。但不一樣的趙青河，從一張白紙突然變成一本撲朔迷離的天書，而她又是節節敗陣，讓一度安適下來的心重新緊張起來。如果這片屋簷已無法心安，留下就沒有意義。

趙青河的神情未變，但他手裡的杯子放落桌子時有些重，彷彿敲在聽者心上。夏蘇一動不動，卻嚇走了大驢。大驢顯然發現事態嚴重，要去告密。

屋子不暗，夕陽還亮，趙青河起身走來。他的一步步，彷彿踩脆冰寒，周身肅冷，令瑰麗夕光爭相逃出屋去，連夏蘇都不自禁往後退了半步。

然而，那份排山倒海的寒氣忽然無影無蹤，趙青河足下一拐，去了窗下桌前，窸窸點起一盞燈來，又拿了燈，走回茶案。

燈色澄，燈火跳。他的眼卻深似夜空，照不入所有光亮。他腳下的影子，暗也張狂，在燈下躍躍，鬼魅幽息之間要舞爪。只是，他獨自喝茶的傲然那般強撐，難掩心灰意冷。

搞什麼啊？夏蘇覺得太陽穴猛跳。明明是她被欺負得心慌慌，怎麼他還顯得委屈了？而且委屈就委屈吧，又一副很不甘心，黯然神傷的樣子，他裝給誰看啊？

「少爺怎麼了？」泰伯跟泰嬸跑過來。

「蘇娘說要分家。」大驢昂昂噢。

夏蘇眉心開始皺，呃……

三人自然對夏蘇視為一家人，但趙青河卻是他們的主子，為第一優先的照顧順序。於

注釋——

4 ｜貓膩：北方方言，指隱祕或曖昧的事、見不得光的事、耍花招等意。

是，圍著那位大少爺勸，什麼蘇娘隨口說說的，什麼未出嫁的姑娘哪能分家，什麼夫人臨終囑託兄妹友好互相照看。哪裡是勸趙青河，也往夏蘇身上套繩，一根根箍緊，別想跑。

趙青河喝茶的「淒苦」模樣終於消散，三人勸完往外走，泰嬸還把夏蘇拉進門裡，只是慈愛拍了拍她的手，卻勝過千言萬語，讓她立覺雙肩好重。反觀那位，陰謀得逞，老神在在，何曾有過半分落寞沮喪？她瞎眼了！

「天下沒有不散的筵席，這話沒說錯。」趙青河的聲音如河流，緩緩淌來，有如樂律清妙，「不過，說散的筵席一般還會有兩道尾菜，妳得嘗完再走。不然，我是戶主，我不放妳，妳哪兒也去不了。要麼，妳給自己找個夫君嫁了。」

她想罵他陰險，而心裡忽然想起，乾娘病故那晚，他一人獨坐小屋的模樣，竟像足了剛才。他，是真心不想她離開麼？

夏蘇走過去，與趙青河隔開茶几坐下，「你今後敢再隨便進我屋，我立刻搬走。」

趙青河一笑，巴巴地給她倒茶，「這不是事出有因嗎？到手的銀子不能讓它飛了啊。」

「吳老闆已經付足款？」以為至少要看過貨。

「我早說了，他欣賞妳得很。」這丫頭真心不錯，沒有女孩子那些做作的矯情，正事就正說，不帶私怨，好不大氣。

夜降臨，蘇紙展開，等人沾墨，落筆繪青。

第十二片 墨古畫晚

蘇杭畫市自古有之，到了本朝，極盛。

有些人揣著銀子要買風雅、買名品，有些人揣著銀子要賺更多銀子，有需求自然有市場，名書古畫在古董界獨闢一片天地，便是升斗小民，只要稍有點閒錢，也有興趣不淺者，孜孜鑽研。

要說書畫，送禮有面，轉賣生錢，而且品味高尚，一旦懂點皮毛，學識就上到新層面，與達官顯貴攀談亦討喜。若能鑑賞，身價百倍，專有人送錢上門，就為親筆題跋，以證此畫為真品，名鑑與名家一同流芳百世。

鑑賞大家一般非富即貴，自身若有點能書能畫的才氣，連帶著成為書法家、名畫匠，求者絡繹不絕。

墨古齋座落的園林，如其主人，低調卻絕不沉悶。

今夜點蠟萬根，映湖如日。橋影石影，閣影亭影，似真似幻，成為畫卷背景。能稱得上畫市，就有足夠的場地供各家畫商擺畫，巧妙安排在不同的廂亭閣堂，客人賞景看畫，若談買賣，別家不聞不見，不傷和氣。

擺市的、逛市的，都得憑帖而入。

這就有兩種說法了。第一種，珍品極多，不容身分不明者偷雞摸狗。第二種，魚龍混珠，說這畫臨摹的，那就照臨摹的價錢，說這畫名家手筆，那就出真金白銀，一個願打一個願挨，但防官府介入，來抓偽造片子。

蘇州片，是書畫界的灰調，讓人歡喜讓人愁。

「要說當今鑑賞名家，蘇杭兩地居多，但各地亦有眼光獨到之師，京師有崔、劉兩家，與宦官沾親帶故，可謂皇商，富可敵國，書畫藏品之多，我等終生攀比不得。崔、劉若說一幅書畫是偽，誰也論不得真……」

畫市開前，客人未進，商家照例要與主家相見正堂，喝茶一杯，同行之間認認臉，以便今後能稱熟人。不過，有人唾沫橫飛，有人昏昏欲睡。

吳其晗似專心聆聽，卻趣瞧著末座那位姑娘犯睏得很。

幾個呵欠了？她滿眼都是晶亮水花。

與姑娘的義兄對上一眼，他微笑，義兄也微笑，都笑同一個人。只不過，義兄的身分很便利，伸出手，輕彈姑娘的手背，令姑娘睜大眼，玉面仰亮，表示不睏。

即便是兄妹，也未免過於親昵。吳其晗垂眸斂笑，輕吹水面飄零的一片茶葉，心頭泛起意味不明，卻不自知。唯一能做的，就是結束這幅畫面。

「客人們快入園了，吳某提前祝各位今晚生意興隆。」

吳其晗才放杯，就有一列眉清目秀的小廝入堂引客，送各家書商去園中攤鋪，等人走得差不多，才下了主座，與那對兄妹打招呼。

「青河老弟、夏姑娘，不好意思，讓你們提早過來，偏又沒機會早些招呼。」他在心中提醒自己，請這兩人來，是為了用兩人的才華。

夏蘇淡淡施禮，不說話。

趙青河爽氣笑答：「吳二爺能請我們早到，實是關照我們，平常無從結識這些大商，今日好歹認了臉，我兄妹兩人感激不盡。」

吳其晗只當趙青河客氣，哪知他盤算撇了自己這個仲介人，呵然回笑，「老弟一身好本事，有謀有義，夏姑娘才華不凡，能結識你們兄妹，是吳某之榮幸。今晚畫市，好東西不少，想你們會感興趣。」

口中雖說著「你們」，其實只指夏蘇一人。仿畫者，看的珍品越多，仿得才越像，尤其是夏蘇，她具有罕見的摹畫天賦。

「興趣不少，錢袋太癟。」趙青河哈哈自嘲，「好在有我家妹妹，一雙眼、一雙手，稀世無雙，無錢還可自勉。」

吳其晗眸中精光聚了又散，突生預感，本來要和這對兄妹談的事大概不能太稱心。

他談一樁稱心事，必是自己占優而他人無知的情勢之下。趙青河既知夏蘇才能的真正價值，他要聘她為專用畫匠的心思明顯低廉。還有，這個趙青河也令他刮目相看，說話老練圓融，心思難以揣測，儼然有眼光、有大才，護師或管事之流，恐怕不會放在眼裡。

如此思來想去，吳其晗打消了原來的念頭。美玉出璞，就得當成美玉來對待，與其視兩人可用，不如交兩人為友，這麼一來，交往還能更深。

「青河老弟若不嫌棄，今日與我結伴逛園子，還可介紹幾位同行與你認識。」人情世故上，他沒那麼含糊，心想就動。

趙青河不得不佩服吳其晗的心胸，難怪年紀輕輕就成鉅賈，明知他話中意思，卻仍大方結交，看的是長遠，當下也不狹量，把心思挑到明處，「多謝二爺。二爺若要訂貨，只管開口，價錢仍好談。蘇娘多虧二爺慧眼識才，所以，與別人做的是買賣，與二爺做的是人情，不會忘本。」

吳其晗聽了此番言，只覺自己還好沒低估趙青河，哈哈笑過，真心稱兄道弟。

夏蘇看前頭這兩人互相拍肩，兄弟之情陡然熱絡，但撇嘴，完全不感興趣。

她自覺不擅言辭，沒有奸商滑溜狡獪。當初為了製造與吳其晗的「偶遇」，她就絞盡腦汁。連換個扇面，她都不敢直視吳其晗。如今，趙青河腦竅多多，自願打前鋒，她樂得逍遙當個小跟班。

只是，逛到第三間畫堂時，這股歡樂的逍遙勁卻淡了。

「妹妹好悶。看什麼這麼出神？跟兄長說說。」不著調，卻顯出說話人的興致濃厚。

夏蘇斜睨趙青河，沒看到他身旁有人，就又轉回山水畫上，「說了你也不懂。」但她並未沉默，接著道：「這間的畫不若前兩家，都是新近才出的仿作。仿也罷了，摹作也非不能賣，只是摹筆實在欠火候，就像初學畫的小孩子在扮家家酒，這皴筆啊……」又想起老梓叔那個讓死人氣到跳出棺材的段子。

其實，她被老梓叔罵得挺受打擊，這會兒看到水準不如自己的仿作還能登上大雅之堂，終於不再為此糾結。

趙青河乾咳一聲，微微讓身。

夏蘇才發現，不是沒人，而是都讓他的高身子擋住了。除了忍俊不止笑望著她的吳其晗、目瞪口呆的興哥兒，還有一位正交畫卷的畫堂掌事、一位正交銀票的有錢財主。當然，這兩人的臉就很黑了。

財主把銀票飛快揣回衣袋裡，對著掌事哼哼，說別以為他不懂，就拿小孩子扮家家酒的畫來騙他，調頭立刻走。

一筆挺好的買賣飛了，掌事想對夏蘇發飆。

奈何她身旁有墨古齋的吳大東家，他不敢妄加揣測兩人關係，只能對著東道主訴冤，「吳老闆，我們今晚設的畫堂本就說好賣摹作，而且這些摹作的畫匠是蘇杭一帶小有名氣的，年輕是年輕，絕非孩子戲作，您也是瞧過眼的。」

吳其晗點了點頭，道聲確實，權當應付了。但他再去瞧夏蘇，才知這溫吞吞的姑娘也是有脾性的。

初雪白的面色鬧紅霞，眼睛澈珀，眸圈竟有些酒紅色，溢火流焰。肩膀收窄了，雙袖垂落，看不見原本那雙漂亮的手。不知何故，他就是知道，那雙手已捏成拳頭。

「不過，這位夏姑娘可是見多識廣，極具鑑賞力，若非名家之作，很難入得了她的眼，你也不必少見多怪。客人賞畫的眼光各有千秋，總不能因為有人說幾句不好，心裡就不舒坦吧。」吳其晗說完，自己心裡又有點怪。

覺得他奇怪的，還有興哥兒。他從小廝服侍二爺起，除卻二爺剛學生意的頭兩年跌撞不算，幾時見主爺幫人說話。二爺是地地道道的奸商，一般不管閒事，就算要管，一定會用到一條很沒良心的原則進行判斷。兩方之中誰更有錢就幫誰。此刻，一邊是付了擺堂銀子的畫商，一邊是小家窮氣的夏姑娘，而二爺竟然幫了夏姑娘。嚇人！

夏蘇的火氣就熄了。她未必像真正的商人那般精明，但也有自己的一本帳。吳其晗顯然想兩邊不起火，她得客隨主便。

「二爺別捧蘇娘，她那點從書上看來的鑑賞力，要真遇到名家，就是班門弄斧了，還小家子氣。」趙青河卻一邊貶她，一邊與掌事道：「我家妹妹出門前跟我吵了一架，心情不好，我剛才想逗她開心，她還在生氣，沒看到堂中有客，才亂說話，對不住啊！」

比起吳其晗的說法，掌事更相信趙青河的說法。女子嘛，要說什麼了不得的鑑賞力，實在不可信，情緒化倒是正常。他再想到趙青河人高馬大，而他妹妹卻身段纖細，擋住視線也很合理。於是，他重新打起笑臉，道聲不妨事了。

趙青河聽到夏蘇低哼，知她心火又起，卻也不理，只對目光意味深長看自己的吳其晗揚了揚眉，眼角瞥瞥夏蘇，又聳聳肩，不甚在意的大男子神情，似與吳其晗表述「小人與女子難養也」。

「二爺，咱們的畫堂裡來了大客，請見您呢。」墨古齋今晚當然也賣畫，夥計來找。

吳其晗只得暫時告退。

興哥兒跟著主爺出來，嘟噥著，「夏姑娘是青河少爺的義妹，青河少爺怎麼胳膊肘往外拐？」先回應他的只是二爺一個彈指，腦門生疼。

「你跟了我這些年，還不如一個才要起步的人。」園裡的涼風令吳其晗腦中一清，心中歎謂。

豈止興哥兒不如，他也關心則亂。趙青河那樣輕描淡寫，將他誇夏蘇的話一筆抹去，正是一份強過他的明察洞悉。

夏蘇是誰？

她是畫匠，製造蘇州片的畫匠。

蘇州片，是仿作，摹作，偽作，是畫界說不清道不白的灰色地帶。

所以，夏蘇只能灰調，必須灰調。見多識廣的女鑑賞家會令她處於明光，無處可藏，最終牽扯出她所造的精緻蘇州片，招來禍端。

而他吳其晗，或許順了夏蘇的心氣，趙青河卻保護了他的義妹，看得長遠，霸道十足，但無縫可漏。

吳其晗不會妒才，還喜歡結交同道之人，不然也不會即時改變對趙青河的攏絡方式，然而奇怪的是，他此刻心裡並不愉快，只覺得有什麼東西落在眼中，微微刺著，不疼，卻煩。自己的心思糊塗難理，卻很客觀得出一個論點——義兄妹，真是近水樓臺啊！

不過，吳其晗的近水樓臺論，這對義兄妹一點沒有共鳴就是了。

「亂說話？」就算有萬盞蠟燭，也有照不到的地方，出了那間賣孩兒戲作的畫堂，周圍幽靜昏暗，夏蘇才放膽算帳。

「妹妹，做人要厚道，妳已經把人的畫都說成那樣了，還非要提高自己的身價？」趙青河的解釋卻敷衍得很，也沒有討好她的意思，「得饒人處且饒人。」

夏蘇挑起眉，「誰要自抬身價？看你說謊不眨眼，扯得沒邊了而已。」

原來是怨這個。

趙青河心想自己小人，嘴上嘻哈不認，「妹妹鬧分家不是今日發生之事？」

這麼下去，就離家出走了，夏蘇冷冷一哼。

「妹妹，妳欺硬怕軟，在外膽如鼠，在家膽如虎，我看妳在吳二爺跟前乖得像隻小兔子，就是吃他那套君子謙和吧？不過，別怪哥哥沒提醒妳，吳其晗絕非君子。」趙青河跟船數月，看吳其晗做生意和做男人，都十分黑。

夏蘇其實也想過她能衝趙青河咆哮的理由，終究認為乾娘的保護傘起到很大的作用。第一次針鋒相對，乾娘幫她揍兒子，一年後乾娘離世，她和他硬碰硬的相處方式已固定，自然無需再畏畏縮縮。

「吳老闆要是君子，我就是淑女了。」每回都覺自己與虎謀皮，膽戰心驚。

「明白就好，他雖與妳我客氣，願給我們一些好處，但他到底出身官宦，靠父輩祖上可以迅速累積人脈財富，妳我卻要白手起家，高攀他不得，也依附他不得。交朋友，最好平起平坐，彼此地位對等。」曾對人際交往抱有可笑天真，交朋友不看什麼條件，一味掏心挖肺，到頭來慘被利用，才知門當戶對的說法並非完全偏見。

夏蘇淡然瞥著趙青河，「我一個女子，跟男子交什麼朋友？」

趙青河啞然失笑，是了，忘了男女授受不親，卻仍道：「橫豎保持距離就是，當然，他若實在非妳不可，一定要明媒正娶，不是正室不能稀罕。」

胡扯。吳家是杭州大族，官場有勢，比如今無官身的趙家還盛。吳其晗雖非嫡長子，卻是正經嫡出，幫京師為官的親爹親兄打理家業，不知多受重視。

夏蘇暗暗翻眼珠子，「趙青河，你自己臭美，誰也管不著，可千萬別在人前出醜，害我跟你一起丟人現眼。」是正室，她也不稀罕。

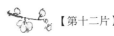

趙青河知道她這是有自知之明，也不再多說，一笑了之。

兩人邊說邊走，忽然眼前燈火明亮，是一個舞文弄墨的聽曲園子。歌女彈唱清吟，擺了書案寫字作畫的年輕人們，亦有散客隨處逛看，都是乘酒言歡。

「花樣真多。」看過幾間正兒八經的畫堂，熱情消散之後的夏蘇歡喜又起。

啪啦——

夏蘇看趙青河手裡多出的扇子，正是那幅文徵明仿唐寅的扇面，不禁神情微愕，很不贊同的語氣，「你膽子忒大，這裡是吳老闆的園子，也是他主辦的畫市，他即便此時不在，若有消息傳入他耳裡，你如何自圓其說？」近來都讓他說教，也該輪到她說一說了。

「黑燈瞎火，酒酣樂美，無心人哪裡會注意到小小一把秋扇。」入秋的江南也冷，但風流雅韻四季如春，秋扇作為一種時尚的裝飾，又身處文人墨客的場所，不顯突兀，「而且，我看到咱的買家了。」

呃？夏蘇沒想到。

她自己晝伏夜出，夜裡活動的範圍不大，以居家趕畫為主，所以就以為趙青河的晝伏夜出也差不多，卻實在大錯特錯。

趙青河不似夏蘇那麼能睡，白日裡只睡半日，半日與大驢出門見人，將從前的關係重新收拾一遍，去糟粕、留精華。

好比這混棒子圈，就很有講究。多數是無賴市井之徒，卻也不少真本事實打實的好漢子，只不過性子多半又野又狂，普通人視他們為異類，統統歸為混子。他目前喜結交的人沒剩幾個，但三教九流皆有，故而蘇州城裡的消息掌握得還算不慢。

三天前，徽州絲織大商楊汝可進城。趙青河得知後，本就想要請人引見，今日倒巧。眾所周知，徽商多為古字畫的大買家。他們離鄉背井，從商又崇儒，一旦富貴，必回鄉大興土木，起宅建樓，爭買古董字畫，以期子孫後代學識精進，見識菲薄，非常捨得花錢。而楊汝可棄文從商，自身學識豐富，不但喜愛收藏字畫，他自己也會畫會書，還頗具才華。

夏蘇聽趙青河說起楊汝可，但見假山亭上幾位交談正歡的中年人，其中一位面相周正，端著儒雅，不似商賈似文士。她雖相信他沒認錯人，不過即便今晚都是吳其晗請來的客，全然不認識的人，不能貿然上前說話吧？

趙青河似乎就等她這麼問，笑答：「這就得靠妹妹了。」

伸手指著那群奮筆疾書的年輕人，「他們正臨帖王羲之的〈蘭亭序〉，其中就有楊汝可器重的子姪，就是那個衣著最好的。妹妹去表現一下，無需施展全力，比他們都強些就可。其他的事，就交給不才的兄長我了。」

即興臨摹也是畫市的傳統節目之一，但夏蘇道聲不去。

趙青河奇怪，「為何不去？吳二爺今晚請了男女客，難得沒有束手綁腳的規矩，平時又總看妳一人研墨挺寂寞的模樣，如今有這麼多同好，大家以才博彩，不分男女老少，妳去湊個興子何妨？」

「不會書法。」表情平乏。

「……聽說書畫不分家。」謙虛？

「一竅不通。」語氣呆板。

「……肯定是妳小時候偷懶。」怎麼能不通？

「學過，說像鬼畫符，苦勸我放棄。」老實孩子。

「……妳……還真是偏才……跟挑食的娃娃一樣。」是誰勸她的呢？

「我娘說，一技之長就夠用了。」不是她挑剔，是她學不會。

「……妳還有娘啊？」頭一回聽她提起。

「你才沒娘，你是狗熊的孩子。」所以從前那麼蠢——乾娘，請原諒她。

「……」好吧，不好玩。

趙青河見臨摹架上字帖撤下，換了一幅墨菊，「妹妹現在可以去了。」

看她還很不甘願，他推一把，「想想銀子，這位徽商出手闊綽，錯過就得等下一位，還不知道要等到什麼時候。」

夏蘇去了。

這晚來的都是性情中人，確實不怎麼在意男女之別，而她斯斯文文，小嘴往下抿彎，毫不亮麗，自然不大惹人注目，因此誰也沒多看她一眼，任她在尾桌默默畫。

夏蘇沒看過這幅墨菊，畫法和風格都很陌生，仔細品味，有她喜歡的李延之[5]宋風。整幅畫既無落款也無印章，墨菊小寫意，重形現真，但布局想要生動，卻沒能生動，有些滯靜。

一般而言，若是頭回看到的畫，非她熟悉的名家巨匠，又不能用輔助的小工具，她的摹

注釋——

5—李延之：宋朝武官，因喜畫魚蟲草木，得詩人之風雅，官至右班殿直。工寫生，因專攻草蟲名垂千古，與宋朝的郭元方、僧居寧等人齊名。

仿力和相似度就會出現偏差。不過，能掛上這幅畫讓人臨摹，期望大概也不會太高，她落筆很快，以形畫形，神韻隨心。

畫到一半，夏蘇忽然想起趙青河「比眾人要摹得好，又不能盡全力」的要求，立刻慢下，不停對照著旁邊幾張桌上的畫，磨蹭到最後一個，才掛到繩上去。

人們圍上去看字看畫，摹字者和摹畫者也觀摩他人之作，而夏蘇對書法一早放棄，又看過那幾幅畫，自覺沒什麼好瞧，立在山石下，離人群遠遠。

有人跑過來。正是衣著最好的那位年輕人。夏蘇往旁邊再讓三尺，但她的防備如今十有八九是多餘的，年輕人腳步不停，從她身側跑到亭上去了。

年輕人的聲音並不小聲，很愉快地說：「大伯，既然是摹您的畫，就該由您決定誰摹得最像。您不下去瞧，我不好意思拿獎品，怕人說我沾您的光。」

原來那幅墨菊圖是楊汝可所畫。

楊汝可四十近五十的歲數，與年輕人說話卻顯得很活躍，朗然笑道：「不好意思就別拿，你可不就是沾我的光嘛，趕緊去把你自己的畫摘了，別丟我的臉。」

說歸說，楊汝可站起了身，要往外走。

母子連心，伯姪互尊互敬，就連趙府這麼大的府邸，是非雖多，親情也不盡絕。這才是家人之間的常態。夏蘇盯著自己的足尖，還沒開始黯然神傷，身旁就傳來一聲笑。

「我瞧過了，畫得最好的非妹妹莫屬。」

他的聲音，如一條清亮的河流，不冷不熱，那般明爽，直直淌進夏蘇心間，孤寂轉瞬就不見了。

第十三片 殘芳浮芷

獎品已定誰家，人群就到別處湊熱鬧去了。

楊汝可回到亭中，身後跟著他姪子楊琮煜，還有那對上來拿獎品的兄妹。

獎品是楊家出的，一套名地的筆墨紙和一方上好古硯，價值實在不菲。但這個獎，本是楊汝可藉機要給楊琮煜的。倒不是他小氣或是算計，實在因他這位子姪才華出眾，同他一樣學習宋人畫風，年紀輕輕就已獲得無數好評和肯定。今夜，楊琮煜帶來的那些朋友他都認識，更覺得楊家出的獎還是會回到楊家手裡。

誰知，半路殺出一個姑娘。

楊汝可將獎品送出，見那位表情平平的姑娘眼睛亮了亮，心道果真是愛畫之人，識得好墨好紙。

楊琮煜有些不服，嘀咕道：「也不見得她比我摹得好，有半朵菊花不似。」

那半朵，是夏蘇放開手腳所畫。

楊汝可年近半百，比楊琮煜眼辣，「贏就贏在半朵菊了。摹畫，上品仿神，中品仿形，下品仿筆。我一直研習宋代大家李延之的畫風，仿他的用筆運墨，自認繼他三分傳承，但夏

姑娘令老夫慚愧啊。妳所畫的半朵菊，氣韻靈動，墨法精彩，簡直就是延之筆法。」

夏蘇淡眼看看趙青河，無聲表示「你應付吧」。

趙青河收到，立刻上前道：「楊老爺說了是半朵，我家妹妹也只畫得半朵延之筆。她自幼習畫，有些天賦，偏生懶性子，什麼都是半吊子。家中曾有李延之真跡，她能照畫摹習，已占盡先機。」

「哥哥……」夏蘇舌頭有些僵，「楊老爺家大業大，還習李師宋風，難道會沒有李延之真跡？」她明白，貶低她，抬高別人，讓人痛快拿銀子出來，不過漏洞太大，她幫補一下。

趙青河眼尾拉細，暗道裝什麼小狗腿，分明故意拖後腿。

楊汝可心情卻不差，「半朵已足夠老夫開眼界了。夏姑娘，妳家兄長沒說錯，我楊家確實沒有李延之真跡。宋朝距今數百年，李延之是名匠大師，他的畫作傳至今朝，寥寥可數，有錢都買不到。商家根淺，世家根深，趙氏百年名門，才可拿大師真跡給女兒仿習，比不得、比不得。」

趙青河該誠實時不浮誇，「我兄妹並非出自名門趙氏，不過是沾點邊的遠親，先母倒是書香門第出生，但外公家已沒落，那邊再無親人，唯留有幾幅古書古畫，算是僅剩的體面家底。如今寄人籬下，方知書畫奢侈，不如真金白銀好過日子。」

憑良心論，夏蘇覺得，趙青河相當能攀談，撒謊固然有技巧，實誠也很講究。相比之下，她當初守株待兔吳其晗的行為，就太笨拙了。

楊汝可心頭一動，沒落書香，趙氏遠親，窮得缺銀，說不定他能藉此機會購到一件兩件名家真品。不過，他十分穩重，沒露出半點心動的神色，要待查證趙青河是否所說屬實，才會進一步接觸。

趙青河以扇敲了敲手心，似無意再多說。

楊琮煜盯住扇子，「大伯，這位趙兄手上的扇面聽說是明四家之一親筆。」剛才看畫時，耳邊落了這麼一句，「您對明四家真作的鑑別可是出名的，不妨看一看。您說是真，這扇面可就值錢了。」

「喔？是嗎？」楊汝可心想，查證是一方面，自己若能親眼見一見，這對兄妹就更可信了。而李延之的畫雖然難得，明四家的畫有錢還能買得到，他家中收藏了數卷，而且可欣賞到的真跡也不少。

夏蘇不大高興，冷眼颼颼瞥過楊琮煜，對趙青河道：「這扇面本就是真的，何須別人論真假？我得了獎品，有人心裡不痛快，就隨意小瞧我們，那我寧可不要這些東西了，走吧。」她喜歡文房四寶，卻也不貪。

趙青河這會兒從善如流，與楊汝可無奈一笑，身形轉向外。

楊琮煜沒想到看似灰誚的姑娘脾氣大，連聲唉叫：「我哪有不痛快？只是實話實說。誰不知道蘇州『片子』天下聞名！」

要是換個時間地點，他們可不就是「片子」麼？但今日手上，是真得不能再真的東西，故而趙青河和夏蘇都站得很直，連影子都正。

事實勝於雄辯。趙青河一言不發，打開手裡捏熱了的那柄秋扇。

青竹骨，浙白紙，最平凡，最簡色，襯托那片秋黃的細絹扇面，再好不過。細絹裱紙，工藝精細之極，與浙紙渾然一體。

畫，自然是好畫，但楊汝可只找明四家的筆風。他先皺眉，再舒展，又再皺眉，神情從欣悅到迷惑，變化分明。這細絹舊得自然，墨色保留良好，畫風狂放中壓抑，乍看就是唐寅的不羈和心哀，但布局有些凌亂，不及唐寅神采。然而，畫功精湛，很好把握著筆力的揚抑，即便是亂來的布局，都似藏一種玩鬧之心。畫風無疑是明四家，不是唐寅，卻又是誰？

楊汝可自認對本朝名家的畫作鑑賞力極強，這時卻不大確定了。

楊琮煜年輕不怕說錯，「那麼大的心氣，到頭來還不是一幅做得精緻的蘇州片。」他認為是仿作。

楊汝可趁機觀察對面立直的兩兄妹。老實說，他可以確定此扇面不是唐寅所畫，那麼姪兒說仿作並不算錯。他想看到兩人的心虛，然而卻只看到了那位姑娘臉上的不以為然，還有趙姓男子似笑非笑的雙眼。

他突然覺得，對方要麼是非常高明的騙子，要麼是十足把握的行家。

楊汝可猶豫了。經商這麼多年，什麼樣的人沒見過，但面對這兩個年輕人，他居然沒有把握。他怕上當受騙，也怕不識珍寶，無論哪一種都會成為笑柄。

「妹妹，走吧。」秋扇一片片收起，趙青河將楊汝可的輾轉心思看得一清二楚，認為今晚到這兒就差不多了。他沒有任何多餘的話，完全無意說人不識貨，但自信十足。

夏蘇不懂趙青河退而求進的策略，卻想，識不出文徵明的人也不是好買主，一個字不多說，走下亭去。

眼看兩人要轉出他的視線，楊汝可出聲喚道：「敢問這是誰的墨寶？」

趙青河仰頭，好一份閒情逸致，眼中妙趣生輝，笑道：「文徵明仿唐伯虎，楊老爺的大姪子還真眼利，這大概是最出色的蘇州片了。」

人走了，笑聲盤旋到伯姪兩人的心裡，頓覺悵然若失。

「大伯，此人胡說八道，沒有印章的舊扇畫，明仿唐寅，還說什麼文徵明……」楊琮煜卻見伯父神情大悟，「莫非是真的？」

「文徵明與唐寅是好友，唐寅生活落魄，文徵明時常資助，民間有不少兩人的逸聞趣事。不過……哈哈——」楊汝可笑了起來，直道怪不得怪不得，「我怎麼看都是明四家，只猜唐寅，卻猜不到是文徵明仿唐寅。琮煜，你去打聽趙青河的住處，我要再會會他。」

這位徽州大商，掉進了趙青河的網兜裡。

夏蘇還不知道，所以可以搶白趙青河，「真是了不起的買家，鑑賞力……」不知怎麼描述才恰當。

「屁個鑑賞力……」趙青河配合這位妹妹的慢步，「妳想這麼說。」

是想那麼說，但夏蘇一臉與粗話無緣的清白面貌，「不是，只覺得江南鑑賞名家很便宜，我若在扇面上加個文徵明的偽章，他們才能當真品是真品的話，還需特地花銀子請他們題跋麼？」她沒那麼做，因為想要保持文徵明的原心本意。

「濫竽充數之人總是有的，不過楊汝可若再來找我們，他的名氣大概還算當之無愧。」

剛才楊汝可眼中突然一亮，趙青河並未錯過，所以他篤定這把扇子能賣出好價錢。

夏蘇已不在意。她是船到橋頭則直的性子，對金錢要求也不高。吳其晗付了〈歲寒三友〉的最高報酬，給周叔和老梓叔的辛苦錢，自己還能剩一半，夠家裡用一段時日了。

但這晚，註定不平靜。

兩人沿著園子的蓮塘邊走，才想著要再去哪兒轉轉看看，九曲橋那頭的香樟亭裡發出幾聲女子尖叫。

有人驚喊：「死人哪！」

趙青河看看夏蘇，笑得有點古怪。

夏蘇還以白眼，「笑什麼？」

「妹妹晚上去的地方，似乎容易發生事故。」趙青河笑這個，「該不會是招災體質？」

笑得古怪，用詞也古怪，夏蘇想了想，「是你招災吧？每回遇到你的時候，一定會發生事情。而且，死人了啊，我們這麼悠然論著誰的責任，好嗎？」也不看看氣氛。

趙青河走上曲橋，卻發現夏蘇不跟，就退了回來，「妹妹耍兄長玩嗎？說得好不正氣，結果卻是讓我一人去瞧？」

夏蘇默然望著塘上燈火亂顫，眼尖發現樟亭角柱下漂浮著一縷白，不是沒見過的死法，仍然不能習慣。

「水鬼很嚇人，我膽子小，還怕自己會吐。可你似乎愛管閒事。」

趙青河知她夜視很遠，而且他也看到了浮在水面的屍體，「你錯了，我並不愛管閒事。」他去趙子朔的屋子，是因為要探她的底細；他去桃花樓，是因為⋯⋯

兩個丫頭從橋那頭跑近，對話慌忙，分別入了趙青河和夏蘇的耳。

「⋯⋯是芷芳姑娘⋯⋯」

「⋯⋯才剛被大戶贖身⋯⋯死法這麼淒慘⋯⋯咱姑娘都嚇暈過去了⋯⋯真是可憐⋯⋯」

夏蘇愕然，身不由己，與趙青河同步上橋，往樟亭走去。

心境變了，環境也變了，原本挺好的良辰，挺好的美景，忽然因為水裡的死人，夜鬼魅，風悽楚，明光也似了冥火。

亭裡七八人，墨古齋的畫師，桃花樓的姑娘，幾名伺候的小廝丫頭。原本一樁畫舞歌美的賞心悅事，誰知湖上浮屍，嚇暈了姑娘，驚吐了畫師，琵琶翻扣在地，美人圖讓慌墨濺毀，香鼎已滅只留冷，再無半片今夜雅風。

夏蘇的臉色也煞白。她本是一時驚訝，上了橋也沒打算親眼看死人模樣，卻讓趙青河直接拉進亭裡，直視了那張毫無生氣的死人臉。

頭髮如水草幽散，皮膚白到發青，雙眼死不瞑目地睜大，大半身浸入水裡，手臂飄張，衣物絲縷破裂，無助無望。但那張臉是很分明的，確為桃花樓的清妓美娘芷芳。數日前，還見她各種生動的漂亮面貌，怎又能想到她命不久矣。

「夏蘇。」趙青河傾欄俯看的身姿立直，沉聲喚道：「瞧她手裡。」

身旁頓時不再有淒風惡寒，全讓他的強勢氣魄揮開了，夏蘇略鎮定，往芷芳手裡瞧去。一個卷軸。

而怎樣的卷軸，能讓人死都不肯放手？

夏蘇立刻抬頭看了看趙青河。他挑眉，無語卻是徵詢她。她微微點一下頭，並暗道他真能聯想。她雖然同他說過，芷芳屋裡那幅無名畫並不無名，但沒告訴他，一屋子的東西，芷芳只要這一幅無名畫。再一回，趙青河讓她知道，他的腦子是真聰明了。

「你們別哆嗦了，快來幫忙撈屍。」趙青河一語驚人。

七八人，能躲多遠就多遠，擠縮在亭子另一角，男子有三四人，卻因為「撈屍」這兩個字，恐懼的神情幾近崩潰，沒一個肯過來。

夏蘇忍不住拉趙青河的衣袖，「已經去喊人了，用不著你瞎折騰。」這人以前也是愛多管閒事的麼？幫著趙大老爺查情書，跟蹤她，換夜行衣湊竊案的熱鬧，現在還打算撈屍，真是比捕頭還忙了。

趙青河往那幾個男人鄙夷瞪了一會兒，忽然開始脫外衣，鞋襪，還捲褲腳，跨步上座欄，做了幾個揮臂擺手蹬腿的大動作。

「你幹麼？」完全沒有面對死人的驚慌了，夏蘇目瞪口呆看著眼前這位。

「撈屍啊。我把人推到橋邊，等我舉她起來，妳接著點兒。」

咚——

趙青河跳了下去，姿勢如青蛙，長腿蹬起，猿臂向前直升，劃出一道長虹。無論這隻青蛙的外相如何，他跳水游泳高超且姿勢優雅，這一點是世人毫無爭議的。

眾人沉溺於這種優雅之中，夏蘇率先清醒，不由朝水面大喊：「我不接。」

她膽子小，他難道不知道？

趙青河彷彿兩耳不聞，推著那具屍身到了曲橋邊，側眼望向還在亭裡的夏蘇，全不在意地催促她，「來幫我撈一下就好。」

夏蘇有點弄不明白他是裝傻還是真傻，但僵著也不是事兒，決定去提他耳朵，讓他聽聽清楚。只不過，她一過去，就見趙青河上下牙齒打架，這才想起秋水有多涼。

「妳從她腋下撈住，我馬上來接手。」他的牙好白，燈下反光，面龐堅毅，一手抱橋木，一手托屍體，看不出一絲凍冷或不情願。

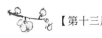

反觀另一邊，男人沒有男人樣，和暈倒的女人擠在一處。

夏蘇再望趙青河，心中就湧出一股氣。這股氣，源源不絕，如她逃家前後，還以為這輩子都不會再現，卻突然又洶洶湧來。她踮起腳尖，伸出手，將芷芳冰冷的身體撈住。

「好姑娘。」趙青河笑得神清氣爽，游到一旁，雙手攀上橋欄，出水的動作也矯捷如豹，身形弓起，竟能躍上二丈，雙腳穩穩落橋，再大步而來，與夏蘇身側不過距離寸長，「我數到三，妳就放手。一，二，三——」

她放手，讓開。

他接手，站上她剛才的位置，一口氣將屍體撈上，輕輕拖到亭中。

順利交接。

夏蘇發現，除了手，自己身上沒有沾濕半點。想起他出水本不需游開，是有心顧到她了麼？她慢慢走到他邊上，學他的樣子蹲身，不再怕盯著芷芳的青臉和大眼。這回，真是一點不怕了，有大個兒擋煞。

趙青河掰開芷芳的手，對夏蘇輕聲道：「別當我多好心，若她手裡要沒這東西，我不會多看她一眼。」隨後轉頭看那些膽小鬼一眼，稍微調整了自己的位置，將卷軸打開一些，「妳看……」

他消了音。

確實是畫卷，依稀是錦雞，裱紙已透濕，絹完整也無用，墨一團團化開，慘不忍睹。

「靠！」趙青河低咒一怪字，但對某個偏才抱有巨大期望，「妹妹應該看得出名堂？」

某個偏才卻無表情，白白的臉恢復水嫩嫩，光裡十分靈澈美好，就是聲音呆板了些，

「什麼名堂？瞎子都看得出這卷畫已毀成渣了。」

「畫當然毀了。」他不是瞎子，「不過，妳能不能分辨此畫真假？」

這人想法太難猜，夏蘇卻也不隨便生氣，眼睛湊近畫上，手摸著幾乎爛潰的紙和濕透的絹，就在橋頭傳來急促腳步時，輕聲輕氣下了她的結論，「不好說。」

趙青河點頭表示知道了，將畫重新捲好，放在屍身手邊，然後把夏蘇拉起，退開好幾步，當機立斷從相關者變成無所事事的旁觀者。

夏蘇無比配合。她是動作慢，並不是腦子慢，事到如今，只覺得趙青河必有所謀，卻不知他謀什麼而已。但他知道她的夜行祕密，在不能斷定他的善惡之前，她不會與他對立。

趙青河有句話說得非常對：他和她同一條船。他既然沒傻到砸沉自己的船，而她還沒到岸，中途換船也很麻煩，暫時就這樣吧。

吳其晗入亭，還沒看清身前，身後就嘩啦圍來一大票人，個個哇呀叫嚷著，還有跑一邊去吐的。他臉色本就因為自家園子裡死了人而難看，這會兒還讓一顆顆腦袋擋住視線，但覺居心叵測，不由上火。

他出身富貴，自小到大遊刃有餘，做買賣八面玲瓏，絕不是沒有脾氣，火大一聲：「統統給我讓開！」

人人驚避，現出地上的死人來。

吳其晗不認識芷芳，見其淒慘死狀，神情嚴肅卻也不驚慌，看到對面的趙青河和夏蘇，倒是微怔，但眼神很好，發現趙青河一身濕透，「剛才聽下人來報屍體在湖裡，如今卻上了岸，不愧是青河老弟，身手了得，果敢非常。請教如此情形要怎麼處理才算最妥當？」

趙青河也不假客氣，「想來二爺已報了官，我看閒雜人等太多，雖然掃興，二爺還是提早結束了畫市吧。」

「萬一凶手還在園子裡……」不知道誰嘀咕。

「屍體能浮起，天又涼，約摸已死了幾日，絕不會是才發生的，而且未經驗屍，誰也不好說是自殺、他殺或意外，扣留客人並無意義。只要二爺開張今晚客人的名單，一個都別漏，讓官差找得著人問話就行了。」趙青河頭頭是道，引眾人目光匯聚，包括夏蘇。

這對吳其晗是有利的建議，當下就吩咐人去辦，又將亭子清空。

興哥兒送完客人回來，情緒不好，「竟然有人胡說八道，說墨古齋的園子裡死了人，二爺或有嫌疑。莫名其妙！」

趙青河與吳其晗一起立在亭外，聞言笑道：「吳二爺無需理會。墨古齋是賣古董字畫的地方，白日裡客人們來來往往，而且還有幾十名夥計、掌事、畫師住著，怎麼也輪不到吳二爺有嫌疑。」

吳其晗哈哈一笑，拍興哥兒的腦袋，「再說，你家少爺有那麼蠢嗎？在自己的地盤殺一個不認識的清伎？」

一旁，夏蘇默默不言。吳其晗顯然要借助趙青河的某種本事，車夫走不了，她留下來似無奈，但其實卻不然。

她想要留下來。

雖然沒興趣管閒事，夏蘇腦裡卻並非神情上看起來的一片空白。她也不認識芷芳，那只是一個名字、一張臉、一道影，即便她曾去過芷芳的屋子，看過一幅很棒的畫，兩人之間原本也無法牽扯上什麼。然而，芷芳死了，手裡握著那卷畫死的。她知道那幅無名畫的珍貴，也知道芷芳很在意這畫，真畫卻讓人換成了假畫。她無法脫口而出，卻幾乎篤定芷芳的死與這幅畫有關聯，這才讓她對一個陌生人產生了一點點責任心。

「夏姑娘嚇壞了吧？要不要我派人先送妳回去？」吳其晗這個東道，很是盡心。

趙青河卻像一個專制的兄長，「多謝吳二爺，不過最近城裡有盜，二爺的人我是不擔心，卻實在不能放心路上，她還是跟我一道走的好。」

吳其晗也不堅持。夏蘇在，他的情緒不知不覺，居然更好，只是礙於趙青河在場，不能和她多聊。

「官府來人了。」趙青河簡潔道。

但見十來人腳步匆匆，從昏暗的小路中跑出，多身著官衙灰藍捕衣。為首的，不是原本的胖捕頭，雖不若趙青河高，身材也是硬邦邦，一看就是習武之人。待他跑近，看清他的長相，十足紈綺的油頭粉面，一雙狹細的狐狸眼，不像壞人，也肯定不是好人。

更有意思的是，一身青衫，文人裝扮。

第十四片 處處鬧賊

這人，一上來就看見了趙青河，不過，迅速不理睬，只喊吳二爺。

吳其晗能在蘇州做生意，事先和黑白兩道打過招呼，自然認得他，道聲董師爺。

夏蘇立刻覺得，人之所以要不斷充實自己，就是要在這種時候避免眼皮子淺。誰說師爺一定留鬍子？又誰說師爺一定手無縛雞之力？明明也有眼前這位狐狸眼、油頭粉面、身板像塊鐵的師爺。

董師爺官腔十足，問話卻比桃花樓那夜的胖捕頭仔細得多，聽完吳其晗講述之後，親自帶了人去亭子看屍，然後給手下人分派任務。找墨古齋的人問話，搜索池塘周圍的落水痕跡或其他可疑之處，收集這幾日出入的客人名單，包括今晚宴請的人，抬屍回衙交給仵作檢驗死因，一件件布置下去，又快又好。

吳其晗提到趙青河將屍體撈上來，並建議自己遣散客人清出場地。

董師爺似乎聽過就算，只將功勞都歸給吳其晗，說應對得極好，為他省去不少力。他顯然對那幅畫也相當感興趣，當場就打開，問吳其晗可知畫的來歷。

這件事上，吳其晗還不如趙青河知道得多。因為，世上最好的鑑賞大師，也無法鑑識一

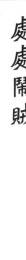

幅爛紙開墨的畫，而吳其晗不認識芷芳，沒進過芷芳屋子，更沒看過宋徽宗的無名珍品，自然連邊邊都猜不到。

董師爺去監督手下人搜證，趙青河見沒自己什麼事，就向吳其晗告辭。

「吳二爺定了明日出發上京師吧。今晚不能早歇，要辛苦你了。若有需要我幫忙的地方，吳二爺儘管開口，但凡我能做，一定盡力。」

吳其晗謝過，「待我從京師回來，再請兩位吃飯。」目光落在夏蘇身上，「夏姑娘手巧，貨十分好，頗得我心，希望今後可以多合作。」

夏蘇點點頭，「吳老闆一路順風，早去早回，趕得及回家過年。」

吳其晗的眼眸裡多了些難以言喻的情緒，笑起時，春風吹桃花，「一定。無論如何，不能忘了約與夏姑娘的一頓年飯。」

呃？她不是指這個。夏蘇想說明，趙青河卻搶道二爺不必相送，轉身就走。她為了跟上他追星趕月的大步子，沒能再對吳其晗多說一個字。

上了老馬，坐入老車，出鬧夜，進寧夜，大街小巷飄燈吹火，幾乎無人，偶而經過酒肆飯館，多關窗落簾，映出來的人影也是鬧中取靜之感。

眼看離趙府還有幾條街，趙青河忽然連聲呼哨，甩鞭催快老馬，老車哆嗦著渾身老木架子吱啊尖叫，軲轆歪晃滾過青石板，好似要飛脫出去，把打著輕盹的夏蘇徹底震清醒。

「怎麼了？」她雙手抓住車門板條，瞇眼看趙青河將車趕入一條漆黑的小巷。

「有尾巴。」趙青河捲著韁繩喝駕兩聲，同時往旁邊高抬下巴，趕車的動作俐落，神情卻半分不緊張，還笑露白牙，「找個安靜地方解決他。」

夏蘇探頭看去，屋頂上一道黑影，拉腿如弓，落瓦無聲，身輕如燕，又似烏煙竄風，散漫中帶著疾勁。

「是殺害芷芳的凶手麼？」淡褐的眸中溢滿月光，月光緩流，在眼底成河。

「或是調包了畫的人？或是入室竊財的賊？」馳出巷子，霎時出現開闊的一片地，趙青河拽緊了繩，老馬停蹄，喘得抬不了頭顱，「不管是哪個，妳看熱鬧就好，我可不想隻身赴吳二爺的年飯去，讓人說照顧妹妹不周。」

趙青河跳下車，一身濕衣已讓體溫蒸得差不多乾了，風鼓大袖，簌簌拍打衣背。他轉過身來，面對夏蘇，也面對自牆落下的夜影，慢條斯理將衣角捉起，紮進腰帶中，又捲高了袖子，靜立原地。

月當空，照亮那對肌肉紋理健美的銅臂，他的五官彷彿剎那精雕細琢了一遍，面部輪廓冷而傲，劍眉刀目，絕崖鼻峰，噙著笑的蓮色唇片，都打揉了，又摻了影，似流風不羈，隨時可顯親切，實則無情冰寒，拒人千里之外。

夏蘇居然不敢多望，與他一樣，盯著那道黑影似飄似疾，越來越近。

趙青河目力比夏蘇好，識出黑影那襲青色長衫，嘴角一撇，準備動手的姿勢放了下來，「兄弟，剛才不是裝不認識嗎？我又不是女人，這麼上趕著追來，也不會感動的。」

「放你的狗臭屁！」青衫人大笑，眼看要從夏蘇身旁過去，猛然一個後空翻，瀟灑的身形忽然帶了煞氣，手掌化手刀砍向夏蘇，「讓我看看你女人的本事！」

趙青河氣急，「她就是蘇……」

手刀力綿，但半空躍著的身體收勢不住，青衫人以為自己要跌到夏蘇身上去，不料就在眼皮底下的人卻突然消失了，他撞到車板，驚得老馬吐氣亂嘶。車裡哪兒還有夏蘇的影子？扭頭一看，嘿，那姑娘離自己一丈多遠，正低頭撫平衣裳，而她的裙邊如水邊，輕輕推瀾。

怎麼回事？他扭扭脖子，看向趙青河，攤開兩手，又指指夏蘇，以眼神表示疑惑。

趙青河的目光淡淡，已經沒有驚豔過的痕跡，微聳肩，不作答。他心裡卻才翻起浪來，儘管只有一眨眼，夏蘇從董霖的突襲下脫身的功夫，或者稱作功夫是糟蹋了。那是一種舞姿，前所未見的絕美舞姿。

他忽然明白，夏蘇還具有另一驚人的天賦。不過，她能練到這種程度，必然吃過可怕的苦。天賦固然令人優越，但不努力，就會退回平庸。

董霖偷襲夏蘇不成，一拳直擊趙青河胸膛。

「董師爺，你有完沒完？大半夜還要我陪你練拳？真是沒媳婦閒得吧！」趙青河輕而易舉捉了董霖的拳頭，雙腳畫圈走了幾步，就憑臂膀的幾個動作，打得董霖哇哇叫。

「娘咧、娘咧，你到底偷練了什麼邪門功夫？不能藏私，要教兄弟我幾招啊！」

夏蘇看出來了，趙青河這是在打木人樁呢。只不過，這位油頭粉面的師爺與趙青河既然相識，剛才又那麼冷場面，她不大明白。

「好說，董師爺有空拜師，我就有空教徒弟。不過，在那之前，你打得到蘇娘再說。」趙青河的手纏上董霖，竟單手將他舉離了地，用力甩出去。

別說，董師爺功夫還不錯，那樣還能半空收起大字，單手撐地，翻個筋斗，雙腳併直再落穩，不但不顯狼狽，動作還很漂亮。

董霖摸著下巴，盯瞧了馬車邊上的夏蘇半晌，推一下趙青河，嘻嘻笑得很詐，卻還記得對人自我介紹，「夏妹妹，哥哥董霖，給妳賠禮。剛才逗妳玩，妳莫當真啊。說到底，也不能怪我，誰讓有人老提到蘇娘蘇娘的，眾兄弟耳朵都起老繭了。如此神往已久，好不容易見到真人，一想到可以跟兄弟們炫耀，怎能不激動。」

不要說夏蘇感覺很新鮮，連趙青河都十分詫異，「鬼扯淡，我什麼時候老提蘇娘了？」

「從前啊。」現在的趙青河雖然值得他深交，但已沒有從前那股直腸子的傻憨義氣，有點遺憾，不能讓他笑疼肚子了，「你老兄只要幾碗黃酒下肚，三句不離蘇娘，誓言要讓她心甘情願喊你一聲兄長，不然死都不能閉眼。當誰不知道你被自家妹子欺負慘了……」還有很多話，他可不想一一傳達，橫豎這位傷了頭，什麼都不記得了。

從前？夏蘇一怔，趙青河不是一直當她丫頭使喚麼？所以趙府才沒人知道她。

「從前的事不必多提。」趙青河大手一揮，「真要論起，那會兒我提岑雪敏應該更多。」好不坦蕩！

「追岑小姐是你丟不下面子，憋不過一口氣，還有一群不動腦子的好色東西瞎起鬨，與你的心肝義妹怎能相提並論？不過，你說不提就不提，因禍得福腦袋才撞明白了，實屬不易，做兄弟的不能拖你後腿。老弟我特來請教今晚這件案子。」董霖追來問案情。

趙青河讓董霖用的「心肝」二字弄得尷尬，不由罵道：「就憑你竟還能考上秀才？滿嘴狗臭屁，不會說人話。」眼角瞥夏蘇，因她專注的神色而心中安定，「至於那樁命案，你是衙門的人，我是遊手好閒的混棒子，能教你什麼？滾回你家去歇著，我累得眼皮子打架，要走了。」

董霖勾住趙青河的肩，不肯放人，「少來，對這等古怪的事，你一向眼珠子賊尖，比誰都想得多。要不然，仵作尚不能定論，你又知道是命案了？」

夏蘇對今晚的事原本就有點上了心，而隨著對趙青河的瞭解更多，也知董霖說得不錯，他似乎擅長調查某些謎題事件，因此頗受趙大老爺的信任。於是，兩隻耳朵豎起來，坐上車板，靜靜聽。

趙青河見狀，心知不能隨便應付過去，當下不再推搪，把芷芳那幅畫的來歷交代清楚，又道：「死者手上有捉刀的傷痕，死前曾經掙扎過，而她的致命傷是讓人刺入心臟。心口的傷與她手上的刀痕一致，應該是匕首之類的短小武器。我這麼猜，她即便不知道古畫是宋徽宗之作，也因為極愛此畫而發現被人調包這件事……所以慘遭滅口。就是這樣而已。」

董霖的狐狸眼眯成一條線，「什麼叫就是這樣而已？你明明省略了一大段話沒說，當我傻啊？趙青河，你不夠義氣，我對你知無不言，你一棍子敲不出一個悶屁。」

這樣都能聽出來？

趙青河反省自己語速不夠流暢，但嘴硬，不承認失誤，「朝廷近年缺官缺得厲害，像你那樣缺墨少水的，也能混個師爺當著，可我以為你好歹不笨。你們官府查案，不能憑一己猜測，要憑人證物證，我倒是可以不省略，猜滿了它，但你能憑我的猜抓人嗎？」

董霖神情大驚，「難道你已知道凶手是誰了？」知道他厲害，不知道他這麼厲害！

趙青河長嘆一聲，「我知道什麼啊？芷芳知道畫被人換了假，就告訴了一些人，她甚至可能已把畫重新換了回來。但這時，她自己都不能確定真假了，就找到墨古齋。墨古齋不但賣畫，還收畫，專人專眼，書畫業中是頂尖的。凶手尾隨她而來，大概被她認出真面目，情急之下將其滅口。」不知道，但能猜。

「喔，有道理，大有道理。」董霖只要猜得有理，「也就是說，凶手就在芷芳認識的人裡，多半還是桃花樓的人。上回芷芳屋裡失竊，捕頭說可能是家賊，沒準還就是這個家賊。宋徽宗的真跡也算無價寶了吧？見財起意，殺人滅口，說得通。」

「宋徽宗的畫雖難得，還是有價的。」夏蘇輕言。

董霖卻沒聽進這話，「多謝了，老兄，也算給我拎了個頭緒出來，若有難處，我還來找你要主意。」他走開兩步，又轉頭來問：「衙裡要招捕快，你有興趣，我跟大人推薦你。」

趙青河搖頭，一臉敬謝不敏，「我自家都顧不過來了，還管別家丟雞少鴨？而且，捕快那點薪俸夠我養家糊口？你出生就掉米屯裡，不懂我們窮人的辛酸。」

董霖有意無意瞥了夏蘇一眼，笑得滑頭，「夏妹妹聽見沒？妳家義兄如今改頭換面要當好一家之主，妳今後別老氣得他買醉。要是真缺銀子，來找我，我幫襯著，千萬不要讓人再變回傻大個去。」

夏蘇好氣又好笑，想過後這般回應：「從前早是一筆爛帳，你們都道不提，我也就不提。不過氣不氣的，我不好答應。只能說，只要做人該做的事，而不是人去做蠢熊的事，我自不會找他麻煩。」

董霖大笑，對趙青河道：「早帶這位妹子出來，我也早真心把你當兄弟，今後再來個親上加親，喊你一聲大舅子。你這妹妹妙極了，我喜歡啊！」

趙青河面上雲淡風清，說話頂毒，「你喜歡有個鬼用，要我妹妹喜歡才行。順便多一句，我妹妹人見人愛，你要求親，得排隊候著，等我們通知。」

董霖其實是直爽脾氣，與趙青河新混得親近，把夏蘇也當了自己妹子，說話不經大腦罷了，哪裡是真有男女之情，表達一時喜歡的情緒就算，拱手走遠。

馬車重新上路，這回有聊天。

趙青河跟夏蘇介紹道：「董霖這個人，聽大驢說起，當初雖在一個圈子裡混著，他與我很生疏。如今再看，倒是個可交之人。他家境富裕，長相紈絝，做人做事卻很認真，不仗著有錢就欺人，讀書馬馬虎虎，肯定考不上官，但就是喜歡辦公差，挺有志氣，妳不用擔心他的人品。」

半晌，夏蘇回道：「你的朋友，你該擔心，我不擔心。凶手……真是桃花樓的人麼？」想不到有朝一日，還能見到趙青河的朋友，真是世事難料。

趙青河笑聲微妙，不知有多少層心思在裡面，「我可沒這麼說。那小子做事雖認真，考不上舉人，頭腦到底不如要當狀元的。我只說凶手可能是芷芳認識的人，他自己一廂情願定了桃花樓，與我無關。」

「這些事看似都與你無關。」

芷芳毫無生氣的臉閃過腦海，夏蘇想，聊天或可幫她淡忘。

「看似？」他說過這丫頭聰明沒？「明明就是與我無關。」

她想了好久，才得出這條思路，「你說你不愛管閒事，難道管的不是自己的事？」

啪啪啪！趙青河拍手，笑道：「雖然花了不少時日，妹妹能想到這個地步，哥哥再不會小看妳了。」

夏蘇額角跳，一點聽不出他高看她的意思，根本滿滿諷刺她反應慢。

「我送岑小姐去常州探親，歸途出事，認為自己是被害的，自然要留在當地，查一查與自己被害有關聯的線索。」趙青河笑她反應慢，但這麼些日子下來，他也信任她，「蘇州城裡連續發生失竊，而同樣遭竊的桃花樓還引出殺人滅口的命案。想一想，我要是當時死在常州，不也是一樁命案？我對桃花樓的小偷感興趣，對芷芳的死感興趣，無非是這些事讓我有些感同身受罷了。多巧，常州也鬧賊。」

「也沒多巧，哪個地方沒有小偷小摸的事。」到家了，夏蘇跳下車。

大驢鼓著一張長臉，將馬車牽到臨時搭建的草棚裡，嘟嘟囔囔道什麼說話不算話。

趙青河嗤笑一聲，「你自說自話，我可沒說今晚帶你去，別掉張驢臉影響爺的心情。」

大驢嚷起，「小的驢耳，少爺你偷罵，我都聽得到。」

趙青河直樂，大聲道：「我就是說給你聽的，何必偷罵？還好你今晚沒去，不然保準連苦膽水都吐出來。不信我，你問蘇娘。」

大驢真問夏蘇。

夏蘇簡單說了湖面浮屍的事，大驢嚇得拍胸脯，直道還好沒去，還說他八字陰水，特別容易招上不甘上路的冤鬼。

趙青河毫不忌諱地說道：「看來多虧了你，少爺我才能回魂。」

「少爺別嚇唬小的，你自個兒失足掉下山，是背過氣，哪來冤氣？」大驢怨念消散，認真給馬卸車餵料。

泰伯走出來，「少爺還要不要吃些什麼或別的吩咐？不用的話，我們就先歇了。」

趙青河道聲不用。

「泰伯。」夏蘇細聲道：「真不用等門。你們早睡早起慣了，跟著我們這麼晚睡，身

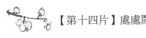

體會搞垮的。我們又不是沒手沒腳，還年富力強，廚房裡東西都現成，怎麼會餓肚子？」說罷，給趙青河使個眼色。

趙青河反應很快，「蘇娘說得對。入夜之後，我和蘇娘怎麼活，您兩位就別管了，且不說一頓不吃餓不死，就算廚房裡沒吃的，蘇州城裡還沒吃的嗎？您兩位是咱家的寶，健康第一，其它都是次要的。實在不行，還有大驢呢，讓他跟著我們日夜顛倒就行了。」

夏蘇聽得無比彆扭，但找不出理由頂嘴。

泰伯呵呵笑著點點頭，走回屋裡去，很快熄了小院子裡一面的燈光。

大驢聽得清楚，苦臉苦眼，「我的好少爺，小的每晚必須睡足四個時辰，白日睡再久，一天也跟沒睡過覺一樣，日夜顛倒還不要了我的命。」

趙青河撇笑，「我還能不知道你的臭驢毛病？只不過讓泰伯安心，故意那麼安慰他而已。要睡就去睡，誰能攔住驢子撒潑打滾。」

大驢高興地嘿應，把手上的活兒利索幹完，準備回自己屋睡大覺，卻還到堂屋門口，裝模作樣對趙青河說一句，「好在不是少爺一人守天亮，還有蘇娘在，我反而礙眼不是？」

「滾。」趙青河作勢起身，揮著拳頭。

大驢撒丫子竄回屋，銷上門。

夏蘇熱了糖絲兒酥，端著甜薯水，一出廚房就看到趙青河要揍大驢的假動作，只覺好笑，「大驢說渾話，你真該揍他一頓，不然管不住了。」

「妳說話我得聽，下回保管真揍。」趙青河接過托盤，轉腳要進書房，卻見夏蘇不跟，

「怎麼？又睏了？」

夏蘇點了點頭，但並沒有馬上走，「我想，如果兩地的竊案和芷芳的死皆與你摔傷有關，恐怕就不是普通小偷這麼簡單，你最好還是報官，或者一五一十都告訴那位董師爺，由官府去查。」

「官府要是有能力，不管小偷普通還是複雜，早解決了。關係到我自己的小命，交給別人去查，我很難放心。要知道，聰明人多煩憂，從前傻呵呵想不到也還算了。」趙青河一手將托盤舉過肩，微笑著，眼裡明睿，「我也不瞞妳，託妳的福，我已知竊案背後的某種意圖，只待進一步查證。官府良莠不齊，容易打草驚蛇，而我找不出害自己的凶手，即便有趙府的保護，也寢食難安。」

夏蘇有些怔忡，「你……比我強。」她無法與害自己的惡人硬碰硬，只會逃，甚至逃出來了，還深深害怕。

「不，並非我比妳強。」獨自躲在庵裡，認他娘為親，哪怕不情願，也跟來了蘇州，夏蘇顯然在逃避一些人、一些事，不止他看得出來，只不過一家子都裝作不知，「因為我不是孤軍作戰。俗話怎麼說來著？跑得了和尚，跑不了廟。既然跑不了，就只能比比看誰先死了。妳今晚早些睡吧，趙大老爺明日請宴，晌午前要出門的，別睡眼惺忪，讓人笑小輩不懂禮數。」以某人的慢吞反應，最後那句會被無視。

那正是趙青河的目的，不想對那麼小的事多作解釋。

第十五片

同舟難濟

夏蘇果然沒在意，只感慨明明一番無奈的話，趙青河卻說得那麼輕鬆。

她看趙青河轉身入屋，從書架上揀了本《溪山先生說墨笈》，一邊啃餅一邊看書。

「不用看那本東西。」她道。

「嗯？」他抬眼挑眉。

「《溪山先生說墨笈》上說到的古畫，十之八九是杜撰的。」她冷眼旁觀到此刻，忽然眼裡容不下這麼一粒沙子。

「啊？」他很吃驚，「書鋪老闆鄭重推薦，說溪山先生是大鑑賞家，北地盛名……」

「他有鑑賞之能，卻無高潔品性，想要他題跋一幅假畫，字字算錢即可。《說墨笈》是無良書商請他杜撰，說假成真，抬高《說墨笈》中所提到的書畫價格。書商給溪山先生的寫書費可比潤筆費高得多。」說完了，夏蘇往自己的屋門走去，經過書房的窗前，趙青河居然已趴出窗臺。

「妹妹這是要跟我同一座廟了吧？」不再茫黑的墨眼，沒有了月光照映，居然還澈亮，也無近來的莫測高深，心思十分簡單明瞭。

夏蘇一隻腳踏進屋門，卻又緩緩收回，側眼望他，「我可不想當和尚。」說什麼同一座廟？而且她哪有他那麼多深不可測的心思？「頂多坐船可以不挑船夫。」同坐一條船。

趙青河一聽，眸墨剎那漆深，又剎那明曜，「妹妹信我，我一定好好撐船，就算沉，也要把妹妹先送上岸。」他需要她的信任。

夏蘇撇嘴，習慣了不給趙青河好臉色，只能做到神情少變化。但她一腳才要過門檻，沒想到那位還有話說。

「既然要建立相互信任的關係，彼此就要坦誠。哥哥我說句大實話，之前一直猶豫，不說總覺得不盡責。妹妹對吳二爺說那句『早去早回，趕得及回家過年』，很是不妥。」

夏蘇腳尖踢到門檻，差點踉蹌，隨即深呼吸，重新跨出屋子，冷著表情長長喔了一聲，「你倒說說，如何不妥？」

「吳二爺雖是慧眼識人，託他的福，妹妹才能賺到銀子養家，但說到底也不過才做了三回買賣，實在稱不上交情熟。」這句話在心裡盤旋半天，一直有吹氣鼓風之感，憋得慌，正好夏蘇有了同船的覺悟，趙青河覺得不吐不快，「所以一路順風這種大眾化的問候詞就很足夠，後面那句有點過了，妳又不是他家中內眷，他早回晚回，能不能回家過年，跟妳沒有半點關係。妳這麼說，他可能誤會。」

是麼？夏蘇沉思。

「還有董霖。」另一處不妥，「妳與他頭回見面，就在他面前說我什麼人的熊的，口齒太伶俐。他萬一兩面三刀，並非我的朋友，豈不是丟大了妳哥哥我的臉面？妹妹要知道，男人呢，多數不是好東西，特別喜歡招惹聰明可愛的姑娘。今後妳在外面走動，千萬要裝得傻一點笨一點，沒頭沒腦，妳抿下嘴角的樣子就很好，灰暗無光，一點不招人眼。」

是麼？夏蘇再沉思。

「世道艱難，對女子更是，妹妹要記住保護好自己，中庸和低調是生存之道，必須學會不露鋒芒。」一吐為快，心中終於覺得舒坦，趙青河縮回書房去了。

夏蘇在門口沉思半晌，但覺趙青河的話句句她都聽得懂，其中主旨是讓她在外行走要小心，可連起來就十分不通暢，尤其提到董霖時，說他熊是讓他丟臉，但和男人不是好東西有何干係呢？只是她想到頭昏腦脹也沒結論，加上這晚經歷的事在腦子裡打轉，最後乾脆當成趙青河腦子不清楚，回屋休息。

一夜無話也無夢。

第二日，夏蘇一身樸素的舊衣裙走出屋來，聽泰嬸說起今日要見趙大老爺的事，才隱約想起昨晚趙青河提過，只是像給她餵了一顆囫圇棗，吞了也不自知。

他怕她說不，知道她貪睡，醒來也近晌午，他人還不在，只讓喬阿大來接；甚至連她不好意思讓泰嬸為難都猜測精準。真是算計到家了。

沒辦法，夏蘇只得換上一套乾娘為她親手縫製、樣式不新卻沒穿過兩回的月華裙，難得梳一款流雲髻，別了朵燒金纏瓷海棠花，但覺自己所花的心意比穿衣打扮更重，點到即止。

泰嬸說還是太素雅，可也知夏蘇平時的衣著習慣，嘮叨兩句就放了人。

夏蘇看到喬阿大就內疚，因為這位大叔連著被她甩了兩回，道歉都變成多餘了，只能光笑著不說話。倒是喬阿大神情自然，當成笑話來說，還道每回弄這麼一齣，他就多拿好處。

夏蘇這才知道，趙青河不但補償了喬阿大，還誇他有眼力，把車趕走的正是時候，否則可能引起官差懷疑。喬阿大精神抖擻的，平時看起來挺老實的一個人，原來也有當「夜行者」的潛質。

不過，今天是白日駕車，天光好，太陽大，影子難藏，沒什麼奇奇怪怪的事發生，一路平安抵達太湖。

太湖邊上有不少名莊，秋蟹還肥，趙大老爺選了一家擅做河鮮的仿唐建築，全楓木建成，綿雪白紙格門全部向陽，園子沒有蘇州園林的繁雜，只從太湖接入一個花形的水池，池邊圍了白石子作岸，迷你的橋，迷你的舟，客人點了菜，還能直接看夥計從水池裡撈河鮮，若是季節暖時，客人也可以下舟，當作餘興。

夏蘇從老車一下來，飯莊裡立刻迎來兩列夥計，嚇得她幾乎想要躲回車裡去，但喬阿大和車已讓一個夥計領走。她一直知道江南的奢侈比北方更精緻講究，可她不愛這調調，吃個飯還讓人眾星拱月。這些人也是，好歹先問上一聲，不然只是走錯路想問路，豈非白白興師動眾？

她在那兒擰著足尖，戰戰兢兢、猶猶豫豫，希望兩列人趕緊消失，讓人能正常走路。

「人不是已經到了嘛。」隨著趙青河的聲音傳來，他的身影如這日正午的陽光直投，壓平了夏蘇晃蕩不已的心湖，「蘇娘，還愣著幹什麼？快過來吧。」

「我說華夫人，您這兒待客周到是不錯，但對每個人都擺出這種迎賓陣仗，就有點嚇壞我們這等平民百姓了。我要不是正好出來接妹妹，她可能會裝作問路的，然後打道回府。」

趙青河身旁有一位中年婦人，面貌文秀，長及腳踝的湖綠金繡夾衣，大牡丹織錦百褶裙，接著假髮的雲鬢繁髻，戴一套寶石頭面，簪金雀大釵，富貴之極。

華夫人笑不露齒，流雲袖一揮，眾夥計立刻進莊，而她自己則娉婷走到夏蘇面前，挽著夏蘇的胳膊帶她走向門口，語氣親切，「我家夥計們手腳還算靈活，腦袋就轉不了那麼快，一點眼力都沒有，嚇壞夏姑娘了吧？我給妳賠不是。」做買賣營生的，男人女人皆必須能言善道。

夏蘇被動跟著走，不習慣和不認識的人如此手挽手，所以走近趙青河時趁機抽身，站到他的另一邊。趙青河看在眼裡，知道她那點防備過度的毛病，心道這丫頭倒是把他的高個子越用越順手。

華夫人的月兒眉挑了起來，「喲，看來青河少爺說得真對，從今往後看到人就列仗的規矩得改改。怪不得我這兒女客少呢，原來竟被嚇得裝走錯路的人了。」

但她心裡想的，和嘴裡說的，全然無關。趙大老爺是她莊上的貴客常客，他從來只請好友，今日卻吩咐請一對兄妹，也是小輩，只道遠房親戚，又悄囑她眼睛放亮些，幫他瞧一瞧那兩人。

先來一個趙青河，器宇軒昂，不止有北男魁梧，還相貌堂堂，看似神情冷峻，卻很會說話，不過真要藉此跟他親近，就會發現非常難。

再來一個夏姑娘，一聽不同姓，就知不是親兄妹，親眼瞧見後就更肯定了，模樣兒雖不錯，可惜有些小家子氣，見人多就好似要暈過去，半點上不了檯面。這會兒，夏姑娘撇開她，卻湊近趙青河，這兄妹關係分明奧妙。

華夫人暗記於心，將兩人送進一間明屋。

夏蘇可不管別人怎麼看她的防備模樣，打量四周，便知此間飯莊分食擺桌。屋裡因此有

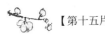

四張桌子，三張上擺了酒和幾個小碟冷菜，顯然是等她時先喝起來了。

主桌朝南，坐著一位四、五十的中年男子，黑髯冷目，戴藍綢四平折角鑲玉帽，一身褐紅雙色織錦麒麟大衫，身材高大。

趙老太爺在北方出生，老太太也是北方人，故而趙家嫡出的幾位老爺都是北男身板，從第三代趙子朔起，才有些修長清濯的江南秀朗，卻也比一般南方男子高眺。

入住趙府一年，今日才得見趙大老爺真容，而這時人少了，夏蘇就能不慌不忙，靜靜福禮。趙大老爺安然受之，卻目光炯炯看了夏蘇好一會兒，鋒芒才從眼裡淡去，神色如常，肅聲肅語，道句夏姑娘免禮請坐。

夏蘇坐入趙青河隔壁桌，暗忖還有一人是誰？

「蘇娘到了？」門外投影顯端莊，女聲大大方方，「那就請華夫人傳菜吧。」

格門再開，一位中年婦人微笑而入，打扮雖不如華夫人張揚，卻是沉貴恒香，細微處點睛添彩，既顯身分，又合時宜，一看就知是大家名門出身。

趙青河的聲音淡而不漫，「蘇娘，這位就是大太太。」

夫妻倆竟然是一道來的？夏蘇微愕，卻不忘禮數，起身再謹福，「蘇娘見過大太太。」

趙大太太上前扶起夏蘇，也是笑眼裡藏了銳細，將面前的姑娘打量仔細，語氣卻柔和，「真是聞名不如見面，好標緻的可心人兒。青河，我還是忍不住要再囉嗦一回，你這事做得可不像話，住了一年才說還有位妹妹。」

趙青河神情中沒有半點面對長輩的不自在，語調雖一本正經，話卻不大軟弱，「大太太誇獎。蘇娘性子內向怕生，我娘臨終遺命，讓我隨蘇娘自在。再者，大太太是趙府主母，平時打理家事那麼忙，能收留我們已是感激，怎好再勞煩您照顧蘇娘。蘇娘從不埋怨，我也就不說了。要不是這回的意外讓我覺著還是要託付一聲，蘇娘也好有長輩依傍。」

趙大老爺肅面突然不愉，「霉話，且不說今後你沒空跑遠路，實在萬不得已出門遠行時也要帶足人手。把活人當成死人，還扔下不管這等荒唐事，再不能發生。」

趙青河笑了笑，轉著酒杯，沒有作聲。夏蘇知道，那是他不以為然的動作，可她有點訝然的是趙大老爺話中這般看重趙青河的意思。

趙青河這回死裡逃生，除了他本身的變化，還有趙大老爺對待他的變化。她從前雖不清楚趙青河怎麼當著趙府護師的差，可以肯定趙大老爺沒現在這麼上心，連趙青河的奠堂都託病沒來，一切交給他的大管事代辦。雖然喪葬費用全是趙大老爺出的，還能破例葬入趙氏墳地，她認為也理所應當，畢竟是受了趙大老爺所託才出門的，出了事當屬趙府公差。

然而現在見了趙大老爺，聽出他的懊惱和關心，再看其面色，還真有大病初癒的削白。

趙大太太落座，笑道：「還好老天有眼，保你平安脫難，不然百年之後我們怎麼有臉見你娘親。」

夏蘇記得乾娘說過趙大老爺是夫家遠親，為人雖嚴謹，品性敦良，一定願意收留他們。可這時，聽趙大太太的意思，收留他們似乎是看在乾娘的面上？她起了疑竇，看看趙青河。

趙青河也正望夏蘇，視線一對上，淡漠的表情就帶了些近乎，連帶語氣恭順，回應兩位長輩的殷切關懷，「今後青河自當小心，再不莽撞行事。」

上了菜，依著食不言的規矩，一道一道上的，換菜的間中可以說話。夏蘇是生人面前發悶的個性，席間只有趙青河與趙大老爺和大太太對話。趙青河卻也不主動、不囉嗦，問什麼答什麼。

夏蘇無聲，心裡很忙，奇怪今日真的只是來吃飯？

吃到一半，華夫人滿面歉意進來，說鱔池的網眼漏了，好多鱔魚溜進太湖，池裡沒剩下幾條，夥計們實在撈不著，能不能換一道菜。

趙大老爺說可以。趙大太太則惋惜，告訴趙青河和夏蘇，太湖活鱔能治咳，尤其華夫人養鱔一絕，堪比上好藥材，別處買不到，所以選了此處吃飯，就想順便給趙大老爺補身。

趙青河突然站了起來，「華夫人稍待，可否讓我去捉來試試？」

華夫人沒想到，「我這兒本來就能讓客人自己撈鮮，只是如今天冷水寒，網又漏了，看得到捉不著，下水也未必見得有把握……」

趙大老爺板著臉，「活鱔有何稀奇，還需你親自下水去撈？再說也不成體統。」

趙青河卻充耳不聞，自顧自開了朝南的門，只道親手捉鱔再烹，滋味定然不同尋常。

老和少之間，華夫人選擇後者，命人拿來趙青河的鞋，又架了火盆設觀席，吩咐水屋立刻準備浴湯乾衣。

華夫人如此周到，趙大老爺的臉色才好看些，但同時交代拿自己的鞋來，要到白石岸邊近觀。

午陽將花池照成五片溫熱奶漿面，磅礴的太湖反而只是奶漿上方的一層熱氳白霧，主末倒置，卻也相映成趣。夏蘇坐在曬廊下，看趙青河對夥計擺手拒舟，脫了長衫鞋襪，直接跺下池去，不一會兒就沒了身影。半晌沒見人，她心想，他真能憋氣。

趙大太太有點擔心，問一旁的華夫人：「這池子不深吧？也不知道青河擅不擅泅水？」

華夫人道：「不深，只與青河少爺一般高，大太太放心，我那幾個夥計都會游水。」

趙大太太卻並不因此就安了心，看看夏蘇，一時微怔。

之前在屋裡打量她，只覺容貌一般秀氣，這時陽光下，倒照映得她肌膚勝雪，五官分明，很是漂亮，那對眼眸雖淡，璀璨如寶石。

夏蘇的防心讓她總是很注意四周，立刻發現趙大太太的目光，「大太太是不必擔心，趙……義兄確實很會游水。」

「聽說蘇娘父母都不在了？」男人不在，趙大太太終於意識到現在是個女子對話的好機會，將視線聚到夏蘇身上。

華夫人看似關心池子那兒，其實也調轉了心思。

「……是。」夏蘇的心思卻是各放一半一半，語調平平，沒有兩位中年婦人想得深遠。

「可還有別的親人？」趙大太太再問。

「……沒有了。」如果按照親人的定義。夏蘇瞧見趙青河上水面換氣，幾乎同時又翻了下去。她不明白的是，他已經不接趙大老爺指派的差事了，何故還下水給人捉鱔？

「那就只有這門乾親？」

「……嗯。」夏蘇覺得以趙青河現下的性子，做這件事必有明確目標。

「青河二十四了，蘇娘妳呢？」

「……二十。」趙青河打什麼主意？

「喲，妳倆都不小了，妳乾娘生前可曾為青河或妳說好親事？」這姑娘直盯著池子，趙大太太全看在眼裡。

「……沒……」夏蘇寶石般的眸子慢慢轉回，側了頭，微蹙眉，咬唇吶吶，如蚊子叫喚，「……沒有。」

「就你們這年齡，說門好親，是當務之急最要抓緊辦的事了。華夫人以為呢？」趙大太太還拉人幫腔。

華夫人自然幫著，「可不是，我女兒十四就訂了親，明年要出嫁啦。二十、二十四還未婚嫁，換成我家的孩子，我可想都不敢想。若是打算考功名的書生，年紀大些未成家，還能說得過去。」

「華夫人認識遠近各家的夫人太太，聽說也牽了不少紅線，還請妳幫這兩個孩子留點心，有合適的兒郎女娘，一定說與我知道。」趙大太太這一拜託，似乎說笑，其實半認真。

夏蘇又明白又糊塗，明白的是趙大太太要給趙青河張羅媳婦，糊塗的是她這一乾親，與趙氏八杆子打不著，怎麼也被算進去了？

她正想說自己的親事自己作主，卻聽趙青河笑聲朗朗。

「妹妹，快來瞧！」

嘩啦水響，白亮成簾，從頭分下。他大手抹過臉，高舉兩條活蹦亂跳的金鱔，一步步分水踏岸。秋陽秋水在他身上好似熾日燙汽，水珠貼著皮膚，直流入濕透的衣衫，銅牆鐵壁的身軀就如寒冰融化，棱角全無。這個男人，此時此刻，陽光難敵！

莊上還有其他客人，聽得動靜，有光明正大開門瞧的，還有嘻嘻呵呵偷從門縫瞧的，顯而易見有老有少有男有女。夏蘇覺得眼疼，心怪趙青河喊她太大聲，惹得自己也讓各道明暗的目光盯上，剛一沉臉……

忽然，趙青河腳下打滑，整個人向後倒去，水花成浪花，濺得白石岸邊的夥計們個個遭殃。待他從水中坐起，雙手空空，半臉泥點子，傲長的身胚只有四腳朝天的狼狽。

夏蘇一愣，隨即笑出聲來，也忘了旁人在場，「趙青河，說你熊，還真不如熊。熊捉魚的本事多大，張開嘴，魚就蹦進嘴裡去了，哪似你笨手笨腳……」

猛然醒悟，看著面部震驚的兩位夫人，她慢慢吁口長氣，目放天空，學習趙青河，失憶。但她的音色本來動人，笑聲捎帶鈴動，順風清脆傳揚。

趙青河聽得清楚，哭笑不得，抬眼卻見夏蘇歡笑，心想她老是笑得非高即冷，原來還有真心開懷的時候。罷了，不數落她「不應該把歡樂建立在他人痛苦之上」了。

趙大老爺皺眉，「這姑娘，雖不出色，好在乖靜，怎能如此放肆嘲笑她兄長？」

趙青河從水裡爬起，對趙大老爺的話十分不以為然，「某君王為博美人一笑還點烽火臺呢，蘇娘因我吃了很多苦，能讓她歡笑一回，摔一跤實在很值。也請趙大老爺不要誤會，我是給蘇娘撈鱔，好東西難得品嘗，不撈太虧。」

趙大老爺氣得語結，想罵趙青河太沒出息，竟拿昏君來比，又滿口直道虧，過於功利心，但是話到嘴邊又嚥了回去，有點苦悶。他真以為這小子要孝敬自己，結果白高興一場。

如此摔了一身泥，趙青河到底還是再捉到兩條金鱔，這道菜成為壓軸主盤，席上兩個大的食之無味，兩個小的吃得挺歡。

這叫窮富差異。

第十六片 磨棱磨角

等到上了甜食，吃了一半。

趙大太太說起一事，「蘇娘，收租的事六太太跟我說了，我十分為難。」

夏蘇認為，正事終於來了。

她細聲回道：「大太太不必為難，六房那片的外緣院子都收租子，只是我想著我們投奔大老爺，而不是六老爺，雖然要交租，也至少知會了您這裡一聲。六太太既然告訴您了，那從下月起，我交給她就是。」

趙大太太接下來的話卻出乎意料，「如妳所說，你們投奔的是我們大房。當初正好沒地方，才請六叔幫忙暫時安頓。當然，說是幫忙，我們也不會真讓六叔倒貼銀子，給了一筆總數。前幾個月大老爺身子不好，我一直操心他的事，也沒顧上你們，要不是六太太來跟我說妳不肯付租錢，我真是想不到六房居然苛待你們。」

夏蘇看不出趙大太太真心與否，也難斷其中真意，自己那點小智慧或者可以對付對付蠢人，卻絕對付不了聰明人。她十分有自知之明，這時候最好就是少說話。

趙大老爺哼了哼，又有些意味不明。

夏蘇剛才是眼疼，這會兒開始腦瓜子疼。

她覺得趙大老爺很嚴肅，趙大太太很周全，都對趙青河不錯，不像遠親，像寄予很大期望的直親長輩。這不，因為趙青河捉鱔，趙大太太還特意請華夫人購置一套新衣衫給他替換，從裡到外，都看著很華貴。

而甜品上來後，趙大老爺說起府庫管事的缺還空著，要是趙青河改了主意，明日就可接管。趙青河推辭，趙大老爺那張從池子回來後一直黑著的臉，簡直快掉下炭來，反問趙青河這不做那不做，今後打算遊手好閒還怎地？趙青河只道要暫時閒歇一陣，以後的事以後再說。趙大老爺重重放碗的樣子，好像要拍桌罵人。

趙大太太忽然說六房收租，很有轉移話題的用意。

夏蘇雖不知趙六太太如何搬弄，想來也沒好話，聽趙大太太問起，並不打算像趙青河那麼倒毛捋，直接應了交租的事，誰知趙大太太還沒說完。她揣測不著這位主母的心思，怎能不頭疼？

「我和大老爺商量了一下，年前七娘嫁去揚州，她的園子就空出來了。園子兩年前重新漆過，若想添新家具儘管跟我說，多數物什都是現成可用，前幾日讓人好好打掃了一遍。聽說你們倆只有一對年紀挺大的管事管婆和一個男僕服侍，我喊了牙婆明日送些丫頭僕人來，妳親自過過眼，好用就留……」趙太太說了一通。

七娘是趙大太太的親閨女，還是趙府長女，她住的園子自然很不差。不過，讓他們搬進去？夏蘇愕然，看趙青河，他卻也是一臉不知情的詫異神色。

茲事體大，趙青河不想管也不行，「大太太是讓我們搬到七姑娘的園子住？」

趙大太太怔了怔，問上首的丈夫，「我沒說麼？」

趙大老爺眼角明顯一跳。沒說。只說七娘的園子怎麼怎麼，又說青河家裡怎麼怎麼，還說挑人怎麼怎麼。但他總不見得當著兩個小輩的面說她糊塗，只能跟著她裝糊塗。

趙大太太強大主母的形象忽然黯淡，夏蘇覺得這位大夫人或許不是自己想像中那麼嚴厲。不過，住到七姑娘的園子裡，就等於住進了趙府，看似是很大的抬舉，可冷靜想來，這份抬舉未必是好事。

眾所周知，投奔趙府的親友都住在趙府周邊。

這個周邊，有岑雪敏和周小姐她們住的安靜地段，也有趙青河他們這種，與趙府家僕眷區混在一起的雜巷，但不管好壞，都處於趙府邊緣。

現在要他們搬入府裡去住，其他親戚會怎麼想？而且，如今的院子雖然又小又破，好歹出入方便，若換到趙七娘的園子，趙青河和她再出門，都會落入他人眼，實在麻煩。

「這不大好。」慶幸的是，趙青河腦子如今好用得很，「大老爺大太太雖是待我兄妹真心好，別人看起來就是偏心了。在趙府外住著的親戚朋友，何止一兩家？偏我兩人能住進府裡去，會讓人不舒坦。」

趙大老爺又哼了哼，有氣沒地方出的感覺，語氣也欠佳，「投奔趙家的親戚雖多，投奔我的卻只有你。便是岑家小姐，也是請你大伯母照看，並非我的關係。而我住的地方，想怎麼安排就怎麼安排，誰要看不順眼，就趕緊搬走。主家還需看客家的臉色不成？」

趙大太太說得更和軟一些，「大老爺說得不錯。大房只得岑家與你兩家客，雪敏就住在我們最好的客院裡，七娘的園子與她還相鄰，你們當然也能住得。這事與老太爺、老太太已說好，老人家都點了頭，誰還能說閒話，除非不想在趙府住了。你們不必多想，今日明日搬來住就是。如此我也好跟六房交代，省得六太太暗示大房白占六房的地方，讓她少了進項。七娘的園子原本與外巷不通，但青河既然不做府裡的差事，今後肯定要跑外面，可以打掉牆砌新門，和現下你們住的院子一樣，出入仍方便。」

連這點都考慮到的話，再拒絕就不近人情了，趙青河很狡詐，撂下挑子，「讓蘇娘決定吧，她想住哪兒，就住哪兒。」

結果不用說，夏蘇在兩位長輩的目光威壓下點了頭。

終於吃完這頓飯，送趙大老爺和大太太上了馬車，讓喬阿大遠遠跟著，趙青河說要逛太湖。一頓飯下來，夏蘇疑問不少，逛就逛吧，逛著聊天挺好。

「府庫管事？」她問。

比看守府庫的護師地位高多了，而且油水十足。

「沒意思，幹得好是應該，幹得不好是太貪。還有底下那幫子人，分派分群。領頭的管事原本是二老爺親信，突然外調，怎會無緣無故？老太爺讓大老爺接手，大老爺又讓我接手，我要是樂顛顛上任，那就傻了。」

府庫責任重，渾水還深，他根柢卻淺，大老爺今日肯為他撐腰，明日未必。

趙青河做事一向不用她教，從前是教無可教，如今是強勝她太多，夏蘇只是非常奇怪，「就算你之前給大老爺辦差辦得好，一下子讓搬到那麼好的地方，還每月包開支，願意白養你似的，大老爺莫非對你還有別的企圖？」

趙青河好笑，「說得好像看上我了。」

「大概真的看上你了。」夏蘇想起趙大太太關心過成親的問題。讓那位中年阿伯看上？趙青河搓一搓手臂，以免雞皮疙瘩亂冒。

夏蘇不解地瞥著他，把下半句說完：「大房還有九姑娘和十一姑娘，雖非大太太親生，卻一直由大太太教養，府裡口碑不錯。尤其九姑娘，也到了訂親的年齡。照今日看來，大有想你當九女婿的可能。」

趙青河搓臂的動作停下，「妹妹，妳走路慢不要緊，說話能不能利索點？斷章取義會嚇死人的。」

「斷章取義的是你，動歪腦筋的也是你。」不知道他之前在想什麼鬼，竟搓臂那般嫌棄，「先說好，那兩位干涉你的親事無妨，若管到我的，你可不要亂作主張。」她絕不想進另一個牢籠。

這位姑娘有同船的心，可也有隨時棄船的準備，趙青河當然要表一表決心，「不管是我，還是妳，他們都干涉不了，妹妹想嫁誰就嫁誰，我只管雙手贊成。」

「其實趙家的女兒，即便庶出，也配得上富貴人家了。」夏蘇實在覺得這些吃住條件的改善很突然，也不合理，「乾娘的信上到底寫了什麼？你爹和趙大老爺又是什麼親戚關係？要說你也姓趙，但沒讓你投靠老太爺啊。」

「我沒看那封信。」瞧夏蘇不信他的模樣，趙青河換了說法，「就算真偷看了，也已不記得。」

不過，夏蘇的疑惑他也有，趙大老爺的態度轉的角度太大，他卻不是有糖就能哄閉嘴的三歲娃娃。

他再道：「總會明朗的，不會一直好吃好住白供著我們，暫時享受吧。」說罷，遞給夏蘇幾張票子。

夏蘇接過一看，吃驚，「三百兩！哪來的？」

「那個扇面。」

不出所料，楊汝可找出他來，直言可否出讓扇面。要說文徵明的畫，畫市上只是中等價碼，除非為文徵明的名作。不過它們和其他名家名畫一樣，多入了宮，市面上根本沒有。楊汝可出到三百兩，只為一個扇面，是真心喜愛的緣故。夏蘇愛畫也癡，「千金難買心頭好，文師之筆在楊老爺手裡不會辱沒。」稱文徵明為文師。

「還有。」趙青河的手裡又多出一張銀票，「四百兩的總數，先付一百兩的訂錢，要妹妹隨意仿兩幅宋代名家之作，最好能有一幅李延之的〈梨花鱖魚圖〉。」

夏蘇作蘇州片已有數月，很清楚這筆訂單是把仿畫當作真畫來下的，不然不會出這麼高的價碼。

〈梨花鱖魚圖〉早就從宮廷流失，市面上全都是仿作，不過買家多抱著碰運氣的心思。她在廣和樓守株待兔時，親眼見過一幅被定為真跡的〈梨花鱖魚圖〉，叫價到一千五百兩，被一位中間牽線的畫商買走。

最終的買家是誰，無人知曉。

那幅〈梨花鱖魚圖〉當然是假的。

夏蘇之所以確信，並非因為畫匠的功力不夠高，而是她知道真跡在哪兒。

「現在知道那位吳二爺多摳門了吧。」趙青河還以為夏蘇感慨萬千才出神。

「吳老闆是書畫商，他這等身分其實尷尬，收假畫不能說假，賣假畫也不能說假，買賣雙方不見面，都由他在兩頭牽線搭橋，冒的風險最大，一旦出事，就進大牢吃官司了，才要吃最大的利。而楊相公不同，私下訂貨，私下出貨，明面又不做書畫的買賣，同時還是大商家，買畫不必管真假，當做禮物送人，一筆大生意說不定就談成了，幾百兩銀子不算什麼。」夏蘇不但偏才，還十分懂行，清楚其中利害。

夏蘇實事求是，趙青河知道，出口卻連自己都覺得不對味，「咦？妹妹難不成真對吳二爺有意思？這麼為他說話。」

夏蘇沒理這話，在她聽來就是渾說一氣，只問：「何時交畫？」

「楊汝可十月底回鄉過年，在那時之前即可。」趙青河舒口氣，夏蘇的不在意，讓他也能不和自己過不去。

夏蘇心裡算了算，時間雖充裕，其間卻不可出意外，「這兩筆做下來，今年就很好過了，你若還尋買家，最多再接一幅便罷。」

她作畫求質不求快，周叔和老梓也跟她一樣，所以半個月才出得來一幅〈歲寒三友〉，還算是難度不高的圖。

「今年不接了。」趙青河不懂畫，卻懂滿足，「遇到楊汝可是運氣好，他是徽商，來蘇州無關生意，純粹遊山玩水，又正好碰上他今年回鄉祭祖，以後與我們未必再能見上一面。可想賺本城人的銀子，那得先混熟臉、建人情。趁年關將近的三個月，我打算把畫市踏個底朝天。不過，活可以不接，妹妹有空還是得給我作幾幅小畫，扇面也行，釣魚先放餌。」

夏蘇點頭應了，又將銀票都交還給趙青河，「你就去上回的錢莊，把三百兩拆了四份，周叔和梓叔各一份，你我兩份。周叔那份要單取五兩銀子換成銅錢，其餘的作成存票。梓叔喜歡現錢，近來銀價便宜，你幫我換三十兩銀子，另四十五兩和周叔的銀子存一起。一百兩訂金暫不用兌，等拿到全款再分。」

趙青河知道兌銅錢是為了應付周旭的「惡婆娘」，卻不知另一個梓叔的銀子怎麼也要分，而且還是交給周旭。不過，作畫那邊的分工分酬由夏蘇管，而且那兩位年輕的叔叔似乎都有難言之隱，奇怪的事落在他們身上變得一點不奇怪，因此他沒尋根究柢。

「我能支用自己那份嗎？」應酬要花錢。

夏蘇瞇起眼，水光淘淺了她的褐瞳，底裡沉金。

趙青河覺得她會說「你的那份是家用」，同時看著她那雙皙白的、五指併攏、玉勻無縫的兜財手。

「隨你。」兜財手居然……

「漏縫了。」趙青河大奇。

夏蘇已知他的話意，悠悠說道：「我的錢又沒少，你的錢卻與我何干？」她兜得好著呢。

「妹妹怎能那麼……」沒心沒肺。

「像我。」他沒心沒肺地活著，一朝醒來，過去恍若了夢，心臟從未那麼有力地跳動著，空氣無比清新。突如其來，大驢、泰伯、泰嬸，還有眼前這位來歷不明的義妹，壓在肩上，卻因著有了心肺的精力充沛，願意試著背負責任。

夏蘇瞥去一眼，「泰嬸的醫術雖不錯，也不能包治百病，橫豎要支你自己的銀子，不如再找個好大夫看看，興許除了不記得事，還有別的毛病。」

趙青河大手蓋向夏蘇的頭頂，在她轉冷的目光中，沒達成拍頭的目的，把手收了回來，「妹妹對外人都能說出早去早回，反而對義兄橫眉冷對，不大好。」

又來了。

他抓住「早去早回」不放，她就只能橫眉冷對，說道：「趙青河，那你也早去早回。」行了吧！

趙青河一臉正經，「妹妹，我給妳找個大夫瞧瞧吧，腦子直來直去不會打彎，也是一種傻病。」

夏蘇氣結，轉身往馬車走去。

趙青河心裡大笑，臉上也咧著嘴，跟著夏蘇轉身，衝喬阿大做個手勢，讓他不必上前，同時得了便宜還賣乖，「擇日不如撞日，就今日去，聽說千斤堂葛大夫藥到病……」

忍無可忍！夏蘇忽然旋身，月華裙起狂瀾，雲袖捲流風，腳離地，人升空，贅厚的秋裳化為一隻輕靈彩蝶，動作快過眨眼。

遠立著的喬阿大眨了那麼一眼，來不及訝異，就只見彩蝶收翅，月瀾平伏，風停雲靜，還是晴好的一片太湖水，那對男子女子寧美若畫。他想，好一陣大風，連夏姑娘都被吹轉了身。

夏蘇瞪著趙青河，滿眼不可置信，她的輕功勝在出其不意，力小卻未必不能出奇招，只要看準對方的要害。但，饒是她動作那麼快，想踢他高傲的下巴，卻被他那般輕鬆化解了。她以前也踹他踢他，他沒還過手。

「小人！還不給我還來！」足尖點地，砂石隔棉襪刺著腳趾，腳上已無鞋。

趙青河的笑臉十足可惡，一袖垂落，沒人看得見袖中右手捏著一只繡花鞋，「不是小人先動手的？難道我活該被踢歪下巴？」

青天白日下，他終能看清她的輕功，真是邪勁，實在妖嬈。

「因為你嘴賤。」夏蘇其實想的是，趙青河的功夫原來這麼高，但總不能誇他，她咬牙，「還鞋！」

「只許州官放火，不許百姓點燈。」趙青河如今可不止功夫高，還嘴皮子厲害，「我是妳義兄，妳卻老是沒大沒小，今日當趙大老爺和大太太的面罵我狗熊，我忍了，妳還上勁。好好道個歉，不然妳得赤足走回家了。」長裙拖地，正好。

夏蘇冷笑，「怎麼？你以為還能搶得到我另一只鞋？」

「妹妹心知肚明。妳那點花拳繡腿，不足以塞我拳頭縫，不信可以試試。」趙青河豎起一根食指，「一招，或道歉，妹妹自己選。」

午後的秋風很輕，吹來太湖上的空氣，微微泛潮，氣息獨特，好似蘆草藕花浮萍和湖裡千百種生命吐泡的特定調和，與別地不同。而站在面前的這個男子，魄力強大，天地不怕，也再與從前不同。

自己這回先動手，是理虧，但要道歉，夏蘇低不下頭顱。一股子倔勁，全在眼裡，冷冰冰，卻漸漸充紅。她若是不刻意隱藏，眼睛就會盈盈生輝，本來很美。

趙青河自認定力十足，開頭還能跟她互瞪，慢慢卻覺得那股死倔成了無比委屈，可憐又無辜，好像自己是欺負弱女子的惡霸，心裡很不得勁。原來眼睛漂亮還是其次，勾魂吸魄才是重點，再聯想到她舞到妖嬈的輕功，他心臟跳過了速，腦袋極力保持清明，大手伸出，隔開她那雙眼。

他的手沒有碰到她的眼睛，夏蘇卻被嚇得退後一步。然後，她聽到他長長嘆了口氣，看他蹲下身。

袖子拂地，鞋子也落了地。

「妹妹這麼倔，也很像我。」設身處地，他也不會道歉，「我說笑的，妳別惱。」

沒有長期低著頭夾著尾巴做人的經歷，絕對無法感同身受。夏蘇眼裡的憤怒和委屈，並不是針對他，而是這種強迫她低頭的情形，令她產生本能抵抗，誓不投降。

目光從鞋面到人面，夏蘇火熱的眼漸漸涼下。

是了，同樣高大、同樣冷雋、同樣以兄長自居，但趙青河不是那個人。

趙青河能蹲下身為她放鞋，那個人只會叫人把鞋絞碎，再讓哪個倒楣丫頭縫回原樣，做不到就打死。死的是下人，最終目標卻是折磨她。那個地方也有湖，幽綠死水常常漂起死人，而那人最喜歡把她帶到湖邊，告訴她如果不聽話，她也會死在湖裡。

「要不要我幫妹妹穿鞋？」

暖聲穿過心中最深的那片寒地，落了一層明光，夏蘇的眼睛重新清澈，語氣淡淡然，「江南的風光真是美，能一直住在這兒就好了……對不住。」

他能說出幫她穿鞋的話，真是稀罕。

趙青河看夏蘇伸腳穿鞋，一點不覺得這樣盯著瞧有何不妥，只是她的話讓心裡不大舒服，於是出手拽了一下她的頭髮，立刻放開又舉起手來，表示他很規矩。

「妳這慢吞吞又沒良心的性子，居然還會傷春悲秋。我們不是已經住這兒了嗎？」他手一招，喬阿大過來。

夏蘇坐進車，聽趙青河稱讚喬阿大趕車像老把式，又說他好福氣，喬嬸子賢慧，一雙兒子孝順非常。扯了一堆之後，說起搬家的事，問喬嬸子想不想找活兒做，又問喬阿大兩個兒子可有長工契在身，若是都沒有，可否考慮到新家幫工，月錢多少，還包吃住。

喬阿大笑得合不攏嘴，直道願意。

然後趙青河就回過頭來，叮囑她明日知會大太太一聲，新院子裡找夠人了，無需再買僕婢。夏蘇這才明白他對喬阿大說盡好話的用意。

寧可自己找人進來，也不要別人暗插耳目。

夏蘇本也打算回絕大太太，他的日常作息自從和她統一之後，兩人的想法常常不謀而合，而他動起來又快，真是省了她的力。

明明最近遇到的事並不平靜，偏偏夏蘇感覺日子過得又平又順，安家落戶得了踏實。

第十七片 鄰友鄰敵

「氣死我了！氣死我了！」彭氏蹬蹬蹬走進花園，驚散一群啄食的雀兒。

餵鳥的岑雪敏拍淨手裡的小米屑粒，微蹙眉。

柔弱地嬌聲嬌氣：「姨母何事大驚小怪？」

「還不是那傻大個趙青河！」彭氏一屁股坐下，截住小丫頭送來的燕窩。

岑雪敏眼睜睜看彭氏喝了精光，好心遞上帕子。

「妳道怎地？趙青河他們搬到七姑娘的園子住了，這會兒正往裡面搬呢。」

彭氏精俐鬼，秉持「撈一文是一文，省一文是一文」的原則，藉姪女出眾的美貌撈了不少好處。以為趙青河是一條不斷的財源，誰知道，那麼快就「死了」。死了就死了，橫豎死人不能送錢給她用，她沒有念想。

不過，人沒真的死，幾個月後又安然無恙返回，她還沒來得及高興又有好處可撈，卻想不到許久未上門的趙青河，一來就向她討八百兩銀票。

他說，他那時腦子不清楚，和家裡老嬸子賭氣，做出的糊塗事實在不該算數。她要是乾脆，從前那些好處他就當孝敬她這個長輩，互不相欠。要是不還，那他就將這八百兩當作聘

金，去回稟了趙大老爺，請長輩作主求娶岑家姑娘。他還說，他有一本帳，記著大半年來送給岑姑娘的東西，也會一併交給大老爺，以顯他多麼誠心誠意。

彭氏當時氣傻了眼。

趙青河喜歡雪敏，知道的人雖不多，卻也不是半點風聲不走，全仗雪敏品性端良，從未落人口實。那些好處多是首飾頭面之類的，雪敏當然不可能要，尋常的東西彭氏轉手就賣，還挺不錯的東西就收了起來，一搜逃不掉，難以自圓其說。

事關雪敏的清白名聲，而雪敏就算嫁不了趙家四郎，也肯定是趙府嫡子的正室，哪可能配給又窮又蠻的寡婦之子趙青河，彭氏不敢因小失大，只好任心頭滴血，老實還他八百兩。

還是還了，但彭氏對趙青河恨得牙癢癢，如今一聽到他的名字就心情糟透，不罵罵他不解氣，只希望他越來越倒楣、越來越窮酸。

彭氏氣哼哼道：「前些日子，七姑娘的園子擴建，又造獨廊，又重漆牆，還換了一整套黃梨木的家具，我那時以為六公子要搬過來，不知道多高興。」

結果呢？真是晴天霹靂！

「剛才聽小廝說有人搬來了，我過去一看，是趙青河院裡的那對老僕，坐著老馬破車進了趙府的門，就停在七姑娘園外那條新廊裡，拎下兩大布包。沒見過世面的窮土包樣，跟逃難似的寒磣，居然還好意思跟我打招呼，說今後是鄰居了，互相多照顧。妳說，要不要氣死人？」

岑雪敏臉色也不大好看，怪的卻是彭氏，「我之前怎麼跟姨母說的？讓妳別打著我的名收人東西，真是差點害到我。」

彭氏本來想岑雪敏幫著罵趙青河，聽她反而怪自己更多，立刻掉了臉子，「雪敏，這話可不能這麼說，要不是妳總對趙青河和顏悅色柔聲細語，也不會讓蠢小子自作多情。收他東西的人雖然是我，但換得的銀子都記在帳上，漂亮首飾也都添進妳的嫁妝箱，可別說妳不知道，妳娘那麼精明，不可能把妳教蠢了。現在只數落我的不是，妳得摸摸良心。這一年多，我為妳操碎了心。我害苦了妳？天地良心！」

彭氏捶著胸，眼看要哭出淚來，卻讓岑雪敏沉沉的目光望得心虛。趙青河的貢獻裡，她自然也是撈了不少好處的，並不那麼無辜。

「姨母既然知道我娘沒有教蠢我，就別當我蠢人對待。那日趙三哥說得很清楚，還他八百兩，從此兩清。既然兩清了，姨母不要自己嚇自己，住得近，也沒什麼。」另一盅燕窩上來，岑雪敏優雅吃起。

「可是……」彭氏的語氣明顯弱了，「萬一那臭小子說話不算話，趁著住得近，胡亂編派，非要娶妳……」

岑雪敏毫不慌張，「趙三哥摔傷了頭，忘了從前的事，見我還能甩出狠話，我不擔心他再糾纏不放。姨母，咱們現在要做的，不是和三哥鬧不愉快，反而要保持友善。如今當上鄰居，倒不顯得刻意了。妳也知道，對我而言今年有多重要。」

彭氏嘆口氣，與姪女剛剛說紅了臉，打心底還是很疼這個親人，「還用妳說嗎？我心裡時時刻刻焦急著，過了年，妳就十八了，再定不下婚事……」再嘆，「而且，我也慌得很，萬一別人知道姐姐、姐夫他們……」

「姨母，我們不是說好了嗎？永遠不提一個字。」岑雪敏猛然站了起來，看看四周，柔軟的甜音此時冷到冰點，「到死都不能說！」

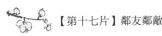

彭氏平時挺得意的那張臉，瞬間浮起心力交瘁的疲老。

岑雪敏卻恰恰相反，柔美精緻的容顏一抹厲色，博人好感的親善氣質拉成緊張弓弦，彷彿隨時都能射出疾箭一般，「姨母現在要打聽的是，趙青河何德何能可以搬進趙府住。若他真成了趙大老爺的親信，沒準還能助我一臂之力。」

「雪敏，好不容易這祖宗自己忘乾淨，如妳所說，咱們跟他們面上客客氣氣就行了，妳別再把他招惹來。」彭氏算是想通了。

岑雪敏又成了端莊的大小姐，安穩坐下，將冷卻的燕窩推開，「姨母把他的東西趕緊處理乾淨，從今往後再也別收一件，其他的妳別管。」

彭氏苦笑，語氣滿是心疼，「我知道妳能幹，但我更希望妳能找到一個好丈夫，順順心心過日子。其實也未必非要趙家兒郎不可，當初定下娃娃親的是趙大老爺，即便如今反悔了，怎麼也應該為妳安排另一門好親事。到時候，妳可別太倔強。」

岑雪敏眸光冷凝，「婚姻大事豈可兒戲？因這門早定下的親事，當初爹娘推了多少好人家的兒郎，而我更是自小認定將來會成為趙家宗婦，以此學習得那麼辛苦，怎能容他們說不算數就不算數了。不是非趙家兒郎不可，而是非趙家嫡長子不可，趙六郎壓根不在我眼裡。」

只有趙子朔。必須是趙子朔。

「可是……」大明律禁止娃娃親，趙家便是反悔，也不會受太多指摘，反倒女方名節有損，傳出去就難尋別家好兒郎。

「姨母，趙家現在最缺什麼？」岑雪敏問。

「……銀子。」

趙家有名聲有地位，其實和富裕未必沾邊。趙氏家底雖厚，但趙老太爺排斥經商，就靠良田農莊，買地租鋪這些定死的進項，如今卻是家大業不大，漸漸有些力不從心，公中帳面十分難看。

「而我，有的是銀子。」所以，岑雪敏無懼，「連胡氏女兒那等出身，趙家都有納她進門的打算，反觀周家，官身無錢也沒用，仍趕了人走。我不知比她們強了多少。」

「妳說得對，最後實在不行，就撒銀票給他們瞧，幾萬兩撒下去，不信他們不眼紅。就算是京中名門望族，誰能給女兒那麼多嫁妝帶到夫家去？更何況，妳的出身委實不差。妳親爺爺的親弟弟當到戶部侍郎呢，現在京裡還有他的門生。」說著說著，彭氏感覺底氣足起，「我備些禮，送到對面去。」

岑雪敏輕輕嗯一聲，叫丫頭抬了箍架子，繡起眼下的金橘枝來。繡料是大紅蘇錦，出錦的莊子還入選了貢品，喜氣還貴氣，區區「幾萬兩」可買不到。

相比鄰家的富貴家底配富貴園子，今日搬進貴地的新客卻很窮，還窮得不自覺，個個笑哈哈，完全不知道藏窮。

夏蘇在屋裡放置衣物，聽著大驢和喬阿大的兩兒子喬連、喬生正扯著嗓門說話，但覺好笑，推了窗往外瞧。

大驢說新碗櫥放不下了，得騰地方。

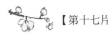

喬連說就把破碗扔了吧。

大驢說不能扔，用了一年有感情。

喬生說雖然碗櫥裡現在都是新碗，一年以後就成破碗了，也會有感情。

大驢猶豫之後痛下決心，那就扔了新碗吧，橫豎要破的，兩年的感情深，一年感情淺。

泰嬸也聽見了，走去要揪大驢耳，說他是沒福氣的傢伙，怎會扔新碗留破碗，打算窮一輩子，卻也別拖累了少爺。

大驢亂叫亂竄，大笑著說園子如今分裡外，想要揍到他可沒那麼容易了。不料在拱門前撞上泰伯，代泰嬸狠狠揪住驢耳朵。

喬大媳婦頭一天來上工，本來忐忑不安，怕自己笨手笨腳拖累丈夫、兒子，這會兒聽大驢滿園子叫，不但沒人管，主子之一的夏姑娘笑得都趴窗上了，她心裡這才安定，想丈夫說得不錯，這是一戶極好的人家。

「大驢，別只顧對破碗有感情，你那堆破衣服要放哪兒？要不咱們把黃梨木箱子扔了，給你換只柳條箱，還得鑿些洞，配得起驢皮。」夏蘇不但笑趴了，還諷刺。

大驢就差捶胸頓足，「蘇娘，妳！妳！妳！少爺說妳在家當老虎，出去裝老鼠，我還替妳說好話來著，早知如此……」傷心啊。

夏蘇才不在意別人說她什麼，笑咪咪彎了深美的眼睛，「我猜猜你說什麼？」語氣一變，學驢氣，「蘇娘像老虎？昂昂。膽子跟兔子似的，一受驚嚇就跑。昂昂昂。平時慢得卻像烏龜，爬在路上，會以為她是個石頭人，不帶挪步的。昂昂昂昂。」

「昂昂昂是什麼？」喬阿大也進了園子。

「驢叫啊。」

眾人異口同聲，同刻爆笑，真是歡樂。

園子外，來送便宜禮的彭氏，給門檻絆了一跤。

雨時終於過去，金秋慢慢穿起枯褐衣。就算沒有風雨，葉子也能輕鬆脫落，再不用驚乍。夜裡更涼，少穿一件衣服就冷到骨裡，蘇州不分白日黑夜的生氣勃勃，隨季節的走深，有了明顯落差。日鬧，夜寂。

對夜行者來說，卻是最好的季節來臨了，夜寂無人，行走無聲，去哪兒都很方便。

夏蘇立在大銅鏡前，笑大驢時不覺得，這時她一身縮水的褪色黑衣真是配不起周圍。她如今的屋子分三間，家具也精緻齊備。傳聞趙府財力不支，從這間屋子到整個園子，是絕對瞧不出端倪的。

一切皆新。如大太太所說的，都現成，因為樣樣都是新置，大到床，小到湯匙。想也想不到的禮遇，連泰嬸都不習慣，開頭兩日居然還把飯菜做焦了，說廚房太新，看那些上好的瓷具，一時有點眼暈。不但園裡換過，還添了一駕新車，兩匹上品良馬。

她回大太太說不缺人手了，大太太也沒有半點不高興，連同喬家人的月錢一起算在內，支給她這月的用度。她實在好奇，以為趙府沒那麼富餘，可能大太太很富裕，貼這些銀子算是小意思。但據泰嬸聽到的，又不是那麼回事。大太太娘家不窮，卻也沒富到任大太太隨意揮霍嫁妝的地步。不管怎麼看，這對遠親長輩在趙青河的新居上大費銀錢，用意越發明顯。什麼用意？招女婿的用意。

要不是小倆口今後的新居，為何要這般下功夫呢？

篤篤篤！有人敲響了窗緣。

夏蘇想起讓她換夜行衣的人，輕努嘴，心想他有什麼好不耐煩的，又不是她求他帶著出門。只是想歸想，她清楚越夜越精神的怪胎，在連著幾日閉門畫畫之後，也是時候出去透個氣了。捉了件又大又長的外衫穿上，將裡頭的黑衣藏妥，夏蘇走到外面。

敲窗的男子立於彩石路間，手裡的琉璃盞映得他腳下五光十色，照亮他一身墨青。無紋無案的舊衫，英武颯颯的身段，以夜色為幕。冷風，斜影，立勢如刀，寒魄出彩華，輕輕鬆鬆勾勒出一幅瀟灑之極的人物。

夏蘇小時候還自己作畫，摹畫的天賦顯現後，一直忙於揣摩各大名家的畫風，全無精力自畫，也沒有動力。這晚，她卻感覺為自己捉筆的一絲迫切。

「女子出門要精妝細扮，我很明白，不過妹妹出門與尋常女子不同，只要將衣服顏色穿對，蓬頭垢面也無妨。哥哥不介意跟乞丐一道走，只要乞丐動作快，不用我大晚上喝風。」

只是此人一開口，什麼迫切也沒了，畫中的人在心裡碎成渣，夏蘇面無表情，「到底去哪兒？」

「到了就知道，保準妹妹喜歡。」趙青河也把夏蘇看得很仔細，心頭哀嘆，「佛靠金裝，人靠衣裝，挺秀氣的姑娘裝在麻袋裡，就沒入眼之處了。」不但心嘆，還說出口。

夏蘇向趙青河從容走去，「不小心」踩到某人的腳上，挑選了最不能忍重的腳趾部分，腳尖反覆擰轉，並壓上體重，看他張大嘴喊不出疼的樣子，才慢慢收回腳，走過去，背對他輕飄飄一句：「喲，天太黑，不小心。」

趙青河真沒想到，她的小身板小氣力還能把自己踩疼，但就跟龜殼的堅硬一樣，腳上傳來無法忍受的痛楚。他抱腳揉鞋，出於大男人的心理，不能喊痛，也不能報復回去，只能齜牙咧嘴，對著空氣疼翻了白眼。

車，仍老。馬，仍老。人，有情。

夏蘇嘴裡不說，卻挺欣賞趙青河仍用老馬老車的做法，喜新，也別厭舊。

約摸行了半個時辰，在東南城邊的一條小巷停車。趙青河說要步行了，夏蘇就慢蹭蹭。出了巷子，就是整道明街，寬大又潔淨，只有幾家門戶，看著頗具財力，明顯門高宅深。

趙青河卻也不走上街，靠在巷口，打了個呼哨，不尖銳，易忽略。很快就有一人湊上來，與他交頭接耳。這人紈絝子弟的長相，一雙桃花眼，正是趙青河的混棒兄弟董師爺。

「怎麼這麼久才到？」董師爺也是個急性子的人。

趙青河指指身後，「等她。」

董師爺歪頭往巷子裡看，黑黜黜一片。他想難道自己目力不行了？就用手拉長眼角，從眼縫裡擠清晰，結果仍一樣。

「趙青河，你耍我呢吧，鬼影子都沒一個。」

「鬼影子當然沒有，有龜影子。既然是烏龜，慢慢就爬出來了，別急。」夜尚早，是紳士，就應該等。

董師爺居然信他，還壓低了聲音，「也是。我聽說一般真正的鑑賞大家多多少少有些古怪的毛病，你想，他們平時只跟畫打交道，少通人情世故。」他自發解釋，以為趙青河找來的幫手性格怪異。

趙青河沉笑，看那套夜衣一寸寸滲入燈色。原來是換裝，難怪要慢了，不過，腳步也太碎，腳跟接腳尖，打算丈量巷子有多長？

「妹妹聽到了沒有？還不加快腳步，為自己正名？」

董師爺回頭，一見身穿夜行衣的夏蘇，立刻扭到脖子，哎喲哎喲按了好一會兒，問趙青河：「這……這就是你說的鑑別古畫真假的高手？」

趙青河反問：「不像？」

董師爺心想，像才怪，再怎麼一副聰明相，也只是一個丫頭片子而已，瞧她那身黑衣亦不大合身，扭捏不習慣的慢調步子。

他自然不知，不是黑衣不合身，而是黑衣穿的次數太多，舊了，縮水了。至於扭捏和慢步，那是夏蘇出行必打的招牌——防備。

「因為我本來就不是。」夏蘇卻自覺今晚防備得不重，趙青河不必說，這個桃花眼的男子也見過的。穿堂風淒嘯過去，夜行衣驟冷，貼膚入脈，熱血也寒，隨經絡濾遍全身，瞬間就打了個寒顫，她禁不住搓搓手臂。

董師爺向趙青河使眼色，無聲問怎麼回事？

趙青河或許不盡瞭解夏蘇的全部本事，但他認為可以對她放更高的期望，「像不像、是不是，都只有咱兄妹兩人了。你小子之前誇我妹妹聰明，敢情扯鳥呢。到底領不領路？不領我們可回家了，今後也別想著找我幫忙。」

董霖摸摸鼻子，領著趙青河和夏蘇走到明街另一頭，邊走邊嘟囔，「聰明和鑑畫又不是同一回事，也不是我說『再勘失竊現場事關重大』這句話的，我沒特意找你幫忙，倒是你叫我出來喝酒，才說好再來瞧一瞧。我至今仍不明白，這些小偷小摸的案子和殺人案有何關係？」

突然顧及夏蘇的女兒心，董師爺回頭想表示自己還是很君子的，「夏妹妹，我不是說妳不聽——呃？人呢？」

趙青河連回頭都懶，聳單肩，「不是告訴你烏龜爬得慢了嗎？咱們走咱們的，到安全地方就好了。這裡家家門前掛著大燈，街太亮，確實不適合夜間行走。」

他倒是很明白夏蘇的想法，如果換作他獨自行動，也不會挑明燈下招搖過大街。

董霖混跡於市井，在衙門當差，黑白皆通，但無論如何想不到夏蘇慣於夜行，只道：「這麼慢法，等會兒進去可能會驚動人。因為之前遭了偷，黃府加強戒備，護院每刻巡邏。你確定要帶著夏妹妹？要不今晚就算了，過兩日我找個通曉古畫又走路俐落的人來。」

「董師爺，相信我，沒有人比我妹妹更俐落了，只要一進黃府……」趙青河的聲音有些不耐煩起來。

「好囉嗦。」夏蘇的聲音緊隨，「要不要給你倆沏壺茶？」

董霖卻是怎麼也看不見她，心頭吃驚，腳步也不再拖遝，轉過街尾，在一面長牆前停住，提氣跳上，雙手一撐就翻了過去。

趙青河幾乎與他同時落地，這讓他有點瞧好戲了，「老兄是不是忘了什麼？」

「董師爺說她？」趙青河笑指董霖另一邊。

董霖側眼一看，之前自己找也找不到的姑娘，正立身旁。

那身曾不合身的黑衣，融夜。她正沉靜地，好似做過無數遍，繫上蒙面的黑巾。白皙水嫩的臉只現漆眸，幽靜無華。夏蘇與夜，那般妥貼。

董霖傻怔著。

反倒是夏蘇，朝他們掃過兩眼，長長嘆了口氣。她雖膽小，防備多多，但夜行仍能讓她感覺自在。如今這樣，從獨行到兩人行，甚至三人行了，真不知算怎麼回事。

於是，夏蘇對趙青河輕聲道：「若只是看畫，我一人就足夠。」

趙青河絲毫沒有自己是累贅的自覺，點頭十分認同的模樣，「本想藉他的身分方便來去，早知如此，妳我即可。」

董霖的身分？

「董師爺是黃老爺的親外甥，目前借住黃府。」

「……」夏蘇張口，卻沒話說。

「他讓我半夜穿深色衣來，我其實奇怪過。不過，咱們將心比心，寄人籬下的滋味大同小異。親外甥和遠姪親，都屬親戚。董師爺借住的日子大概也艱難，不然怎能混棒圈裡到處蹭酒。咱們可憐可憐他，別把話說透，就當什麼都不知道，既來之則安之吧。」

董霖憋半天，「你放屁。我舅舅雖然吝嗇，對我還不錯……」

夏蘇已經聽不下去，這是要交換寄人籬下的心得？

「都別放屁了，畫在哪兒？」天很冷，終於理解趙青河敲窗催她的心情，不自覺學著董霖的語氣，充滿一點不想喝冷風的不耐煩。

第十八片 魚目代珠

一行人在黃府夜行。

不管夏蘇耐不耐煩，頭前領路的董師爺還是說清了這般偷偷摸摸進舅舅家的原因。

董師爺的外公及外婆是蘇地的地主老財，富得流油。

董師爺的娘親還好，反正女子無才便是德，不識字，性格溫良。有一回北上探親，遇到惡人，董師爺的爹英雄救美，兩人由此結緣。

董師爺的爺爺家是挺有名望的富族，見不得兒媳婦娘家是土包子，讓他們遷入了蘇州府，想著靈山秀水養才子的地方，能薰陶出一門不算太丟人的親家。

可是，這位黃娘舅自小長在老財家裡，沒有靈氣底子，培養已經太遲，只學會拿銀子充斯文門面，偏偏還是吝嗇鬼。這回失竊，損失了二百兩銀子，黃娘舅肉疼得要命，突然吝嗇加固執，全府封鎖，不准家裡人帶任何外人進府，就算外甥說是為了查案，也不同意。

董師爺這才出此下策，自己都得遮頭藏尾，黑褲黑衣黑面巾，在舅舅家裡鬼鬼祟祟行進。不過，多虧他這個內應，一路暢通無阻。

進入書房就脫去黑衫，露出裡面的常服，董霖完成了接人入府的任務，還把燈全部點

亮。因為即使燈光會引人注目，看到是他使用書房，就不至於驚動舅舅。不過，看那兩位夜行人，蒙巾卸在脖中，面色神色皆怡然自得，簡直就是「慣犯」，他心裡可是狐疑得很。

趙青河只當沒看到董霖的狐疑目光，到處走走，將這間充滿「古色古香」的書房一一打量，笑問：「你舅舅多久沒進這間屋子了？」書桌一塵不染，名毫筆頭雪白，方硯盒沒有打開過的跡象，放在書格上的紙積了一層灰，書豎得非常整齊，架子擦過，靠近書邊卻有腳塵，顯然沒有人抽書來看。

「哈哈，我那個舅舅愛擺門面，最近遭偷，就不願在家裡招待客人了，大概有一個月沒進過書房。」董霖正是佩服趙青河細微的觀察力，才想借助他的判斷。

「把銀子放在書房，可不是個好習慣，我以為你舅舅會更小心才對。」吝嗇鬼嘛。

「我舅舅對外人小氣，在家倒還好，書房一般會放些銀子，平常出門前可以取用，省得又要寫條子又要到帳房支，一來一去浪費工夫。」

二百兩的數目，在尋常人家大到天了，對富戶來說真算不得什麼。不過，舅舅對此反應很大，嚇得夜不成寐，整日擔心府庫也會遭偷。

「這些書畫都是真品？」趙青河瞥看夏蘇，見她專注在正牆上的兩幅〈羅漢圖〉。

「沒有，大多數是摹品，也是充門面的，不過我舅舅最愛拿來炫耀的兩幅畫卻為真品，他一直說要傳給孫子的孫子。」董霖也看向〈羅漢圖〉，見夏蘇早湊在那兒，心道有點眼力，「你別說，我舅舅靠著這兩幅畫，竟還結識了城中幾位名紳，只要有名家大鑑師來蘇州，必邀我舅舅帶畫出席，且都說是真品，還有主動寫跋的。據說，名家題跋就能令一幅古畫身價百倍，也不知道是不是真的。」

夏蘇轉回頭慢慢說道：「是真的，前提是，張僧繇[6]的〈羅漢圖〉也得是真的才行。」

趙青河聽得出她的語氣，「果然，變成假的了嗎？」

董霖大吃一驚。

事情由芷芳的命案引起。對於殺害芷芳的凶手，衙門圍繞桃花樓內部展開調查，包括第一個發現竊賊身影的丫頭在內，卻找不出可以懷疑的人物。

然而，芷芳去墨古齋確實是為了請人鑑圖，而且要求一間安靜茶室。但是，墨古齋鑑師到的時候，芷芳就不見了。理所當然推知，芷芳受到凶手的威脅，逃離茶室，發生爭執之後被推入湖中滅口。

古畫是不是珍品，靠桃花樓嬤嬤的闡述，是一個窮書生用來抵資的物品，也就幾兩銀子的酒水錢。嬤嬤完全不知來歷，掛在屋裡當裝飾。後來芷芳來到桃花樓，看中這幅畫，說畫無名、師有名。嬤嬤問過她，她也說不出名堂，只道此畫的風格似宋代名家。

不過，不管芷芳是否知道畫出自宋徽宗，她的喜歡確為真心。這般喜歡的東西，常觀常賞，竊案後立刻發現讓人調包，也就合情合理。畫既然在她屋裡，又無落款，外人很難得知珍貴，如果不是桃花樓裡的人害她，就是她認識的客人。只是，芷芳是頭牌清妓，客人很

注釋

6 張僧繇：南朝時梁朝的繪畫大家，與顧愷之、陸探微以及唐代的吳道子並稱為「畫家四祖」。張僧繇吸收了天竺等外來藝術之長處，在中國畫中首先採用凹凸暈染法，畫出的人物和佛像栩栩如生，擅長描寫人物面貌。成語「畫龍點睛」即是指他的畫傳神逼真，張僧繇的真跡目前已無從考。

多，非富即貴，沒有真憑實據，無法一個個盤問。

董霖因此找趙青河喝酒訴苦，趙青河就說到近期的失竊案，提到會不會同一人所為？他覺得竊案到命案未必關聯，趙青河卻道竊案發生的地點若都涉及古畫珍玩之類的，那就是共通性。他立刻聯想到舅舅書房的古畫，這才同意找個鑑師來看一看，只是打心底他十分不以為然。所以，趙青河說這兩幅畫變成假的了，讓他怎能不大吃一驚！

因為太吃驚，他的最先反應不是選擇相信，而是質疑，「僅憑夏妹妹一句話，青河兄就說畫被換了，不能怪我當你兄妹兩人說笑。」

董霖語氣不佳，趙青河卻沒有放在心上，「兄弟別急，回頭你再找別人來看就是。我還是那句話，好東西別放書房，人來人往，實難看顧。」

「富人家的書房多放古董書畫，想不到小偷進得來而已。」董霖怏怏不樂，心態無法調適，「一般小偷喜偷金銀之物，古董書畫難以脫手，反而會成為被官府追蹤的拖累物。就拿這兩幅〈羅漢圖〉來說，蘇州城有頭有面的人和畫商都瞧過，本地畫市是不可能收的。」

「畫雖假，也未必是讓人調包。」夏蘇看畫說道：「或許一直都是假的。」她看得出畫作不精，若看具體成畫期，要找周叔。

趙青河心笑，這姑娘還不如不說。

董霖果然炸毛，「妳說我舅舅花一百兩銀子買了假畫就算了，難道這幅假畫還讓全蘇州府的名家瞎了眼？夏妹妹，董哥哥我給妳拜了。」

一百兩？讓夏蘇都有了開玩笑的心情。

「董哥哥，你知道張僧繇嗎？」

「比明四家還出名？」董霖曾一度是書呆，後來發現讀不通，就打算靠內部考績實現自己的志向，沒時間發展興趣。

「張僧繇是南朝畫派大家，以〈羅漢圖〉出名，他的真跡千金難買。」夏蘇跑過三個月畫市，知道誰的畫有價無市，張僧繇就是其中一位。

「南朝那麼老？」董霖愕然。

趙青河實在忍不住，笑了出來，「董兄弟，你這樣做官怎麼行？連張僧繇都不知道。以後跟上官聊天，也像這會兒拿明四家來比，升官的路就絕了。」

董霖橫瞪，「說得你好像知道一樣。」

「知道啊，前幾日剛在書上看到。」以前是不知道，但學無止境嘛，「要不要我推薦你幾本看看？」

董霖沒話說了。趙青河也不偏幫，中立且客觀，「不過收集古畫，和古董一樣，運氣和眼光很重要，低價購高價賣的情形數不勝數。我看你舅舅就是運氣好，大概他自己都沒想到一百兩撿到寶了吧？」

董霖不大清楚，他和他舅舅談不來，平時也就是問個安，一聽舅舅炫富，他就跑了。

「要知道是調包還是一開始就買到假畫，只要找題過跋的幾位再鑑一回就行了。」

趙青河說得有道理，夏蘇更正輕蔑態度，立即提出正確建議。

到這時，儘管再嘴硬，心裡已信了七八分，董霖收斂嗆氣，道聲不錯。

夏蘇隨趙青河離開黃府後，路上問他：「你已經猜到畫被換了？」

「十分把握。」趙青河眨眨眼，毫不謙虛，「若無牽涉暴利，何至於殺人滅口？這些竊案已經意圖明顯，偷少量錢財轉移視線，又能讓官府集中查小偷小賊，方向錯誤，防範不足，其實是以調包的手法盜取珍貴之物。只要能看穿這點意圖，大盜就好抓了，卻不知董師爺有沒有那麼聰明。」

「可以讓他請你多吃幾頓飯。」今夜看的雖是假畫，卻是有意思的事，夏蘇興致頗高。

趙青河朗朗笑道：「妹妹說得對，要好好敲詐他一番，咱不能白幫他的忙。妹妹不好奇嗎？為何我說大盜好抓。」

靜夜，寧道，一路突然有伴，感覺原來如此。

「若所有竊案是一人所為，把各家平常來往的人都過濾一遍，找出共通性，就差不多了吧。畢竟，尋常人怎知哪家有古董古畫可偷？而且小偷的眼光很利。黃老爺一屋子的書畫，也有小名氣的畫師畫作，卻顯然不入小偷的眼。無論是張僧繇的〈羅漢圖〉，還是宋徽宗的〈蟋蟀圖〉，均為傳世之作，叫價萬金也不無可能。」她不是不好奇，而是已經明白。

「對方用調包計以假換真，假畫製作工藝最高當屬蘇州片，工坊和畫匠的選擇多，就地取材十分便利，只要官府能下決心，查起來雖然耗時，必有所獲。」趙青河補充。

隨著兩人共處的時間越多，讓夏蘇越發肯定，趙青河也有出色的長才。

上一夜夏蘇才覺得兩人相共之處頗多，下一夜起就不見趙青河的人，而且他還帶著大驢和喬連、喬生早出晚歸，連泰伯夫婦和喬阿大夫婦都不知他們幾個在忙些什麼，與晝夜顛倒活動的她更是碰不上面了。

這樣倒好，不用被人拉著飛屋頂，也不用深夜陪人吃茶說話。只是有兩回夜裡跑出來找吃的，她眼裡恍惚，把外牆上的草影當成人影，還以為能碰得到趙青河。

夏蘇全副精力都放在作畫上，原本十月底要交的兩幅畫提前半個月製作完畢。而她覺得既然找不到趙青河商量，自己完全可以做主，讓喬阿大給楊汝可送了拜帖。楊汝可回帖，定於明日正午寒山寺交貨。

夏蘇想著早交貨早拿錢，早存銀莊，還能多生幾十文的利錢，心情很好。慣常作完畫之後，她白日裡就起得早，晌午前便起了身。

「蘇娘今日起得早。」喬大媳婦開工大半個月，對夏蘇白日睡到黃昏的作息已經習以為常，看到她早起反而驚訝。

「那是因為做完活了。」泰嬸告訴喬大媳婦。

喬大媳婦也知主家的銀錢來源除了趙府，還靠蘇娘的手藝賺取。她理所當然以為是刺繡之類的，也沒細問，丈夫、兒子都不是多嘴人，直到有天晚上她半夜醒來，怎麼都睡不著，就到園子裡走一圈，見蘇娘在水槽邊洗墨，方知是作畫。自此，她對蘇娘的景仰滔滔不絕。她爹曾是教書先生，常言琴棋書畫只要精通一項，都是具有天資的人才，若專攻讀書，考取功名亦十拿十穩。

夏蘇在泰嬸面前一向乖覺，坐到她旁邊幫忙摘菜，軟軟道聲：「老嬸，我餓了。」

泰嬸卻不似往常那般著急進廚房，「本來妳不起，我也要叫醒妳呢。大太太使人請妳過去用午膳，妳換身衣裳就出發，時候正好。」

雖然受了大太太這麼「優待」，夏蘇並無「投誠」之心，對他人的豐富飯桌也意興闌珊，「能不能不去？」

奇怪，大房對這個家越好，她越是不安。好處拿到手軟，要回報到何種地步，才算對等？趙青河可以「以身相許」，如果不夠，豈不是還要算計她？

「大太太給咱們這麼好的園子住，頂著那麼多人說不是，咱們應該感激，請吃飯還推三阻四？我聽說六太太鬧到老夫人那兒，說大房存心讓六房難看，好像六房多小氣似的。另外四房也不大贊同大房的做法，說親戚多了，以咱們為先例，若都要住進府裡來，還怎麼安排。我想啊，大太太肯定為咱們受了好多閒氣，妳作為小輩，過去陪她吃頓飯，她見妳這麼乖巧，說明她沒白受那些氣，心裡就舒暢了不是？」泰嬸說著話，似乎深諳大宅生存道理。

「又不是咱們求著住進來……」夏蘇心頭一動，「老嬸，您和泰伯跟著乾娘好多年，應該知道咱們同大房到底是什麼親戚關係吧？」

泰嬸搖頭，「夫人救助我們的時候，少爺還在夫人肚子裡呢，更是從不曾聽夫人提起過趙府的人和事。」

三個女人一臺戲，喬大媳婦也來湊戲份，「多半是看上咱們少爺了，長相百裡挑一，誰人眼裡都是堂堂男子漢，又那麼能幹會辦事，加上大房九姑娘正適齡。」

夏蘇暗道，果然，這是常識啊。

泰嬸卻吃驚了，完全沒往那方面想，小心瞥一眼夏蘇，立即反駁這個說法，「不能吧，咱又不是才剛來投奔，要看上少爺，早看上了。再說九姑娘雖然庶出也是趙氏千金，怎能配給少爺這種沒根沒柢的人？只能說大房兩個主子好心，善待親戚。」

喬大媳婦道：「找女婿這種事，第一看家世，第二看人才。青河少爺多能幹的人啊，大老爺屢屢讓人請去商談事情，顯然對少爺極為看重。找個能打理家業的女婿，也是大老爺有眼光。我瞧著，十有八九不錯。」

泰嬸訕笑，「咱別自作多情，抱了不該有的心思，反而讓他人看笑話。別提了，今後都別提了。」

夏蘇換過衣服出門後，喬大媳婦問泰嬸：「老嬸子，妳為何那麼不喜歡少爺成為趙家女婿啊？」身為教書先生的女兒，她自有一份聰慧。

泰嬸嘆口氣，既把喬大媳婦當了自家人，也沒什麼不好說，「妳不知道，夫人早給少爺相中了媳婦的，我也覺得兩人般配，可惜夫人去得急，暗示來暗示去，兩個孩子卻看不對眼，只裝不知混過去，就這麼僵著了。」

喬大媳婦眼一睜，驚訝道：「難道是蘇……」

泰嬸沒讓她把話說全，「夫人臨終前囑咐我，若實在兩人不願意，也別勉強，只要能讓他們真心當彼此兄妹，這輩子還有親人可以記掛，如此就好。要是放到去年，我怎麼都不敢多想，兩人見面不吵架就阿彌陀佛，偏偏少爺還犯渾，追著別家姑娘跑。如今少爺突然懂事，人也開了竅，兩人之間融洽不少，我心裡就有些重新盼望，希望夫人的心願終成真，我也沒有遺憾了。」

半晌，喬大媳婦輕歎，「一個屋簷下住著，又是哥哥妹妹稱呼，我就沒往那上面想，但經老嬸妳一說，還真是十分相配的一對。少爺直爽脾氣，還有點耍賴的脾性，而練武的體格看似凶悍。蘇娘卻靜，又不是靜到無趣，不愛黏人的性子，還聰慧，不怕少爺凶悍。」

「可不是嘛。」泰嬸很瞭解兩人的性格，「但咱再盼著也沒用，得兩個孩子看對眼，所以我連想都沒想過別人來提親說親的可能，只希望多給兩人一些時日。從前覺得當兄妹都懸，這會兒忽然兄妹融洽。說不準，再過些日子，就有別樣感情了。男女之間，最好就是日久生情，能好上一輩子。」

喬大媳婦道聲不錯，「怕只怕大房來勢洶洶，容不得咱們悠哉等著呢。」

泰嬸嘆息，「若少爺再犯糊塗，只能說沒緣份，我也死心了。」

泰嬸翻出舊事舊願不禁感慨萬分，夏蘇卻面對現人現事無奈萬分。

大太太今日不單請她吃飯，還請了岑雪敏，反而沒有大房的九姑娘和十一姑娘，純「外戚」的請客飯桌。顯然，這張桌上，絕不會說到招趙青河當九女婿的事。

飯菜沒有夏蘇想像的那麼豐盛，似乎旁證了趙府漸漸不支的財力，再想到一園子上等的新家具、新用具，她吃得很用心，想要以此表示一點點感激並回報的真心。

大太太的心情頗好，似乎沒有受到各房壓力的影響，一會兒問夏蘇住得可還習慣，一會兒又問青河近來在忙些什麼，可有要添的物件和人手，月度銀子是否夠用，等等。

換菜之間，大太太多跟夏蘇說話。只有岑雪敏主動說，大太太才應一句半句，興致忽然不高。連夏蘇都感覺得出，但岑雪敏好似完全感覺不到大太太的冷淡，而且並不囉嗦，只適時穿插一句，還跟夏蘇打熱絡，拿鄰居說近情，半字不提青河，很規矩很守禮，真是無可挑剔。無可挑剔，卻無法貼心。

夏蘇想，人無完人，做得太全，有刻意之感。更何況，裝好人的人，她見得還真不少，實在怕了，本能自覺疏遠。

吃罷飯，大太太讓夏蘇勸青河，讓他接了大老爺的指派，哪怕是打理大房一處外務也好，就當幫家裡的忙，「大房只有四郎和十二郎，十二郎還小，四郎則不能做旁的事，老太爺寄望太高，為了明年大考，恨不得我們爹娘都當他神仙供著，連孝道都不能講。」

當娘的這麼說親兒子，令夏蘇莞爾，又想到泰嬸的話，要讓大太太舒暢，就道：「老太爺也是望孫成龍，再說明年就光耀門楣了，可不是對大老爺大太太最大的孝道麼？」

她的話意明顯是討好，偏偏慢吞吞的語速又顯得真心十足，讓大太太展顏歡笑，道聲但願如此，勾了她的手肘，起身離席。

岑雪敏始終溫和微笑著，跟在大太太右手邊，找夏蘇說話：「夏姐姐，過兩日有空麼？菱語詩社要望冬節了，我帶妳一道去，讓姑娘們認認面。」

「慚愧，我半點不會作詩。」夏蘇拒絕。

岑雪敏才要硬勸，大太太的話卻讓她噎了下去。

「蘇娘，妳便是會作詩，也別去。我最近正想跟老太太說詩社的事，還是散了好。從前姑娘們還小，如今個個大了，明年、後年就得找婆家的人，還時不時湊在一起。好聽些，是賞文賞詩，不好聽些，是沒多少體面的女兒心事，還容易帶壞幾個年紀尚小的。而且，府裡準備給四郎他們說親了，便是親兄妹，都不能那般沒規矩打鬧嘻笑，藉著詩社的名就更不能了，必須避嫌。」

岑雪敏再好的性子，聽到這話，臉色也泛白了。

夏蘇卻清楚，大太太想要解散詩社，多半是因為她兒子讓某首露骨的情詩擾亂了心情，所以「斬草除根」，杜絕後患。只是，大太太對待岑雪敏，一點看不出是對待未來兒媳的態度。這個未婚妻當得真夠冤枉。

第十九片

寒山聽鐘

「雪敏啊，妳也別去了。」大太太給了一悶棍，隨後餵粒糖。

「前兩日收到妳娘的信，讓我為妳考慮婚事。不出意外，明年一定能選好人家。妳好好準備嫁妝，有什麼不懂的，儘管來問我，無需不好意思。妳爹娘不在身邊，府裡的事大大小小都要我操心，我有時難以顧全到妳，妳自己要為自己上心。」

岑雪敏嗯了一聲，稍微有點悶悶憋屈，然後問道：「我娘真是，給您寫信，卻不給我寫，我都好久沒聽到爹娘的消息了。大太太，不知信上可提到我娘的病情如何？」

夏蘇想，畢竟是奔著娃娃親來的，委屈才正常。

大太太的聲音柔和不少，嘆口氣，「寫給我也一樣。妳娘只說老樣子，我卻擔心仍沒找到根治之法，安慰妳我而已。總之，妳若能結一門好親事，妳娘興許無藥自癒，乾脆遷到蘇州來，還能一家團聚，那就太好了。」

聽這意思，岑雪敏必嫁本城，說不定還真是趙六郎。

夏蘇看看岑雪敏。

岑雪敏神情淡然，不羞不惱，平靜得很，「借大太太吉言。我爹本也想著沖喜才送我來

趙府的，可惜那時我年歲還小。」

輪到大太太噎了噎，面上有尷尬之色，說到底，是他們不能兌現娃娃親之諾，耽誤了這姑娘兩年，但道：「如今也還不晚。真要比年歲，蘇娘二十了，還沒訂親。」

岑雪敏溫和笑看夏蘇，再對大太太道：「都要大太太費心。」

夏蘇一聽，有些話還是早點說清楚得好，她也不怕得罪人，很直接地說：「趙、岑兩家是故交，我卻是非親非故，婚事可不敢勞動大太太。若真有好男兒，請義兄為我出面即可。」

非親非故四個字，緩緩道來，什麼鋒利也沒了，讓大太太沒法惱，還很有心情地笑夏蘇，「嘖嘖，不害臊的丫頭，有哥哥撐腰就什麼話都敢說，當雪敏沒有兄長麼？真要論起來，四郎就是雪敏的哥哥。」轉臉對岑雪敏道：「雪敏，別輸了妳夏姐姐。今後嫁出去，就認四郎兄長，等妳娘病好，還比人多個娘家。」

岑雪敏的笑容就僵了，今日這頓飯，是徹底要絕她嫁趙子朔的念頭？

夏蘇也聽得出，想大太太真是借力打力的好手，她還是說說老實話、做做老實人，直接挑明所有話意得好。像岑雪敏遇到這等好手，心事藏得越深，離自己的目標就越遠。

「大太太，雪敏不明白，自己是不是做錯了什麼？」此時想翻盤，又尖厲又刻薄，惹人沒好感。

夏蘇心裡雙手合十，道聲太好，嘴上說著：「大太太，蘇娘先告退了。」

誰知大太太留客，「別啊，我還想跟妳說事呢。再者，既然青河知道娃娃親的事，想來妳也知道，實在不用避開。」

岑雪敏的眼中剎那凜冽，卻一瞬而過，美麗的面容十分悲傷，「大太太……」

大太太長嘆一聲，「雪敏，今日我豁出老臉，明知妳會心情不好，也只能冷冷對待，其實就想讓妳有個準備，我們趙家要失信岑家了，實在對不住。」

夏蘇不能走，只能喝茶，臉對著茶杯，恨不得杯口和臉盆一樣大，同時暗嘆，這是讓她作旁證麼？大房這兩位，一個把趙青河當捕快，一個把她當證人，打算培養為心腹？不要啊！她絕不再想讓他人強迫驅使著做事。

「老太爺、老太太那裡始終不鬆口。」大太太這時不可能注意夏蘇的神情動作，要儘量將這件拖延了兩年的事平平和和解決掉，「不知罵了我們多少回，說娃娃親訂得太倉促，還違背王法祖宗定制。四郎自己就心氣極好，加之老太爺一向當他是日後帶領趙氏重返京師之人，期望很高，如今四郎的親事，不瞞妳說，連王爺都積極幫看著呢，不是貴族也是士族，送來的千金名冊，我都嚇一跳，想著自己高攀不上。但老爺子發了話，我這個兒媳婦說不了一個不字。」

京中那位王爺，就是老太爺親妹子生的皇子，因老太爺避出，一直惦記親舅舅。兩家不但書信來往頻繁，趙子朔這代子弟常入京師，都直接住入王府，能稱王爺為舅爺。

王爺在幫看趙子朔的未來媳婦，夏蘇認為，岑雪敏絕對無望。

「年底就會選好，等四郎高中，立即在京師成親。雪敏啊，妳是個好姑娘，可四郎的婚事已非老爺和我能做主，實在對不住。」

岑雪敏站了起來，一手撐住桌面，身體微搖。她的動作很慢，面無血色，眼眶發紅，眼皮子一眨，流下淚豆子。這要是親爹媽，心都會碎。但大太太不是親娘，雖然不忍心，卻沒法改口，給她希望。

「趙家還有好兒郎。六郎就十分不錯，明年也能榜上有名，必得官身。而二太太很喜歡妳，平時比我還照顧得周到。二房的姑娘們，與妳也親……」

「可我自懂事起，只知自己會成為趙氏長孫媳，以此受我母親教導，受我父親訓言，為趙氏活過十八年。如今，說不算數就不算數，大太太讓我如何接受？自古婚事父母之命媒妁之言，而不是祖父母之命王爺之言，只要你們決意讓四哥娶我，就算是當今聖上賜婚公主，也只能與我平起平坐。」岑雪敏很傷心，卻很理智，說得出道理。

只是這些道理，夏蘇看來，毫無用處，不如留下自尊。

大太太微微動容，不是同情，反而不悅，「妳說我們不堅決，妳可知老爺為妳同老太爺爭了多少回紅臉。若非萬般無奈，我怎會在小輩面前承認失信，放低姿態，與妳說聲對不住？按理，我們失信的是妳父母，這些話本來也該跟他們當面說。只是，我們請了他們幾回，他們都道來不了，如今不能再耽誤妳終身大事，這才不得已與妳說了。我會鄭重再請他們一回，妳要看不上六郎，也不勉強妳，我就算求遍蘇州府的媒婆，定要尋到合妳父母心意的好兒郎，以此為歉。」雖然不悅，說到後面，大太太還挺誠心。

岑雪敏一句話不再說，大太太也沉默，空氣驟然降冷。

夏蘇遲疑半天，開口慢慢道：「老太爺畢竟是家主……」

岑雪敏忽然往外走，裹過的小腳幾乎支撐不住她搖晃的身子，可奇跡般走到了外面，再由自家兩名丫頭扶住。或許是她催快，丫頭們跨著大步，好似架著她一般，沒一會兒就穿出了花園。

大太太又長長嘆了口氣，「別人都明白，就她不明白，死心眼，非四郎不嫁，真不知怎麼辦才好。別說四郎是老太爺看重的接班人，單趙氏本家長孫長子這個身分，就不是隨便某家富戶千金能配的，勢必要門當戶對，就算高攀，也得是趙家高攀。蘇娘，妳說是不是？」

夏蘇也很想問：這時候，不該出現在這裡的自己，怎麼辦才好？但是，任何人，這種時候，一定會安慰兩句，只要不是木頭腦瓜。

「可不是嘛。大太太且等等看，給岑姑娘一些時日，應該就想通了。她容貌出色，家境又富裕，找一門上好的親事實在不難。」夏蘇這麼安慰。

大太太很聽得進，「正是。」卻再嘆，「唉，這也是因為父母不在身邊，不能好好相勸，以致於她獨自感覺萬般苦楚，誤解結深，只怨我趙氏欺人太甚。她若像蘇娘妳這樣的性情就好了，平日看她溫柔和善，其實卻是不夠自信的緣故。妳就十分獨立，說話不愛拐彎抹角，讓人直接明白妳的意思，好不好都看著辦了。」

呃——這麼誇她，她可不感激涕零，只是笑笑，「大太太說有事？」

「是，是有事。」大太太心情平復得很快，「明日我要去寒山寺捐銀，順便上香求願，再給雪敏求支姻緣籤。九娘、十一娘和二房的姑娘們都去。我雖不喜歡妳去詩社，不過跟家裡各房的姑娘熟悉一下，確實必要。妳也一道去，如何？」

「明日幾時？」夏蘇沒忘自己約了楊汝可，而且也在寒山寺，暗道真巧。

「明日辰時[7]出發，用過素齋，過了未時[8]回府。」大太太交代得清楚。

這樣的話，應該能抽出工夫見楊汝可，夏蘇點頭答應。

大太太不知夏蘇常出府往外跑，跟她關照一些出行要隨身帶的東西，又讓她明日在趙府正門上車，才放她回去。

夏蘇回到園子，因岑雪敏與趙子朔娃娃親的事泰嬸她們不知，她就沒提吃完飯後的事，只道大太太要帶她去寺裡上香，還是和兩房的姑娘們一起。

泰嬸連忙跑到她屋裡，翻箱倒櫃，說找不到一套像樣的衣服，就讓喬阿大趕車，拉上她和喬大媳婦出門，挑新衣。

這晚，夏蘇正常時辰睡下，第二日吃早飯時，看到趙青河兩眼黑圈，從園門口飄向他的屋子，像極了遊魂。她沒想打招呼，他倒眼尖，看到她吃飯，還看到她一身簇新衣服。

「喲，妹妹穿得這麼好看，去相親？」不知在外混了幾夜，滿臉青碴，臉還削瘦一層。聽到相親二字，不翻個白眼，實在對不起自己，夏蘇冷颼颼道：「陪大太太寒山寺上香，代你應酬長輩。」

趙青河咧嘴一笑，又正經八百地抱拳，墨眼盛晨光，睏意浮著，卻也是再認真不過，「妹妹辛苦，我銘記於心。近日城裡不怎麼太平，出門也行，最好多陪在長輩身邊，不要自己一個人亂轉悠。」

夏蘇想問怎麼不太平，趙青河卻已經飄進屋裡。

姑蘇寒山寺，有無數無數的魅力，但對於夏蘇而言，最喜歡唐寅的〈姑蘇寒山寺化鐘疏〉。疏中道：銅鐘司其晨昏，上振天宮，解魔王之戰鬥，下聞地獄，緩眾生之悲酸，上通

注釋——

7—辰時：指上午七點到九點。

8—未時：指下午一點到三點。

天堂，下徹地府。疏文最後還有一偈：姑蘇城外古禪房，擬鑄銅鐘告四方。試看脫胎成器後，一聲敲下滿天霜。

唐寅以此疏為寒山寺集資捐造鐘樓，引起萬眾來觀，慷慨解囊，但等鐘樓最終建成，唐寅雖已故去，卻是功不可沒，而他的一生傳奇，與這間天下名寺共同生輝，流傳千百年。

夏蘇立在山門外，聽一聲鐘，敲下滿天的秋霜，敷了楓林似火，入眼燒起一片紅。

張繼的那首《楓橋夜泊》，她剛到蘇州時，就趁夜跑出來賞過了。然而，秋日之中古剎的美，也無可取代。鐘聲更是明亮，敲在心裡，如落七彩雲光。

「蘇娘。」大太太喚她。對於生活在蘇州的趙家人來說，寒山寺如同自家園林一般熟悉，來上香，就只是上香。

夏蘇轉身，看到門檻那邊的一群趙氏，心中哪裡還有七彩色，僵笑了笑，跨進山門，無奈將唐寅拋在紅葉晨風之間自在，任自己被牽著走。她對趙青河怎麼說來著？應酬。

既然有覺悟，抱著賞山玩水的僥倖心態，主次不分，還弄得心情不好，那就十分沒意思了。所以，僵笑柔軟了許多，到大太太跟前已是平常心，乖乖靜靜的模樣。

「蘇娘瞧個山門就出神，莫非沒來過寒山寺？」趙六郎笑夏蘇很呆。

「是沒來過。」夏蘇心想，趙六郎還真是比不過趙子朔，那麼話嘮，還似一本小人書，翻幾頁就看完了，沒有內涵，不過性格倒是親切。

昨日大太太說只有大房二房的姑娘們陪著，今日一早卻多出了趙四、趙六和趙十二郎。原因是大太太的小兒子趙十二郎非要跟出來，正逢趙子朔和趙六郎書院放假，能與十二郎結伴，大太太就同意了。

大房如今只有庶出女兒未嫁。九娘和十一娘，兩人同母所生，親娘是大太太的忠心丫頭，也是大太太有身孕的時候非讓大老爺納入，妻妾主僕分明，相處融洽，沒有其他幾房爭風吃醋鬧出的一些糟心事，連帶九娘和十一娘的地位都提高不少，由大太太帶在身邊親自教養長大，母女情不淺。

而二太太今日只讓親生的女兒十七娘出門，拘了妾生女八娘和十五娘，可見待遇差別。

「夏姐姐平時喜愛做些什麼呢？」九娘小夏蘇兩歲，沉靜又大方。

十一娘和十六娘年紀小，湊在一起嘰嘰喳喳，顯然平時就投契，對突然冒出來的遠親姐姐沒多大興趣，喊聲蘇娘就算認識了。

夏蘇因此不能對主動和她說話的趙九娘漠然，只是謹慎地、慢慢地回答：「看看……寫寫……幫忙做些家事。」

趙九娘喔了一聲，沒下文了。本想找些共同話題，但她既不怎麼看書，也不怎麼寫字，擅長女紅刺繡，去年起跟著大太太學習理家，又和做家事完全不同。

「最近在看什麼書？」趙六郎的耳朵又伸過來了。

夏蘇想到趙青河的書架子，「大明律。」

三個字，成功讓趙六郎啞掉，耳根清靜，倒是趙子朔一直清冷的臉上出現淡笑，似看穿了她。夏蘇對這位多情公子十分不以為然。既知自己的婚事不能自己做主，他就不該給任何女子希望，什麼知己、什麼欣賞，都是不負責任的輕率行為。他曾憐惜胡氏女兒又如何？人因他被趕走，他做了點君子之事，卻遠不到共患難的地步，最後只是傷懷一番，與虛偽無異，多情比無情更惡劣。

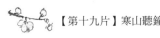

沒過一會兒，十二郎吵著說悶，大太太就放了大兒和六郎帶他玩去，自己領著姑娘們進大殿點香拜佛。平常參拜之後，大太太說要留在殿後磕百頭求願，而九娘、十一娘和十七娘則想求籤，夏蘇看看將近正午，也趁機說與九娘她們同去。大太太應了，讓婆子、丫頭們跟好姑娘們，自去磕頭。

夏蘇跟著九娘走出一段路，忽又道自己改了主意，還是回大太太那兒，也磕百個誠心。九娘當然不會阻止，本要派個丫頭跟住，夏蘇卻道路短不必，萬一真迷路，就在素齋膳堂碰面。夏蘇不是自家姐妹，九娘不能硬派，只好隨夏蘇去了。

夏蘇向僧人問明鐘樓的位置，避開一撥撥的遊客，似悠哉，實防備，到達鐘樓時，原來充裕的時間也不過剛剛好，正午時分，大鐘長鳴。

鐘樓後面有幾塊碑，楊汝可正在細看，聽姪子說人來了。

他轉身瞧去，見夏蘇今日打扮一新，竟是個漂亮姑娘，暗想那晚走眼，笑道：「真不好意思，讓夏姑娘跑這麼遠，只是我夫人今日非要來此上香，我又心急想看畫得如何。原想夏姑娘要是不方便，我就再約明日。」

夏蘇看清周圍，除了楊汝可伯姪兩人，不遠處還有些遊客，心裡定然，將身上的布包解下，取出裡面的長盒子，遞了上去，同時說道：「也是巧了，我陪長輩來上香。」

今日隨身背著這東西，大太太很奇怪，問她是什麼？她就說是畫匣子，又很土巴巴地說，寒山寺前有不少畫攤，想順便買兩幅裝飾家裡。當時，十七娘就直接笑了，說畫攤上哪有像樣的東西。她只當沒聽見，固執背著。不過，也因此，沒有人再多說一句。

楊汝可一聽，哈哈道聲的確巧，然後就從匣子裡拿出畫來。第一眼，就看亮了，神情由驚到喜，由喜再到驚，反反覆覆，還望了夏蘇好幾眼。

第一幅很仔細、很小心地捲回去，放進他自帶的畫匣中，第二幅才是〈梨花鱖魚圖〉。他簡直目不轉睛，有點激動到手抖，禁不住讚了好幾聲好。

楊琮煜沒楊汝可的眼力，又沒見過真跡，覺得畫挺好，不過也覺得大伯有些讚過了。他想來，仿得再真也是假，既然是假的，那就肯定比不上真的。他因此看畫不專心，倒是眼前的姑娘好似一朵粉粉水水的桃花，寧願多瞧上一會兒。

夏蘇讓伯姪倆看了又看，神情如常，只是暗暗留意四周，如果只剩他們三人，她就打算轉移地方。還好，遊客三三兩兩，絡繹不絕。

楊汝可全然不知夏蘇的防備心，不然這位大儒商恐怕會喊冤枉，他將第二幅畫也收得妥妥當當，才開口：「老夫真是走眼得厲害，想不到夏姑娘的畫功筆力遠不止半朵菊，那晚老夫的拙作讓妳心裡笑話了吧？」

「楊老爺的畫，延自宋師，卻有自己的風格，蘇娘不及。」她只會仿而已。

楊汝可當她客氣，卻也不大在意。

這回來蘇州，原本只是帶家眷出遊，他雖然嘴上不說，和姪子一樣，很清楚蘇州片的響亮名聲。儘管有一定鑑賞力，喜歡逛畫市畫鋪，參與各種賞評會，雄厚的財力讓他能一擲千金，但對名家字畫的來源十分注重，非自己信任的行家，不會出手。

買下文徵明的扇面，是自信，也是直覺，直覺趙青河說的是實話，結果意外之喜連連。在此之前，他想都不曾想過，自己會下蘇州片的訂單。

楊汝可給趙青河的一百兩，並非立兌的銀票，需要他看過畫之後，願意支付全款，方可與三百兩一道領取。趙青河沒告訴夏蘇，夏蘇也不必知道，兩人亦有十足自信。

「這是三百兩的銀票和訂金可取的背書，請夏姑娘驗看。」

夏蘇並不因對方是大商而輕率，確認是真銀票之後收好，自覺交易完成，轉身要走。

「夏姑娘稍待。」楊汝可卻喜歡極了夏蘇製作的片子。

夏蘇不停，反而走出一丈多，才緩緩側過身來，聲調微冷，「徽州離江南頗遠，楊老爺一路順風。」這樣說，應該不像內眷了吧？

剛才很水靈漂亮的姑娘，不過走開幾步，整個人卻忽然灰淡，楊汝可納悶怎麼回事，但不遲疑，開口道：「請夏姑娘再為老夫作畫兩幅，價錢抬高至雙倍。畫什麼，仍由夏姑娘決定，只是這回要是李唐之風就最好。」

兩幅，八百兩。

夏蘇轉正了身，仍是冷冷淡淡暗晦的眼，神情倒似認真思索，「楊老爺何時回鄉？」

楊汝可看不到對方有任何得意忘形和貪財喜色，心中更覺這對兄妹的品性難能可貴，「仍是十月底出發。」

「既然如此，絕無可能完成兩幅，一幅都需要趕製了，且我義兄或許有接了他人的訂，我不好擅接，楊老爺不妨找他商議。」和趙青河說好分工合作，她只管製畫，訂單和價錢都由他接洽。

「想加價就直說。製作蘇州片，短則當日交付，長則七八日，一畫下多蛋，同時可以提供數方買家，怎麼到妳這兒半個月都製不出兩幅？」夏蘇不那麼搶眼了，楊琮煜也恢復富家子弟的心高氣傲，以為她不過耍心眼。

富商子弟也罷，名門子弟也罷，都有一種夏蘇討厭的毛病——自負。

第二十片 相看相親

楊琮煜口出譏諷。

「琮煜！」楊汝可立刻沉喝，「不可對夏姑娘無禮。夏姑娘的畫，絕非粗製濫造的蘇州片可比，便是仿製，也是難得一見的珍品，自然耗費工夫。」

楊琮煜見識短，還不覺得自己見識短，「伯父，姪兒雖看不出這兩幅仿畫精妙在何處，但知假的終究是假的，無論如何總比不過真的。您不信，就再加價上去，保準她……」

夏蘇走了，頭也不回。

也許是這年認識的年輕男子多了起來，也許正逢趙青河的大變化，她竟然覺得，趙青河比起這些浮華的公子少爺，能幹得多，讓人心生可靠。

楊汝可氣得抬腳踹向自作聰明的楊琮煜，「你這個臭小子，除卻家境富有，自己一文不值，居然敢瞧不起靠本事吃飯的人。你回鄉之後從工坊夥計做起，改不了說蠢話的毛病，就別想回江南來。」

「大伯！」他又不是一天兩天犯糊塗，是出娘胎就開始養的少爺脾氣，楊琮煜還不服，「我……」

「你們伯姪倆還沒看完石碑啊？」楊汝可的夫人找來了，身邊還有兩個女娘和丫鬟婆子，「行啦、行啦，看石頭事小，相看姪媳婦事大，若耽誤琮煜終身，今後就由你這個大伯厚臉皮去求，我可不管了。」

楊汝可無子，膝下只一對女兒，他並未因此娶妾，只從楊家另外幾房中選了兩個能幹的姪兒出來幫忙。

楊氏家業雖在他手裡壯大，可他不居功，無更遠的野心，一心一意為一大家子人。楊琮煜身為楊家三代大孫，過了二十歲，婚事已屬迫在眉睫。楊家雖為商戶，卻也是巨富，如今這年頭，又在這奢侈江南，找個世家小姐並非奢想。楊夫人許了名媒很多好處，才定下今日這場相看，若是能讓女方看中，楊氏將與世族攀親。所以，怎能遲到？

子姪的婚選之事，楊汝可已經全權交給他的夫人，事到如今也有些好奇，「到底是哪家姑娘，令夫人這般著緊？」

楊夫人卻是笑了，「先不說，萬一人家看不上琮煜，平白讓你們伯姪失望。」

楊琮煜的少爺脾氣多大，切了一聲，「名門望族也沒什麼了不得，他們瞧不上我，我還怕娶了菩薩，進來醜婦。大伯母還是告訴我得好，我也要過過眼，怎能任人挑我？」

堂妹們吃吃笑，三言兩語打趣堂兄，讓母親看了一眼立刻靜默。

「到時候我可以告訴你是哪一桌。再說，我能給你挑醜婦麼？你願意看，我還不願意整日對著呢。」

楊琮煜如同楊家大房之子，雖未過繼，將來是要當楊汝可夫妻如父母孝順的，對未來的姪媳婦而言，楊夫人就是實質的婆婆。

楊汝可本來對楊琮煜生氣，一想還能找趙青河，這才重拾心情，「走吧，且不說高攀不高攀，男方應該要多些禮數。」

一群人走起，沒一會兒就趕上慢吞吞「爬行」的夏蘇，楊琮煜從她身邊過去，特地看了看她的腳，低聲嘲笑，「妳的腳不是挺大？怎麼跟龜爬似的？」

夏蘇掀起眼皮要頂嘴，那群人卻已走出能低聲反駁的範圍，只好撇撇嘴，記住。

不過，走得慢就不得不品嘗不斷被人超越的滋味。快到素齋堂時，又一批人從夏蘇旁邊過去，有人甚至還撞了她一下，讓她驚得差點當壁虎貼牆。

七八個女子，衣裙顏色鮮豔，面妝精致濃彩，言行舉止無一不嬌不嗲，不僅旁若無人，還似乎故意引人側目，拱著中間一位中年胖婦喊嬤嬤，要這要那。周邊的數名男子就顯得很卑微，打傘、開路、低頭哈腰，對其他遊客蠻相吆喝，跟護著一群公主似的，卻極具某個行當的鮮明特徵。

青樓，只有在江南，才能張揚得如此無畏，名妓一代代，如海潮浪花，短暫卻精彩紛呈，總有最出色的男人們忘我追捧。

「拉不開步子就靠邊走，別擋別人的路。」撞了夏蘇的那個女子，處於外緣，看得出心情不佳，故而惡人先告狀。

落在尾後打傘的瘸腳男子冷哼，那女子做個鬼臉，扭著腰肢轉進膳堂。

夏蘇直眼盯著男子，張口結舌，很快眼珠子看左看右，覺得這種情況下應當裝不認識。

「眼睛抽筋就該找大夫，而不是找神佛。」瘸腿男子正是老梓，打橫著眼，比夏蘇的眼白多得多，「老子警告妳，千萬別跟老子裝熟人。」

「我……」不是正在裝不熟？

夏蘇的委屈還沒來得及抽出一根絲，老梓也進膳堂去了，而周圍突然清空，好像全寒山寺的遊客都肚子餓，不願意再繼續逛名勝，一百零八下的鐘聲也暫停，說明天上、人間、地下，吃飯最大。她把嘴角往下抿，將自己和牆剝離，垂肩垂手，灰撲撲地走入素齋堂。

堂很大，裝了「全寺」遊客，都顯從容，而且分為普通香客，吃大盆菜的講心堂和拿銀子買清靜，並且點菜的積善堂，可以按照手頭的銀子各取所需。

「蘇娘，這裡。」大太太手下的小丫頭守在積善堂的簾外，看到她就趕忙招手，大概因她完全跟千金小姐沾不上邊，小丫頭還能多說一句：「去哪兒了？大太太說沒瞧見妳，怕妳迷路，準備派人去找呢。」

「是迷路了。」

夏蘇都懶得想理由，但進裡面，本來寬敞，不過看到一桌楊家人和一桌桃花娘，頓時覺得地方太窄了。老梓叔還好，已經警告過她了，只是楊琮煜那位大少爺的眼珠瞪到要掉，都在一個寺裡逛，就這麼一處吃飯的地方，好像不必那麼驚訝吧？無論如何，她下定決心，誰也不認，誰認她也不認，給趙大太太福身，淡道自己兜糊塗了，跑到鐘樓那邊再繞回來的。

趙大太太只道以後身邊要帶個人，就讓夏蘇坐在了右手邊，而九娘早坐在她左手旁。

寒山寺的素齋還不錯，素麵更是一絕，量多湯好，素雞筍片都是時令鮮美，平時口腹之欲不大的夏蘇，加上白日出行讓她必須防備加倍，精神上的疲勞化為饑腸轆轆，專心致志把一大碗麵條吃下肚，耳裡才聽到大太太和九娘的輕聲對話。而這時，桃花娘那桌的笑聲好不熱鬧，令十一娘和十七娘互相咬著耳朵表達不滿，趙子朔、趙六郎和十二郎在另一桌，母女倆說話只有夏蘇聽得清。

「長相不輸六郎，還能為長輩和妹妹們挾菜，比妳四哥強。他雖然老往我們這桌瞧，多半也是楊夫人沒忍住，說漏了嘴，到底年輕，想自己過過眼也有主張。妳覺得如何？」趙大太太的聲音，頗為滿意的語氣

「挺好……」九娘略羞且喜。

「楊家雖是商戶，但楊大老爺中過舉人，那孩子也是，還與四郎、六郎一道參加明年大比。這些是要說給老太爺聽的。按我的真心意，那孩子得了官身最好，得不著也沒什麼，楊大老爺那麼大的生意會交給他，比當官實在。我們趙家缺就缺在這一塊，老太爺苦苦守著士族的名，不准經商，連個門面鋪子都不能弄，眼看公中日日緊手，我也沒有法子可想。這麼婚事若成，我就安心了，通過楊家做些買賣，補個差數。當然，妳不用看這些，若嫌楊家門第低，心裡不願意，我不勉強，橫豎是我們挑他們。」

「聽憑母親作主。」趙九娘顯然是滿意的。

夏蘇抬抬眼，見趙大太太狀似無意看對面，一瞥就過，端著茶掩了唇動。

對面是楊家的桌。

她這才了然，原來今日上香只是藉口，其實是為九姑娘相親而來。楊琮煜和趙九娘？還真是楊家高攀。趙氏大房的女兒，庶出也與旁系末枝的嫡女截然不同，要是趙家這會兒在京師，楊家想都不用想。

不過，趙府得多缺錢，要用庶女與商戶之子的婚事來救急？夏蘇並非小門戶裡的人，一想就給翻掘出來了。

「母親和九姐姐說什麼悄悄話？」十一娘終於留意到。

「沒什麼，不過說起妳岑姐姐，她近來老是身子不適，九娘說想去求個祛病的符。我說正好要求姻緣籤，看看妳姐姐們的婚事是否順當。我瞧妳和十七娘才說了很多悄悄話，一臉不高興的模樣，也不好好用飯。」趙大太太四兩撥千斤。

十一娘壓低了聲抱怨：「還不是那邊一桌，當誰不知道她們是哪兒來的，佛門清靜地還亂放桃花。」

趙大太太不悅，「佛祖包容，普渡眾生，寺廟之中沒有貴賤，妳們還是安靜吃飯吧，這裡不比家裡，不要隨意論他人是非，也不要任性浪費珍貴米糧。」

夏蘇暗道一聲好。

趙九娘心意定了，反而不自在起來，對大太太道：「母親，我看蘇娘也已用完飯，能否與她一同散步消食，一會兒就回。」

趙大太太知道九娘需要平穩一下情緒，婚事未成之前，也不能讓僕人們看出端倪，作為陪伴，夏蘇確實比十一、十七兩隻嘰喳鳥好得多，自然允了。

夏蘇不介意出去，一邊是審視的目光，一邊是喧鬧的笑聲，她一個陪坐的，還如坐針氈。只是那時候，她並不知，能坐針氈上，也是一種好運氣。

❀

砰砰砰！砰砰砰！

大驢的手還沒碰到門，瞪眼看著門板朝自己撲來，他連忙往旁邊跳開，就聽轟然一聲響，張大嘴，半晌嚥下口水，無比火大，「娘的，火燒屁股啦，沒人教你怎麼敲門……」噤聲。誰見了門外立著兩個膀大腰圓的差官，任誰都會縫住嘴巴。

「趙青河呢？」指使拆門板的卻另有其人，急蹬蹬踩過門板。

「董師爺！」大驢一拍心口，「嚇死我了，這般砸門拆門的蠻幹法，以為少爺走了倒楣運，要押送官老爺那兒吃板子。」

「我若不拆門，等你請我進去，就不是趙青河倒楣，而是我要倒楣了。」董霖大步往裡走，心急卻不忘環顧四周，雙眼大睜，「趙家對你們不錯啊，撥了這麼好的園子，不知情的，還以為是趙府嫡公子的住處。」

大驢撇撇嘴，到前頭領路，讓董霖的大步催得小跑，「才換的地方，你沒瞧見之前的。對了，你找我們少爺有何急事？難道這麼快又有棘手的案子了？」

這裡數大驢跟得回魂的趙青河最久，從吳其晗的畫船開始，他見識了少爺的英明神斷，這回又和喬連、喬生幫忙調查芷芳姑娘的命案，居然能把近幾個月的偷竊案也一併查清，光是佩服已不能表達他對少爺的崇拜。

董霖三番兩次遊說少爺當差，知府大人甚至還許諾副捕頭之位，都想借用少爺出色的斷案能力來治安。

大驢自不知，趙青河能插手這些案子，純粹出於私心而已。

董霖苦笑，只問怎麼還沒到，順眼捎見喬連、喬生在一片空地上習武，反反覆覆三四個動作，打著一個奇怪多杠子的木樁。

「那是什麼？」

「木頭人。」大驢也想去練，但少爺說他功夫底子好，還有餘力看大門。

大驢答得簡短，董霖也沒多問，兩人很快走進內園朝南的寬廊上，大驢指給他看趙青河的屋子。

「夏妹妹住哪間？」董霖的語氣神情皆賊壞賊壞。

大驢抬起一根眉毛，「問這幹什麼？」

董霖嘿嘿笑兩聲，「我好奇。」

「滿足你的好奇心之後，於我有何好處？」趙青河人不到，聲音到，如突來無數的冷箭，園子立刻颼颼涼，把董霖扎成刺蝟。

他呲牙，「老哥不當差，原來是圖享受，大白日裡能睡覺。」

屋門開了，趙青河披著棉袍，也不出來，就往門框上一靠，仰頭瞇眼瞧了瞧日光，又看地上的影子，知道自己還沒睡足一個時辰，不由刀目垂累，語調懶散，「有話就說，有屁就放，要是來鬼扯的，揍得你走不出大門。」

大驢趁機告狀，「沒門了，讓咱們這位大師爺拆了。」

趙青河本來睡眠不足的模樣突然變化，雙眼立放鋒芒，面廓硬棱發狠，「董霖，此刻你應該在審犯人。」

幾日不眠不休調查，終於確認罪魁禍首，昨晚布下天羅地網，他才交給官府收網，白癡都不可能出紕漏……

「出紕漏了。」董霖一向油痞的圓滑臉上，終裂出頹喪，雙手扒了扒腦袋，抱住哀嘆，

「都上了押車，還派兩名捕快看管，到衙門卻已人去車空。那個死胖子，他娘的，就是酒囊飯袋，又怕手下搶上位，只挑比他還沒用的東西。」

為了抓人，大驢也很辛苦，聽到這麼容易給放跑了，不禁大罵官差沒用。

「……」趙青河也想罵，但董霖只是師爺，能親自捉拿已是難得，具體到押送犯人這種事還沒法伸到手，而那個胖捕頭他也打過交道，廢物一隻，卻是京師某位大官的遠姪，平時全靠這點關係逞強。

「逃了就趕緊去追，難道還要我給你當獵狗開路不成？」他已不能如何。

董霖沒動，欲言又止，吞吐之間冒出一句，「夏……妹妹不在家啊？」

趙青河沒好氣，「這時候你還想著見我妹妹？怎麼？要約吃飯？」

「不是。」董霖突然很正直的樣子，「我的意思是，姑娘家平時少出門，你這個當大哥的，要多替她的安全著想。」

趙青河眉頭皺了起來，「董霖，你踹了我家大門，來告訴我你們官差多麼無能，還順便教我如何管教妹妹。你……」周身寒冽森森，「應該不會吃飽了撐得。」

「跑了一個，還有一僕人。據他交代，那傢伙從來很謹慎，對來往的人一定要查出處，所以讓他打探你家住哪兒，家裡還有什麼人，就在前晚，那人還跟他親自來了一回，當時看到蘇娘在園子裡。如今人跑了，車上留四個血字——此仇必報，也不知是不是那兩個同車的捕快多嘴，招出了你幫忙……」只覺一陣勁風捲過，嚇得董霖閉緊眼皮，再睜卻不見了門框邊的人，回頭一瞧，趙青河已在數丈開外，棉袍似一片讓狂風吹漫的黑雲。

「大驢，速喚喬連、喬生，跟我去寒山寺！」趙青河的吼聲落雷，震怒千鈞，把泰嬸和喬大媳婦都驚動了。

「老嬸，今日蘇娘到哪兒與大太太碰面？」他問。

「趙府正門前。怎麼了？」泰嬸有點懵。

「大驢，我自己喊他們，你立刻到門房打聽，趙大太太的馬車出發時，有沒有見過可疑的人。」趙青河很惱，卻仍冷靜，並不盲目發急，對上泰嬸還能擺出一張笑臉，「老嬸，沒什麼，想想都是女眷，我不大放心，去接一接大太太她們。」

不待泰嬸細問，趙青河轉身又走。

董霖連忙跑上去，輕聲還勸，「我就來告訴你一聲人跑了，能幫我最好。至於蘇娘，你當我關心自家妹妹，想得太多。那傢伙這會兒逃命還來不及，還會想著找蘇娘的麻煩？」

被趙青河冷冷的，血絲如蛛絲的雙目掃過，令董霖噤若寒蟬。他從不知此人可化身惡鬼，煞氣那麼重，全身散發遇佛殺佛之狠戾。娘咧，趙青河老說他義妹怎麼凶怎麼醜，將來要把她嫁給更凶的漢子，讓她一輩子不敢大聲說話，這些敢情都屁話。

「我本無意與官府合作，這回全看在老弟你的面子，你的官當得雖小，看你的志氣是要青雲直上的，若被一胖子壓死，不如早早回家當你的大少爺吧。」趙青河雖拿董霖出氣，心底卻惱自己大意。凶手多疑狡猾，他早知道，但自己獨來獨往慣了，將周圍打點無漏，卻疏忽他如今有家人。

他叫上喬連、喬生，套車準備出發，大驢臉色難看地跑回來，原本還抱著僥倖的心，見狀猛然一沉。

「門房說大夫人的馬車停在門前時，有兩乞丐就縮在不遠的牆下，等馬車出發後，他們要去趕人，人卻不見了。」

董霖沒細想，「放心啦，那時候兩人還在囚車上哪，怎麼來盯？他逃出去不過一個時辰而已。」

趙青河一掌打董霖的背心，「人在蘇州行竊，為何常州也有竊案？因為，這是一幫子人幹的，你我只抓了一個頭目，你竟然到現在還不明白？」蠢啊！

董霖卻不知常州事，顧不得背上疼得吐血，大叫一聲：「什麼！」

趙青河如今可不打算多說一個細節，鑽進馬車，讓喬家兄弟能催多快就多快。

董霖愣了半晌才反應過來，上馬直追，「我跟你一道去。」

他知道，要是不跟，今後就別想再請趙青河幫忙任何事了。他赴任時，老爹說過，人要成就大事，必有貴人相幫。這樣的貴人，運氣好，會送上門來，運氣不好，就得自己找，而一旦找到，絕不能放手。趙青河這小子，就是他的貴人了。

趙青河這頭出發了大半個時辰，趙大太太也等了夏蘇和趙九娘小半個時辰，有些奇怪兩人去了那麼久，卻不至於擔心，還有心情開玩笑。

「這兩個姑娘，莫不是不好意思，背著咱們，自己跑去求姻緣了麼？」

十一娘和十七娘嘻嘻笑著，皆道一定不錯。不過大太太還是明白九娘性子的，招來管事的婆子，讓她帶人去接姑娘們回來。

趙府的人並沒留意，派去找九姑娘和夏蘇的婆子、丫頭才剛離開，桃花娘那邊有個瘸漢也出去了。

直到這時，夏蘇和趙九娘尚很悠閒。因兩人都喜靜，淨揀少人的步道走，等到感覺走出太遠，才不緊不慢往回去，絲毫未察她們貪看景色，久到已引起別人的擔心。

趙九娘原本只是想自己散心，又不願帶丫頭、婆子，才找了今日初見面的夏蘇，這時方覺得她是個可心人兒，明明聽見大太太和自己的對話，卻隻字不提，就找好景好地給自己瞧，聊起來好不輕鬆愉快。興趣不同，但性子很好，也許在自己出嫁前，還能成為好友。

她這麼想著，忽聽夏蘇淡淡說了句話。

「那邊兩個人好像一直在我們後面，是麼？」

詭異啊，怎能去時在身後，回時還在身後呢？步道兩邊是山林斜坡，除非練家子才能如履平地，隱藏身形。夏蘇越想越不對。

趙九娘今日瞧見了未來夫君的樣貌，都歡喜到要出來散步平靜，哪裡還有心思注意周遭，回頭看了一眼，不知是否一直跟著她們，倒因那是兩個男客而不大安心，「我們還是走快些吧，似乎出來得有點久了。」

這點，夏蘇很同意，腳下加快。

但有句老話，叫做「怕什麼來什麼」。

第二十一片 冷血凶殺

「前頭兩位姑娘，請留步。」粗礪的聲音，碾壓過來。

趙九娘不知凶險，竟要回頭。

「快跑。」夏蘇卻決定，寧可虛驚，拉著趙九娘先跑起來再說。

可她忘記一件事：趙九娘的三寸金蓮。那雙漂亮到畸形的小腳可是扎扎實實綁成的，完全沒有偷工減料，別說跑步了，就是走路稍微快些，都得靠人兩邊攙扶。

趙九娘才被迫跑了幾步，小腳就沒法再支撐，跌跌撞撞坐到地上，又全然搞不清狀況，只死死捉著夏蘇的手，驚慌地問怎麼回事。

夏蘇的功夫能讓自己全身輕巧到飄，但羽毛綁在石頭上，再靈巧也只能原地掀。而她剛想撇下石頭自己飛，卻聽對方喊一聲夏姑娘，令她身形定住。

若對方是衝著自己來的，丟下趙九娘就不好了。

「他……他們……怎麼認識妳？」趙九娘比看起來的堅強些，腦子還能轉。

夏蘇低頭望著趙九娘，目光那般仔細，描過她不安的面容，不由無聲笑了笑，從腰帶裡摸出一條手帕，彎下身，「九姑娘說哪裡話，我怎會認識他們呢？」手帕展開了，狀似無意

拂在趙九娘臉上，又給她擦著額、鼻、嘴、面頰，然後面不改色說謊，「九姑娘哪來這麼多汗，別怕，多半只是混混無賴。咱們出來這麼久，大太太肯定已經派人出來找了。」

趙九娘聽著聽著，意識忽然有些恍惚，視線也開始模糊，眼皮子越來越沉，鬆開夏蘇的手，頭一歪，竟然暈了過去。

幾乎同時，夏蘇收起帕子，直起身，立刻轉向了那兩個男子。她的目光深幽，淡褐的瞳彷彿要縮緊成線，一對眸子刻得那麼銳利，又邃美無比。而她面無表情，微抬高了下巴，雙手抱臂，身姿冷漠到輕蔑。無人看出她心中怕得要死，以為自己被找到的絕望掀起了潮水，一下子淹到咽喉，有窒息之感。

「我沒瞧錯吧，這麼就給嚇暈了？」男子這時離夏蘇只有兩丈多遠，步子不快，但絕不良善。夏蘇看清那人，恐懼卻立散，剎那能呼吸，「是你。」

還好不是那地方派來找她的。

那男子三十出頭，五官堪堪稱得上端正，眉宇之間煞重陰戾，那身寶藍錦衣分明浮了血紅，雙手背在身後，總覺得隨時能拔出一股殺氣。

「你們兄妹真是讓我驚奇。趙青河故意接近我，誘我露出馬腳，幫官府設局抓我，我還沒想明白哪兒得罪過他，需要他多管閒事。而我確定自己是頭一回見到夏姑娘，夏姑娘卻顯然見過我了。」

夏蘇一聽就懂了，「是你殺了芷芳姑娘，還到處偷天換日，以假換真。」

「大家都是混口飯吃而已，何必咄咄逼人。」

此人正是夏蘇趴屋頂時見到安慰芷芳，並為她贖身的男子，他以外地富商的身分在城中走動，失竊的各家都有他到過的證詞。

趙青河假扮一個落魄的北方世家子弟接近他，說手中銀錢緊缺，願意低價賣出家傳寶，一幅唐寅的〈仕女圖〉。他既然敢做沒本錢的買賣，心思自然縝密。唐寅的真跡都是稀世之物，民間就算有私藏，也不輕易賣出，畫的真假還需旁證，而趙青河出身哪個世家，也得打聽。這頭答應考慮，那頭就派人把趙青河的底挖了出來。

不過，明知趙青河撒謊，他反而決定出手。他認為趙青河，作為一個混棒無賴，寄人籬下，窮困潦倒，才膽大從趙府偷出名畫來賣，更說明畫是真的。要是換掉真畫，做賊心虛的趙青河肯定不敢張揚，對他而言，這種兩頭都不能出聲的桌下買賣最好吃黑。

於是，說好今日一早再驗畫，他暗中調包，又找藉口說不買，趙青河拂袖而去，他才帶著那幅唐寅真跡回到自己隱祕的居所。誰知，立刻被官兵包圍強闖，把未及賣掉的古畫古董全部搜出，包括還沒捂熱的〈仕女圖〉。他那時還不能肯定是趙青河布的局，直到他從囚車逃出前，撬開兩名捕快的嘴才確知。

到底是誰咄咄逼人？夏蘇看對方停下腳步，離自己尚有一丈多，卻不敢掉以輕心。她不知趙青河的局，卻知這人已成漏網之魚，特來寒山寺找她，不是挾持她，就是殺她。

「我要是你，我就能跑多遠就多遠。」她非舌粲蓮花，只講基本道理。

「我原是這麼打算的，可想來想去，太冤啦，不得不繞路過來，找夏姑娘清算這筆帳。不都這麼說嘛，父債子償，兄長的債也可以妹妹償。」

夏蘇記得桃花樓的嬤嬤叫此人馮爺。她也沒忽略另一個男子，看一身灰氈無袖袍，陰沉著臉，亦不像善類，站得更遠，一直張望四周，似在望風。

「夏姑娘還沒告訴我，妳何時，又在何處，見過我呢？我這人其實挺上道的，不似窮凶極惡之徒，二話不說先宰人。就那麼片刻可活了，應該讓人死得瞑目。」馮爺眼角陰鷙，「妳也別小看了我，來的可不止兩人，還有幾個兄弟把前頭的道封了。姑娘看著不笨，明白我的意思吧？」

「芷芳姑娘的屋子失竊那日。」告訴他也無妨。

「呃？那天晚上嗎？」馮爺沒想到，就自作聰明，「啊——夏姑娘莫非女扮男裝到青樓見識，和妳兄長一起。」

夏蘇不覺自己有必要交代得太清楚，沉默不語。

馮爺當她默認，「那妳兄長與我有何仇怨？哈！我知道了！他是芷芳的恩客，嫉妒芷芳被我贖身了。然後芷芳被殺，他就想潑我髒水，向官府誣告我，誰知讓他歪打正著。」

真能掰，省她力氣，「你既然已為芷芳贖身，那幅〈蟋蟀錦雞〉是她的陪嫁，只要你耐心等幾日，就能拿到手。為何又是偷竊又是殺人，弄出那麼大的動靜？」不大合理。

「夏姑娘好不天真。我若能揮金如土，一千兩的贖身銀子跟扔紙錢一樣，還要冒著掉腦袋的風險做這無本生意嗎？」馮爺當她死人，什麼都實說了，「從頭到尾，我就沒想贖芷芳。看到那幅古畫，實屬意外之喜，選了那晚偷畫，卻讓一小丫頭撞破行跡，便當機立斷改為調虎離山之計，假贖芷芳，讓她離開桃花樓，好方便我再返屋換畫。我只是沒料到，一個對古畫不精通的妓女能這麼快發現畫被調換，並懷疑到我身上。能怎麼辦？只能滅口了。」

真相簡單，結果殘酷，以畫起，以命終。

夏蘇冷笑，「你真蠢。」

馮爺雙眼一瞪，身後的雙手各拿一把尺長的銀鉤，慢慢靠近夏蘇，「妳說什麼？」

「本該安於偷偷大戶就好，名畫古董對於他們不過擺門面，而你卻見利起義，奪人珍愛之物，進而殺人越貨，輕易暴露了自己。若我所料不錯，恐怕因你一人的蠢行，連帶你們一夥人都會同根拔起。不是蠢，難道是聰明？」她對趙青河的調查本事，如今深信不疑。

芷芳姑娘，不論她的人品如何，她對於一幅無名古畫的真心珍視，為自己的死報了仇，令凶手如喪家之犬。正如小小的蟋蟀，眷戀美麗的花朵，敢於和驕傲貪婪的錦雞鬥上一鬥，最後兩敗俱傷也光榮，可以安息了。

「我突然發現妳話太多！死吧！」馮爺躍起，銀鉤閃寒光，一根掃來、一根豎劈，任何阻擋兩片鋒刃的東西，都會被斬成兩段。

夏蘇的衣服如蝶，翩翩起，美若仙，比寒光更快，往旁邊閃去，但這大老粗的話卻不是她撂的。

「你他娘的話更多！」

一條腿，高抬，橫踹，剛好止住銀鉤的殺人寒氣，同時褲腳被削得片片，露出半根鐵杖。夏蘇驚訝得結巴，「老……老……」

收回那條銀鉤斬不斷的鐵腿，斯文面，桃花眼，來者開罵：「老子覺得上輩子欠妳的，原來還欠上上輩子的，妳這個頭髮長沒見識的笨貨，跟殺人越貨的人扯個屁！腿是凍住還是怎麼了，不會逃命？我幫妳砍掉它們，跟老子一樣，鑄條鐵柱子在肉上！」

老梓叔會功夫？不是瘸腿，是假腿？

夏蘇卻被他罵得一通腦暈，只會道是。

「還不快滾！老子回頭再砍妳的腿！」瘸腿一點地，躍了丈高，朝馮爺也顯呆怔的臉踹去，「看屁！連女人都打的沒種東西，老子乾脆閹了你，讓你當娘娘腔！」

另一個男人動了，速度極快，抽出一把長刀，直刺老梓叔的下盤。老梓叔不得不臨空變向閃開長刀，才落地，就被長刀男追擊。兩人戰在一處。

馮爺朝夏蘇冷哼，「還真不能小看妳，不過妳的好運到此為止……」

聲音未落，雙鉤交叉，對準夏蘇的頸子，新仇舊恨一起來，誓要割頭才痛快。銀光橫掃，似兩把寒扇，蒼蠅都鑽不過的，毫無縫隙。

當然，夏蘇不可能站在原地等人割脖子。

夏蘇不但躲過快速壓下的銀鉤，還躲過馮爺接下來的鐵蹄腿，以及對方反應過來後，一招比一招厲害的進攻。她的身體，似乎每個部分都化為了水，不可思議、萬分凶險、卻無一回不美妙地脫離殺招，在安全的地方婷婷立定。

她的呼吸，雖有些急，神情卻安定，眼底很冷，陽光照著那張如初雪般的面容，炫亮美麗，彷彿剛才只是做了些彎身展腰，再尋常不過的動作。

馮爺未拜過名師，但他刀尖舔血，行走江湖二十年，幹的都是不見光的買賣，拳腳功夫自成一家，有響噹噹的惡名。怎麼料得到，遇到這個不比柳枝粗多少的姑娘，竟連衣片都沾不到。他雖看不出名堂，至少知道夏蘇會一門絕頂輕功，怪不得能那般冷靜。

不過，馮爺到底經驗老到，很快找到夏蘇的弱點，發現她的步法挪移離那位暈死過去的小姐越來越遠。他眼珠子一轉，毒計上心，忽然棄攻夏蘇，往趙九娘撲去。

夏蘇暗道糟糕，本能驅使，也朝趙九娘那邊跑。倒不是純粹送死，隨時隨地防著凶徒準備飄開，只覺自己什麼都不做，看趙九娘挨鉤子，有點說不過去。
她對舉起銀鉤的馮爺喊一聲住手，同時聽到有人暴怒一吼：「夏蘇！」這聲音無比熟悉，她自然會回頭去看。然後，手臂一疼，一隻銀鉤飛過來，在袖子上拉開一條大口子，見肉見血。還有血肉之間的，是自己的骨頭？
「小心暗算！」一聲音又是同時響起。
已經被暗算了！她眉毛都豎了起來，兩眼噴火，一邊飛身閃開，眼角盯住馮爺，一邊找人算帳，「趙青河，你喊什麼喊！」
一朵烏雲從夏蘇頭頂飄過，飛快降至馮爺那邊，也不管馮爺拽著毫無知覺的趙九娘喊什麼東西，劈里啪啦就是一頓打雷閃電。
那個馮爺也不是好惹的，拚上二十年的江湖歷練，還是逃出了雷雲電，再出手，招招要害，全力取人性命。但不多一會兒，他被對方奇怪的路數弄得遲鈍，身上挨的拳頭越來越密，最後還被壓在地上，聽著自己的右臂和腿腳咔咔斷響，除了發出像殺豬一樣的叫聲，跟廢人無異。
烏雲這才化成人形，長相和趙青河一模一樣，神情卻很駭人，眼珠發紅，額角爆青筋，一張臉緊繃著全是硬角，他就立在那兒，那麼傲慢、那麼跋扈，讓人感覺他只要一動，誰的骨頭就會像馮爺一樣倒楣。
夏蘇以前從來沒怕過趙青河，此時看到他這時的暴戾樣子，居然心縮。
「我不喊，妳就沒命了！」那點豆腐渣力氣，竟想救人？真是高尚啊！打完架的趙青河可沒忘回應夏蘇剛才的話，動了腳步，卻是去趙九娘那兒，垂眼看著，點點腳尖，好似打算踢上一踢，以此判斷人是否還活著。

還別提這件事，一提，夏蘇的心火又燒起來，「你不喊我，我能回頭？我不回頭，就不會差點讓鉤子卸了整條胳膊。」傷口很深，血嘩嘩地流，想到白白的好像是骨頭，她感覺手腳都發麻，但以防他把人家姑娘踢傷，盡自己一份力，「九姑娘只是暈了。」

「我不是叫妳小心了嗎？」她自己動作龜慢，怪誰？趙青河收回了腳。

夏蘇哼哼地冷笑，舉起手，一個手指一個手指掰給他看，「夏蘇——小心暗算。千鈞一髮之際，六個字，外加你還喘氣。只說暗算兩個字不就好了，蠢啊。」真是氣不打一處來，而且眼前都開始發綠了，卻見滿臉流血斷手斷腳的馮爺趴起上身，她立喊：「鉤子！」

居然能左右開弓，沒折的左臂還可發力。

趙青河聽風辨位，一個旋身，長袍竟能捲高銀鉤，再騰空一腳，重重往下踢了回去。真是好眼神，那隻鉤子正扎在馮爺的腦門上，這人再度倒地，抽兩下手腳，腦袋歪過去，徹底不動了。

夏蘇怔了怔，微微撇頭，不看，嘴上還逞強，「瞧見沒？這才叫救了你的命。」

趙青河瞧著她，以為會不服氣，卻道：「謝了。」

夏蘇吃軟不吃硬，淡哼。

不遠處，腳下伏著馮爺的幫手，早打贏的老梓觀戰已久。

他看了看夏蘇，再看了看趙青河，很不客氣罵，「一個胳膊要掉了，一個剛宰完活人，一會兒對罵，一會兒說謝，也不看看這是多倒楣的時候。要當歡喜冤家，回自己家傻樂去，別出來丟人現眼。」轉了身，又回頭狠瞪，「給老子看清楚，這人咬毒死的，跟老子沒關係。還有，你！」一手指著趙青河，「知不知道血流多了也會死人，快給這蠢丫頭包紮。老子又不是奶娘，這種破事還要老子動嘴皮子，他奶奶的！」

說完，老梓一瘸一瘸走遠了。

趙青河不認識老梓，但老梓顯然是幫夏蘇的人，那就是自己人。他收回目光，見夏蘇身體微微搖晃，頓覺不好，疾步衝過去，正好接住她軟下的身體，順著一起坐到地上。

夏蘇覺著自己彷彿背靠著一堵堅實的暖牆，又是這般安心之感，甚至連眩暈都好了許多，閉會兒眼再睜，天不搖地不動，眼目所及的秋色重新歸位了。

所以，她發現他居然挽高她的袖子時，還能有氣無力地抗議，「你幹什麼？」

「包紮。」傷勢沒有看起來那麼嚇人，但大半隻袖子被血染得就像浸過水似的，那手感令趙青河咬牙，「妳不是暈了？」

「你別撕自己的髒衣服給我包紮。」看看那道拉深的口子，這回沒見到骨頭白，應該是剛才錯看，而且血流得也不多了，夏蘇鬆口氣，略側過頭看他，「不包也沒……」

她話未完，就看到他手上有一捲白棉布。從前趙青河愛用拳頭解決事情，隔三岔五要止血包紮，泰嬸就在家常備了這種潔淨白布。

「你隨身帶著這東西？」真是學乖了？

「妳最好還是暈了吧，這麼囉嗦。」她背靠著自己倒是舒服，可他要怎麼處理她的傷口？一隻手從她身前繞過去？他對自己手臂的長度還是很自信的，不過怕有小心眼的姑娘當成狼來了。往左往右向後看，卻找不到土牆樹幹，於是他的手臂試探了一下，離環抱的姿勢尚遠，碰都沒碰到人，就聽夏蘇冷冷說話：「回去，不然咬你。」

他心裡長嘆，從容不迫收回胳膊，「要麼暈躺，要麼坐好，妹妹好歹選一樣，不然我一隻手怎麼包紮？」

「……」夏蘇這才明白，趙青河剛剛那麼做並非有別的企圖，而是想給自己包紮，頓覺尷尬，臉紅耳燙，同時挺直了脊梁，感覺背後的暖意迅速散去，心中剎那滑過一絲難以言喻的情緒，隨即又不在意了，「早說就好。」

趙青河蹲到夏蘇身前，先扯斷一片布，清理傷口瘀血，再一手將棉布按住，一手繞過去，略施力，拽緊布條。

「啊——」

「啊——啊——啊——」

頭一聲是夏蘇叫的，後面幾聲是山間回音，烏鴉都驚飛了幾隻。

趙青河嚇到手抖，耳朵嗡嗡作響，片刻後才恢復聽覺，好氣又好笑，「妹妹平時說話細聲細氣，想不到深藏不露，尖叫起來鬼神都讓道。」語氣一轉，有刁意，「真疼嗎？」

夏蘇眼裡浮起霧氣一層，像魚一般用嘴吐氣，聲音嘶嘶響，「疼——」

「這樣才對嘛。」趙青河再裹棉布，竟沒那種無法忍耐的疼痛了，「疼就哭，痛就喊，害怕就說害怕，難道憋一張死人臉就好看了嗎？妳是女孩子，女孩子都心思多，心思沉積不健康，會像胡氏女兒那樣傷春悲秋，也會像周二小姐那樣鑽進死巷子。我可不希望妹妹像她們，我幫妳解壓。」想不到爆發力很強。

「……你故意的？」夏蘇不敢相信，狠狠盯著他。

趙青河也瞧著夏蘇。她慘白透明的臉色，深可見骨的傷勢，明明驚、明明疼，還刻意把眼神調得高冷，彷彿剛才那場殺機只是遇到一回登徒子。他知道她是堅強的女子，但她的堅強建立在怎樣的經歷之上，他無從所知，卻有所感。

這種感覺，不能讓他好受。他的手伸向她，本該有些嬰兒肥的面頰，這時因缺血而成了消瘦的青影，太礙他的眼，他想給她捏回來。

夏蘇幾乎能感覺到他指腹的溫度，儘管他的手還沒觸到自己。她該叫他規矩點，可她的眼睛一眨不眨，忘了嗓子該如何發出聲音。她覺得，他的體溫或許能讓她身上少些寒氣，大太陽底下，她卻要凍死了，連他都不再屬嫌棄之列。

「哭出來。」趙青河命令的語氣。

「哭不出來。」夏蘇嘴強，卻只是一眨眼皮，兩大顆熱淚就滾出眼眶，打在趙青河的指尖。他沒說錯，就在剛才，她確實怕得要死。

「趙青河！」董師爺解決前面幾個嘍囉之後，終於趕到。

「蘇娘，妳沒事吧？」大驢緊跟著，一眼看見夏蘇坐在地上，還有浸血的半截袖衣，嚇傻了眼。

趙青河蜷起手指，夏蘇的眼淚順著流入掌心，不涼反燙，心頭一動，再伸展了五指，無比溫和拍了拍她的頭，垂眼低語，「無需再怕，一切有我。」

他立起，脫下外袍，披在她身上，遮去那隻無袖傷臂。她眼裡直發酸，伏在膝頭，嗚嗚哭不止。

山風冷，秋陽寒，兩顆堅強的心、兩道寂寞的影，卻燃了起來，從今往後不會再涼卻。

第二十二片 妹妹讓梨

趙大太太怎麼也沒想到，今日出來上香會發生這麼可怕的事。

差婆子丫頭去找人，得到的卻是九娘和夏蘇遭遇歹人的惡訊，驚得魂飛魄散。

她想立刻去看看究竟，卻被僧人告知官差封了那條山道，不僅閒雜人等不得入內，寺裡的香客們都得留在原地，直到官府准許走動。但她好歹問到了官差及時趕到，已制服歹人，兩姑娘沒有性命之憂。

趙大太太來不及事先打招呼，僧人就直接說了趙府的兩位姑娘。

本來還擔心這件事會影響楊家對九娘的看法，畢竟雖是無妄之災，對姑娘家的名聲總不好聽，不過楊夫人不避嫌地親自過來問候，擔心和勸慰充滿情真意切，為人大方，全無商家婦的勢利小氣，令她暗暗讚歎不已，心道婚事若成，倒是九娘的好福氣。

更好的是，桃花樓那群人走得早，不然到了今晚，大概全蘇州城都會知道趙府的小姐遇到了凶徒，還說不定傳得多難聽。

如此欣慰的心情下，趙大太太等了半個時辰也不覺得太久。

楊夫人再次拿捏好分寸，沒有惹人煩心，適時告辭回桌，一回去，就悄悄對丈夫道：

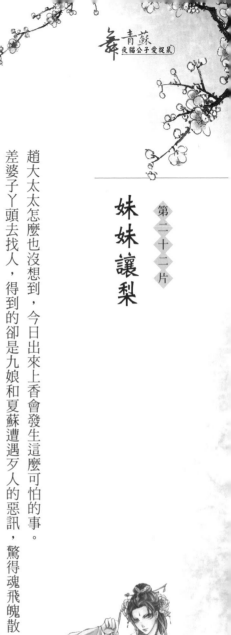

「這婚事十拿九穩了。」

楊汝可讓楊琮煜的胳膊肘輕推一下，知道姪子的意思，問他夫人：「妳自己一人高興半日，這會兒應該說出來了吧？那幾位姑娘之中，到底是哪一位要進楊家門？」

楊夫人作驚訝狀，「虧老爺還是經商之人，連這點眼力都沒有麼？今日趙大太太身邊就帶了三位趙家姑娘，兩個年紀小琮煜太多，只有一個合適。她還是大太太的女兒，當然坐在母親左手邊，家中排行第九，趙九娘。我越看越喜歡，那姑娘穩重得很，也似懂道理的，看過琮煜而面紅嬌羞，顯然不挑剔我們經商，說明眼光好……」

「不是趙大太太右邊的姑娘嗎？」楊琮煜搶問。

楊汝可掃他一眼，沒他那麼急氣，問題卻差不多，「我瞧趙大太太右手邊的姑娘也是年紀相當，也很穩重。」

楊夫人起先沒在意，「那位姑娘啊，我問過了，不是趙家女兒，只是遠親，今日陪大太太來的。」而後蹙起眉來，「什麼意思？你爺兒倆看中的是她？」

楊汝可再看看姪子陰晴不定的臉色，低低笑道：「沒有、沒有，只是夫人賣關子，那兩位姑娘年齡相當，我猜錯了而已，但願九姑娘儘早從今日凶險中康復過來。」

楊琮煜一聽自己弄錯了人，暗自罵自己笨，怎會把石頭當了寶玉，弄得惴惴不安，結果連趙九娘長什麼樣都沒看仔細。

楊夫人完全沒瞧出來，還傷口撒鹽，「琮煜，你看這趙九娘可符你的心思？」

楊汝可自然知道姪子那時心不在焉，根本沒仔細注意，就幫他一把，「夫人，我看咱們要不要準備些上好的補品送去趙府？讓琮煜跑一趟，跟趙大太太說上幾句話，好好表現一番，興許就十拿十穩了。」

一個是趙府長房庶出的千金，一個是趙府遠親不知底細的義姑娘，對他而言不難取捨。當然，這不代表他不欣賞夏蘇的才華，只是趙九娘對楊家的幫助更大、更具吸引力。

「雖然說這話有些不厚道，還確實是個博取趙家長輩好感的機會，我瞧趙大太太擔心著呢，畢竟這種事有損姑娘家名聲。」楊夫人忽見一名男子進了堂中。

那男子一看就不是本地人，高大英武，肩比腰寬，江南男子的袍子一般都顯斯儒，穿在他身上卻十分颯爽，真是讓人眼前一亮。

楊汝可同樣瞧見了，卻想不到趙青河會出現在這兒。

趙大太太一見趙青河，心裡愣了又愣，語氣就十分驚奇，「青河，你怎麼也來了？」

趙青河先對楊汝可那邊抱了抱拳，也不同趙大太太解釋兩人為何認識，只道：「前些日子的竊案和命案的凶手逃進寺裡來了，我有個朋友在府衙當差，正巧讓我聽到這個消息。一想到大太太今日就在寒山寺，我放心不下，便過來接大太太。沒想到，那個歹人偏偏撞在我和朋友手裡，如今已經處置好了，大太太沒受驚吧？」

趙大太太聽丈夫稱讚過趙青河的本事，心中大定，「受驚是肯定的，但我更擔心九娘還有蘇娘。你可曾見了她們？」

趙青河點頭，「我來此正為告訴大太太這事。您不用太擔心，九姑娘雖是暈了過去，只有些擦傷，並無大礙，如今歇在一處禪房。官府已許人走動，您這就可以過去瞧她。至於蘇娘，她的傷勢要重些，讓凶徒的兵器劃傷左臂，血流過多。不過，她能拚力護著九姑娘，沒有忘報大老爺的收留之恩，也算懂事。我得趕緊帶她下山看大夫，跟您先告退了。」

趙大太太驚得不知說什麼好，「這……這……」這了半天，才道：「你只管去，給蘇娘療傷要緊，待回府再與老爺和我細說。」

趙青河應是，「那邊的楊老爺也是我認識的人，我和他打聲招呼就走。我已安排僧人在門口等著領路，大太太不必擔心該怎麼走。」

趙大太太暗道趙青河周到，連忙差婆子會帳，帶趙府兒女看九娘去了。

趙青河本只想和楊汝可打聲招呼，誰知楊汝可一家子出來的，不得不應酬一下，向楊夫人和楊汝可的兩位小千金行了禮。

還好楊汝可也要走，沒耽誤他太多工夫，等他與楊家一起走到寒山寺的山門之外，就看見扶著夏蘇的大驢他們已在馬車前了。

楊汝可一路上聽趙青河說了事情的梗概，這會兒看夏蘇讓僕人扶上車轅，面無血色，身上套著男子袍，更顯得羸弱不堪，可以想見當時凶險，但那位姑娘居然還笑得出來，哪怕只是微笑，卻雲淡風輕，毫無羸弱之感。

他經商多年，也見過不少厲害女子，可都是一眼看著就強勢的，像她這般細巧模樣，柔和語聲，竟也有不輸那些女子的堅強。夏蘇令他開眼，還敬佩，心裡對姪媳婦的人選忽然有了遲疑，為此，覺得自己無論如何要去問候一聲，再作判斷。

楊夫人與丈夫很有默契，一起去。

夏蘇一直沒暈，並非體質特別，也並非失血不多，而是成長環境迫使她保持高度清醒，不輕易放鬆自己的意識。

楊氏夫婦走過來的時候，她其實已很想睡覺，卻還能下車施禮，有問必答。以致於楊汝可想，或許她沒有受那麼重的傷，只是趙青河這個兄長關心妹妹，所以不由就說到畫的事情上去了。

趙青河在一旁，原先全然不在意，以為就是說兩三句的事，但從夏蘇下車作禮數周全，再說起第二筆訂單，他就聽不下去了，慢慢走近夏蘇左側，似很不小心，撞到那條受傷的胳膊。

夏蘇倒抽一口冷氣，眼前忽然天旋地轉，一時站立不穩，就讓趙青河緊緊扶住。順勢，趙青河向楊氏夫婦告辭，約了改日拜訪，將夏蘇送進車裡，自己也入了車。

楊汝可看著馬車馳下山去，「夫人以為這位夏姑娘如何？」不待他夫人答，他自答：「性情柔和，內裡堅強，才遇凶險就能如此從容，是主母之佳選。琮煜個性衝動，心高氣傲，我最擔心他做事急躁，若有這般外柔內剛的姑娘從旁相助，應能揚長避短，興旺家業。」

楊夫人其實已猜到一些，但她是女人，比楊汝可看多一處，「我才同夏姑娘說了幾句話？不論出身，人還不錯。但趙大太太顯然看得上琮煜，你打算讓我怎麼回絕？為了她家遠親姑娘，不要她養大的女兒？再說，近水樓臺先得月，咱們這會兒知道夏姑娘好，卻也已經太遲。你呀，別瞎想了，能和趙府當親家，滿足吧。」

楊汝可自然知道夫人話中「近水樓臺先得月」的意思，驚道：「他們可是兄妹，且兩人十分知禮。」

「又非親兄妹，我看兩人就很相配。而且，我看這個趙青河，竟比趙家幾位公子的相貌還強勝些，一看就是能幹可靠之人，要是女兒們再大兩年，我真想找他當女婿。」可惜女兒太小，楊夫人只能乾看著，「等過了年回來再看，若是我看錯了這對兄妹的緣分，那就說給琮斐。三弟妹老說我偏心二房，琮斐和琮煜只差一歲，琮煜卻跟著你兩年了。」

楊汝可歎道：「我越想，越覺得妳說得對，這兩個輪不到咱們楊家，等不著。」

夫妻同時笑了笑，說過就罷，回去照原來的盤算為楊琮煜向趙府求親。

但經過寒山寺一行，楊汝可更加欣賞趙青河和夏蘇，與他們一直保持著交情，甚至合夥搭起生意，這些就是後話了。

過了幾日，蘇州城裡都津津樂道一件事：殺人凶徒逃入寒山寺，姐妹香客無懼挾持，奮勇鬥惡，歹人最後讓趙府三郎與董師爺聯手懲治，姐妹花也獲救了。

莫名地，趙青河被傳成趙三郎，以趙三公子之稱，突然就和趙四公子齊名了。

「我今早跟少爺到大老爺那兒去，齊管事笑哈哈喊聲三公子，嚇得我差點坐地上去，還以為寒磣少爺呢。誰知，蘇州城裡傳寒山寺那事，把少爺的名兒去了，只說三郎，所以大家就當成趙府有個三公子。」

這晚，夏蘇吃第一頓飯，大驢吃第三頓飯，趙青河帶著喬連、喬生出門了，所以也不用分桌，大夥兒坐在一起，邊說邊聊，好不熱鬧。

泰嬸也道：「我去長房領銀子，帳房先生也拿此事來說，卻肯定不是齊管事的說笑，大有咱們自己往臉上貼金，好牢牢巴著大老爺的意思，我不愛聽。」

同樣一件事，不同人，不同詮釋，不同理解。

就像夏蘇胳膊上的傷足足縫了十針，泰嬸和喬大媳婦痛惜會落疤，泰伯和大驢他們覺得她不該為誰強出頭，而她自己認為胳膊沒掉就是福。

「又去大老爺那兒做什麼？」夏蘇好奇這個。

「不是又去，而是出事後拖到今日才去，咱們少爺如今面子大得很，大老爺請一回少說拖延三日。」連帶他這個僕人也特別有面子。

喬大媳婦道：「也不是有心拖延，官府傳喚，少爺總不能不去，且早出晚歸的。」

命案加竊案，隨著馮爺之死，和他數名手下的畏罪自盡，馮爺一夥人作案的罪證確鑿，但無證據能說明常州的案子和這些案子有關，就只能到此為止，知府決定述文結案，趙青河作為重要證人，仍需走個過場。而馮爺腦門上的銀鉤，由董霖作證，絕對是咎由自取。

這件案子了結之時，胖捕頭收受賄賂的事也被查證，進而翻出大量不能見光的過往，多到知府都不能幫忙兜住，暫時關押，呈報了吏部，其實也是暗示胖捕頭的後臺，讓後臺操心去。捕頭之位從缺，董霖就說趙青河有責任暫時頂替，有點什麼事就把人叫去，造成這幾日他早出晚歸的狀況。

「聽說九姑娘的親事定了。」待男子們吃完離桌，就是女人們的八卦時候，而泰嬸每日進府給趙九娘把脈，消息可靠。

「楊家。」夏蘇愛參與。

「沒錯。」泰嬸一臉疑問，「妳怎麼知道？」

「那日寒山寺裡遇到楊家的人，聽大太太和九姑娘說話，我才知道是兩家相看。」夏蘇簡單說。

「老太太卻不大高興。」泰嬸搖頭，「那戶雖是徽州大商，但趙府是何等人家，怎看得起商戶。不過，不大高興卻還是沒轍，誰叫趙府缺真金白銀呢。」

喬大媳婦嘆道：「從前不知道，看高門大戶好不神氣，如今才知維持起來實在不易，名門的千金也只能為著銀子下嫁。」

夏蘇並不同意，「楊大老爺和夫人是沒得挑的，而楊公子人品不錯，聽說他還是四公子的同學，也要參加大考。」少爺脾氣一般有錢人家都有，不算大毛病，「大太太也做全了，怕九姑娘不願意，就帶她親眼相看，她自己點了頭，大太太才答應這門親事。哪像有些人家，嫁女兒是賣女兒，嫁豬嫁狗不由自己。」

喬大媳婦一想，道聲也是。

泰嬸道：「大太太確實算得上不錯了，妳瞧二太太，她房裡的庶出姑娘可沒那麼好命，平時看著挺光鮮，卻都是在別人面前，背後不知吞了多少淚。好在老太爺和老夫人還明理，各房雖能各打自己的算盤，卻仍得顧忌著，不敢出格。」

趙府有明也有暗。

喬大媳婦說：「聽老嬸您這麼說，我希望趙府兩位老人家長命百歲，能保咱們少爺和姑娘安穩度日。」

「恐怕要讓你們失望，我可不想一直寄人籬下。」趙青河跨進了屋，脫去襖袍打個顫，「這屋真暖。你們個個偏心，憑什麼蘇娘能和你們一道吃飯，我就不能？從這頓開始，我也和你們一桌，除非你們把蘇娘趕到飯廳去。老嬸，我餓。」

泰嬸忙不迭給他盛飯去。

喬大媳婦仍要站起來，卻被夏蘇拉住。

「他說到做到的，妳一離桌，明日起，我就得一個人吃飯吃到心寒了。」夏蘇推給喬大媳婦一碗熱湯，「喝完才能走。」

喬大媳婦訥訥照做。

「手利索些了？」長方的桌板，趙青河坐遠了那頭，刻意給人自在。

「好了。」不動就不會太疼。

「早呢。一個月不能碰水，三個月不用力，就算萬分小心，傷疤也不會消失，要跟妳一輩子。」泰嬸端了飯碗出來，提起這個就傷心，「不是我不善良，妳和九姑娘同遇凶殘歹人，就算只顧自己逃命，誰能說妳一句不是。」

「還好沒傷在臉上。」夏蘇白一眼造謠的人，但那人完全沒自覺，大聲扒飯。

「阿彌陀佛。」泰嬸感謝佛祖保佑。

喬大媳婦這時無比俐落喝完了湯，問泰嬸縫製冬衣的問題，兩人就這麼順勢離開桌子、離開屋子。

「知道我為什麼不願意跟你一桌吃飯了麼？」這個家的人，只要一見她和他，就會自動清場，變成同時同地僅有的兩個人，什麼男女七歲不同席、什麼孤男寡女不獨處，家門一關兄妹友好，不講究這些虛禮。

「妹妹學學孔融，不求頓頓讓梨，難得給一個，哥哥就感激涕零了。」他從前不喜歡和人說話，但現在挺享受和她鬥嘴的樂趣，或許是死過一次之後，不想再對珍惜的心情輕易丟棄。

梁上君子，同道中人，孔融讓梨，沒有一回他能好好說全成語，夏蘇撇撇嘴，「你可知為何人們只頌小讓大？因為大讓小是天經地義，你先學學這個道理。」

她沒讓他，他難道讓她了麼？她開始的買賣，他一上來就說了算，周叔、梓叔他都見過，但他在外面做什麼，她卻基本上不清楚，除非他讓她知道。她懶得計較，是自知之明，也是明哲保身，因她還得防著自己的過去，儘量少在人前露臉。

「我知道了，妹妹今日心火為何而來。」趙青河捧著碗，突然走到夏蘇左側坐下，與她擠在一張長凳上，不但不讓她換位子，還十分自然地捲起她的衣袖，見新換的白棉布上沒再映紅，才繼續說道：「怪我把妳說成趙九娘的恩人，為她受了重傷。」

面對他的坦然動作，夏蘇想臉紅也不能，輕哼，「我沒有見死不救，卻也不打算為她捨命，我受傷皆因你胡喊一通，雖說不能怪你，卻實在是被你連累。我不懂你有何居心，或者還是好心，可我不覺得有說大話的必要。趙九娘昨日過來探望我，眼淚簌簌，說多虧了我，不然她就沒命了，卻不知我受之有愧。」

「妹妹可以對她說實情。」仔細放下夏蘇的衣袖，趙青河挾菜配飯，臨送到自己嘴裡時，想起來問：「妹妹吃好了嗎，要不要兄長餵妳？」

夏蘇右手捉起一根筷子，「你可以試試，如果不怕眼珠子被戳瞎。」他餵她？瘋了！

趙青河的眼神居然有些遺憾，「不然妹妹要我怎麼對趙大老爺說呢？說不好意思，我妹妹把九姑娘迷暈了，害她因此被凶徒拿來當要脅，臉上和脖子上才會被凶器劃傷，差點腦袋和身體分了家？」

夏蘇驚圓了眼，他怎麼能知道？

「要不是我讓葛大夫幫忙瞞下，妳打算如何圓場？別說趙家，恐怕官府都會懷疑妳是否和馮保那群人串謀。」他當時就嗅到藥味，事後留了心眼。

「……我那時以為是別人，不想九姑娘聽到而已。」等她知道來者何人，為時已晚，也因此她才不能說走就走。儘管那時的趙九娘，暈或不暈都一樣，已經走不了路。

果然關係到她的祕密啊，趙青河已料到，趁機道：「罷了，妳我各讓一步，我不多問，妳也別惱了。楊老爺過幾日要回杭州宅邸，請我明日吃酒，若是再下訂，我卻不接，先同妳說一聲。」

「你接我都不畫，楊大少爺那樣瞧不起人，還是請他們另找高明得好。」她自覺再窮也得挑挑買家，就算沒有趙青河的那段艱辛日子，她都沒有見錢就眼開。

「那位少爺脾氣不小。」趙青河笑得似乎不以為然，卻道：「如今趙、楊兩家要結親，咱們是能擺擺架子，明日我給楊老爺個暗示，想要咱們的畫，楊少爺得賠個不是，好吃好喝請妳一頓。不過，那也得等年後了。」

「你不是還要再接一單麼？可找著了？」不接楊家，接別人的，夏蘇問他。

「不找了。沒聽老嬸說妳的手三個月不能使力？反正趙府願意養著咱們。」趙青河十分理所當然的口氣。

「剛才誰說不想一直寄人籬下？」這麼快又甘願寄人籬下了？

「那是自然，又不是咱們自己的家，總要搬出去，不過今年肯定不成，等明年再看。」趙青河有計劃、有目標，卻明白要腳踏實地一步步來。

「少爺！」大驢急吼吼跑進來，一見兩人坐得那麼親近，眼睛亮了亮，笑得古古怪怪，竟忘記往下說什麼事了。

第二十三片 往事如今

夏蘇最瞧不得這樣，「大驢，你來洗碗？」

大驢立刻打起十二萬分精神，「不是，咱們鄰居出事啦，彭氏哭得稀里嘩啦，請老嬸過去一趟，還求咱們千萬別說出去。」

趙青河的聲音意外地無情，「誰尋死了嗎？」

「彭氏只說那位這幾日一粒米未進，中午躺下去，到這會兒都沒起來，才發現不省人事了，沒說自尋短見。」大驢答。

「莫名其妙。」趙青河繼續扒飯，吃了半碗才道：「你也是，別人家的事有必要著急來報嗎？我飯還沒吃完，而橫豎老嬸一定會過去。」

大驢頓了頓，訕笑抓頭，「彭氏還請蘇娘過去一趟，說她和岑姑娘年齡相當，能陪著說個話解個悶。」

趙青河忍不住爆粗口：「放屁，她家姪女嬌貴要人陪，我家妹妹就是陪人解悶的？讓她哪兒來滾哪兒去，還當我是給她家拉車的騾子，隨叫隨到？」

大驢扭頭就跑了。

夏蘇雖然也沒打算過去，不過趙青河的回絕太粗暴了些，「好歹是曾經喜歡過的姑娘，可以和緩拒絕。」騾子？心裡暗笑。

「別說我一點不記得怎麼喜歡過了，就這些日子我記得的，也不覺得那會是記我好處的人家。既然如此，連假客氣都是浪費，最好直接表明不想打交道的態度，免得今後再有什麼誤會。」他必須表明徹底劃清界線的決心，就算這樣，也不能立即把那段糊塗往事從別人的記憶中抹乾淨，時而還受董霖他們譏諷。

「蘇娘。」趙青河忽然以很認真的語氣喊她。

夏蘇正要離桌，垂眼瞧去，難猜他眼中深測，「怎麼？」

「哪怕別人不信我，妳總要信我，我對那位姑娘真是半點意思也沒有。」他就覺得很冤。

夏蘇挑起眉來，看他一副蒙受不白之冤的模樣，往日那些因他迷戀而遭受的困頓記憶就化成了霧氣，遇陽光而蒸騰，全然清晰，「不需誰信或不信，等你將來娶妻，新娘子不是岑姑娘，自然就知你的心意。非要說清楚告明白，就是越描越黑，心裡有鬼。」

趙青河直直望入那雙像寶石一樣深嵌在星夜的眼睛。

和岑雪敏截然相反，夏蘇是個非常不喜歡利用自己美貌的姑娘，所以人們會先瞭解她的性情，好似很鈍慢、好似膽子小，卻往往做得出大膽包天的舉動，還有與眾不同的天賦，即便沉入「蘇州片」之名，仍難掩光華。

這樣的姑娘，當然會令人漸漸心折，而隨著這份心折，還產生一種非常自私的癮念。他看得出吳其晗因此癮而不自覺抵抗，但等這個男人想明白，勢必不會怯懦，那時他的癮念又當如何解呢？

「我娘臨終前，讓我倆跪在床前發了誓，妳是否還記得？」此時此刻，心癮發作。

夏蘇一怔，咬住唇角，臉上紅潮起了又退，僵著神情，「我自然記得，不過你卻記不得了。」抬步要走，卻被他突然擋在面前的高大身形幾乎驚跳，更讓他撐住桌面的長臂封去左右的路，她頓時又惱紅了臉，全身有點燒，「趙……趙青河，你……你滾遠點。」

她俏麗惱火的模樣，他已看出心得，那是越近越可愛，一點凶勢也沒有。趙青河微微前傾身，耍賴的本事無敵，「我有話說，說完就滾。」

夏蘇拚命後傾身體，左右已無空間讓她閃避。趙青河撐在她身側的雙臂收狹了，逼她的雙手只能撐著腰後的桌沿，而兩人之間梗著長凳，他甚至將凳子頂近了桌沿，令她的腿絕無可能像上回那樣靈活。身體那麼貼近，柔和剛的氣息相混，一張紅成柿子的美玉顏，一雙只閃一顆星的漆夜眸，但心跳同速同促。

「泰伯說，妳答應過我娘，若我願娶，妳就願嫁，否則就一直以兄妹相稱，可以彼此照應。」這個家裡人人心照不宣的認知，而他竟是剛剛才知道。

夏蘇深吸氣，忽略這般親密帶來的心裡彆扭，但奇異的是，她能分辨得清楚，這並非從前那種力量懸殊的挫敗恐懼感。

他的動作霸道，卻無惡意；他的氣魄強大，卻不具殺傷。

「可惜泰伯只聽到一半，而你卻什麼都不知道了。」所以，她仍能力爭。

「我若想得起來，當如何？」他看似好整以暇，卻讓心臟狠狠砸著胸膛，有什麼要呼之欲出，卻以為本能，直覺該抓住這個姑娘。兄妹鎖不了一世，婚約卻可以，原本對婚姻無任何期待，但如果是她，他覺得至少會愉快些。

一根蔥白纖指點在他心口，一聲輕笑。

他的眼從她未染色的指甲尖往上瞄去，直至她微翹的嘴角，還有退到耳垂的那點霞紅。他也笑，猜她篤定著某件事，以致於他的話又讓她覺得蠢極。

「想起來以後，當然就看你怎麼打算了。」就在手指推開他一寸時，夏蘇右手往桌上一拍，雙腳騰離地面，從凳子和桌子之間折起來，單手撐起全身的重量，如一朵漂亮的花球，輕巧從趙青河的懷裡翻了出去，無聲落在桌對面。

「妹妹莫頑皮，別忘了身上還有傷。」趙青河並非沒阻止，只是她的動作比他的還快而已，雖不是頭一回瞧她施展，還會驚豔。

夏蘇沒有用到左手，她懂得自己照顧自己，如同她能自己作主婚事一樣，「趙青河，既然你知道了，我也不妨把話挑明。當初我與乾娘說定，你若求親，我便嫁你，但以三年為限，如今快過兩年。還有，你別以為求親就是口頭上說說，找個媒婆來就行了。約婚，自然要交換信物，乾娘給我的東西我保存得很好，只不知我給你的信物你還找不找得到？」

果然不是裝想起來就行的，竟還有信物！趙青河問道：「我娘以何為信物？」

「這你不用管。」夏蘇知趙青河的本事，嘴角勾一抹嘲意，「你拿出你的，我就兌諾，絕不反悔。不過，我還得提醒你，你腦袋沒開竅那會兒，把乾娘整個首飾盒都掏空，換錢買新頭面送了……」往門口走去，慢慢伸手向前一點，笑難抑。

趙青河沒跟上，坐回飯桌，開始吃剩下的半碗飯。飯早涼了，他也不在意，大口嚼嚥，神情中無半點擔心焦慮。那姑娘怎鬥得過他？東西若不在家裡，他一提起婚事她就變了臉？東西若不在家裡，她需要聲東擊西，誤導他以為他送了人？他想不起來，不要緊，因為他恰恰很會找物證。

「妹妹。」還有一件事要說說清楚。

夏蘇停在門外，回頭等他說下去。

「婚約還有一年期，如果有誰來求娶妳，哥哥只好讓他們過完明年再來了，妹妹別怨我耽誤妳。」如此，讓他有時間觀察一下自己。

夏蘇好笑，「隨你。」

她要是還圖嫁人，根本不會答應乾娘的三年之約。

三年，女子最美好的尋找良人的時光，她不在乎放棄。

「今晚出門嗎？」趙青河的對話轉而平常。

「不，我還是有點惦記楊老爺的四百兩，想看看是否有手感手氣，如果順利，沒準還是賺得到的。」她養傷數日，不曾碰過畫筆，右手很癢。

「那麼，哥哥明晚就得拿到楊大少爺的致歉信才行。」碗空了，進廚房盛第二碗，再出來，夏蘇已不在門外，趙青河坐下，接著吃飯，這回卻一點菜都沒搭，單吃白飯。

女人改主意，如貓出走，男人只需為她們找好理由，留一扇永不上鎖的窗門。

只是岑雪敏病倒的事，並未如彭氏所願，幾乎立刻傳到了趙大太太的耳中。

住的地方再大再好，也是寄人籬下，作為主家，這等雞飛狗跳的事當然不會不知情。趙大太太當即去找了丈夫。

趙大老爺和趙大太太一直分住兩個院子，趙府已無人見怪。雖不能問取功名，但趙大老爺喜歡研究學問，十分愛清靜，如今很少在妻妾房裡過夜。但這並不影響夫妻感情，他與大太太相敬如賓，任何事都有商有量。比起鬧哄哄的五個弟弟家裡，長房以這種平靜和諧的姿態，獲得了趙老太爺和老太太的重視及信任。其他五房不管心裡怎麼不滿，也必須服氣。

「雪敏幾日滴水不進，睡得不省人事，彭氏請了青河家的老嬸，硬灌下了藥汁，總算緩過一口氣來。」大太太嘆問：「老爺，這麼下去，萬一彭氏說出娃娃親的事來，如何是好？」

趙大老爺本來正為翰林院的大辭典作校對，聽到這事就煩，怕影響精準，乾脆合了書，語氣有些不耐，「讓她說。彭氏要是能讓老太爺鬆口同意親事，我倒省心了。」

娃娃親是他一時興起許下的，他有責任，但老太爺不肯點頭，他也無奈遺憾。他與夫人寫信向岑家夫婦告罪，又請夫人婉轉對岑雪敏勸說，後來聽聞那孩子心結難散，他和夫人又親自去探望，甚至作出了長輩給小輩道歉的低頭勢，誰知那位姑娘還要鬧騰。

「老太爺已經鐵了心要給四郎娶京中名門，除非四郎落榜，否則誰也不能讓他鬆口。」

趙大太太知道丈夫說的是氣話，「我知老爺為何不高興。您覺著咱們盡力了，但雪敏不覺著，岑家也不會覺著。她自小當自己是趙家長孫媳長大的，辛苦學習那麼多東西，就為了將來嫁過來不給咱們丟人。如今咱們說句對不住，誠意再足，能彌補她這些年麼？情緒強烈才說明這姑娘的心眼多實在，其實挺可貴的，可惜四郎沒這福氣。」

趙大老爺嘆口氣，「只是她再鬧也無用，平白弄壞她自己的名聲。老二家的六郎不好嗎？不是長孫媳，還不用擔那麼大的責任。瞧瞧妳就知道，長媳多辛勞。為了子朔那點事，母親還當著四個弟媳的面把妳訓斥了一頓。因為是長媳，一點小錯都要立標。」

趙大太太溫婉笑了笑，「她還年輕嘛，又是認準了就不改心思的脾氣。」

「那我們該拿這姑娘怎麼辦呢？四郎肯定不行，六郎她又不要。」趙大老爺自覺無從可想，「總不能不管，任她當了老姑娘。」

「老爺，容我造次一回。」趙大太太的臉上突然出現不安的神色，「我知你不喜歡我提宛秀姐姐的事。」

趙大老爺的眉頭立刻皺得死緊，板起了臉，卻是沉痛，「知道還提，想來妳有理由。」

趙大太太心裡縮一縮，真怕自己的提議適得其反，毀了好不容易才建起來的這份互相尊重的夫妻感情，但最終還是有些自信的，「老爺先別惱，我只覺得這或許是個補償宛姐姐的好機會，讓她能重上族譜，被老太爺承認。」

趙大老爺一聽，神情有些激動，「怎麼說？」

趙大太太眼裡刹那黯了黯，任憑她這些年做得再好，在她丈夫心裡，仍比不得常宛秀一個名字的重量。

她未出嫁前，看父親三妻四妾，看母親與姨娘們各自作法，只為多得父親的一分掛心，再看兄長們個個美妻玉妾，坐享齊人之福，因此對未來的夫君亦無盼望，只想生得兒子穩坐正室大妻之位就好。

誰知，她的夫君與別的男子不同，他心中有一個愛得極深的女子，幾十年都不曾淡去。從他和她成親那日起，他就說得很清楚，他與她同房，只為後代，以此向父母盡孝。而他本不肯納她的丫鬟，是她在酒裡下了藥，才犯下糊塗事。為此，他與她冷戰長達兩年。

她並不嫉恨丈夫的心上人，只是羨慕那樣的感情，而她一輩子都得不到。她以為她總有一日會與那位女子見面，因為她丈夫那麼執著地等待，甚至有著隨時拋家棄子的決心，她相信那個女子會感動的。

她將所有的心思放在孝敬老人和內宅的操持上，也隨時準備著丈夫離家之後，她的主母地位不倒。然而，等來的，只是那女子的死別。她由羨慕轉而欽佩，怎樣的女子，活得那麼堅持，說今生不見就真不見。

但那女子還是深愛趙峰的吧？所以送來絕望的同時，還送來了希望。

在以為那份希望絕滅的時候，趙峰倒了下去，那時她在他身上看到了堅決的死願。

趙峰說，他也要為宛秀堅持一回，他這一生負她，最後連她和他的孩子都守護不了，只有以死相陪，至少在黃泉下還能一家團聚，哪怕短暫。

如今，希望回來了，趙峰的心病也好了，彷彿那個希望才是他的命源。

想到這兒，趙大太太再輕柔地笑了笑，對丈夫說出她的打算，然後看丈夫滿臉的贊同和喜色，她就知道自己做對了。

她沒有和常宛秀爭丈夫的心思，因她很清楚，比起愛丈夫，她更愛自己的孩子，比起妻子，她更願意擔當母親。但沒有人，沒有任何人，能傷害她的孩子，一樁娃娃親更不能毀了她最大的希望。她的子朔，是她的榮光。

這麼做，對大家都好，沒有一方有損，而她絕無惡意。

過了幾日，趙府出了一件大事。趙大老爺讓老太爺罰跪在院子裡，整整一晚。離臘月一個月的天氣，還是初冬落小雪，跪一夜可不得了。老太太哭腫了眼求情，五位老爺一齊陪跪，六個兒媳婦急得亂轉，趙家男孫們紛紛磕見祖父，也求寬容，老太爺竟然毫不心軟。

到底什麼事，老太爺和大老爺卻都咬緊了牙，就不開口。

好不容易熬過一夜，大老爺在床上躺了半個月才能走路，誰知還沒太平，又到老太爺那兒去說話，再被罰跪府裡祠堂，把老太太驚得暈厥，眾人簡直丈二摸不著頭腦，忐忑胡猜的心情中難免拿僕人們撒氣，今日打誰一頓家法板子，明日趕了沒規矩的誰出府，全府雞飛狗跳，人人自危。

這麼鬧了四回，到臘月中旬，父子之戰方歇，大老爺終於直著腰板從老潭院裡走出來，面帶笑容。

府裡消停下來，但眾親戚仍被禁入府走動，正眾說紛紜，猜測著事情的起由，各家就收到趙府年夜飯的請帖。人們才驚覺，該準備年禮了。

「送什麼好呢？」泰嬸表示頭疼，看看絲毫沒有一點關心神情的趙青河，轉而問夏蘇。

這時夕陽西下，兩人正在等天黑，好出門。

「不去就不用送了。」夏蘇回答。

趙青河起勁了，「說得對。前些日子老太爺和大老爺鬧得那麼僵，以為今年不辦年宴了，這會兒才送帖子，哪來得及備禮？送得不好，還讓人說白吃一頓，不如不去。」

「人多過年才熱鬧哪，而且僕從也招待，酒菜不差。」大驢貪吃。

趙青河不以為然，「何必吃別人家的？咱們到外面整桌好酒好菜，比看人眼色挾菜好，也不分主僕，都是自家人。」

「不好。」泰嬸一錘子砸下，不允許反對，「大老爺、大太太對咱們恩重如山，尤其這年還請了蘇娘，你該帶她在長輩們面前露露臉，讓府裡都認一認，蘇娘是咱們家的姑娘，不能再當成丫鬟那般隨便對待。咱們自家吃飯，年初一也行的。好了，年禮我看著辦，不用你倆操心了。」

「隨便弄弄就好。」趙青河扯起夏蘇的袖子。

「老嬸，我會幫著想想，妳別心煩。」夏蘇被拉著走了。

喬大媳婦一旁笑著，「蘇娘真是貼心的姑娘。」

泰嬸也笑，「就是有人眼神不好使。」

趙青河卻對夏蘇道：「兜財的手說什麼漏銀子的話，借住趙府的親戚裡，還有誰比咱們更窮，有送年禮的銀子，不如自家出去吃一頓。」

擱在年初，這絕不是敗家子會說的話，夏蘇覺著自己反而有點大手大腳起來了，「大老爺、大太太對咱們確實不錯，如今手上也有些閒錢，打點一份年禮也應該。去年家裡真窮的時候，你送大老爺一個唐代鼻煙壺，彩繪的山水，一百兩出去，眼睛不眨。」

「說好不提我從前的事。」趙青河趕起車。

「我可沒答應過。過去的事，不會因為你想不起來就可以當作沒發生過，說者無心，聽者也無意，不就好了？」兩個月來，趙青河沒再說婚約之事，夏蘇也能以平常心面對他，「你說大老爺到底為何惹得老太爺那般動怒？」

「誰知道。」趙青河的語氣突然飄忽，有些冷然，但很快笑起來，「說不定是為了招我當女婿的事。」

夏蘇知道他在搶白她早先的猜測，淡淡撇嘴，「誰叫楊琮煜出身富裕呢？趙九娘與他定親，就是趙家和楊家的結盟，趙老太爺不喜歡經商，但趙大老爺卻要考慮趙家的今後，看中的正是楊家會做生意。不過，還有十一娘。」

「說話奶聲奶氣的丫頭片子，給我當女兒還差不多。」趙青河喝罵。

「若不是為了招婿，又是為什麼對你好？難道真的純粹當你親姪子來看待？」夏蘇卻不信無來由的好處。

「看我年富力強，能幫忙為趙府賣命，不行嗎？」趙青河回頭瞥夏蘇一眼，「就算他們有目的，也是衝著我，妳瞎操什麼心？」

「你我一條船，你沉我也沉，當然要操心。」夏蘇自覺遲鈍，但趙峰夫婦的善待十分不尋常，「昨日，大太太送來的幾匹料子你沒看見，是京師王爺送來的貢料，給你我做衣裳。你收得起，我卻怕還不起。」

「夏蘇。」夜街燈明，趙青河的側面輪廓分明，俊冷無比，「咱過完年就搬家吧。」

「呃？」夏蘇愣住，半晌才道：「……怎麼突然……」

「也不突然。楊琮煜道了歉，多賺四百兩。前些日子我到處走動，妳的小畫引得不少人問，其中有兩位富商再約我談訂單，我估摸至少是二中一，過完年後妳就有得忙了。還有，仍是楊汝可，他看好妳我的本事，有意與我合作做書畫買賣，這麼一來就不單單是賣片子，將來還有作書和版畫的可能。雖不似妳的一幅畫那麼一本萬利，但有穩定收入。」

不突然，他只希望能趕在某個真相出來之前，帶她搬出去，過簡單的、晝伏夜出的、無拘無束的生活。

第二十四片

徹言徹寒

京師。

一座美輪美奐的花廳，一老一少坐著，正賞著一幅畫。畫上松竹梅，相映成輝。

「傲香清骨，真讓人想狠狠折斷啊，是不是，言小子？」老者面上無鬚，聲音有些女腔，身著雲綢海錦，獺皮鑲襟寶石釦，頭戴員外帽，象牙箍了白玉，隱隱耀藍光，十指有三指戴著貓眼兒的戒飾，一身裝束千金難算。

「伯父若有想折的東西，只需吩咐。」年輕人的裝束要素雅得多，但腰帶上僅有的那枚玉佩潤白晶瑩，鑲玉的鏤金絲竟有人物、有閣樓，微畫之巧天下罕見。他長相也好，青眉靜目，五官儒雅，只是唇薄抿冷，偶有陰鷙之色流露，顯得十分寡情。

老的叫劉錫，是宮中大總管，皇帝最器重的宦官之一。年輕人叫劉徹言，劉錫堂弟之子，被劉錫看中帶進京師，認大官商劉瑋為義父，如今已是家主。

雖然同姓劉，劉瑋與劉錫並非親族，但劉瑋發跡多靠劉錫，家中又無嫡子，劉錫要他認劉徹言為義子，他怎敢說不，還得當作天大的恩惠。不過，因此坐穩了京師第一官商之位，為皇家專屬採買，撈天下的油水。

劉錫尖細笑了一聲，「我是讚趙子固之畫功，筆力深透，勾物精魂。你這孩子，怎麼把我想得那麼壞，以為我藉此又要整誰。」

皇帝衰弱多病，黨爭也隨之熾熱化，權臣與權宦正展開殊死較量，這時因年關將近，波濤暫平。無論如何，過個好年才有一年的好景，連皇帝的病情都有所緩解，各方也乘機喘口氣，積蓄一下力量。

劉徹言垂首，聲音卻不驚惶，「伯父考我呢。」

劉錫眼裡也有了笑意，「你倒說說，我考你什麼？」

「我在義父家住了十年，義父做生意並無技巧，橫豎只要有伯父在，金銀滾滾來，但他此生練就一雙好眼，鑑得天下寶物，伯父才欣賞他，送我到他膝下奉孝，也是想我學他的本事。如今他老眼昏花了，伯父考我學成沒有。」

「你很聰明，不枉我將你帶出來，費心為你鋪路。既然已經清楚，就別跟我繞彎子了，我出宮一趟並不容易。」劉錫很滿意他的選擇。

劉徹言起身近看〈歲寒三友〉，並不匆忙下結論，約莫一炷香才回座位，「伯父極愛趙子固的畫作，但恐怕要讓伯父失望，此為仿作。」

劉錫哈哈大笑，道聲好眼力，「看來這些年你沒有白待在劉家當孝子，此畫確為仿作，不過比趙子固之功力有過之而無不及，是幅值得收藏的佳作。你再猜猜，它從何處來？」

劉徹言抬眼，恰到好處的謙遜神情，「姪兒不知，但伯父不生氣嗎？竟有人敢以假充真騙伯父。」

「送畫之人早已言明是仿作，只是知我喜好收藏趙子固之作，以此作為年禮聊表心意。

蘇州片以假亂真的名氣天下響亮，早些年我也見過幾幅，只覺誇大其詞，明明是粗製濫造之物，騙些土財暴商罷了，想不到如今能成氣候，假的還能比真的出色。聽說靠造蘇州片發家的人出了一批，儼然有頭有臉。自古往今，各朝各代都嚴抓假造古物之人，怎麼到了我朝，反而揚名宇內，發家致富，還能令人嚮往？果真因為山高皇帝遠，江南別不同啊。」

劉徹言有些摸不準伯父話中的語氣，試探道：「伯父想小姪推把手嗎？讓朝廷重新立威，嚴查偽造商家。」

「不必不必，即便興師動眾，抓到的只是蝦米，大魚各有靠山，傷不及根本。再者，把偽造說成仿造，買賣自願，送禮體面，都狡猾得跟泥鰍一樣。我不過感嘆，江南出才子，這等筆力若有人欣賞，不說一代名家，也會小有名氣，在那裡卻只能是藉藉無名的小畫匠。」

劉錫又說了一會兒話，臨走時留下畫，「好好處理，這可是趙子固的真跡。」

劉徹言恭謹應了，一直送劉錫出府門，才問一句：「伯父，這畫是誰送您的？」

「吳尚書。他的二兒子經營些自家的生意，其中有家鋪子叫……」劉錫想了想，「墨古齋。在京師自然比不得劉家的恒寶堂，在江南卻是數一數二的書畫鋪子。」

「京師墨古齋的生意也興旺，恒寶堂全仗伯父看顧，才略勝一籌。」劉徹言不忘時刻提一提劉錫的功勞。

劉錫笑笑，上了轎子。說是出宮不易，陣仗卻委實不小，還有兩列侍衛護送。

劉徹言站立良久，直到劉錫的轎子轉過街角才回府中，對身旁的親信管事道：「封二百兩銀子給何公公送去。」

管事去了。

何公公是劉錫的親信，若非他事先通消息給劉徹言，劉徹言才看不出那畫是真還是假。他當然不笨，平時也不懶惰，只覺得沒必要學什麼鑑賞而已。

「大哥，你伯伯走了麼？」一個穿得像朵花的姑娘跳進劉徹言懷裡，嘟著紅唇。她叫劉茉兒，是劉瑋的小女兒。

劉徹言冷冷捏住她的下巴，用了力道，「怎麼，大白日的，就想同我耍了？」

劉茉兒臉不紅，眼拋媚，「大白日怎麼了？昨個兒大白日，你還去平姨娘那裡同她耍了一個時辰呢。她可以，我就不可以麼？」

花園裡有兩三個丫頭在清掃，劉茉兒的聲音毫不收斂，但沒有一個丫頭好奇或驚嚇，該做什麼做什麼。劉徹言看在眼裡，神情中的不屑更盛。這個府裡唯一乾淨的人，已經逃了。

他俯下頭，攫住劉茉兒故意塗紅豔又嘟豐了的唇，毫不憐惜地吻吮她，直到她整個人癱軟在他的臂彎中，嬌嗔嚶嚀變成了討饒呼疼，小手握拳對他又捶又打，他才放開了人，冷眼看著被他咬出血來的嘴角。

劉茉兒一摸去，見到鮮血，不慌卻火大，跺腳道：「哥哥心情不好，拿我撒什麼氣！」被這般懲罰，也成習慣了。

「並非心情不好，而是警告妳，下個月就要嫁人了，給我放明白點，別一嫁過去就跟不是夫君的男人耍，若那樣被打發回娘家，娘家可不收容。」劉府如同他的後宮，從劉瑋的續弦妾室到千金，從大丫頭到掃地丫頭，他高興就吃。

但要說到劉府的混亂，並非自他開始，而是上梁不正。劉瑋自身的花名，以及將妻妾女兒當成待客的工具，導致妻養漢，妾偷人，男僕女僕隨便爬主子的床，到他只是照樣接管。

劉茉兒吐個舌頭跑了。在這樣的家教中長大，她不知廉恥為何物，只圖一時痛快。此時不痛快，還能何時痛快？

劉家的五個女兒，三個已為人妾，嫁的不是重臣，就是巨賈。劉茉兒也一樣，定下的夫君為湖州鹽商，來劉府做客時看上她，半百的年紀可以當爺爺。但又如何？十幾年好吃好住供養著，又沒別的本事，只能靠美色和年輕的身體，還可以為娘家出份力，反過來，作出貢獻，當然也能拿娘家當靠山。

劉徹言回到花廳，盯著那幅〈歲寒三友〉看了好一會兒。他確實心情不好，伯父來這一趟，讓他不可遏制地想起逃離這個家的人來。

三年了，派了多少人出去，杳無音訊。

他曾覺得自己已經擁有了隻手遮天的力量，卻一而再，再而三，在同一個人身上感受到挫敗。他甚至都不知那人是怎麼逃出去的，從那間只有氣窗的地牢中，還要經過那些護院的眼皮底下，竟然能夠悄聲無息。

一幅勝過趙子固的〈歲寒三友〉？天下能有很多這樣的畫工嗎？沒有名氣，為了糊口、為了度日，在充斥著古畫的繁盛地方，施展長才也不用擔心被認出來。

他忽然心念一動，大叫來人，一個管事跑進來。

「讓江南一帶分堂的掌櫃們開高價收精品蘇州片，若有生客，立查底細，尤其是畫匠的底細。」他不能再怠惰。

管事心裡有數，「大公子覺得四小姐在江南嗎？若然如此，要不要多派點人暗訪，把握更大些。」

劉徹言點點頭，聽著管事跑出去的腳步聲，伸手撫過〈歲寒三友〉，神情陰鬱著，眼裡卻閃興奮的寒光，慢慢道出三個字：「劉蘇兒。」

廣和樓裡，夏蘇打了個冷顫，回頭看一眼窗，關得好好的。

「冷嗎？」本來正和董霖說話的趙青河，立刻偏頭來問。

「好像一絲冷風吹到脖子。」夏蘇說著，想這人腦門後面肯定還藏著一隻眼。

趙青河起身，把合得很好的窗子打開再關上，問她：「這回應該關實了，還冷嗎？」

讓五個人十隻眼睛好奇或好玩地盯著，夏蘇有點尷尬，「不……不冷了。」

這晚來同趙青河的三個好友聚會，除了董霖還未娶妻，孤家寡人來的，另兩家是成雙成對，千斤堂的葛紹和妻子江玉竹，還有程晟與妻子茂欣。

「真是不看不知道，一看下巴掉。啊，趙青河，你還是這麼關心妹妹的兄長啊？」程晟的性子和董霖一對，兩人一旦起哄搭腔，沒人說得過。

董霖立刻搭話：「我跟你們說的時候，你們都不信，怎麼樣，眼見為實了吧。」

葛紹是冷性子，但也有市井混棒之名，絕不是不生事的，「以兄長之名，打什麼鬼主意，路人皆知。」

趙青河氣笑，「滾你們的蛋，一個個都沒妹妹，眼紅就直說。」

夏蘇不想聽他們扯，江玉竹瞧出來，就左手挽著她，右手挽著茂欣，去樓道那頭看燈聽戲。江玉竹是常州人，茂欣是揚州人，都剛嫁到蘇州不久，而且她們與各自的丈夫都是互相看對了眼才自主擇嫁的，性格各不一般。

江玉竹出身書香門第，家道中落之後擔當大戶人家的女教席，養活一大家子弟弟妹妹，所以說話行事都像大姐一樣。

茂欣娘家富裕，沒吃過苦，但心地善良，性子活潑。兩人對夏蘇不約而同照顧周到，讓她頭一回嘗到有姐姐細心的滋味，十分溫暖。

三人說著瑣碎話，嗑著瓜子仁，有聽沒聽著戲，又拿混棒圈來笑，說如今只有董霖能繼續這個市井稱號，另外三個都算有家小的人了，應該稱他們「金盆洗手、退隱江湖」了。正笑得好不高興，桌前來了兩人，與夏蘇打招呼。

夏蘇一看，連忙站起身，輕巧福禮，「吳二爺回來了。」

興哥兒搶話，「回來了、回來了，剛才二爺才提到夏姑娘，讓小的送帖子請妳和青河少爺吃飯呢，這麼巧就碰上了，正好，不用小的多跑一趟。這些日子不見，夏姑娘好像瘦了一圈，西風一吹就飛得起來吧。」

吳其晗冷瞥能幹的手下一眼，示意他不要那麼囉嗦。

夏蘇笑了笑，依禮數，給吳其晗介紹了江玉竹和茂欣。能上廣和樓來吃飯的女子，多是開明的人家，男女直直見面也不拘謹，心中各自遵禮。

江玉竹幫夏蘇解釋，「蘇娘兩個月前遭遇凶險，受了挺重的傷，怎會不瘦。」

吳其晗吃驚，連忙細問。

蘇州城裡近來也無大事，除了馮保盜換古董書畫，還出了命案這一大樁，江玉竹不覺得需要隱瞞，一一如實告知。茂欣拽住夏蘇的袖子，笑盈盈看著吳其晗皺眉擔憂的神色，發現這兩人之間要比戲臺上更好看些。

「想不到竟然會出這樣的事，萬幸夏姑娘痊癒了。」吳其晗聽夏蘇說她的傷已好透，臉色稍霽，「我在城裡有家生藥鋪子，明日讓興哥兒給夏姑娘送些補藥，不知妳可有忌口的或不能服用的，叫興哥兒記下。」

「吳二爺不用客氣。」夏蘇不是亂拿免費好處的人，慢吞吞推卻。

吳其晗看似不強硬，聽到身後有人喊他，回頭讓那些人稍等，再對夏蘇道：「今日我也是來做客的，不能與夏姑娘多聊，明日再會。」

夏蘇客氣回是。

忽然，上來一人，拍住吳其晗肩膀，從他身後探頭來瞧，年歲不大，面色酒紅，似已喝得不少，「吳二哥讓哪家姑娘絆住了腳步？莫非是未來的嫂子？小弟特來見個禮。」

吳其晗俊面生厭，目光十分不悅，「崔岩，你胡說什麼？」他才輕喝完，卻見夏蘇渾身一顫，面露驚惶，迅速低了頭。

這姑娘行為謹慎到過度的地步，但她的膽子並不真小，應該不是被酒徒的胡言亂語驚嚇到。那麼，如此惶恐不安，卻是為何？

「咦？嫂子這麼害羞，小弟完全看不到模樣呢。」崔岩噴著酒氣，嘻嘻笑道：「吳二哥，讓嫂子去給兄弟們一人敬一杯，如何？」說罷，竟然伸手去拉夏蘇的衣袖。

夏蘇低頭低到脖子都快斷了，死死瞪著那隻伸在眼皮下的手，前有吳其晗，後有江玉竹和茂欣，她不想施展輕功逃開去，但又不想讓崔岩看到臉，剎那驚出一身冷汗，貼衣彷彿凍出一層薄冰，四肢發僵了。

突然一道影子遮去了刺眼眩暈的滿堂燈輝，也隔開差點要觸到她衣服的爪子，如一片屬於她的天空，她輕輕捉住影子的衣角，心中瞬間安定。

趙青河的聲音，沉著好聽，「二爺何時回來的？您這位兄弟好像喝多了，要不要我幫著扶一把？」

吳其晗淡笑，他的手這時已抓住了崔岩的手肘，不動聲色將人拉到後面，卻也因趙青河的高大身材，看不到夏蘇的模樣，擔心她受驚，又沒法問，只能道：「青河老弟，我和這人不大熟，要不是他喝多，倒是能給你介紹一下。他是京中崔氏，單名一個岩字，排行老九，到南方外公家過年，順便探視自家鋪子。說出來你一定知道，仙玉閣。」

仙玉閣與恒寶堂，是京師最大的兩家名店，經營金銀玉器和古董字畫，幾乎將北方最好的珍品收盡，就連墨古齋也只能揀這兩家吃剩的，打不開北面市場。

趙青河當然聽說過，抬眉喔了一聲，「可惜，只能看改日有沒有機會了。」語氣很冷漠，毫不在意。

吳其晗偏生欣賞趙青河這種有底線的，不逢貴就圓、不逢權折腰的有理有節，而且眼光好銳，大概已看出崔岩的酒色品性，「剛才同夏姑娘說了，明日請你們兄妹兩人賞光，上我的畫船吃飯。」

「一定到。」趙青河大方應了。

「夏姑娘，告辭。」吳其晗以為還能看夏蘇一眼，但等了好一會兒，只聽到她一聲再會，自始至終，嬌小的影子讓高大的影子遮得嚴嚴實實，再沒露出半分，讓他離開的腳步有些遲滯、有些無奈。

這夜吃罷飯，趙青河與董霖他們散了，回到家中，只覺夏蘇的沉默十分異常。

「妳不是膽子那麼小吧？被一個酒鬼嚇到沒了魂。」他卻不願任她像以往一樣沉默到底。他追查自己的過去，讓她參與了進來，她也應該讓他參與她的那部分，是不是？

「那個崔岩，妳認識？」

「……」夏蘇一顫，不禁抱住雙臂。

「妳現在不告訴我，等到妳最不願意的事情發生，我就幫不了妳。」他活回來已過一季了，她也同意一條船了，「幫不了妳，船因此沉了，我還得陪死。妳不覺得，人這一輩子當一回冤鬼就已經夠了嗎？請妳別讓我再冤死。」

夏蘇沒好氣，倒也不覺冷了，「崔岩，崔九，可不是好東西，被他害得家破人亡的商戶豈止一家，你千萬別和他打交道，有什麼好主意也不能跟他合作，因他一定會偷了你的主意，自己賺獨利，讓你賠本倒楣。我不算認識他，他鼎鼎大名而已，但他也許見過我，所以我一點也不想在他面前露臉。」

京師有一雙「岩」公子，都是了不起的年輕才俊，兩人雖然不見得有多相熟，萬一崔岩漏出一點在蘇州見到她的事，她就死定了。

「早猜想妹妹是京中大戶人家的姑娘，原來是崔家？」趙青河比夏蘇的膽子大得多，亂猜不負責。

「才不是。」夏蘇不知不覺任趙青河主導問話。

「崔劉二家是書畫大商，上回聽聞但凡他們說是假的畫絕對真不了。妹妹既不是崔家女，卻有驚人天賦，那就是劉家了？」

園子裡陡靜，西風從遠處傳來嘯聲，月落清輝，一地銀雪。

夏蘇站得筆直，冷冷抿著唇，面色與月色一般潔白，卻無輝光，她的眼眸裡彷彿淡流銀溪，她的神情中哀痛悲絕。她的殼裂了、碎了，讓這個叫趙青河的男子重擊毀去。

她本名劉蘇兒，劉家第四個女兒，唯一還清白的女兒，自地獄逃出，今夜看到崔岩，就聽到那個惡魔的腳步聲，快追來了。

她長吸，彷彿吸入的是月光，淡吐出銀氣，正想說出來——

趙青河卻笑，一聲聲，那麼可惡，卻那麼有力，將她以為裂碎的殼整個套了回來，「妳這姑娘真是夠傻的，妳叫夏蘇，當然姓夏，哪怕崔、劉兩家多需要像妳這樣的高超畫匠，只要妳不願意，也逼不了妳改姓。妹妹，記住了，就算嚴刑拷打，也絕不屈服，妳姓夏，登記在我家戶籍之上，和哥哥我坐一條船的，妳改姓，我當如何？難道也要跟著改姓成為崔青河，或劉青河嗎？」

夏蘇抿開嘴角，「還是趙青河不俗。」

「當然，我娘書香門第出身，總不會取催情、留情這種讓兒子沒臉出門的名字。」這姑娘本姓劉嗎？看來得驅使一下董霖和程晟了，這兩人混過京師。

夏蘇呵笑出聲，「其實乾娘給你取青河二字，大有江南河流的意境。北方的河多蒼茫，南方水暖山青，春綠連綿，但你在京師鄉郊出生，該取蒼河。」

趙青河立時鄙夷，「趙蒼河，鶴髮雞皮，白鬍飄飄，一聽就成老人家了。」

兩人你一言我一語，就趙青河的名字說得好不熱鬧，西風已過，晨風東來，再冷的冬天，也有溫暖的時刻。

第二天夜裡，夏蘇卻沒能和趙青河一同赴吳其晗的邀約，因她接到周叔之請，到他家吃早年夜飯。

周叔的妻子連氏起先還好，拿了夏蘇的紅包高高興興，後來老梓來，毫不留情地挖苦她一番，連氏就發脾氣罵回一頓，不知跑哪裡去了。

周叔仍是不管，不過少了嘮嘮叨叨總抱怨的連氏，夏蘇覺得這頓飯出乎意料地愉快。三個大人一個娃，兩男兩女，兩個長輩、兩個小輩，真是不多不少。

「崔九在城裡亂逛，妳別腦子犯蠢，還以為夜裡安全，隨處炫耀妳那點功夫。」老梓是知道夏蘇真實身分的第二人。

第二十五片

年夜有飯

老梓特地叮嚀夏蘇注意。

「昨日我就瞧見他了，不過他當時醉得厲害，我肯定他沒看清我的臉。」夏蘇老實說。

對於寒山寺老梓叔出手那件事，她至今沒有問過一句。

周旭將睡著的寶軸放回裡屋，出來也是一臉肅然，「別以為崔岩不認識妳，妳在劉府雖深居簡出，但妳年少時的仿畫就曾引起崔老太爺的好奇心，而崔家與劉家一直明爭暗鬥，早就注意到妳也說不準。崔岩離開蘇州之前，妳不要出門。」

「等那小子滾了，老子會通知妳。」倒不是老梓消息有多靈通，而是崔岩愛眠花宿柳，目前下榻在桃花樓。

夏蘇本還想趁著過年畫市興旺能開眼界，讓這兩位叔叔的關懷弄泡湯了。

寶軸忽然大哭起來，老梓自告奮勇去抱，周旭和夏蘇說些京師舊聞。誰也沒發現屋外有個人影，那人靜聽了好一會兒，躡手躡腳潛出小院。

另一頭，趙青河與吳其晗的一頓飯，這時也差不多到了尾聲。

儘管夏蘇不能來，吳其晗心裡有些失望，但他也因此有機會與趙青河暢談，越發覺得此

人不可小覷，有勇有謀，見識亦不淺薄，不由以心交之，約了開年杭州之行。

再提到仿畫，吳其晗也不吝給最新的消息，「恒寶堂近來高價收品質上乘的唐宋仿畫，夏姑娘畫藝非凡，若能讓劉家看中，她或可在北方揚名，以女畫師的身分，而非一個蘇州片畫工。南方有你這個兄長為她著想，吳某也願出一臂之力，墨古齋會力捧她的獨立畫作，打造為江南第一女名師亦有可能。」

趙青河眼前頓時出現一幅烏龜拚命逃走的畫面，笑著推辭，「二爺欣賞蘇娘的畫技，我代她謝過，只是蘇娘曾說她畫技受到摹仿的侷限，並無名師大家之創才，她本人也似無野心，僅僅喜歡丹青為伴，修習天下名家的畫風。」

吳其晗見趙青河以這等理由拒絕，語氣頗不以為然，「名家也從師學藝，無不自摹畫開始。夏姑娘天賦驚人，又十分勤勉，自然漸入佳境水到渠成，只需慧眼之人推她一把。」

趙青河心想，要不是夏蘇的祕密多，吳其晗這麼不在意她的女兒身，如此惜才且願意力捧她的伯樂，實屬難能可貴。

「承蒙二爺青眼，容我回去與蘇娘商量，這事主要還得看她的意願。」他從不小看女子。

趙青河起身告辭，吳其晗從興哥手中接過兩個藍錦寶盒，「小小禮物不成敬意，給你和夏姑娘拜個早年。」

趙青河也懂這套，讓大驢將自家準備的禮物拿來，親手送上，「愧受愧受，我這才是小小意思，來年還請二爺多多關照我們兄妹。」

興哥兒看著趙青河走得不見人影了，轉身就很積極，「二爺，小的給您打開？」

吳其晗倒沒有太大期待，「他家勉力支撐，你興哥兒的家財還比他富餘得多，有何讓你眼亮的？」

興哥兒邊說邊掀了禮盒蓋，「要是別家，我也不這樣，他家不是有夏姑娘……」眼睛拐入，驚奇啊了一聲，又很高興，「畫裡有我。」

那是一座四片兒玻璃小屏風，玻璃夾著灑金紙的小畫，四片拼成一卷，畫的是雨湖堤岸的舫船和萬燈下的園林，舫是吳其晗的畫船，夜色園林則是墨古齋，細膩的工筆勾船和燈景，粗放的畫風只用來描繪雨和夜韻，由遠拉近，頓然身臨其境之感。

船上立著幾人，其中一個穿雨蓑戴斗笠，拎著一盞大燈。儘管畫小人更小，卻同興哥兒的動態有七八分像。怪不得興哥兒一眼認出。

畫無落款、無印章，吳其晗看書賞畫的閱歷何其豐富，知道這畫定然是夏蘇親筆繪製。工筆最難說才氣，只要下苦功，必有收穫，而寥寥幾筆雨色夜氣卻是這畫卷的點睛之處。

唐宋的畫風，江南的狂狷，夏蘇仿了文徵明的筆法，模出來的畫。趙青河沒說錯，夏蘇的才能受限於臨摹。

「夏姑娘為何不落款？」興哥兒判斷為好畫。

吳其晗不語。不論不落款的原因為何，畫是夏蘇所摹，屏風卻是趙青河的心思，兩人配合無間，一份小小意思勝過他用錢買來的貴重，且又一回證明趙青河對夏蘇的守護之情，而非輕視女子才華。

「興哥兒，你說二爺我若求娶夏姑娘，可有勝算？」一腳踏上車轅，吳其晗突然打破沉默。興哥兒張大了嘴。

吳其晗失笑，賞這小子一顆爆栗子，「我以為你最機靈，對爺的心思無所不知。」

興哥兒揉著腦袋，「不是，二爺對夏姑娘用心，我當然早看出來啦。嚇煞我的是，一，您居然有娶她為妻的念頭，二，您居然還沒有把握。」

吳其晗二十有三，少年起就經商，溫文儒雅的君子，不說到處留情，談得來的紅顏知己也有幾個。當然，那些都不是能當吳家二少奶奶的。

「誰不知道二爺眼高於頂。這幾年太太給您看了多少好姑娘，您一個不要，夏姑娘嘛……」興哥兒嘿嘿笑兩聲，「我說實話您可別揍我，姑娘是好姑娘，但家世也太寒磣了，恐怕太太不肯點頭。」

「照你的意思，只要我娘同意，這婚事定然能成？」吳其晗沒揍他，一時興起的念頭讓這些日子輾轉的心情有些沉澱。

「那還用說？青河少爺很能幹，將來也可能有大出息，但如今家底家世擺在那兒，同您攀上親，就跟鯉魚跳了龍門差不多。」興哥兒持著公允的態度。

吳其晗一本正經點了點頭，「就以你的話為準，若是我娘同意，我仍娶不成夏姑娘，你就跳到西湖裡去，撈一條能跳過龍門的鯉魚給我吧。」

興哥兒再度張大嘴，不擔心自己跳西湖，而是他家二爺當真想娶夏姑娘！

趙青河一回家，也讓大驢負責拆看年禮。他走到夏蘇屋外瞧一眼，不見亮光，心想她真是越夜越自在，竟比他還晚歸。踱回自己的屋，大驢就衝他咧嘴笑。

「吳二爺偏心得很，送你一對沒大用處的瓷瓶，卻送蘇娘一串手珠，珍珠又圓又亮，一看就知道很貴。」

趙青河看去，寫著夏蘇名的禮盒之中，果真嵌了十顆珍珠，不見得多大，勝在顆顆圓。而且吳其晗顯然考慮到送姑娘家的禮物要小心產生歧義，所以僅僅看似是手珠，其實卻沒有串線，就是一盒珍珠而已。

「不過，真是太好了，蘇娘本來就沒幾件像樣首飾，有了這些珍珠，可做一副好頭面，去趙府裡吃年夜飯也不會讓人瞧不起。」大驢一下子高興起來。

頭面？那不正中吳其晗的心思？送的是珠子，打成首飾，就見珠如見他，不上心都難。

趙青河眯了眯眼，忽然抬起眉梢，嘴角兩邊笑翹，「大驢，你到廚房把磨舂拿來。」

「哪個磨舂？」大驢愣愣地問。

「老嬸用來磨香料，那個小的。」趙青河挾起一顆珍珠在燈下照，又吹熄了燈。

大驢本來已走到屋門口，因突如其來的黑暗好奇回頭，「少爺，燈怎麼熄了？」

「我看看這珠子是不是夜明珠。」黑漆漆的屋，詭沉沉地笑。

大驢完全不知自家少爺在想什麼，還跟著笑哈哈，「吳二爺再大方，也不能送一盒夜明珠吧？」那得值多少銀子。

「不是就好。」一、二百兩的東西，他還浪費得起。

大驢將磨子放在桌上，看趙青河把手裡那顆珍珠丟進磨子，仍是丈二摸不著頭腦，然後眼睜睜見他拿起石舂用力攪下去，嘎繃，嘎吱，咔咔咔……珍珠裂了，碎了，成粉末了。

「我的娘！」大驢昂叫一聲，單腳跳到一邊，手臂抬高遮住眼，簡直嚇煞，目不忍睹。

趙青河眉冷峭，瞇眼笑，「誰踩你尾巴了？」

「少爺！」還不是他踩的嗎？大驢放下手臂，哭喪著臉，難以置信趙青河的行為，「這可是質地上乘的珍珠啊！」

「你不知道了吧？珍珠磨成粉，對女子是最好的養顏護膚之物，再說，又是現成的，一文錢都不用多花。不像頭面首飾這些，還得另外付加工費和材料費。」

大手靈活，一氣拾了四顆丟入，劈里啪啦渾攪渾敲，圓潤的珠子變成了淒慘的粉狀，在用來攪食材的磨子裡，看上去和糯米粉一般無二。

珍珠粉！珍珠粉！珍珠粉！

大驢覺得自己要是女的，一定會被少爺活生生氣吐血。

「蘇娘受傷之後臉色一直發黑，我正愁買不起貴重的補藥，吳二爺真是送來及時雨。」另一半珠子下磨，完全不手抖，甚至可以說神情歡暢。還是消耗品好啊，用完就算，沒有心理壓力。

「吳二爺送什麼了？」夏蘇出現在光裡，拾階而上，微微偏著頭，看到石舂，再看到趙青河的動作，「吃的東西？」

她才問完，一顆珍珠撞出石磨，骨碌骨碌滾過來，在繡花鞋前停下。

大驢心想，這是死不甘心，找正主救命去的。

只是趙青河面不改色，「妹妹來得正好，妳有乾淨的粉盒子嗎？二爺送妳十顆珠子，我幫妳搗成了粉，給妳養顏美白。」

「……」夏蘇張了一半的嘴又合上，低頭看了片刻，彎腰拾起那顆珠子，折身走入邊廊。大驢以為夏蘇和自己的心情一樣，不由幸災樂禍，「哈，少爺，你惹蘇娘生氣了，上乘的圓珍珠用來磨粉，簡直敗家啊。」

空空空——空空空——桌子直顫，粉末多到黏不住，落在磨底，慘白無光。

夏蘇卻又來了，在桌上放兩只淺圓的瓷粉盒，對趙青河道：「分成兩份，我不用，給老嬸和喬嬸子。」纖指一鬆，那顆逃出生天的珍珠掉回去。

趙青河眼明手快，對準一敲，嘎崩脆。

十顆珍珠，只剩「骨灰」。

大驢哀嚎，想不到一個這樣，兩個也這樣，「蘇娘，妳知不知道這些珍珠很貴啊？」家裡現在雖窮，夫人還活著的時候，也是有不少好東西的，「拿到當鋪都比珍珠粉值錢。」

「吳二爺精心挑的禮，怎麼能送當鋪？」磨成粉還不算，要出精細上好的粉，趙青河繼續摧殘，挫骨還要揚灰。

夏蘇道聲不錯，「珠子雖好，作成首飾要花錢，簡單串成手珠也不妥當，好似收人信物一般。磨成粉好，用了吃了就沒了，既尊重他人的心意，又很實在。」

趙青河向大驢挑高了眉，夏蘇對珍珠的滿不在乎，令他的心情得意又愉快。

大驢以前所未有的稀奇目光看著他們，暗歎大千世界無奇不有，兩個打死也不能站一塊兒的冤家對頭，此時統一了心思，說話跟雙檔說書似的，他怎麼還說得過？腦袋一耷拉，回自己屋睡覺去。

趙青河把珍珠粉分成兩盒裝好，「劉家的恒寶堂近來高價收精仿的畫，我可否猜是衝著妳來的？」

昨晚才論過姓氏，對趙青河能猜到劉家已不驚訝，而且夏蘇居然發覺，心中的恐懼沒有意想中那般劇烈，莫非她也染上了南人的安逸惰性？

她道：「江南很大，放幾個鉤子是釣不到魚的。」

「撒網都可能落空。」趙青河將盒子交給夏蘇，說道：「不過小心駛得萬年船，我會更謹慎些。」

她知道他會的，所以她很放心，只淡淡提醒，「蘇州沒有恆寶堂，最近的一家開在金陵，但我既然敢動筆，就不怕他們看到我的畫。」

趙青河笑望著夏蘇，「喔？我以為妳怕得很。」

「我是很怕——面對他們。」夏蘇漸漸敞開心扉，「但我的畫何須怕？」

「因妳天賦驚人，仿筆如真筆，一旦入眼，很難不引人注意。」趙青河反而覺得她的畫比她的人好認。

「天下高超的畫匠何其多，總不能憑精緻就認為是我。」夏蘇知道自己所長，但這個專長並非獨一無二，她有天賦，別人也有，「而你可知仿畫的最高境界是什麼？」

「我在聽。」趙青河虛心。

「無我。」兩個字。

趙青河雖然剛接觸古畫，但一聽這兩個字，心中就很明瞭，「妳的畫裡無妳。」

「自然，我仿仇英，畫裡只有仇英，我仿趙孟堅，畫裡只有趙孟堅，我自問雖還不到無我的至高境，仍是因人而異，但恆寶堂裡能分辨出我的，只有一人，而那人的眼睛如今同瞎子無異。」故而，她不怕畫對眼。

原來如此。趙青河也不問能分辨出她的人是誰，只覺受教了。

第二日，泰嬸和喬大媳婦收到一盒珍珠粉，兩人喜出望外。大驢一旁想多嘴，卻被趙青河拉出門去，而以驢子的短記性，晚上回家時就忘乾淨了。

珍珠粉後面的真相，從此埋葬無聲。

日子過得飛快，轉眼到了大年夜。

這一日，夏蘇接到崔岩離開蘇州的消息，心情大好，乖坐著任泰嬸打扮自己。一出屋，大驢叫好看，喬連、喬生眼珠子不轉，趙青河抱臂眯眼欣賞，她才不自在起來，想要回屋去重整，卻讓喬大媳婦推著出了門。

趙青河看她在緊閉的門前磨磨蹭蹭，拉這兒拽那兒的，不由好笑，「穿一身新衣就這麼彆扭嗎？」

燈下的姑娘，繡海浪花的銀粉襦裙，短上腰的梅花襖褂，外披一件潔白翻銀紅裡的風雪袍。要說奢侈，不過就是領邊、襟邊和袍底邊縫了兔毛。

而她一直簡單打理的淡黑長髮這晚梳了流雲髻，用一朵朵天然的梅花點綴其間，襯一根大梅花的金步搖，清新帶洌香氣，沒有珠光，卻出塵的美麗。她容貌本是出色的，雪膚剔透，五官深刻，舊衣能掩蓋幾分，但只要恰到好處的打扮，就難以掩藏那份出彩了。

「妳越不自然越招人看，又不是什麼富貴了不得的行頭，不會因此變成絕色美人，過年穿新衣圖個吉利罷了。」趙青河違背本心，純屬不負責任的安慰。

夏蘇卻被安慰了，少幾分不自在，想想這一身跟趙府其他人相比確實挺平凡，比從前的裝束不知正經了多少。

趙府的年夜飯擺在離祠堂不遠的大正堂，一道珠簾分男女席，六房人加上十來家親戚，擺了十五、六桌。左右偏堂還有管事和媳婦、婆子席，真是少見的濟濟一堂。

夏蘇之前不循「正道」進趙府，見這麼多席面，難免有點吃驚，「年年擺這麼大的年夜飯麼？」

趙青河眼底有些沉冷，「誰記得。」

「三哥、夏姐姐。」這麼叫趙青河的，全趙府就一人，岑雪敏。

夏蘇和趙青河一起回身，看到她原本不大的臉更小了，拿去狐裘的披風，衣裝卻仍十分精緻時興，金玉綴飾自頭到腳。岑雪敏一向很會打扮，從不顯俗富，總恰到好處，低調中的華麗貴雅，同世家出身的千金姑娘一般，令人讚歎她的美好。

今日的氣質，是大病初癒的我見猶憐。

或許是因為連這種氣質都過於精緻，總有不切實之虛幻感，而夏蘇和趙青河偏生都發揮出了好眼力，相信直覺。夏蘇好歹回個禮，趙青河卻連回應都懶，對夏蘇說了一聲，就去趙大老爺那邊問安。

岑雪敏幽幽嘆口氣，「三哥還在生我的氣麼？」

夏蘇跟她實在沒話說，對方卻是自來熟。

「夏姐姐，前些日子我給你們家添了很多麻煩，多謝。」岑雪敏又道。

夏蘇蹙眉，想說客氣，出口卻是：「該謝我家老嬸。她給府裡的太太和姑娘們看病都拿得到診金，到了岑姑娘那裡反而要倒貼藥材費。岑姑娘若真有心，親自跟老嬸道謝得好，我並未做什麼。」

岑雪敏的眼睛忽而睜圓，又忽而垂落，有些羞澀，「夏姐姐說得是，是我疏忽，應當付診金才顯得真心實意，空口白話惹妳不悅了。」

夏蘇一愣，她就事論事，何來不悅之說？

「聽說青河少爺家有個厲害的妹妹，我一直都想見見，如今親耳聽到，才知果真精明。六太太，怪不得妳收不到她家的房租了。」語氣傲慢，話裡不屑，來者是趙二太太。

二太太一上來就親熱拉起岑雪敏的手，「我的兒，怎麼這些日子老是病，也不讓我探，本打算今晚要是再見不著妳，明日我一定去瞧妳呢。哎喲，可憐天見的，竟瘦了這許多。」眼角輕蔑一挑，扔給夏蘇一句：「妳明日到我那兒領銀子，診金藥材有多少算多少，一文錢不短給妳的。」

身旁的六太太笑得開心，平時二房也看不起六房，難得替她出一回心頭氣，「二太太知道我的不容易就好，家大業大親戚又多，什麼樣的人都有。最怕遇到貪得無厭的，受了咱們恩惠，還說我的不是，實在並非我苛刻小氣。」

六太太的女兒十娘和二房的八娘咬耳朵，八娘瞅著夏蘇的眼神就有些冷淡。十七娘和夏蘇雖一起去過寒山寺，但沒說幾句話，這時的態度更直接，扭過頭去就同岑雪敏親熱說話。

然而，夏蘇是慢性子。慢性子往往也是遲鈍性子，反應不過來。等反應過來，挑事的人們早就自覺無趣，走到她前頭去了。她一人落在後面，慢慢走，絲毫不受影響。

這時有人上來挽住了她的手臂，「夏姐姐好心性，讓人這麼說，竟還能逍遙自在。」

夏蘇慢慢瞧去，「九姑娘。」

趙九娘感夏蘇之恩，且趙大太太平時就是和善人，她亦沒有小姐的架子，微微一笑，「只可惜我未能早與妳相識。」

「婚期定了麼？」夏蘇對真性情的姑娘不反感。

「明年三月。」很快。

「楊家回鄉祭祖，日子上有些趕呢。」夏蘇「恰好」熟悉楊家。

趙九娘並未多心，輕輕嗯了一聲，悄紅著臉，「對了八字選日子，說上半年適合的日子只有三月，不然就得等到十一月。楊公子是長孫，長輩們似乎比較心急，故而選在三月。」

「春天挺好的，十一月也太冷了。」夏蘇雖慢，心不冷，「四月清明之後，我和趙青河要去杭州訪友，到時可去看妳。」

趙九娘很高興，「夏姐姐一定要來。」目光看著前方一群說得熱鬧的人，神情掠過輕悵，「蘇杭雖不遠，也未必有人肯登我未來的夫家門。」

夏蘇其實聽說了一些，很多人當著趙九娘的面說好姻緣，背地卻嘲笑她將為商家婦，「九姑娘應該慶幸才是，那些不肯登妳門的人，從今往後也不用深交。楊家是好人家，楊公子是好郎君，真心與他們相交的好友並不少，其中也必定有與九姑娘投契的女子。」

趙九娘挽緊了夏蘇的手臂，心中感激她，對未來的日子更加期盼起來。

第二十六片 酒肉無價

撤桌上點心的時候，和趙九娘坐一起的夏蘇心情還是很不錯的。

無論是六太太有意無意明嘲暗諷，還是二太太假面好臉推波助瀾，看似針對她，實則針對大房，都有大太太主動對應。

岑雪敏今日坐老太太那桌，好大的體面，雖然她不覺得有多好，但顯然岑雪敏很受寵若驚，席間一直同老太太說話，逗得老人家很開心，自己也笑顏如花，好似已根治了心病。

趙九娘與夏蘇說悄悄話：「二太太瞧岑姑娘的眼神，跟吃人似的，該不會這會兒就要跟老太太開口？」

夏蘇雖不在意這事，看得還挺清楚，一口飲完一杯甜滋滋的果子酒，只覺淡無酒味，卻想聊勝於無，吸吸酒香也好，「不至於，岑姑娘是大房的客，又不是趙氏親族，她的婚事不由老太太作主，拿到席上來說，萬一岑姑娘不肯，豈不是沒了臺階下。」

趙九娘想想有理，「可二太太今晚說盡岑姑娘的好處，也顯得太急切了些。」

夏蘇不置可否，搖搖空酒壺，向身後的丫頭換了一壺滿的。

趙九娘笑道：「果子酒也會醉人，夏姐姐可別貪甜。」

夏蘇回道：「我酒量尚可，飲甜酒如同飲水，不礙事。」

趙九娘就由得她去。

二太太突然抬了聲量，「今年我娘家給姑娘們送來年禮，本該明日給，可我明日一早要陪老太太去廟裡上香，老太太允我今日分了姑娘們，如何？」

老太太看看大兒媳，後者始終神情溫和，便笑，「有禮拿，還分時候麼？讓我瞧瞧妳娘家送來什麼好東西，妳急著來顯擺。」

二太太招手，兩個丫頭各捧桃木盤上來，盤中放著一只晶瑩玉透的鐲子。

「我弟弟放了州官，那裡的玉質奇美，匠人精工巧技，就特製二十對鐲子，送來一半與我。價值自然比不得上等玉，玉質卻是比得的。我房裡的姑娘們一人一對，還有七對，我剛才數了數，正夠席上其他姑娘們一人一只。老太太，我偏心眼了，您可別說我小氣。」

夏蘇聽著，二太太真會做人。

趙九娘卻撇了撇嘴，「八娘和十五娘兩人湊得出一對都算好的。」

夏蘇順趙九娘的眼看去，見二房裡的兩位庶出姑娘垂著眼，面無表情，想趙九娘應該沒說錯。相比之下，大太太簡直就是菩薩了。

丫頭們托著木盤，從老太太那桌開始轉，岑雪敏頭一個拿到，立刻給老太太瞧了。老太太讚玉質美，雖非名玉，卻絕不劣，而繞玉的金鏤梅花絲，當真細巧別致，工藝非凡。

木盤轉到趙九娘這兒，原來不是隨便挑，鐲子下面寫了姑娘們的名，她那只卻非金鏤梅花，而是接了一段銀管，銀管上雕草，手藝不錯，卻不至於非凡。

夏蘇順便看了一眼盤中其他的鐲子，每只都有銀段，樣式各有別致。她懂畫，不懂金玉，看過就算，不知玉鐲貴在磨圓完整，這種用金銀鑲接的工藝，多因玉斷，而斷玉的玉質再好，也不值錢。

二太太送得出手，各房各家多收得喜氣洋洋，不是事先通過氣，就是猜得到這司馬昭之心。二太太要送岑雪敏好東西，不想人家不收，就藉人人有份的名目，同時暗示其他人，別壓過她的心思去。可惜，那位直腸子的六太太不明所以，看了她女兒十娘的那只，居然問哪有金鏤梅花。

岑雪敏好像突然明白二太太偏心，臉上淡淡泛起紅暈。

二太太卻惱六太太愚蠢，又不能說妳家閨女只是順便，眼珠子拐到連斷玉鐲子都沒份拿的夏蘇身上，決定轉移話題，「蘇娘啊，我不知今晚妳也會來，故而漏了妳的。不如這樣，我封個紅包，連同本來說好的診金藥費，妳記得明晚去我那兒領。」

老太太問什麼診金。

二太太就說起泰嬸給岑雪敏看病，夏蘇要診金的事。老太太瞧夏蘇的眼神立時不對了。

夏蘇對二太太的添油加醋無動於衷，緩緩答道：「多謝二太太的紅包，我明晚一定來取。」她如此坦然直率，誰也不能怎麼樣，連老太太都啞然。

倒是大太太笑說一句：「姑娘們，我沒有年禮，卻有紅包，明日一早就要派送，先到先得，發完為止。」

眾人皆笑。

氣氛重新好起來沒一會兒，老太爺那邊發話，問女眷們吃完點心了沒有，若是吃完，要攏簾子說件事。

老太太說吃好了，丫鬟們就連忙把珠簾收到兩邊。三廳一片靜悄悄，人人好奇到底是什麼大事。

趙老太爺起身，目光肅嚴，將全場收在眼中，聲音洪亮，「青河，站到我身邊來。」夏蘇愕然，迅速找起趙青河。隔著整個正堂，她見他正衝自己微笑，還搖了搖頭、聳了聳肩，示意無大事，才走到趙老太爺身旁。

趙老太爺將手放在趙青河的肩上，是宣布，而不是說事，「這孩子是我長孫，峰兒長子，排在子朔之前，行三，大家當個見證吧，過些日子就會認祖歸宗上族譜。」

全場頓時譁然，還立刻站起好幾個長者，紛紛問道怎麼回事。

女眷席驚歎聲也不少，交頭接耳熱議，而夏蘇也嚇得坐直了。

不驚不乍的，唯有已經知情且接受的人，如老太爺、老太太、大老爺、大太太。

趙九娘茫然自語，「這……怎麼……怎麼會？」

夏蘇卻淡定得很快，為何大房對他們那麼好的疑惑終解開。

趙青河是大老爺的親兒，所以乾娘指名投奔，而大老爺也立刻接納。

後來以為白髮人送黑髮人，自然會病倒。

而趙青河的平安回來，讓大老爺下定決心認子。

謀好差、請吃飯、換居所，一切皆是為了今日鋪墊。之前大老爺跪了又跪，與老太爺爭執數回，滿府雞飛狗跳，也是為了認回趙青河。

今日之事在情理之中，她卻仍存疑問。能讓老太爺當眾宣布為長子長孫，當然不是庶子的意思，而趙青河絕非大太太所生，嫡出怎麼來的？

趙老太爺接下來的話為所有人解謎，「峰兒早年出去讀書，娶了一妻，育有青河。只是這之間發生一些變故，兩人因此分開。後來峰兒回鄉續娶，說為平妻，此事該知道的人都知道。兩年前青河生母過身，他奉遺命來投奔父親，不知其中真相。但趙家珍貴的嫡親子孫豈能流落在外，今日向眾人宣告，認回這個孩子。」

這麼個長子長孫。夏蘇定定看著趙青河，從頭到尾都面無表情的他，彷彿老太爺在說別人的事，那麼冷漠、那麼孤傲，不知為何，令她心裡很不好受。

換作別人，是天大的喜訊，有爹，多名兄弟，一大家子至親，而不是同姓不同族，寄人籬下的無名小卒。更何況，趙氏本家，名門望族。

議論之聲並未低去，但接受的表情漸漸取代或驚訝或不可置信的臉，一家之主趙老太爺對趙青河的認可，將所有可能質疑的聲音壓下。

畢竟，老爺子做事穩重，不能認了假孫子吧？

女眷中，二太太的反應最快，給大太太道喜：「大房有一個了不得的文狀元四郎，如今多一個了不得的武狀元三郎，可喜可賀。不過，我當真沒想到大太太是以平妻嫁進家裡來的。我們這幾房誰不羨慕大伯、大嫂相敬如賓，從不曾紅過臉，也沒那些內宅裡的糟心事，原來是大伯心裡虧欠，大嫂還得憂著外頭的那個突然回來。」

大太太尚未沉臉，老太太立時呵斥，「這是家裡的大喜事，妳不賀也由得妳，說什麼晦話連篇。平時妳一向好做人，那就接著好好做。我老太婆一天沒去，這個家還是要分清大小。妳大嫂也是妳能說得的麼？」

二太太讓老太太當眾臊了臉子，不敢吭氣。

眾女眷則以此為風向標，有趙家兩位老人撐腰，趙青河的身分已不容任何人說三道四。但這件事也不單純是喜事，其中的意味可太多了。

趙子朔原本是最有望的家主人選，然而他若官場亨通，也未必能有餘力打理家業，而大房的十二郎還小，以至於二房的六郎也有可能接掌。現在大房多個嫡子趙青河，家主之位就沒什麼意外了。

不過，虎視眈眈已久的二房也不是吃乾飯的。恐怕，趙青河這嫡子一說，還會引起後續爭議。

人們想的都是趙氏一族多個人搶權，卻完全沒想過這個人對此是根本不屑的。

趙青河往旁邊跨了一步，讓老太爺的手落空，才道：「承蒙老太爺厚愛，只怕要讓您失望，這門親戚，青河可不會認。」

全場從鬧到靜，不過一瞬。

老太爺驚訝，沉臉，正要開口。

「蘇娘，走了。」趙青河卻看都不看老太爺一眼，已經大步往堂外走去，還對夏蘇高聲召喚。

夏蘇起身，沒聽到大太太讓她留下的話，小步緩緩，穿過眾人交織的奇異目光，在廊下與趙青河會合。

「飽了嗎？」孤冷的氣魄遇她則化，他還笑，「我仍覺著餓，壓根沒吃到像樣的東西，跟陪酒女娘似的，一直看人臉色。」

「我請你喝酒。」她與他走下階去，任三道門裡的燈火和目光燒著後背。

她沒空關心別人怎麼想，只聽他應了好，心裡又懊惱起來。

雖說今天這樣的日子百年難遇，她是不該小氣的，而她本來也不那麼小氣，但是這人敗家的本事一流，會不會吃垮她那點積蓄？

待家宴散了，老太爺把大兒子喊進屋裡，劈頭一句，「行了，都說清楚了，不是我們不認他，是他不認我們。你也死心吧，又不是沒兒子，別說子朔那麼有出息，六郎都比他強。而那個臭小子，跟他娘一個樣，骨子裡清高，半點不謙遜。」

「父親，您既然已答應讓青河認祖歸宗，不用您操心，我自會說服他。」

趙峰也四、五十歲的人了，這回不願再向父親妥協。他失去了一生至愛，甚至不知他和宛秀有個兒子，宛秀信上雖請他照顧青河，卻直言不要相認，但青河死訊傳來時，他對人世竟再無留戀。

他一直為不知生活在何處的宛秀而活著，等來的是她的死訊和一紙遺書，可她留給了他青河。對那個孩子，他發誓，會捨命相護，再不辜負。

老太爺哼了哼。

大兒子跟他說青河是他親孫子的時候，他心裡說不上來什麼滋味。

大兒子當年背著家裡成親，他就對那個孤女很不滿意，直接寫信讓兒子休妻，結果兒子乾脆不回蘇州了，在京師附近安家落戶。後來經老太太相勸，他們夫妻兩人北上，私下見過兒媳，嚴詞冷令讓她離開，又以銀子相誘，甚至威脅要告官使婚姻無效。當時都未能拆散兩人，他便斷絕兒子所有銀錢支持，兩人卻能自給自足，日子過得平靜。直到半年後，兒子得了重病，那女子修書一封請他救命，不聲不響離去，這才令兒子心死歸家來，並在病癒之後，娶了他親自選的女子為妻。

老太爺以為從此往事塵封，誰知安定二十多年後，大兒子再一回不孝，仍與那女子有關。兩年前來投奔大兒子的年輕人趙青河，居然是大兒子的親骨肉，也是他的親孫子。當年為了讓大兒子心甘情願娶新婦，不得不承認常宛秀趙家長媳的身分，而知情後的荀氏不但願嫁，並為平妻，這一點令他十分欣慰，故而總對這個兒媳婦要偏心些。

「你也一大把年紀的人，在外為人師表，在家有賢妻孝兒，別因一個不知從哪兒來的小子毀了。」老太爺道。

「青河是我兒子。」趙峰一字一頓，「父親欠我和宛秀的，我不會再怨半分，只要您接納青河。」

老太爺再哼了哼。這麼多年過去，要說他半點不內疚，那是自欺欺人，尤其看到大兒子與荀氏的客客氣氣，年紀近半百仍獨居。說趙青河不知從哪兒來，也只是自己跟自己嘔氣，照夫人的說法，趙青河的長相不像大兒子，反而更像他。

不管他對常宛秀有多少不滿，她品性高潔，確實不是那種滿口撒謊心思歹毒的人。大兒子那場病，花費甚巨，治了整整一年，若非常宛秀當機立斷，大兒子絕無生機。

趙青河是他家的子孫，他內心毫不懷疑。

只是，這個親孫兒和他恐怕很難生得出親近。因為他，趙青河才沒有父親；因為他，孤兒寡母相依為命，世道還因此更苛待。他都明白，而到了他這個年紀，也不可能哄孫子，只能硬碰硬，端著大家長的架子。

趙峰怎能不清楚父親的脾氣，看似自己贏了，也是父親讓他贏的，如此已是很好。

如今他只要讓青河回心轉意，承認他這個親爹，給他機會補償這些年的缺席。

「他跟他的義妹是怎麼回事啊？」對於兄妹兩人旁若無人走了的這件事，老太爺也有很大意見，「你確定他喜歡岑家女娘？」

趙峰身形微頓，「我已打聽得很清楚，早先青河擔當護院之時，就對岑姑娘十分用心，如今暫時記不起從前事，才有些生分了。兩人要是能多多相處，青河應該還是會喜歡的，今後恢復記憶就更不必說了。至於他同夏姑娘，只是兄妹之情，不過兩人身旁無長輩，自不把規矩放在眼裡，我同夫人商量過，夏姑娘就由她幫忙教著些。」

「罷了，你的兒子由你操心，他要是惹出大麻煩，我照樣揍他。」老太爺終於緩和了臉色，稍稍鬆口。

趙峰雖求得老爺子認孫，直到今日聽父親宣布青河的身世，方才定下心來，便是父親發發牢騷，也全不在意，走出父親的屋，心情頗好。

荀氏在屋外等，看丈夫的神情就知他心情，也安了心，靜靜跟在他身後。

兩人這樣一前一後，要走到一同老去，有愛無愛都是伴。

而此時，蘇州城郊某處宅子的後樹林中，趙青河正在刨土，一邊認命一邊哀怨，「妹妹說請我喝酒，我還很感動，想妹妹兜財手裡掉銀子，一定銘記一輩子。可妳改主意就改吧，為什麼讓我刨土？」更鬱悶的是，他不知自己是這麼好的哥哥，對妹妹的話言聽計從。

夏蘇側頭歪想，說得仍慢，「殺人滅口，自掘墳墓。」

趙青河哈笑，「妹妹下次威脅誰，要麼語速快一些，要麼語調狠一些，如此慢條斯理，什麼惡意都發散掉了，等同說笑。」

「咔——」小鐘子敲到一樣硬物，他雙手掃去土塵，愕然見一個大罈瓦蓋。

「差不多了，你把蓋子打開。」夏蘇走到馬車上，拎來兩個酒罈。

酒香撲鼻。大罈子裡全是酒！趙青河反應過來了，怪不得放鐘子的包袱裡酒斗竹勺一應俱全。

「妳埋的？」為什麼？怕她嗜酒的毛病暴露？不過，她從來都不怕他，在家也正大光明取酒飲。趙青河覺得這姑娘好神奇，明明看她膽小可憐，時不時就顯足冒險精神。

夏蘇往樹林外的宅牆瞥一眼，「那家老爺埋的。他雖開著酒莊，他夫人卻小氣，不讓他隨意取莊裡的貴酒喝，他就半夜趁他夫人睡著，拿了鑰匙，溜到櫃檯換酒。」

「換酒？」密辛啊密辛。

「就是把當天開了罈的好酒取些出來，兌了普通酒進去，再把好酒倒進這只大罈子裡。那位老爺就愛喝一種酒，非最好的竹葉青不偷。」夜裡的見聞，是平常人無法體會的，似見不得光，卻精彩紛呈。

「妳怎麼發現的？」太有趣。

「酒莊大堂裡有巨幅〈駿馬圖〉，筆法十分拙劣，我有空暇時會來幫它補一補，而那位老爺半夜起來得挺勤快，三回碰上兩回。」相比之下，她的夜生活屬於「循規蹈矩，安於本分」的。

「補畫？」她這是職業病，還是惡作劇？

「嗯。」夜很長，要找點事情做。

「他家給妳錢？」大年夜裡，他挖掘出她的新趣味，為何感覺熱血沸騰？難道是因為發現她越來越和自己志趣相投？

「沒有，就是看不過眼。」畫爛到心裡一直惦記，忍不住提筆。

「不是因為有好酒可偷？」他很懷疑動機不純粹。

「後來會帶一葫蘆走，算不得偷，總不能白給他家改畫。」她想了想，覺得最好說得更清白，「我十分節制，且又不常來，上回已是半年前了。」

趙青河大笑無聲，她是做壞事不知錯的純良姑娘，他很願意當她的同夥。

舀滿兩罈子酒，將土填回去，踩實，蓋上樹葉，再把鏟子等工具放進原本的樹洞裡，跳上車，問夏蘇去哪兒。

「弄些下酒菜。」夏蘇指了個方向。

趙青河已知夏蘇的兜財模式，「又不用花錢？」

「真正的好東西，花多少錢都買不到。」心意，是無可估價的。如那位員外藏酒的心意，如大小畫匠傾注於筆尖的心意，讀得懂，珍之惜之，真正的價值才有可能實現。

冬夜漫寒，老馬拉老車，悠哉行上荒道，趙青河已不意外周遭的偏寂。夜行走劍偏鋒去，習慣出沒黑暗的人，當然越荒越靜越好。漸漸，被沉雲蓋去星輝的夜空下，飄搖微弱一點亮，延描出一座小廟輪廓。

「把馬車藏好，將褡袋背著。」離小廟還有好一段路，夏蘇卻道。

今晚本該是他最大，無奈淪落為小弟兼車夫，趙青河一切照好妹妹的吩咐，然後隨她悄聲無息奔至廟前。喔，不是廟，是祠。

「狐仙祠？」他不意外荒涼，卻意外這塊破門匾，不由低聲道：「弄酒的地方好歹是酒莊，那妹妹打算請狐仙給咱們做下酒菜？」

小祠很破，正屋一半沒了頂，另一半沒前牆，祠堂裡僅有的一盞油燈卻半滿，一張磚頭掂起來的木板矮案前豎著塊石碑，上刻「千尾狐真上仙大人坐升石」。旁邊有一間更小的木屋，比趙府柴房還小，板門緊閉。

夏蘇豎起一根手指，示意趙青河噤聲，又將他推到石碑後面的陰影裡，自己卻捲長一塊破布，在祠堂裡甩出動靜，隨後走到趙青河身旁，與他一起隱在暗處。

趙青河覺得自己引以為傲的腦力今晚全然不夠用，不知夏蘇搞什麼名堂。

不一會兒，正屋外卻跑進一個小姑娘，約摸十三、四歲，裹一身補丁長襖，眼睛轉得滴溜溜的，神情又敬又畏，一手放一個木盆在板案上。一盆炒花生，一盆乾脯肉。接著，她跪得撲通響，連磕三個頭，一串咕噥讓趙青河好笑。

第二十七片 賊船歹勢

只聽見小姑娘跪拜著念念有詞。

「狐真大人，我以為您明天來哪，還好我把供品都準備好了，您慢用，用過之後就不要再跟我打招呼啦，我明天一早還要擺攤子，睡不好就眼圈黑，別人以為我一臉晦氣，不會找我算命啊。」小姑娘拜了拜，不敢多看的樣子，哧溜跑出去，又探頭進來，「狐真大人，今晚或明晚要下大雪，您回去時小心雪滑啊。」

趙青河聽到合門的聲音，原來小姑娘住隔壁那間小屋子。再看夏蘇，她慢條斯理，不知從哪兒變出兩個布袋子，將案上的供品倒進去。

夏蘇見他盯著她眼皮子不眨，主動向他解釋，「別小看炒花生及乾脯肉，這個小姑娘的手藝一絕。」

原來下酒菜就是這麼來的。

以為是扮狐仙裝大神騙吃的，趙青河卻見夏蘇將他搬來的鼓鼓褡袋挪到板案前。他心裡微動，是了，她不曾平白無故取用他人的東西，一直以她的價值觀衡量公平。

「是什麼？」他很好奇。

「米和肉。」她將油燈熄去，縱身而出，與黑暗化為一色。

趙青河緊隨出祠，回頭看見一點燭火從門口浮往正堂，看來夏蘇料準那小姑娘不會真睡覺去，笑道：「小姑娘敢騙狐仙大人，比妳膽子大。她爹娘呢？」

「她是孤兒，叫禾心。」夏蘇並不回頭，身體輕若煙，嫋嫋卻奇快。

趙青河一怔，「她獨自住這裡？」

「我沒看到其他人。」夏蘇答得淡然，很快到了馬車前，才回轉身來，瞧著步履慢下，神情有些沉甸甸的趙青河，「你擔心她還是孩子，不能獨自生活，那可大錯特錯了。她平時在城裡擺算命攤子，晚上就幫這一帶的人守狐仙祠，各家每月湊二、三十文錢給她。不過，我竟不知你還會同情別人？」

趙青河步子跨大了，很不自在，「並非同情她，只有些詫異而已。倒是妳，與其裝神弄鬼暗中資助，還不如乾脆帶回家照顧。老嬸不是念叨要請個麻利的小丫頭？」

「何必幹伺候人的活？自由自在多好。」夏蘇踩上車，坐進去，嘴角翹尖了，不知怎麼，顯出幾分頑惡，「你別小瞧她，她是個非常厲害的小騙子，曾接蘇州片來賣，一把鼻涕一把眼淚哭賣傳家寶。就此一招，卻是百用百靈，好在只有吃不飽時才這麼幹，不然蘇州片更惡名昭彰了。」

蘇州片，不懂它們的人，多以偽造之名一棒子打死，行家則知分優劣。江南人傑地靈，確實生就很多才氣縱橫的畫匠，有能力製造出色的精品仿片。

以仇英的〈清明上河圖〉為例，其聲勢幾乎超過張擇端版[9]，民間只知仇英版的百姓也大有人在。而仇英當蘇州片畫工時的仿作，也有知情人及其後代專門收集，鑑賞家題跋力證之後，市面上立刻百金千銀地追捧。

「妳總因畫與人結緣，妙得很。」趙青河笑著趕起車，笑道：「酒菜都有了，現在輪妹妹跟我走吧。」

夏蘇無所謂，但回他前半句，「不盡是妙緣，也有噁心人的。某家主人與僕妻偷歡，某家丈夫鬼混還打妻兒，數不勝數。至於半夜搭梯會情郎這等算是風月雅事了。還曾見過一家人，急為幼子治病，尋賣祖上傳下的古畫，卻遇一幫騙子用灌鉛的銀包皮買去，五百兩的價連十兩真銀都不足。」

趙青河今晚聽了好些事，好奇心越來越重，「妹妹幫了這家沒有？」

「夜裡無明光，多鬼魅橫行，這是常理。如此仍決意走夜路者，就該準備遇險。那家人擇夜交易，似乎得畫的手段亦不甚磊落，而我只是過客，恰見他們哭天搶地，聽到事情經過，所做實在有限。」

「怎麼做的？」這姑娘不是菩薩，但有軟肋，趙青河心中澈明。

「為何要告訴你？」夏蘇卻不願多說。

好吧，有人做好事不留名，他不可八卦，「就跟我說個結果吧。」

「孩子病好了。」那時剛來蘇州半年，她夜裡閒逛遇上這事，看小孩子可憐，才因此製出她的第一幅蘇州片，也是迄今為止唯一一回的偽品交易，明知是假畫，卻當真畫去賣。而幫她賣畫的人，正是禾心，只不過她女扮男裝，掛了個大鬍子，沒露出真面目。

趙青河從不覺得自己愛管閒事，聽到孩子病好卻輕鬆下來，不再多言。

多數人回家過年的這晚，一般市集早早關了，卻還有終年不歇的旅店酒樓，幫旅途中的人守歲守望。趙青河把馬車交給碼頭客棧的店小二，租一條本地船，讓船家往西北方向出城去。今日大節，水陸城門開了東西兩邊，尤其船隻往來熱鬧，或往寒山寺，或往虎丘山，載著守歲的人們穿行於這座水城。

一家四口，以船為家，夫妻兩人撐篙搖櫓，一雙五六歲的男娃娃離爹娘不遠，趴在船櫞看岸上的煙花，又時不時頑皮跑近船頭，偷瞧偷嗅。到底是什麼?那麼香!

夏蘇對小孩子顯然很沒轍，讓這對娃娃瞧了好幾回，最終招手讓他們上前來，各給一把花生肉脯，身後才少了緊迫盯人。

趙青河光看光笑，不評論，只倒酒，在嘎吱嘎吱的晃蕩中，雙手穩穩奉給夏蘇，但酒罈子由他嚴管。

夏蘇裝作不知道，一顆顆往嘴裡扔花生米，嚼得脆香。酒，端在手裡，似乎不急著碰，可是船稍顛簸，她就會立刻飲乾，不讓一滴酒濺出去。

竹葉青，清新起口，後勁輾轉而來，慢慢辣，回味無窮。

「這酒，像妹妹的性子。」

注釋

9—〈清明上河圖〉最早是由宋徽宗時的張擇端所作，一直藏於深宮，世人只聞其名難見其容，在傳世的千餘年裡，懷著各種目的的仿本層出不窮，目前稱得上國寶的只有兩個版本：明代仇英所繪的〈仇本清明上河圖〉，和清代陳枚等五位宮廷畫家為慶祝乾隆登基而繪製的〈清院本清明上河圖〉。仇英的版本圖幅比張擇端的版本大，人物也較多，仇英是以平江為藍本所繪，張擇端則是以汴京為藍本繪製。

船兒搖進白堤，居然有熱鬧的集市。

燈火點成第二條河流，煙花添彩，一不留神，還以為堤岸的桃樹開了花，不是隆冬，是春來。人們還往河上放蓮燈許心願，雙雙對對尤其多，歡聲笑語，夜裡尤其無懼。

看在他帶她逛美景的份上，夏蘇決定不跟他頂嘴，狠狠撕咬一口肉脯條，用力磨牙。趙青河聽在耳裡，呵笑連連，伸手拉她的髮梢，已成慣性。

在船家夫妻眼裡，這一對，和其他雙雙對對並無不同，很歡樂、很默契。

「不知道有沒有放生烏龜的，給妹妹撈一隻回去當寵物。」

聽到趙青河沒完沒了，夏蘇忍無可忍，朝他丟出一粒花生。做這個動作的時候，她真的一點想法也沒有，毫無目的，純粹反射行為。

趙青河的脖子一伸一縮，竟將那粒花生接到自己嘴巴裡去了，還故意擺出一張很滿足的樣子，跟夏蘇眨著單眼，「妹妹餵我的，才是真香。接著來，哥哥保證能跟妹妹喝酒一樣，一粒不漏。」

自己那點貪酒的毛病早讓他看穿了，夏蘇淺淺嘟嘴，「我給你一腳，河裡就多一隻放生龜，只不知哥哥讓不讓我踹呢？」

趙青河本來在笑，看著她、聽著她，眼底靜悄深幽。夏蘇正對著白堤，燈河鋪在她淡褐的眸中，緩緩流動，但倒映入他的眼，就成一簇金火跳躍，熱沸一把經絡，一直燒到心裡，只覺得她譏諷的表情嬌甜可愛，難得的那聲哥哥酥了他每根骨頭。

雙手捉緊船櫞，他能以安穩的長呼吸遏制心跳過速，目光卻總是落到她微嘟的唇上。唇色不紅，卻粉嫩嫩，珍珠般瑩潤，看起來就是可口。

趙青河打算無視心裡的某種狂躁，練一練望梅止渴的本事，夏蘇卻伸出手作勢來推。

他本能捉高那隻手，掌心的觸感彷彿握了一捲絲綢，清涼柔滑。再稍稍一施力，將本來並肩而坐的姑娘拉轉半身，與他之間不過一指寬縫。她烏髮中的梅花讓煙火映得繽紛，冷香撲懷，令他體內的無名燥火終於找到出口，好不舒暢。

夏蘇只覺趙青河霸道，一時忽略縈繞周身的曖昧，不甘示弱瞪他，「不敢下水就直說，烏龜縮殼本是天性……」

趙青河這會兒腦子壓根不帶轉的，眼睛一瞬不瞬，就盯著兩片桃粉的唇輕啟輕合，無意識地抬起他的另一隻手，大掌托住夏蘇的半張臉，拇指從她唇上抹過去，再抹過來，由重到輕，由用力到摩挲。

夏蘇的臉轟然火燙，說出來的字全部結凍，「放……開……你……熊……掌！」

趙青河幽黑的眼底忽然浮起燦光，低聲道：「妹妹要記住，熊是不能隨便餵的，除非妳備足食物……」

他一度以為燥火找到了出口，誰知隨著她的臉燙，他的心裡驟升高溫，唯她身上的梅香清冽。而她的唇，泛出豔麗的紅，更加飽滿，引他無聲深吸氣，竹葉青的酒香沁人心脾。他自然垂頭，他的唇替代拇指的位置，雙手捧住她的臉，貼了密實。

天下美味，不及這顆帶著酒香梅香的花生果半分。

夏蘇徹底懵傻，張著大眼，心跳如鹿，全身動彈不得。他的體溫透入她的皮膚，他的氣息滲入她的呼吸，一種奇妙的香氣，混合著無法言喻的情緒，如天高的海浪，捲得她暈頭轉向。等到魂魄歸位，才慌忙去推他。

趙青河的腦子也重新開轉了，雙手一分，放開夏蘇的臉，任她推開自己，用調侃的語氣遮掩瘋馬一般的心速，忽略懷中空落，把剛才那句話說完全——

「否則熊只能吃妳。」

白堤的喧鬧如在天邊，河上不息的船似隔了山，只有搖櫓划出的水聲，以及船頭砸浪的激響，反覆迴旋。兩個娃娃已被娘親帶回船尾，船太小，船上的動靜逃不過一家四口八隻眼睛，唯能幫忙製造靜默。

小船這時搖過了白堤，進入山塘街。

山塘近虎丘，商家看中名勝美景的帶動力，在這裡開出了一條街的商鋪樓店，其中版畫業欣欣向榮，為全國之先。而這片興盛繁光裡，蘇州片是山塘的密影，工坊深深，流水操作，熟工巧匠，展現江南的才氣、靈氣、秀氣，與桃花塢和專諸巷齊名。

山塘有夏蘇最喜愛的夜間畫市，可觀賞各種版本的仿畫，印刷精美的畫冊，以及手工技藝絕倫的雕製版畫。

但今夜，她沒有看街景，而將目光投向另一邊，無言瞧著漆黑河面。她太驚了，驚趙青河親她的駭然舉止，更驚自己對他的抗拒無力。

因她從前最恨的，就是這種冒犯。

那個家裡，由她為老不尊的爹帶頭，夫人、姨娘個個偷吃，姐姐妹妹房裡不靜，得寵的男僕們放肆無比，比得半個主子。

而她有雙技傍身，那時她爹說話還有用，加之劉徹言也有拿她換權力的大打算，誰也不敢碰她半片衣角。只是，劉徹言自身行為放浪，越到後來，常用某些曖昧的動作嚇唬她，明言她的清白掌握在他的手裡。

對此，她從不妥協，一旦對方動手，就窮凶極惡撕咬回去，哪怕拚個兩敗俱傷，也絕不讓他得逞。她記憶中，自己要是折骨割傷，也一定不會讓劉徹言好過，那些激烈的衝突不是一次兩次就數完的。

然而，面對趙青河突如其來的親密，她竟是一個巴掌都沒能搧過去。她，惱他、氣他、火他，但就是沒有那種再排斥不過的厭惡感。

她的臉仍在燒，還有遺落了很多年，卻立刻喚醒了，被人無比珍視的心安。

夏蘇分辨不清自身的心態，只覺迷惘迷惑，乾脆撇過頭去，在眼不見為淨中，以為生趙青河的氣，其實，更是生自己的悶氣。氣得滿耳聽不到周圍的喧鬧，沉浸在自己的世界裡發呆，趙青河的聲音卻清晰而來，引她轉頭看去。

「我得更正。」他不懊惱也不自責，漆眸點點星火，眉關微鎖。

不看趙青河的臉還好，看到了，夏蘇的氣就衝著他去了，冷霜白面，音色有些兵器相接的錚錚，「難道你還想改回烏龜？」

趙青河覺得這姑娘說笑時很認真，認真時卻像說笑，但這會兒他要漏出笑聲，她會哭吧，於是正經神色，「我娘給妳的信物從今以後別作數了，我給妳的才算。」

「你給我的？」什麼東西？

趙青河伸進懷裡摸到一個帕包，剛要拿出來……船身忽然劇烈一震。

兩人同時看去，就見船旁多出一個打橫的船頭，又高又尖。

撞船了！

船尾的孩子亂叫，船夫急忙將船往旁邊搖，高聲喝問：「這是直流道，前後無碼頭，怎地打橫行船？」

趙青河暗嘆，空手伸出來，身形微動，就換到了夏蘇的身前，雙眼沉冷。這條明知直流還轉橫的船，怎麼看都不像是偶然撞上來的！

對方的船頭站上來一個男子，他背著光，夏蘇他們的船又光線不足，看不出此人的面貌，「對不住啊，你們的船太小，沒瞧見。會不會撞漏水了？我讓人下來幫你們看看？」說罷向後一揮手。

夏蘇的眼亦尖，見那船櫞裡光影亂搖，拽一下趙青河的袖子，語氣未驚，低聲道句可疑。本來就是一隻青蛙跳水都會縮腳的小膽子，草木皆兵，何況鬼影。

趙青河輕笑，「我真是喜歡極了妹妹，妹妹說可怎麼辦哪？」這個姑娘，一日比一日，離不得了啊。

夏蘇掐他手臂一把，竟是硬邦邦掐不下去，只能乾瞪著他鐵打的肩膀忿忿，「前頭的帳罷了，但你別又來惹我。你這麼厚皮耍賴，連岑家小姐都哄不了，就更哄不了我了。」

趙青河冷眼看著船頭聚起五六名漢子，「妹妹莫冤枉我，不過此事押後再論。」隨後笑聲朗朗，衝那男子道：「不勞大駕，船小卻勝在靈巧，並未撞壞。」

那男子回笑，「那就好，不過我這邊有錯在先，總要賠個不是，請兩位賞光，上來喝杯水酒，讓我略表歉意。」

趙青河自然說不必客氣。

那男子又道：「趙三郎好氣量，但我這人卻是疙瘩，想要做什麼，一定要做成。你們不來，只好讓我的人下去請，萬一小船禁不起份量沉了，可怪不得我。」

趙青河忽然垂眼，對夏蘇低聲快走，自己大步蹬起，單手攀船尖木櫞，眨眼落在對方船頭，笑聲朗朗，「我來了，閣下滿意否？」

男子卻不依不饒，「我請了兩位，只上來一位，怎能滿意？」

夏蘇看看船尾緊緊靠在一起的一家人，慢走至對方船下，「你不放繩梯，我怎麼上得來？主人設想不周，莫怨客人不領情。」

趙青河對一左一右似要夾擊自己的兩名大漢毫不上心，但嘆一口氣。他判斷也不算失誤，只不過希望她聽他一回、自私一回，還抱著對方只針對他一個的僥倖心理。

男子笑得有些陰涼，「不，並非我不周到，而是以為請夏姑娘不易，需要讓人帶妳上來，故而完全沒想到梯子。」

夏蘇敲敲船板，也不同他廢話，語氣淡然，「放梯。」

繩梯滾下，夏蘇爬上去，動作像極一隻小龜，就差背殼而已。與她的慢速成對比，小船快速撐開，已經離開數丈，對方飛下來也不能著船的安全距離。

眼看夏蘇終於露出腦袋來，男子吩咐旁邊的漢子去幫夏姑娘一把，誰知趙青河一步當先，把人頂開，將自己的手伸出去，拉夏蘇上了船。

光下顯出男子的真面目，滿面鬍子，大鼻子大嘴，粗放凶相，見趙青河這般，語調賊兮，「趙三郎真是護妹心切，一點也不願讓她吃虧啊。」

趙青河看夏蘇站穩，這才放開手，面對男子神情十分坦蕩，「要是王公貴族的單身俊哥，我就不伸手了，乘勢給蘇娘找個好郎君，只是閣下這船人……呵呵，我無意冒犯，卻是委實配不起我妹妹的。」

再往船上瞧去，肚大艙小，看著高寬，卻是一艘小小貨船，船面上八九名勁裝大漢，不知船肚子裡是否還有，「閣下要在哪裡擺酒？我兄妹兩人今夜守歲，還要趕往虎丘山寺燒頭香，不能耽擱。」催人趕緊進入正題。

鬍子男搓搓大鼻子，目光閃爍，「趙三郎何必耍滑頭？你我舊帳未清、新帳又欠，候了這些日子，好不容易今晚能撞上，自然要算算清楚。至於你家妹子，放心，我們從不對值錢的貨物亂來。」

貨船一拐，進入一條靜謐的水巷，偏開山塘街上的熱鬧。水巷要比主水道窄得多，少燈，鬍子面色有些猙獰。

趙青河瞧在眼裡，背著的那隻手輕拽夏蘇的襖袖，感覺被她回拉了一下，才回道：「舊帳新帳？我怎麼聽不明白？閣下認識我嗎？」

夏蘇知道，趙青河一直對他自己滾落滑坡的意外存疑，今夜或許是瞭解真相的契機。她盡力鎮定，同時，對鬍子拿貨物形容自己另生疑慮。

鬍子一撇頭，漢子們將夏蘇和趙青河逼走到船中央，團團圍住。

「你真不記得，還是裝不記得？」鬍子眯狹了眼，「你在常州多管閒事，同我照過面，差點壞了我的好買賣。我以為弄死了你，想不到你命大，竟還撐著一口氣，只是緩過來也學不乖，蘇州地界的生意見了光，損失大筆銀兩且不論，我兄弟馮保死在你手上。趙青河，天堂有路你不走，地獄無門自來投，今夜就是你的死期，我要替我兄弟報仇。」

雖知對方惡意，當惡意變成殺意，夏蘇仍覺心驚肉跳。

趙青河的聲音卻無所畏懼，笑意絕不含糊，「我居然猜錯了？還以為馮保只是聽人辦差的小嘍羅，想不到有閣下這樣的兄弟替他出頭，不惜在年夜時報仇雪恨。或者，閣下也是小嘍羅，替老大跑腿來的？」

鬍子稍怔，反應算得快，「別管我們是嘍羅還是老大，你們這等良民絕對惹不得。既然敢做無本買賣，腦袋提在褲腰上，怕什麼都不怕死，你小子眼瞎了，敢跟我們作對。本來嘛，我們偷東西也好、換東西也罷，關你鳥事！」

夏蘇一聲輕笑。

鬍子吹鬍子，「妳笑什麼？」

夏蘇反問，「不知趙青河如何同你們作對了，你們要殺他滅口？」

鬍子瞪圓了眼珠子，「誰讓他看到了老大真……」

頭子雖要失誤，手下卻不淨是蠢才，立刻有人咳兩聲。

鬍子頓覺自己差點說漏嘴，鏘啷拔出刀來，「廢話少說，這回斬了腦袋，看你還活不活得回來！」

趙青河張臂，帶著夏蘇往旁邊一閃，避過了刀鋒。

只是，對付一把刀容易，對付八九把刀呢？

第二十八片

誠心頭香

「夏蘇。」趙青河從不覺得這姑娘會成為累贅，但不代表他不用操心。

「我自己會照顧自己。」夏蘇能上得了船，當然有自保的把握，一說完，身形朝包圍圈的間隙晃去。

鬍子冷狠下令：「這姑娘知道太多，滅口！」

他才說完，兩名漢子就揮刀向夏蘇砍去。

刀落，人沒亡，消失了。

不僅那兩個大漢面面相覷，鬍子也愣住。他看見了夏蘇的動作，用他識字不多的認知來描繪，不過就是幾個搖身扭腰展臂的舞姿，便躲開了刀光，走出了包圍圈，立在了桅杆下。

他罵手下：「蠢貨，連個娘們都對付不了。就你倆，要是殺不了她，給老子跳江！」

兩漢立刻提刀追去。

鬍子對趙青河惡狠狠撇笑，「你不用擔心你妹子，我會送你們兩人一起上路，好有人結伴說話。」

趙青河哈一聲，「我不擔心她。」忽然壓低音量，「告訴你一個祕密，我妹妹別的本事

沒有，逃跑的本事天下數一數二。要擔心的是你兩個手下，恐怕跳江跳定了。」

鬍子才要哼，眼角餘光瞥見桅杆頂上有個人影，待到看清了，竟是夏蘇。她雙手背捉，雙腳反蹬，大袖收風，襦裙似旗，如坐雲霄，冷然俯瞰。

鬍子反應不算慢，大喝：「砍斷桅杆！」

趙青河嘖嘖兩聲，「這主意有點蠢……」要拆船嗎？

鬍子不待他說完，一抖大刀，鏘啷啷向他劈去。

趙青河轉身就跑。

鬍子大樂，喊人截住趙青河，又驕橫道：「跑得了一回，跑不了兩回。上回我沒處理乾淨，今夜非砍斷你脖子不可，絕不可能回魂。」

趙青河當然不是逃跑，而是迎著來截他的一名漢子，側身避開大刀，抬腿踹對方的小腿骨，同時捉了手腕，以手肘頂手肘。咔咔兩聲，對方的刀就脫了手，正好落進他手裡。回身一甩，刀飛出，正中另一個撲來的大漢心口，頓時斃命。而那名被打斷骨頭的漢子慘叫著，倒地亂滾。

鬍子的大笑凝固，「你練的什麼邪門功夫？」

「突然發現自己力氣大而已。」趙青河雙手攤在身旁，「閣下不是處理過我？難道沒同我交過手？」連鬍子和砍桅杆的漢子在內，還有六人。

「……對付蠢貨何須硬碰硬。」鬍子大鼻子哼得輕蔑。

趙青河點點頭，「是啊，撬幾塊滑動的石頭就行了。不過，你能確定我如今還蠢嗎？」

鬍子不確定，但知今夜一定要取對方性命，當下沉喊：「這小子扎手，都別藏了，統統給我出來！」

夏蘇在上面看得清楚，只見底艙板掀起，從船肚裡又躍上七八名勁裝漢子，個個手掠明刀，神情驃悍。她全無攻擊力，只憑趙青河一個，要對付十幾個人，看不到勝算。

難道真要死在這條船上？

夏蘇正焦灼無比，卻忽然對上趙青河的視線，看他嘴唇動了動。

她與他的作息如今相同，夜裡常碰面，聊天也是前所未有的頻繁，一眼就能讀出他說什麼。她眨了眨眼，他立刻呼喝一聲，絲毫不懼衝上來的凶徒們，身體靈活地躲開這一波亂砍，反而幾招將措手不及的砍桅杆漢子踢下水，頭也不回往船尾跑去。

鬍子氣瘋，以為趙青河要跑，惡狠催促著快追，一時忘了桅杆頂上的夏蘇。而這回的報仇之中，本不包括這個女子，他也沒有太上心。所以，包括他在內，沒人注意到，桅杆底無人，桅杆頂也無人了。

人聲呼喝，兵器鏗鏘，夏蘇聽著這些不甚清晰的嘈雜，盡力不去想趙青河能否應付，手裡提一把大刀，在昏暗混濁的底艙中尋找合適的鑿船位子。

鑿船——趙青河只給夏蘇兩個字。

夏蘇卻沒有慌亂到瞎鑿一氣，迅速判斷之後，她往底艙尾部走。沉船或許是對付這麼多人的好辦法，卻更要考慮自己和趙青河脫險的可能性，同歸於盡就傻了。

底艙是一大片挖空，沒有分艙，只用網和油布隔出幾段，堆放乾糧雜物，睡覺的草墊爛絮，還有打牌玩耍的隔間。到處充斥著刺烈的酒味，汗味和最好不要分辨的臭味，夏蘇捂鼻走到最後，拉開擋路的一大片油布，看清眼前情景後，不禁愣在當場。

一個大鐵籠子，裡面蜷著女人和小孩，個個汙面爛衣，瑟瑟發抖，唯有眼珠子黑白分明，充滿膽怯恐懼，也有憤怒茫然悲苦的。

「……」夏蘇不知自己該問什麼。

從偷竊到人販，這些人做買賣的範圍真廣啊，什麼有錢賺錢的勾當就做什麼，怪不得把她說成貨物。她轉身要走，想了又想，卻再轉回來，掄起刀砸開鐵籠子的鎖。

眼睛們幾乎同一刻閃現喜色，幾條影子往門口靠來。

夏蘇表情平淡，語氣疏冷，「我和我……義兄也被困在船上，本要鑿船脫險，想不到船艙還有人。我雖幫你們砸了鎖，卻救不得你們，不過這條船此時還在水巷中，會泅水的人有一線生機，也可抱木浮水，各位自求多福。」她娘說過，自身無能就最忌心軟，救不得自己也救不得別人。

夏蘇說完，卻瞥見鐵籠旁堆著厚密的梗垛。不是床鋪，也不是乾糧，紮得一捆捆的梗垛裡顯然藏物。她心念一動，走過去撥開探，手指觸感冰涼，再抽去草梗，露出半只古瓶。

贓物。

回頭看著鐵籠裡一張張畏縮愁苦的臉，牢籠沒了鎖，這些人的腳步仍邁不開，皆知逃生等同赴死，夏蘇忽然有個大膽的想法，鑿不了船底，鑿那夥人的要穴或可行得通。

船尾，趙青河正拖延時間，刀劍無眼，身上難免有些擦傷，但對方也沒討到多大便宜，十來人讓他撂倒五六個，還有鬍子為首的七八名硬漢。

他聽到水聲變大，就知又要拐進河道，一旦水面寬闊，對這夥人更有利。讓夏蘇鑿船，半晌沒弄出動靜，這姑娘不會動作太慢，腳還沒踩到船底吧？又該不會底艙有看守，把她細脖子砍斷了吧？

趙青河被這幫混球的車輪戰攪得疲累，心裡難免煩躁些，越想越縮了膽，怕夏蘇出意外，頓時騰身又往船頭跑去。

眼睜睜瞧著幾把刀落空，鬍子心驚，同時暗奇這趙青河到底是深藏不露，還是半年之中有奇遇？不但功夫精進，腦子也十分活絡，和常州照面那時竟大為不同。哪怕此刻他們在人數上仍占優勢，趙青河還能跳出包圍圈，動作毫不拖滯，令他不禁有點後悔自己輕率。

馮保的死訊傳來時，鬍子正要北上交貨。一邊是主家命令，一邊是兄弟交情，他毫不猶豫選擇後者，向上面虛報了行程，繞道蘇州來查馮保死因。

只是，他怎麼也沒想到，殺了馮保的人竟是趙青河。當初他奉命挖山泥、設陷阱，親眼目睹這人滑下陡坡摔沒了魂，誰知趙青河命大，撐著最後一口氣，竟然緩過來了。

幹他們這行，最忌諱這等邪門事，活兒沒做乾淨，就必須再收拾一回，而且又牽涉他兄弟的大仇。他潛在蘇州好幾日，派人一直盯著趙府，這才找準今夜對方坐船出城的時機。

也就是說，這回行動是他擅自主張，若幹掉了趙青河還好說，若幹不掉——鬍子打個寒顫，目光森冷，提刀緊緊追上。

他已沒有回頭路，不是趙青河死，就是他死，「你往哪裡跑？」

趙青河不說話，飛身上了矮艙頂，足似點水，自頂緣敏捷空翻，竟是直接要落入底艙中。不料，底艙突然鑽出來一個人。小小人，汙皮黑臉瘦骨架子，抱著一只比小小人的個頭小不了多少的花瓶，上到船板就往船櫞直縮。

趙青河張開雙臂，如蝙蝠飛行，改變落姿，一撐底艙門兩邊，靈活翻過了門。但等他一抬頭，又見下面鑽上一個半大不小的孩子。他才暗道搞什麼，聽鬍子氣急敗壞。

「小兔崽子們怎麼躥上來了？哪個蠢傢伙在看……」鬍子厲聲，卻沒問完。

趙青河大感好笑，「這位老大，你不會數數？帶了多少人上船，剛才跑出來多少人，減一減就知道誰在下面。莫非等於零？」

可不就是等於零！鬍子就此把夏蘇想起來了，抬頭見桅杆上飄的只是一件空襖，便知她下到底艙裡去了，急忙喊手下，「堵艙門，別讓兔崽子們出……」

聽手下們喊老大，鬍子不耐煩轉頭，正要罵娘，看到那根掛襖的桅杆朝自己倒來，要不是兩手下拉著他往後退，他就被砸死了。

「姓趙的！」鬍子怒咆。

就有這種人，自己做什麼都行，別人做什麼都不行。

「欸！」趙青河敷衍應聲，淡眼瞧著一個又一個的人影鑽出，只不過由小孩子變成女子。他也瞧明白了，這群窮凶極惡的傢伙還是人販子。

撿起地上的刀，不再如玩具一般拎著，到這時他尚未開殺戒，對方才能像打不死的蟑螂。趙青河說道：「這位老大怎麼稱呼？無本的買賣都讓你一家全包了，我佩服得緊，向你正式討教。留個名號，跟你好兄弟馮保一樣，我好記著。」

刀芒畢現，無需再手下留情。

鬍子全然不察趙青河的變化，哼哼唧唧，「可別想我上你的當，你套出我的名號來，回頭知會官府，滿地通緝我。」

趙青河眼中沒有情緒，如同單調流淌的水，「身為老大，說到做不到，見勢不妙就打退堂鼓，不大好。今後底下人怎能對你有信心？」

鬍子心裡是在打鼓。料錯趙青河的實力，料錯夏蘇的身手，以致於他雖然人多，也沒討得多少好處，而人口買賣又讓對方揭了出來，令他開始頭皮麻。

「把船靠岸。」柔美的女聲劃開這兩人的兩種情緒，「不然……」

飄搖的風中燈色，映照著艙門邊的夏蘇，雙眸沉靜了冷冬的河，神情似笑非笑，她的手一放，展開一卷長幅畫卷。

她這個動作彷彿就是號令，拿卷軸的女人孩子皆展開，拿瓷器的人作出摔勢，拿金銅器的人作出拋勢。對方的刀，可以取他們的性命，也同時毀去這些東西，一件不留。

趙青河斂眸，從不知道，破釜沉舟的氣勢是可以被如此營造出來的。而他料不到她這面應付危急的本事，本已準備大開殺戒，如今，不需要了。

水聲嘩嘩，紙聲嘩嘩，一切卻靜待著夏蘇的聲音：「趙千里[10]的〈暮江漁父圖〉。」笑聲捎鈴，難得顯出一絲自信的俏皮，「了不得，誰能想到，此畫竟在一群盜賊手中？要是讓京裡的大人物知道，豈止滿地通緝，怕是要滿天撒網了呢。」

鬍子眼珠子凸出，讓她罵怒了，「妳懂個屁……這是假貨。」

「是嗎？」夏蘇對身旁一個女子點點頭。

哐啷！那女子手裡的一鼎青銅爐摔到船板上，滾出兩圈。

鬍子眼睛翻上，簡直氣昏，那一下砸掉多少白花花的銀子！

夏蘇卻覺不夠，又示意離她最近的小男孩，「把瓷瓶砸了。」

鬍子是專管盜貨、偷貨、運貨的人，但偷得多了也有記性，看出那是大明宮裡皇帝愛的名瓶，價值千金，眼睛立刻急綠，忙喊住手。同時，他肚裡罵翻了天，暗道怎麼最好的寶貝都讓她給帶上來了？

「靠岸。」夏蘇沒有廢話。

鬍子賊心不死，「老子認栽，不過只能放你兩人上岸。」不放女人和孩子。

趙青河笑撇著嘴，「妹妹撕畫吧，有人不見棺材不掉淚。」

夏蘇從善如流，將畫卷橫捏，一手呈現撕狀。

這幅〈暮江漁父圖〉已有買家下訂，萬一出什麼差池，不知上方會如何懲戒自己。到了這份上，鬍子清楚意識到他對付不了這對兄妹，唯今之計只有暫時妥協。人跑了，還能再捉，古董書畫損壞，他卻是一點辦法都沒有了。

「靠岸！」鬍子恨恨吩咐下去。

船往河邊靠去，行緩撐停，放下舢板。女人和孩子們往舢板那邊走，直至上岸，才將手裡的東西放在地上，一個個跑往明亮的山塘街，方向也一致。

趙青河走到夏蘇身旁，「妹妹教導有方，不過不怕對方這會兒一擁而上？」

夏蘇對上鬍子陰森森的目光，「整船的貨恐怕都沒有我手上這幅畫值錢，尤其這畫還是某位高官買訂了的寶貝。」與畫一起附著約書，寫明送交的地點。

「喔——」趙青河也看鬍子，語氣傲慢得令人憋氣，「閣下，你篤定手到擒來不費工

注釋——

10—趙千里：名伯駒，宋太祖七世孫，知名畫家，擅畫山水花木。

夫，開著貨船就來殺人，不知此時有何感想？」

鬍子牙齒磨得嘎嘎響，「既然知道這是給大人物的寶貝，若有半點損壞，難道你們跑得了？再說，你倆跑得了初一，跑不了十五，敢攪和我們的買賣，遲早死於非命。」

「反正今晚是死不了了。」趙青河並不欠缺「得過且過」的紈絝風格，一手拿過畫去，一手橫起刀，「妹妹下船等我罷。」

夏蘇瞇眼稍頓，放開畫，神情閒淡，「別磨蹭，若想燒大吉大利的頭香，要趕在日出之前抵達山寺。」

趙青河笑得無聲，看夏蘇下了船，這才收斂笑意，眼底深如夜海，對鬍子冷然道：「不知你們上頭是誰，但有句老話，夜路走多要小心。我連自己怎麼死的都不記得，你們非要苦苦相逼，為了活命，我就只有拚命了。今晚的帳，你清，我就清，老死不相見，我也不會想念你。這位老大行慣江湖，懂我的意思吧？」

鬍子表情猙獰，出口卻無奈發軟，「懂！就是橋歸橋路歸路的意思唄。行，今後你不找我，我就不找你。」

趙青河硬紮子，報仇事小，保命事大，他也不可能再罔顧上頭擅自行動，栽了就栽了，此時最好靜悄悄平息這場輸局，不驚動他人。

「你比馮保懂事。他若直接遠走高飛，不想著找我妹妹晦氣，就不至於丟了性命。他有殺意，我怎能等他殺？」趙青河一步步退上舢板，突然將畫往空中一拋，引得鬍子等人手忙腳亂。

待鬍子接過畫，察看有無破損之後，再望向小巷，哪裡還有那對兄妹的身影。他跳腳直罵粗話，卻也莫可奈何，只能讓人將那些古董書畫重新搬上船，灰溜溜離去。

到了江上整頓，他自己沒傷，但他的十一、二名手下都掛了彩，且比趙青河的皮外傷嚴重得多，真要硬拚也未必占得到好，不禁暗暗慶幸自己當機立斷，跑得及時。當下，安排值夜，還盤算著從北上的哪幾個點弄些女人孩子上來，他一頭倒下去睡大覺。

再說夏蘇和趙青河，先將那些逃出來的人交給巡夜的兵員，這才到了虎丘山寺。

夏蘇倒是有誠心想上頭香。

此時子夜過了，第一批守歲的香客也過了，灰雲霧海的天空緩緩升輕，氣氛稍冷的廟宇正待第二批來趕黎明的人，影子三三兩兩，恰好靜時。

豈料趙青河拽著她，腳趾都沒觸到大殿臺階，待她回過神來，發現自己立於雲岩塔頂層，寒風颳臉，吸入冰颼颼的氣流，呼氣時連眼眶也冒出絲涼。

與夏蘇凍僵的姿勢相反，趙青河單腳著地，氣定神閒地坐上東窗棱，「總算清靜了，只可惜了妹妹請我的一頓好酒好菜。」

夏蘇瞧他，冬衫讓刀劃破好幾處，還染了血，帽冠髮簪全不見，頭髮亂糟糟披著，不過看他說話中氣十足，似無需擔心傷勢，語調就淡些，「你用這披頭散髮的邋遢樣子開一年的光景，全家大概要跟你討飯去。」

「心誠則靈。」趙青河卻不在乎。

夏蘇拆下髮間的一根紅木簪，放進趙青河手裡，說道：「你心誠不誠，我不知道，只知道礙我的眼。」

趙青河抬了抬眉，腦袋往夏蘇那兒一偏，「妹妹幫我弄。」

夏蘇欲當他耍無賴，不想搭理，卻睨見他衣袖下的袍子血跡斑斑，轉而默然無言，以十指梳攏他的散髮，簡單轉髻上了簪。

她與他從前一點親近感也無，現在卻是怎麼了呢？他莫名親她，她心慌，但不厭。她給他紮髻，不情願，但還是不厭。

指尖微麻，夏蘇無意識搓起指腹，悄退了幾步。可以的話，離他遠一點得好。

「你真不認趙大老爺麼？」這夜波瀾平定，原本沒時間想的事，此刻來襲。

他鎖住墨眉，「妹妹哪壺不開提哪壺。」

她抱臂倚住另一扇窗，水漾的淡眸望天邊幾縷紅雲，居高遠眺，分外美麗清晰，頓時有些明白他為何堅持上塔來。

「只要自己不願意，沒人逼得了什麼的。這話好像是你說的。你不肯認祖歸宗，又萬般犯難，之前勸我，原是哄我安心。不過，隨你怎麼為自己打算，我是無論如何不會當趙家姑娘的。」

他失笑，「妹妹說得是。勸人容易，勸自己難，身世這麼錯綜複雜，就很難理得清是與非。我雖說得堅定，這些日子心裡也不是不反覆。」

這些日子？「你早知道了麼？」她確實遲鈍啊。

「也不算知道，只是猜測而已。」比她猜的女婿多出一樣。說實話，趙大老爺對他的好，遠遠超出一個女婿的待遇，再加上同姓，青河向南，母親的信，種種跡象其實明朗。

他猜得總比她準，她自是服氣，「我聽二太太話裡，大老爺與大太太雖互敬互尊，反倒是惦記著乾娘的緣故。府裡皆知這些年兩人分院子住，興許真的……」

「逝者已矣。」他道。

是的，人死不能復生，趙大老爺情再長，對乾娘也已無可彌補。她輕嘆，這事，自己插不上嘴。

兩人沉默之時，東方忽然大放一線明光，將金紅的浮雲絲絲拉進，不管它們是否甘心，不顧它們奮力拚亮。

趙青河動了，立上窗臺，對夏蘇伸了手，「還好沒讓禾心那個小丫頭說中，下什麼雪。快上來！」坐船，遊河，出城，所為不過這一刻。

夏蘇捉住他的手。事到如今，若還非要對這個人保持防備，簡直自欺欺人。她已丟殼卸殼，就算是被騙，掉下塔去，她也沒什麼不甘，咎由自取罷了。

兩人輕功卓絕，眨眼就飛上塔尖，齊望東方。金光沉在天際，如濤海滾滾，下一刻萬道光芒掙出，一輪圓日蒸升。新年日出，那麼朝氣蓬勃，令人心神振奮。

「今年我們一定會過得很好。」

晨風東來，將趙青河的話語吹到夏蘇耳裡，似乎那不是願望，而是允諾。

她輕道一聲很好，瞇眼望向朝陽，接下黎明。

舊年，忽遠。

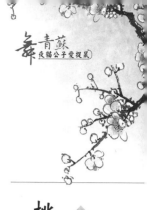

第二十九片 挑燈看蟹

正月十五，慶年近尾聲，卻仍熱鬧。

說服了老太太，趙大太太包下華夫人的太湖飯莊，領著府裡的女眷出來，看燈吃蟹聽大戲。江南人傑地靈，山水錦繡，江南的女子就比北方女子少了一點點拘謹，尤其是這樣的大節日，大戶人家的女兒媳婦隨同長輩們出府逛上一日，並不鮮見。

當然，事前趙府和飯莊都作了充足準備，將上席設菜的夥計一律換成婢女，撈蟹撈魚皆少年，戲班必須嚴格使用專門通道和出入口，全莊有趙府的護院負責，進來出去一定要看牌子。說到底，包了莊子，也是弄得像趙府別園一樣，唯太湖風光特別，從莊裡可看湖上，還很方便坐畫舫，到附近的湖面賞玩。

這日一起出行的，不僅僅是女眷，還有幾個年少的趙家兒郎，以及趙青河。

自從趙青河身世揭曉，府裡的議論就沒消停過，各房面上尊重老太爺的決定，私下並不樂見其成。

趙青河可不是一般的私生子入戶，將以大老爺第一任嫡妻的嫡子身分記入族譜，不但分家占大優，還成為僅次於大老爺的家主候選人，這讓他們很難接受。畢竟，這個姪子冒出得

太突然，無法用血濃於水來親近他，表面客氣著，更多是猜忌疑慮。

如今才過去半個月，趙青河刻意躲著他爹，年夜飯桌上直接撂話不認親，讓人看來也並非隨口說說，故而各房能暫時觀望。

受大太太鄭重託付，趙青河來幫忙保護女眷們安全。他可以說不，但夏蘇也在邀請之列，他這個兄長當然要隨行。

大年初一他連累她再遇凶險，而且吃花生吃到她嘴上去了，雖然一起愉快看過新年日出，半個月來卻覺得她有些冷漠。夏蘇甚至不惜改變晝伏夜出的作息來避他，身旁總有別人，讓他頭一回埋怨家裡人多。他實在不大喜歡這般相處，又不懂如何哄回，只擅長跟著賴著，慢慢陪磨。

正午開席，長屋長案，女子一大間，男子一小間，但今日除了夏蘇，就是一屋子趙家兒女，沒有別家，所以不放簾子，兩邊的綿紙格門皆拉開，一邊戲臺、一邊花池，愛聽熱鬧戲的，愛看捉湖鮮的，任君挑選。

趙大太太看菜上得差不多，使人喊來巡莊的趙青河，「累你忙了半日，辛苦了，快去你弟弟們那桌吃酒。」

夏蘇悄然抬眼，就和那雙冷鋒的眼睛對上，視線一顫，又落他唇上，心頭狂跳。她慌地耷拉下眼皮，暗念石頭臉不俊不俊，揀菜吃，無滋味，只是胡亂想著……

弟弟們？趙大太太對大老爺的夫妻情不淺，事事齊心，這回顯然幫忙在父子之間穿針引線。趙青河看過去，一桌半大不小的兒郎，也有他同父異母的弟弟趙十二。因為都歲數不大，沒有趙府其他人想得複雜，瞧他的目光多好奇，也有些翹盼。

就他所知，四郎、六郎忙著讀書大考，又過了二十，與十來歲的弟弟們平時玩不到一處。這是突然多出了一個大兄，不知利害關係的少年們，大概以為他能帶他們玩耍？

無論如何，不能當這些少年的面駁回趙大太太的話。

趙青河也不多言，走到隔壁那間，落座。

二太太睨著，嘴角刻薄抿住，一轉眼對大太太笑開了花，「聽說三郎不願認大伯，我們還擔心你們不好受，如今看來到底是骨肉親情。」

老太太不在，大太太最大，可她沒擺架子，哪怕二太太打著笑臉揣著酸溜溜的心，仍態度很好，「如二太太所言，不管三郎認不認，骨肉血親不可否認，父子就是父子。」

夏蘇一旁聽了，心裡嘆氣，出身果然難改，自己再不願，也是徒然。她，和他，都一樣，逃得一時，最後卻一定被過往追上。

這麼想著，她心情不由沉，吃酒都少了貪杯的興致，聽九娘說著備嫁的瑣事，看花池那裡開甕挑蟹，冷冷淡淡瞧桌上撤去席。但望趙青河，見他帶著趙家小兒郎們捉蟹釣蝦，時而爽朗得像個大孩子，時而又很穩重，將每個弟弟照顧周到。

她想，這人原來就有兄長氣質麼？

大概看少年郎們玩得歡，十七娘就抱怨起詩社散了，又不愛聽戲猜燈，怪沒意思。

趙二太太總對別人挑剔，自己親女兒是掌上明珠，想法子讓女兒開心，「要不咱上畫舫吧，難得出來一趟，怎能不遊太湖？」

大太太道：「本來就是這麼打算的，不過要等等華夫人，我讓她準備著呢。」

華夫人來得很快，「大太太，都布置好了，不知何時上船？」

「就這會兒。」大太太站起來，拉著華夫人的手往外走，與她笑言，「已經開始跟我抱怨無聊了，一檯子好戲也沒人認真聽，勞煩妳讓班主他們吃飯去罷。」

華夫人吩咐了掌事的去辦，一手攬著大太太，另一手攬著二太太，「趙府裡就養著伶官，今日老太太又沒來，姑娘公子們自然無心聽戲。湖上風光好，我還打聽過，正巧今日不系園來太湖，在湖中央開集，有文人墨客當場作字畫競賣，也有名倌吟詩助歌舞，還有名書古畫鑑賞。姑娘公子們即便上不得船，也能就近看熱鬧。」

不系園是杭州聞名遐邇的大畫舫，文人才子的聚會之所，不時還辦書畫雅集。除了大房裡的九娘和十一娘，其他趙家姑娘們立時雀躍。她們能起詩社，自然對書畫也知道幾分，更何況不系園名聲響亮，難得到蘇州來，機會珍貴。

大太太與幾位太太商量一下，對華夫人囑咐，「不能上不系園，但可駛到近處看一會兒。」華夫人笑應了，關照船娘們去湖心。

夏蘇站得稍遠，卻聽得隻字不漏，不知不系園也知有畫展可瞧，神情較之前大振。

「妹妹表情變化，委實昭然。」趙青河是船上唯一成年男子，夏蘇是船上唯一待字親戚，但他仗著義兄妹，毫不避嫌，與她袖碰著袖。

所幸夏蘇也不敏感這種事，「我又非偷雞摸狗，昭然如何？」九娘之外，她只有趙青河一個說話人。

九娘正回頭找夏蘇，見趙青河與夏蘇並立，直覺竟是好俊的一對人物。她性子溫和偏靜，趙青河身世揭曉後，還未曾與他照面，此刻正好，上前盈盈施禮，誠意道聲三哥。

趙青河一怔，大太太有心刻意，他可不理會，只是趙九娘發自真心，卻令他不好敷衍，淡然地喔了一聲。

夏蘇聞畫心情舒暢，慢騰騰取笑道：「九姑娘，妳三哥既然應了這聲，妳可向他要份大一點的賀禮。」

趙青河忍不住笑出，「九娘莫上蘇娘當，這賀禮就得向她要，她管著家裡的銀子，三哥我從她那兒支銀子，十足可憐。」

夏蘇冷白一眼，「你歸你送，我歸我送。」扯。她何曾掌過他手裡的銀子，頂多摳過一些過。

「這樣好，一份變兩份。」趙青河繼續閒扯，「九娘得跟我說聲謝。」

九娘真張口。

夏蘇拉著趙九娘卻走，「就算要謝，等拿到禮再謝，誰知是不是空口白話。」

趙青河一向不急於洗白自己，且在這點上，他萬分贊同夏蘇。事實勝於雄辯。

他只道：「別忙著走，妹妹莫非不想和我上不系園？」

夏蘇剎住身形轉回頭，以烏龜的速度來說，簡直成精了，「你有何辦法？」

「游過去？」趙青河抬眉，好看的眼，好看的笑容。他今日既非來當大眾保鏢，也非來當孩子王，只來湊某位妹妹的熱乎。她的心願，就是他的挑戰，越難越有意思。

夏蘇撇開眼，對心跳全然放棄，「滿出來了。」

猜妹妹的字謎，也是一大樂趣，但趙青河也放棄得極快，「什麼滿出來了？」

「自信。」夏蘇咬字。

「謝妹妹誇獎。」稀奇了，居然沒來「兜財手」那招？

夏蘇哼笑，「誰誇你？自信滿出來就是自大自狂自我毀滅。」

趙青河無語，瞪了她半晌，按著太陽穴呵笑，「烏龜妹妹有尖牙。」

九娘看兩人鬥嘴，不覺得不妥，只覺得羨慕，即使是在大家族出生長大，兄弟姐妹那麼多，她也不曾經歷過這般輕鬆卻親近的相處。撇開兩人其中難言的感情，實實在在是彼此信任的。

「不系園！」十七娘歡呼。

煙波浩瀚的雲水湖面，水光籠罩著一艘大舫。它彷佛第二輪金日，拉近四面八方的船隻，吸引，聚攏，又散開，卻停得不遠，呈明月之下星羅棋布。而日光月光，都掩蓋不住船身的三個剛勁大字：不系園。

這番景象，連幾位太太都望入了迷，任船娘們駛得很近，忽聽不系園上有人喊趙青河之名。那男子滿頭灰白髮，身旁有位笑容可親的婦人，似一對夫妻。夏蘇並不認識，但也不稀奇，趙青河這幾個月一直在畫市裡探路，人脈開拓。倒是大太太及二太太顯得驚訝，又同聲招呼那對人物，態度十分尊敬，稱其董先生及董夫人。

這位董先生三言兩語，道明兩點，不系園不隨便放人上船，不系園是觀學識慧的好地方。董夫人也想請歲數較長的姑娘陪同。

於是，大太太及二太太就允了適時提出請求的趙青河，讓趙家兒郎、九娘和夏蘇，登上不系園。乍看起來，趙青河並未想到特別上船的法子，只是運氣好而已。夏蘇如是想，卻聽到趙青河與董先生的對話，當下愕然。

趙青河道：「多謝先生幫忙。」

董先生道：「不必客氣，前頭那位就是喜愛丹青的義妹嗎？」

趙青河答是，又道：「不系園僅停留太湖一日，而長輩之請不可推辭，才勞駕先生特意跑這一趟。」

董先生道：「無妨，不過舉手之勞。若只因女兒身就受到拘束，豈非可惜？令妹能作一手好畫，難能可貴啊。」

趙青河謙言：「算不得多好，卻真用心。她尚未許人，我這當兄長的，自然想多寵著她些，待她嫁入夫家，未必能有這麼自在了。」

董先生嘆，「的確如此。就說這趙府，大戶廣宅規矩多，要不是教著四郎、六郎，老夫恐怕也幫不到令妹……」

原來，董先生是趙四、趙六的夫子。

趙青河請來這對夫妻，就是要讓趙府夫人們變點頭啞巴，看似一場偶遇、看似十分運氣，全是他一手謀就，從接下大太太的邀請開始執行，最終一定會讓夏蘇登上不系園。

除了許人嫁人那句多餘，夏蘇無甚怨言，也自歎不如。

董夫人如面相一般親切，發現夏蘇落後，就笑等著她趕上，「我家先生十分喜愛夏姑娘的畫，讓我今日找機會跟妳再購一幅，不知可否？」

夏蘇即便不如趙青河長袖善舞，也懂得人情世故，只是她性子不愛兜、不喜繞，直接就問畫的事了，「不知先生喜歡誰的畫？」

夏蘇的話直，卻正對董夫人的脾氣，遂也不費舌客套，「我家先生已有一幅妳仿的李公麟[11]人物白描，這回想購妳的畫。」

她的畫？夏蘇一怔，兀自低頭想了片刻，才道：「董夫人，只怕我畫不好，您還是說一位董先生喜愛的大家吧。」

趙九娘不知夏蘇擅畫，更不知她擅長摹畫，連董先生都求她的畫，心裡正佩服，聽到這兒就糊塗了，「李公麟的白描難道不是妳的畫麼？」

董夫人代夏蘇答，「是夏姑娘畫的，卻不是夏姑娘的畫。」

趙九娘豁然開朗，隨即又奇，「蘇娘仿李公麟的白描可獲董先生稱讚，想來畫功不同一般，為何說畫不好呢？」

夏蘇對上董夫人明朗的目光，回道：「摹仿與自繪是兩種境界，我並無自繪的天賦。」

董夫人溫和笑著，「畫來看看就是，妳不是我家先生的學生，不必怕他苛責，頂多當心他不付銀子。」

這是董夫人說笑，夏蘇儘管慢一拍，還能跟上趙九娘，一同笑，「我盡力一試。」這算是答應了。

董夫人趁九娘和夏蘇說話，回頭對丈夫眨眨眼。

董先生開口：「夏姑娘既然應了，可容老夫指定題目？」

注釋——

11—李公麟：字伯時，號龍眠居士，北宋文人畫的代表畫家之一。李公麟家藏豐富，博學多才，擅長鑑定金石古器，也擅長各種繪畫，鞍馬人物師法韓幹，佛像近吳道子，山水得李思訓。李公麟的藝術成就在於發展了白描技法，他的白描線條挺健圓潤，簡括雅潔，具有很強的藝術表現力，為後人所宗。

夏蘇轉身行禮，她自幼師從多位畫師，十分尊重師者，「先生請說。」

「冬去春到，夏姑娘就畫一幅春暖花開的小青綠吧。」

「是。何時交畫呢？」董先生一句話，別人聽不出名堂，夏蘇就理解了。主題：春暖花開。設色：青綠。內容：小寫意。

「夏姑娘自覺水到渠成之時。」董先生道。

「先生也教畫麼？」夏蘇沉思半晌，突然問道。

董先生搖頭，捋過黑中摻銀絲的鬍髯，「老夫喜賞，畫無才，勉強習得一手不難看的書法，也是為了擺教書先生的門面。不過，老夫以為，讀書與畫畫相通，急智驚才者，細水長流者，資質各不同。」

然而，教她的人，恨不得她一夕學會天下大成，丹青筆不可離一日手，稍有退步就挨訓罰挨戒尺，如此復復年年，練出上乘摹技，夏蘇卻反而不會自畫了。

董夫人這時喚董先生過去，似看到熟識，而趙九娘自覺走到前頭帶弟弟們，留夏蘇和趙青河走在最後。

「聽說今日雅集的字畫是不系園主人親自相請，由蘇州各位收藏大家出借，雖只有四十六幅，皆為珍貴藏品，平時無緣得見，其中不僅有妳最喜愛的唐寅書畫，最古可追溯至南北朝王羲之的字。不系園還邀請到蘇杭一帶的畫家和名鑑，要在頂艙舉行評畫茶會，當場開價競購，也能以物易物。妹妹若有看中的，不妨告訴我。」趙青河放慢腳步。

「告訴你又當如何？」夏蘇嘴角輕勾，一抹「你買啊」的笑。

趙青河也笑，「我自會想辦法讓妹妹高興的。」

夏蘇靜靜走了一會兒，「能上這條船已是足夠……」想謝他，卻壓在舌尖說不出口，這人欠她的舊債太多。

前頭少年們開始出現方向分歧，九娘明顯無力，夏蘇趕緊推趙青河一把，「別說空話，不如管好他們，讓我把所有的畫好好看完。」

「得令。」趙青河邁著大步去了。

他人高馬大，往少年中一站，鶴立雞群，立刻就顯威勢，眾人只能乖啄點頭，他說往哪兒就往哪兒。

九娘退到夏蘇身旁，微笑道：「想不到三哥竟治得住十二弟。十二弟倔起來，親四哥的話都不聽，母親也頭疼。」

「都怕趙青河的拳頭吧。」進入一層的大艙中，夏蘇眼睇了、心醉了。

九娘駭笑，「怎麼會？倒是三哥待蘇娘真好，令我羨慕。我從前瞧四哥和七娘客客氣氣的，以為兄妹雖有血緣，畢竟男女之別在先，等我瞧了你們，還是覺得這樣才好……」

夏蘇沒聽見。

她眼裡只有一幅幅紅木杆掛起來的畫，想著果然比自己夜裡隨意逛找的佳作傑出，有些迫不及待，抱著無比的尊敬和崇拜，全神貫注地欣賞起來，渾然忘我。

從南北朝到當世今朝，從水墨到青綠的復古，從山水到花鳥的大小寫意，她曾那麼熟悉，又陌生了，今日重溫傳世大家們，他們的畫筆、他們的故事、他們的風骨，再來感動她。

一花一木，一山一水，人物動物，真物虛物，或黑白，或青綠，或淡彩，或明彩，真正的傑作必定觸得到心裡某個柔軟的點，能停留記憶長長久久。

她有多久沒看到這麼多名家真跡？上一回，還是在父親的畫庫裡，肆無忌憚地觀賞。無需抱持懷疑、無需時刻警惕、無需在大量的偽片中艱難找出一片真，這種暢快的、單純的感覺，她幾乎要遺忘了。

這般暢快中，對圓滿結束觀賞的期待合情合理積蓄到最高，卻忽然一腳踩空，如同從萬丈深淵墜落，不但驚嚇之極，還失望憤怒，令夏蘇忘了身處何地，不自覺喝出一聲：「此畫係偽作！」

儘管這層艙裡的人不多，卻在書畫界大小有些聲名，而今日展出都是珍貴藏品，聽聞有人道偽作，個個抖擻精神，湧過來瞧好，一來看看自己的眼力如何，二來看看他人的眼力如何。只是瞧清夏蘇為女子時，已有大半人質疑她的話。

一時之間，眾人紛紜，大談趙伯駒。從趙伯駒字千里開始，接力似的，讚他藝林昆侖，擅長精工細筆，又有水墨山水的畫風，較唐人濃郁，更清潤明麗。此畫一如他的風格，山水採用青綠，取實景，同時大膽賦予想像，山石勾勒，皴筆細密，布局大氣且周致，更不說此畫卷有多位名家題跋，若是偽作，也是千里還魂等等。

夏蘇聽得這番背書，但覺滑稽，只是膽小不願惹事，正打算灰溜溜裝不相干。

趙青河沉穩的聲音入耳，夏蘇的心頭突然大定，抬眼發現人就站在自己身旁，不由露出笑容，「不錯，正是〈暮江漁父圖〉。」

「妹妹，這不是……」

趙青河緊鎖眉頭，目光冷斂。

大年夜，夏蘇以一幅畫化解性命攸關的危機，準備要手撕的，不正是〈暮江漁父圖〉，又是什麼？就他和那群盜賊團夥幾回交手下來，對方那般緊張的畫卷，不大可能是偽作。而如果那幅是真的，眼前這幅當然就是假的。

「這位姑娘為何說此畫係偽？」音若鐘，直擊在場每個人的耳鼓，幾乎同時循聲望去。

艙門外走進兩位男子，均四十左右的年齡，一胖一瘦，胖者福相氣和，瘦者清面濯眼。兩人面相迥異，卻都有一種奇異的氣度，令人們不敢造次。

趙青河見夏蘇咬唇，知她心思，而自己也另有想法，代答道：「我妹妹自小習畫，常被人讚有些天賦，難免心高氣傲，一時妄語，望各位君子莫同我們計較。」緊接著，他向胖者行禮，「雲卿先生，晚輩趙青河，久仰先生之名，幸會。」

雲卿表字，此人姓張，為今日不系園主。不系園的擁有者是誰，無人清楚，但它的園主為包船舉辦展市或集會的人。趙青河事先打聽得十分詳盡。

「你很面生，卻一眼就知我是誰，看來這句久仰並非客套之詞。」張雲卿哈哈笑道。

趙青河坦蕩道聲不敢，再施禮。

夏蘇沒在意兩人的對話，只是聽過張雲卿的聲音後，立刻看往他身後的瘦者。剛向她提問的，是此人。不過，這時其他人已輕易接受趙青河的解釋，將注意力集中到張雲卿身上，都圍過去找他說話。

趙青河輕輕拽了下夏蘇的衣袖，示意她跟著。

第三十片

水墨成卷

夏蘇走出第一層，發現董先生夫婦和九娘他們不見了。

問過趙青河才知，她竟看了一個多時辰的畫。

大家等不了那麼久，董先生帶著趙家兒郎們直接到頂艙茶室坐，董夫人和九娘回華夫人的畫舫，與趙府太太和姑娘們說話吃點心。

「才一個多時辰而已。」她覺得那是眨眼的工夫。

湖上北風偏東，清洌澈寒，讓強烈的水光蒸出微暖，趙青河瞇狹了冷刀的雙眼，揶揄某人大腳，「也不是誰都有妹妹這般大的腳力。」

「不是我不纏，是家裡不讓我纏，也算歪打正著。」夏蘇淡然提過，語氣一轉，「對那卷畫，你有何打算？」

他明白她，她何嘗不明白他？他又一回「踩扁」她，轉移眾人視線，無非不想引起軒然大波，卻絕不是撂手不管。

「妹妹確信是偽作？」趙青河問。

夏蘇點頭，眸光似水，「自然。該卷的畫匠功力一流，無論是工畫還是沿自李思訓父

子的筆法，研究深透，與趙伯駒的風格和布局極像，但細部過於追求模擬，反而失了神髓，有呆板滯感，偏於極致工筆。你大概也不知，這卷〈暮江漁父圖〉是否為趙伯駒的畫作，前人曾有過一場爭議。因為南宋流傳下來的名畫冊錄中沒有提及，全憑畫卷上的千里印章和題跋，再經當時精通趙伯駒畫作的鑑賞大家賞定，才添到趙伯駒的畫作之中。那幾位大家一致認定的正是趙伯駒畫裡的士氣。無論如何，這卷畫以這樣的神祕感獨具一格，令收藏家們趨之若鶩。我在船上所見的那卷，要比此卷出色得多，應該是真作不假。」

「若非聽到姑娘這番言談，公就相信妳兄長之前所說，以為姑娘信口開河。」鐘音沉沉，那位矍鑠的中年人竟然跟來了，只是這回他身後有兩位隨從，張雲卿卻不在。

趙青河卻毫無驚訝之色，似乎早知有人聽他們說話，對長者恭敬行禮，「敢問這位先生是何人？」

「公也姓張，江陵人氏，就叫張江陵，與雲卿是遠堂親。」對先生那聲稱，張江陵很受得起的樣子，「剛才姑娘說到趙伯駒畫裡士氣，容公請教。」

夏蘇習慣以畫結交，全然自我自信，淡道：「畫宜拙，與雅不相違。此畫不拙，僅雅，非趙師之筆。」

張江陵笑聲比說話聲明爽，「說得好，我但覺那幅畫違和，卻說不上來哪裡，原來是一個拙字。」公，變成了我，親切七分，「不知趙姑娘與蘇州趙府是否有淵源？」

趙青河插言，「晚輩與蘇娘為義兄妹，我姓趙，蘇娘卻姓夏，先生問得巧，我兩人正棲身於趙府。」

「兩位恕我直言。」張江陵沉思後再開口：「聽說趙府大老爺乃江浙一帶鼎鼎大名的鑑賞家與收藏家，如今由他借出來的古畫，卻讓他家兩位小輩識為偽作，不知是欣慰長江後浪推前浪，還是惱自己鑑錯真偽呢？」

欸？夏蘇和趙青河頓看彼此，神情皆愕。

「先生的意思，這幅〈暮江漁父圖〉是趙大老爺的收藏？」對上心的事，趙青河習慣多問兩遍。

「正是。」張江陵點了點頭。

夏蘇還在發怔，趙青河卻已有所思有所動，「先生有所不知，此畫這時雖是偽作，卻未必是趙大老爺當初鑑錯了。」

張江陵聽他話裡埋伏筆，興致大起，問道：「此話怎講？」

「說來話長。我兄妹兩人這會兒正要上樓吃茶聽書，先生若不介意，可同我們一桌坐，我慢慢說與先生聽。」趙青河相邀。

張江陵對這兩個小輩亦有好感，十分乾脆應了。

到了頂艙茶室，夏蘇自覺與董先生換了座位，和少年郎們坐成一桌。

兩桌雖然不相鄰，她亦能見趙青河侃侃而談，而兩位先生的神情時不時驚訝、疑惑、了然、贊同，張江陵更是伸手拍了拍趙青河的肩，顯然很欣賞他。

她猜趙青河在說那樁以假換真的案子，儘管蘇州府已結案，但不管是本地的董先生，還是外地的張先生，很難再遇到像趙青河這麼瞭解內情的「說書人」了，必然喜歡這個懸疑重重的故事。

「妳說咱們畫什麼好？」十二郎卻不讓夏蘇繼續神遊別桌，對著本桌唯一的「大人」，力排「眾議」，認為應該徵詢一下她的主張。

夏蘇垂眼，見桌上一大張宣紙，還有好墨好筆。

不用她問，十二郎充大人，搖頭晃腦說道：「每桌出一幅字畫，必須與別桌交換，且以一回為限。」

趙青河一上船，也反覆強調物物交換，夏蘇並不明白其中意義，「你們隨便塗兩筆就是。」兒戲罷了，她又不是半大不小的孩子，還跟著湊熱鬧。

十二郎卻不依，「三哥說妳擅畫，比我們幾個都畫得好。」

夏蘇看著這些面色期盼的少年，神情更淡，「那又如何？」

十二郎撇撇嘴，內心很懷疑趙青河對夏蘇的推舉，因他怎麼看，眼前只有一位話悶還不得要領的呆大姐，「妳難道不知座上好些蘇杭名師，平日求他們一幅畫就需奉上不少銀兩，今日卻可能不費一錢。字畫由不系園統一收上，分為上中下三等，各桌照等別再行抽號，等別越高，抽號越前，就越早選畫。」

夏蘇識畫不識人，除了自己這桌和趙青河那桌，還有不系園主張雲卿，就是兩眼一抹黑，誰也不認得。不過，十二郎囉里囉唆一長串，總算讓她聽明白了。明白是明白，還是沒有動筆的念頭。

十二郎見說她不動，那點世家公子的精神就來了，「再說了，我爹是江南一帶的名鑑大家，我們趙氏是上百年的士族名門，從這張桌上出去的字畫，拔不得頭籌，也絕不能墊底，否則被他人恥笑，我等顏面無光，還令家族蒙羞……」來一長串任重而道遠。

夏蘇一聲不吭聽全了，看少年們的腦袋點如搗蒜，就想趙氏子孫還是有出息的，小小年紀已自願發揚家族榮光，卻慢悠悠回應：「那就更不能由我畫了，我又不姓趙，交上去豈非成了你們作弊？」

她以為，這句話足夠噎住十二郎，想不到那小子伶俐得很。

「妳雖不姓趙，卻是我三哥的妹妹。自古有云，女子在家從父母，出嫁從夫君……」瞄見夏蘇眼神利煞，十二郎不讓自己退縮，「妳無父無母無夫君，自然要從三哥。顛來倒去，妳不還是我們趙家的人嗎？」

從！從！從！從他個小鬼！夏蘇冷哼，「你那位三哥還沒認祖歸宗呢。」就算趙青河認了，她也從不到那麼大一家子裡去。

十二郎分寸不讓地哼回，「遲早的事。」

夏蘇不跟少年嘔氣，只是沉默不理，橫豎這種事，誰先急誰先輸。

但見其他桌開始運墨，好勝的十二郎果然著急起來，想到趙青河出的那個主意，不用還真不行，硬邦邦卻明顯討好似的語調說道：「夏姐姐說的也不錯，只是我們平時讀書都來不及，畫藝根本拿不出手，而今日的機會又太難得，我願試一試。夏姐姐，由我來布局打底，請妳幫忙充色，這樣可好？」

誰告訴這小子了？她吃軟不吃硬。

夏蘇看一眼正為某公磨墨的趙青河，調回視線，輕點頭，「若你不抬出一族興亡榮辱，我心裡就不至於如此犯難，怎麼也拿不起這枝筆。」

十二郎張著嘴，半晌，乖乖把嘴閉上。

三哥說，最好是一開始就示弱，不要多話，誠心誠意請她幫忙就是，但如果耍小聰明招她討厭了，便要發揮不怕出醜的捨己精神，主動貢獻爛畫技，這樣她應該不會拒絕幫忙，不過她多半要譏諷一句半句的，千萬別頂嘴。他已失先機，不能再壞了中途修好。三哥說了，要是能拿到張雲卿那桌的畫，就幫他達成拜董先生門下的願望。

夏蘇哪裡知這少年被趙青河拐帶的輾轉心思，說到畫，就想畫的事，「你打算畫什麼？」

「……」十二郎抓耳撓腮，「我真沒撒謊，畫技平平，只會簡單工筆。」趙家兒郎只問功名，興趣愛好屬於浪費精力，唯四哥遊刃有餘，詩詞歌賦皆出色。

夏蘇並不因此心軟，要她毫無藉對照物地作畫，也真頭疼，「那就構一幅工筆花鳥吧。」只要別讓她布局、別讓她想花形鳥形，至於勾線和充色則是仿畫的技巧，是她如魚得水的領域。

十二郎構出大廓，本以為要布置得更細，夏蘇卻接過筆去，作起畫來。一邊作，一邊問，鳥是靜態還是動態？花是蕾還是盛開？有風或無風？山石怪調或柔調？她問得極其詳細，連畫風都要十二郎決定，簡直到了囉嗦的地步，與之前的悶聲慢語簡直是天壤之別。

而讓十二郎乖答的原因，是隨著一問一答，紙上筆下繪出的一幅美妙丹青。花伴風舞，鸚哥拍晃著竹架子，水濺了，撒一地鳥食，奇怪嶙峋的山石上落幾根羽毛。

布局是他的，賦予神韻的，卻是夏蘇。

明明他和她都用同一枝筆，她卻能繪出無數種墨色，深深淺淺，層層疊疊，細緻到無比逼真，又那般狂放不拘。

此畫題名：貓來也。

驚起，鳥一群，落羽繽紛。

推開園門，眼前景致尚新，但還來不及感覺陌生，大驢的笑聲傳至，似不容她有任何消極。夏蘇不由自主彎起嘴角，到家了。

「到家了。」趙青河伸展一雙長臂，「今日真是累死，夾在大人小人之間，也得夾著尾巴做人，還偏偏沒有半點好處。這活兒，一年做一回也罷了。」

夏蘇難免要潑冷水，「只怕你認了這門親，日日要做這活兒的。」

趙青河嗤笑一聲，「未必。妳道我為何非得拿到張雲卿的字？」

夏蘇與十二郎合作的畫，評為一等末，卻運氣極好抽到第二號，十二郎選了張雲卿的字，但他本來有更好的選擇。夏蘇看出來其中有名堂，可她一向只做好自己的事，對趙青河和十二郎的眼神交流全沒在意。

「張雲卿是杭州小有名氣的書法家，可他也是蘇杭一帶最大的中間商。與吳其晗的書畫生意不同，張雲卿專為富賈鉅賈買畫，一年能牽成上百樁的交易，他從中抽成。這人在不系園上常行交換字畫之事，卻有奇妙門道，他寫的字如敲門磚，得者可與他攀談一回，哪怕是陌生人，但要由對方主動開口。剛才我已與他談妥，二月他會交我三筆單，若令他滿意，專用我們的話，這年接他的單子就夠咱們花用了，還沒算上散單。」

夏蘇偏頭看趙青河，反駁道：「男子與女子真是不同，總有雄心壯志，永遠不會知足。只可惜我幫不到你，畫不了那麼快，一個月三幅，就是十日一幅，形同刷版印書，還有何樂趣可言。」

「那是因為女子全能，好像什麼都難不倒，家裡家外一把罩，所幸還有孩子老人拖累她們，總有兼顧不到外面的時候，才讓男子有地方表現，同時又怕女子跑出來爭功，用一道道綱常倫理禁女子於內宅，千年下來，就成男強女弱了。男女確實不同，卻各有優勢，沒有誰強誰弱。」

夏蘇愕然瞪著趙青河，一臉不可置信的神情。趙青河固然變得會動腦子了，這麼大逆不道的言論卻從何來？

趙青河讓她瞪得心虛，自找臺階下，「妹妹真是，壞話好話妳都不愛聽，哥哥我總不能當啞巴。我接多單，自然是有盤算的，想要租個院子開工坊，專製蘇州片。這門生意雖然已有不少人做，山塘街、專諸巷、桃花塢的工坊更是擠得滿滿當當的，但蘇州片天下聞名，供不應求，仍有我們能賺的份。」

「你之前不是想做正經書畫商？」夏蘇以為。

「那個充門面還可以，免得官府找麻煩，賺利是遠不如仿片的。古畫是什麼價？當今最好的畫師之作不過千金可買，唐寅的〈仕女圖〉買都買不到，萬兩亦有人爭。吳其晗的墨古齋不過圖經商的好聽名聲，賺錢還要靠吳家別的生意，而他自己還兜假畫賣呢。我也不弄暗騙，就是明騙，願者上鉤。」趙青河在外跑了這些日子，已有十分明確的目標，「當然，妹妹是咱們工坊的招牌，慢工出細活也無妨。」

趙青河說得面面俱到，夏蘇自覺插不上嘴，「若你已決定，可找周叔、梓叔幫忙，他們認識的人多些。」

「已同他們商量過，周叔推薦幾名畫工和裝裱匠給我，印章題跋的匠人尚缺，梓叔就說暫時幫我一段時日。」還好，倚仗夏蘇這邊深藏不露的高手，讓他開端就有大好之勢，「張雲卿的三筆單，妹妹接一單即可。前半年若開工順利，過了夏天咱們就能搬出趙府。」

夏蘇剎那明白，趙青河所做的一切，就是為了獨立，比她當初動不動要搬出去的想法，他是行動堅決，一步步努力推行，毫不遲疑。反倒是身為旁人的她，還替他認不認親猶豫躊躇。她突覺好笑，這就是庸人自擾啊！

「三公子回來啦！」大驢這聲三公子，喊得無比響亮。

撇開趙青河和夏蘇各自的複雜心情不提，這個家裡的人，為趙青河嶄新的身分而興奮雀躍。沒有錯對、沒有功利，就是人之常情。沒爹沒娘沒家族倚靠，到底艱難，更何況他們都嘗過寄人籬下的辛酸，因主人低微的地位，連帶著這一小家受盡蔑視，還要為了生活忍氣吞聲。

然而，作為趙大老爺的長子，趙氏本家的三公子，趙青河成了這個府的主人之一，他們怎能不挺起胸膛，揚眉吐氣？

「去！」趙青河卻作勢踹腳，「還不如喊我三爺。」公子這樣的稱呼，最適合四郎那類的書生，文質彬彬，斯儒諳雅。

「府裡自有一套規矩，不是跑江湖趟子，也不是行商走貨。」大驢有說法。

泰伯把大驢拉到一邊去，向趙青河稟報，「少爺，大老爺又差人來請你了，說今晚大房設席，老太爺、老太太也過去。」

「請遲了。」大年夜沒能吃上團圓飯，趙青河就訂下廣和樓，今晚大夥兒一起去樓裡吃好的。

泰伯面色為難，「少爺……您還是去一趟吧，那邊都請好幾回了，又是年尾。」

泰嬸也來勸，「哪怕是去拜見大老爺一下也好，酒樓又不長腳，咱們先過去，等你來了再上菜。」

「我同蘇娘剛和府裡各位太太、姑娘、小兒郎們吃完螃蟹也猜過燈謎，白玩了大半日，若再跑去蹭晚飯，咱們豈不是成叫花子了？不是我不想去，實在不合適。」趙青河的理由冠冕堂皇。

夏蘇噗哧一笑，也不怕趙青河睨來的眼白，對老夫妻道：「你們不必勸他。乾娘含辛茹苦帶大他，孤兒寡母，恐怕受到不少委屈。而他小時候還因此在學堂遭遇不公，非要棄文從武，才長成這副虎背熊腰的模樣。如今好不容易都熬過來了，自然不願讓大老爺撿現成爹來當。我亦覺得，乾娘縱讓我們投奔趙大老爺，卻同時對我們隱瞞實情，雖有讓大老爺照顧親兒之意，卻無讓兒認親爹之心，這份堅持，我們應該幫著守久一些。」

趙青河望著夏蘇，天光在他眼底折成長長短短，令那對漆黑的眸子灼灼生輝。她總是在他完全意想不到的時候，讓他怦然心動。

深吸氣，緩吐氣，語調卻藏不住一份親昵，「妹妹又知道我小時候的事了？」

「乾娘說你原先很用功，有一日突然不肯去學堂，也不喜歡讀書，她就去問學堂先生，結果先生說你頑劣難管，與其他同學相處不洽，乾娘便猜到你受了欺負。不然你以為，變賣字畫都要供你讀書的乾娘，怎會任你棄文從武。」夏蘇也是剛剛想起，因為乾娘說到這事時，她正對這位沒腦子的義兄十分不耐煩，邊聽邊打盹。

兩人聯手，空隙不留，誰還能多說一個字。

喬連大步跨進裡園，穩穩當當稟報，「少爺，大老爺正往這兒來，我讓阿生攔著，只怕他攔不住。」

喬連、喬生，跟著趙青河這樣的人，走路的步子也好，說話的節奏也好，都相當明快爽氣，一股子不向他人低頭的倔強勁。

喬連才說完，趙大老爺的聲音就傳來了，「這府裡還有我去不得的地方？趙青河，你找的都是什麼僕人，半點不分尊卑，統統給我換了！」

趙青河神情冷下，囑咐泰伯他們先出發。

夏蘇也要走。

「妹妹留步，萬一我跟趙大老爺打起來，妳好歹能勸個架。」趙青河抬手一捉夏蘇的細胳膊，剛才還冷然的神情，這時有點耍賴。

夏蘇自然知道他胡扯，淡淡掙脫了胳膊，往旁邊一站，面無表情，寶石眼卻悄眯彎，似笑非笑，也不怕某老爺隨時殺到，語氣微揚，「我等著看你怎麼打你爹。」

撇開認祖歸宗，父子血緣已是無可否認的事實。

趙青河聳肩，眨單眼，「我也等著看妳怎麼勸架。」

趙大老爺進了園子，情緒未平，對趙青河噴火，「除了你當初帶來的三個人，其他人都打發掉，我會找懂規矩的人來。」一眼瞥見夏蘇，語氣略頓，「你我換個地方說話。」

趙青河不動如山，「懂大老爺的規矩，卻不見得懂我的規矩。我找人，能幹不能幹另說，忠於我和蘇娘卻是重中之重。大老爺找的人，怎麼都不合這一點。也不用換地方說話，這家裡我與蘇娘共同作主，認祖歸宗這件事，就算我願意了，蘇娘不願意，也成不了。」

夏蘇的黛眉跳兩下，哪裡是等著看，他是要跟她打架吧？

趙大老爺瞧夏蘇的目光就有些沉，同趙青河道：「我與夫人商量過，讓蘇娘搬到她園子裡住。你們雖是兄妹之情，始終不是血親，又都談婚論嫁的歲數了，住在一個園子裡徒惹閒話。等開了年，你同岑家女娘成親……」

夏蘇眼眸晶亮，瞬間，對上趙青河的驚目，又瞬間，挪開。

趙青河要和岑雪敏成親？

趙青河雙手張開，彷彿擋住洶湧大浪，一臉傲冷神色，「慢、慢、慢，趙大老爺的話倒是夠精簡，內容卻好不豐富，我腦子一時轉不過來，但也精簡答你——沒得商量。父親該做的，您還一樣沒為我做過，當爹的派頭卻比天大，上來就命令我做這做那。我只奇怪，您到底想認我這個兒子，還是想徹底斷絕父子關係？若是後者，我樂於從命。」

趙大老爺的眼珠子直往外凸，喉頭打雷般滾動，「你——」了半天也說不出話來。

「老爺，不好啦——」齊管事撒丫子奔來，「庫房的魯管事上吊死了！」

夏蘇還沒反應過來，卻聽到趙青河的聲音：「我辦趙府差事時遭遇滅口，如今趙府死了個管事，繞來繞去，竟然又繞回來，真是有意思得很。」

夏蘇吃了一驚，抬頭看趙青河。

他伸一根手指過來，頂著她的腦袋瓜往園子外轉，「妹妹，咱們一日中最精彩的時候，快到了。」

日暮西沉，將天空染得五彩繽紛，尚瞧不出夜色伺機待動，將取代所有的晝光。

水墨的晝，單調繪完。

青綠的夜，魅彩無邊，隨穿行江南的每一條水流，筆筆上色。

番外

流水，初夏

大雨瓢潑，沖刷著地面。偏僻城郊的林子裡滿地泥濘，刷了一層又一層，始終濺出的是髒沫子。

十來盞警示的紅燈不停旋轉，亮了又熄。燈色在黑暗中延伸至遠，無法令人心安。偶聞無線電裡的呼叫聲，同燈色一樣，忽而清晰，忽而消散。二、三十條影子，忙得滴溜溜轉，拉警戒線的，設路障的，取證的，搜證的，勘察現場的，清一色皆為員警。

大圈之中有小圈，小圈之中有核心，核心由三人組成。

這些人皆屬蘇城刑偵重案一隊，而他們的目光正聚焦腳下。

那是一個大麻袋，麻袋口子敞開，露出一張毫無生氣的臉。不知道是死者的運氣，還是凶手的不幸，這具屍體才埋下不久就被附近的流浪漢掘出，五官仍保持著生前的美貌。

初步勘查，女性死者頭部有大片凝固血塊，極可能受到重擊斃命，而且全身赤裸，上身和手臂多處瘀青，不排除死前遭遇性侵的可能。

尖銳的刹車聲，即便是身處核心的三人，都聽得十分清楚。三人動作劃一，同時往外看去，一齊皺眉、一齊嘆氣。

其中，正蹲身看屍體的隊長反應最大，整個人跳起來吼，「是誰啊？誰把這傢伙招來的？趕緊給我老實交代！不然讓我查出來，罰寫十萬字檢討書！」

車身大紅，雙門，可翻轉的車頭燈，極低的車底盤，引擎發出壓抑的咆哮聲，任誰也不會認錯，統稱跑車。不過，跑車千萬款，也需分一分檔次。

這一款，方頭直角，車前沒有什麼賓士寶馬的標誌，藉夜色還能裝高富帥，警燈照耀下，就立刻顯出好幾處修補，輪胎鏽跡斑斑。人從車上下來，第一次關門居然還能彈開，要輕手輕腳提了門，才合得上。

此款跑車，和其他千萬款車，合併一個統稱，叫老爺車。

車是老了，人卻不老。如果單從外表上來論，甚至可以歸為高富帥。年約二十五、六，精明幹練，棱角分明的臉型，五官如石雕，身高至少一八〇。一件短袖黑T恤，都洗得褪了色；一條舊藍牛仔褲，也發了白；一雙高筒球鞋，打扮完全不具流行元素，但配上那頭型、臉型、身型，跟雜誌封面上的專業模特兒有得拚，一身健美感性。尤其氣質不苟言笑，銳眼帶冷鋒，全身散發生人勿近的傲慢，就只差沒把「杜絕交談」四個字寫在額頭上了。小鮮肉固然惹少女們饞，真男人稀缺的當今時代，這位絕對會引得無數熟女們競折腰。

在林子口設關卡的是一名剛出警校的年輕姑娘。她一開始還挺盡職地伸手攔住，然而那男子竟大步不停。她的手一碰到他結實的胸膛，腰立刻「折」，任他從身旁過去，還望著他的背影，傻傻捧手笑。

「警校是不是太好混了？」對男子來說，等同長驅直入，卻還向黑臉隊長語出譏諷。

隊長沒好氣，「不是警校好混，而是你做事越來越無恥，居然色誘。趙青河，你好像有社交障礙方面的精神毛病，今天吃藥了沒？下雨天，而且是大晚上，還敢隨便亂跑？」

「心理毛病和神經毛病都分不清，隊長這位子看來也挺好混的。」趙青河一扯嘴角，不是笑，是嘲笑，「現在生活壓力大，是個人，就有心理方面的問題，員警更嚴重。我最近看的那位心理醫生還不錯，介紹給你，或者能幫你提高破案率？」他一邊說，已冷眼將麻袋裡的死者看了一遍又一遍。

看隊長吃鱉，不遠處聽得清楚的新進員警跑過來，正經八百講規矩，「警方辦案，閒人勿入，你懂不懂啊？」

趙青河峰眉一抬，似笑非笑，「對啊，我是不該來的，本就只是經過，想跟熟人打個招呼。」說走就走，手中的大傘一轉，雨水濺飛成花。

「趙青河，你等等！」和趙青河打過不少交道，隊長雖然嘴硬，心中卻比誰都有數，「你住東區，怎麼可能經得過這種兔子遍地跑的地方？給我把話說清楚！」想來想去，就算有人報消息給趙青河，他也不可能這麼快趕來。

黑傘卻毫無轉回的打算，趙青河大步而去，身影顯得十分傲慢，彷彿剛才那番譏嘲的伶牙俐齒是對方在作夢。

隊長越想越不對，踩著水坑衝上去，眨眼手就要搭上趙青河的肩，「你該不會是……」

趙青河高大的身形往旁邊一閃，同時左手反抓隊長的手腕，向後一個箭步，右手扣住隊長的肩頭。看似只是員警捉賊上手銬的基本動作，沒有人懷疑身經百戰的隊長會被拿住。然而，結果卻是不管隊長怎麼掙扎，都擺脫不掉那個被制服的姿勢，以趙青河為圓心，繞圈打轉，直到他大喊夠了。

讓大雨淋濕的趙青河，不以為意地放開人，大手抹過寸髮抹過臉，撿起翻在泥地的傘，但終於打破了沉默，「你該不會是兇手？這種話，開開玩笑也就算了，可千萬別當真，顯得警方無能。不過，我是良好市民，願意配合警方，實話告訴你，她是我的客戶。」

隊長心頭暗罵這小子不早說，可為了案子，決定忍住這口氣，「她找你查什麼事？」

「你清楚，幹我們這行的，沒什麼大事可查。她讓我弄些她老公進出夜店的照片，好打離婚官司。」彈彈傘裡的雨，趙青河重新撐起傘。

隊長見那傘上居然還有好幾個洞，實在很受不了，「幹你們這行的撈錢多容易，你連把傘都買不起，混得也太慘了。不如當警察，鐵飯碗還有保險。」

「我若有考警校的腦子，不會高中畢不了業。」這人對他的感情挺複雜的啊，第幾次叫他考警校了？再說，傘破，跟混得慘不慘，沒什麼關係。

他看了看錶，想到今晚又要遲到，不禁露出一抹涼笑，隨即正色道：「女性死者叫鄧雲，自創化妝品牌的老闆，靠線上銷售發跡，賺足資本後轉行投資文化影視。年輕有為，長相身材都好，難得的是還有頭腦。她家境不錯，父母是大學教授，一畢業就和男朋友結婚，有個五歲的兒子。」

隊長拿筆刷刷記錄著，「她懷疑她老公外遇，有什麼蛛絲馬跡？」

「誰說她老公有外遇？」趙青河一副想法老套的表情，「她老公是大公司的貿易員，這份工作在平常人看來很光鮮，卻入不了她的眼。有外遇的是鄧雲，想離婚，又不想被她老公分她的錢，這才要抓老公的錯。就我的記錄來看，她老公平時只有一些工作上的應酬，對她沒有二心，兒子也多由他帶，好丈夫、好爸爸。」

「這樣的男人她還嫌？」原本對死者的同情，立刻換邊站。

「好男人向來不吃香。」趙青河感覺幾道目光盯住自己，知道他們認為他就是那種勾引好女人的壞男人，也不辯駁什麼，接著說：「我在她老公常用的領帶夾裡藏了追蹤器，今晚看到信號出了城區，越走越偏，而且停在這一帶就不動了，覺得奇怪才過來看一看。」

隊長連忙對搜證組大喊，讓他們找出領帶夾。

那個新進員警又自作聰明了，「這裡不是案發第一現場，她老公殺人後，棄屍郊外，裝成劫殺案。老大，快發緝捕通告，免得人跑出境外就麻煩了。」

趙青河這次笑彎了眼，「隊長的手下要是個個都像他這麼能幹，我就得認真考慮轉行了。今晚我還有事，如果仍需要我協助，你知道上哪兒找我。」多好，警方有人力，大風大雨搜證也不難，好過他要另外雇人。

員警瞪著趙青河上車，「他以為自己是誰啊，我們還需要他協助——

啊！」腦袋吃一記爆栗子。

「夜貓偵探社。聽過沒有？」隊長蹲下去繼續看屍體。他總覺得，趙青河已經看出什麼來了，所以才走得相當痛快。

小員警連忙立正，以為老大考他功課，「夜貓偵探社，五年前成立，同年協助我方破獲一起兒童綁架案，以迅雷不及掩耳的快速行動，在我方趕不及的關鍵時刻，攻破綁架集團的藏身地點，避免撕票的悲劇。三年前，國際大毒梟來我城，也是經由夜貓偵探社提供的線索和幫助，將人捉拿，因此還獲得我方榮譽高級顧問的特權……」打算背誦夜貓偵探社大事年表一長串。

「就是他。」隊長打斷小員警，免得他說到天亮。

「欸？」小員警一愣，有點沒明白，「聽說夜貓偵探社只在夜裡接待客戶，所有成員都是夜貓子……」

隊長再一次打斷，「就他一個。沒有成員。只在夜裡露面，因為他有病，啊，不對，現在流行一詞來著——宅。宅男。不愛出門。如果非要出門的話，寧可夜裡出門。」神經病也好，心理病也好，那傢伙反正不太正常，絕對在天才和鬼才之間。

不過，隊長雖然十分看不慣趙青河我行我素又傲慢的性格，偏偏內心很稀罕他的才能，只要他肯關心的案子，幾乎沒有破不了的。

小員警茅塞頓開，驚訝喊起來，還結巴，「什麼！他……他……」

「所以，我敢保證，對於這個案子，那小子掌握的東西絕對比我們多，最後搞不好又要請他當顧問了。」不過，山窮水盡之前，他得有志氣，不可以那麼快妥協。

半個小時後，老爺車開到太湖邊一座幽靜的私家花園外熄火，趙青河戴上笨拙的黑框眼鏡，拖拖拉拉步入。

這座仿古園林，從外面看不出裡面的奢美，主人卻是真正的富豪。這家祖上，可追溯至明初，經歷無數次戰亂與和平，遷遷出出，盛盛衰衰，一直熬了過來，並擁有巨大的財富。而這一支趙姓雖從海外回歸，卻與大洋彼岸的本家不可分割，幫忙看顧本土市場，別人如果不問，也絕口不會提起老祖宗，完全轉變為時尚又高雅的書香門第。蘇城未必人人知道趙家，有頭有臉的人卻都尊重趙家，非一般暴發致富的有錢人可以隨意攀上交情的門戶。

不過，俗話說家家有本難念的經，更何況還是盤根錯節的一大家子，總避免不了豪門恩怨那些事。蘇城趙家，男主人趙盛的原配陸玉蘭，生了兩男兩女，分別為老大趙橙雲、長女趙紅桔、次女趙紫蘋、老么趙綠原。而趙青河，就是這些恩怨下的產物，又成為新恩怨的原由之一。只要他一出現在這裡，就像一顆投入湖心的石子，必然攪出亂子，輕則微瀾，重則掀浪。

趙青河的母親孫芮虞，原本是趙盛的祕書，聰明能幹的美女與富有英俊的總裁，惡俗卻永不冷場的愛情戲碼，只是當灰姑娘變成小三上位，令多數人沒法愉快而已。

陸玉蘭也是聰明人，趙青河出生時，她懷上趙綠原，打消了和趙盛離婚的念頭，從此穩坐中宮，與孫芮虞同城而居。孫芮虞不吵不鬧，對外，作為趙盛最得力的事業夥伴，對內，是趙盛呼之則來揮之則去的紅顏知己，面對陸玉蘭客客氣氣，擺得出笑臉。兩個女人心照不宣，彼此拚著忍耐，歷經這麼多年，激烈的嫉妒憎恨彷彿消失得無影無蹤，讓趙盛享齊人之福。

上一代恩怨，下一代繼續。

私生子的趙青河，是婚生子中的眼中釘肉中刺，即便沒出息，也會一直受到攻擊。這不，他才走進今晚擺席的荷塘花廳，同父異母的姐姐趙紅桔就開始沒事挑事。

「你怎麼能出得了門啊？不用耕地開荒努力賺金幣？大俠練到幾級啦？活在虛擬世界裡，你肯定一統江湖，當武林霸主了吧？」

趙家都知道，高二輟學的趙青河，沒日沒夜，宅在家裡打線上遊戲，以至於戴上厚鏡片的眼鏡，又不修邊幅，懶到邋遢的地步。

「劍仙。」趙青河懶洋洋陷坐進沙發，從女侍端來的盤子上挑了一杯Pinot Noir，抿一口，點頭表示不賴。悲哀的是，他可以顯得沒出息，可以隨便亂著裝，卻不可以沒有真正的品味。即使是私生子，物質上，他與這個家裡的人過著同水準的生活，胃口由此被養刁，眼光由此變挑剔，還不是對自己的刁和挑，而是對入胃的東西和入眼的人物。

「什麼？」趙紅桔沒聽清。

「我練到劍仙了。」趙青河重複一遍。

趙紅桔張嘴半晌，「真是無藥可救，偏偏老爸居然還不死心，要拉你進大哥的集團上班。你有點自知之明，等會兒好好拒絕他。」

管家來請趙青河去書房。

趙青河不慌不忙，喝完一杯酒才動，卻在園廊下遇到了趙家女主人陸玉蘭，還有這個家未來的繼承人趙橙雲。

在外面還能客氣裝著一家人，陸玉蘭這時才真實對趙青河完全漠不關心，一句家常話也不說，從旁走過去。與趙青河有一半血緣關係，身為長男的趙橙雲停下腳步，語氣公事公辦，「爸爸讓我在公司給你騰一間辦公室，你想一想，下星期一告訴我去哪個部門。」

「不用麻煩。」趙青河即便明白這是假客套，仍沒法耐心，「除非你公司晚上也辦公。」

趙橙雲的相貌不比趙青河遜色，三十出頭還未婚，是社交界名媛爭搶的鑽石王子，「隨便你，不過爸爸那裡……」

「我會告訴他，是我自己不識抬舉。」趙青河給出令對方滿意的答案。

趙橙雲嘴角一撇冷笑，才踏出兩步，忽聽趙青河極低一聲：「鄧雲。」

趙橙雲身形一僵，回頭，神情已是自然的迷惑，「誰？」

趙青河聳聳肩，彷彿從沒開過口，「什麼誰？」突然想起來似的，「聽說你有要結婚的女朋友了，恭喜。」

趙橙雲看著趙青河的身影消失在拱門內，目光幽冷。他不知道，自己轉身後，趙青河從門裡走出來，反過來目送了他很長一段路，比他的目光更冷。

「下星期一九點，準時到暉科上班。」

推門進入書房的趙青河，連父親的影子還沒看到，先聽到這道命令。他一向能躺絕不坐，能坐絕不站，再緊急，也緊急不過找座位，舒舒服服坐了，才不急不緩回應。

「白天出不了門，改到晚上九點，我就考慮一下。」最近業務繁忙，他正思考要不要擴展，如果有人免費給他提供辦公室，可省一筆租金。

「青河，好好跟你爸爸說話。」孫芮虞也在。

趙青河撇笑，扶了扶眼鏡，「我白天出不了門的毛病已經七八年，難道還要我再到心理醫生那兒開張證明，提醒你們我之所以變成這樣的罪魁禍首？」

「你自己太沒用，不要歸咎於別人。我聽你媽的建議，放任你這幾年，給你時間慢慢調適，既然一點改善也沒有，就照我的方法來吧。」趙盛如名，盛氣凌人，一張酷臉，有棱有角，和趙青河十足父子相，「而且，我看你沒什麼毛病，城裡每家夜店都有你的身影，有時間幫別人捉姦，沒時間幫家裡做事。難道我還要白白花錢給你養老？」

「這個嘛，你們要是讓我選，我一定選自己不被生出來。既然是你們任性，養我不是應該嗎？」真是可笑，他一出生就得背負「野種」的稱號，家裡人不把他當親人，外面人不是當他錢包，就是當他小丑，他以為能說真心話的朋友，轉身就拿他說過的話去邀功獻媚，往他背心插刀。他遭遇的所有不公平都不是他的錯，卻代這兩個始作俑者承受了，這時居然跟他算養老的費用？

趙青河一點不驚訝父親知道他的業餘職業，也從未刻意去隱瞞，「沒事了吧？」椅子還沒坐熱，但他很高興離開，將父親的咆哮拋在身後。

孫芮虞追了出來，「你父親下定決心的事，一定會做到，你與其到最後筋疲力盡才妥協，不如聰明接受他的安排。我見過你的醫生，知道你讓他開假證明的事，也知道你的健康已經完全恢復。青河，實話跟你說，陸玉蘭和趙橙雲打算剝奪你的繼承權，你要是再繼續逃避，我們母子倆將來會一無所有。」

面對自己的母親，趙青河能笑出聲來，「媽，妳演戲是影后級的，我早就看得分明，到了今天，在妳親兒子面前實在沒必要再演戲。我的繼承權重要，還是妳的遺產分配權重要，妳我心中都有數。」

孫芮虞，可不是小白花，從頭到尾，她和趙盛的愛情裡都有金錢和權力。

「如果妳兒子說，我能養妳到老，妳可不可以相信我一次，放棄爭奪，從此我們母子倆有尊嚴地生活，再不用跟這些所謂的家人虛偽，也不用看他們的臉色。」多年之後，他難得跟母親坦誠說話。

孫芮虞蹙起描繪精緻的眉，「你怎麼還是不懂事？你是趙盛的兒子，是趙家的血脈，這個家就算沒有我的份，卻絕不會沒有你的一份，即便拚命，我也要為你爭取到底，你……」

趙青河眼中充滿憐憫，再不猶豫，調頭出了內園，徑直往大門走去，本來就沒有蹭飯吃的打算。

說也奇怪，郊外大雨，這裡卻沒雨，他來到自己的老爺車旁，正掏車鑰匙，卻有一輛保時捷從他身旁轟隆而過，又緊急剎車，鑽出一個年輕人。

「這是誰啊？」聲音戲侃，年輕人眉宇之間酒色輕浮氣，同時拍著車篷，「喂喂，下來，我給你介紹。」

車上再下來一名高䠷的女子，顏若芳桃，明亮美麗，見到趙青河的剎那，臉色立刻變了，目光心虛閃爍。

年輕人嘻嘻對女伴笑道：「別看這人長得野種樣，我跟他是同父異母的兄弟，將來老頭子翹了，他可能分得到和我一樣多的錢。搞不好比我還多，因為他媽比我媽更有機會吹枕頭風。說起來，妳和他念同一所中學，低兩屆的話，應該見過面。」

女子蒼白的臉上一抹苦笑，「……我們學校有上千名學生，沒有印象。」

趙青河神情不動，打開車門要坐進去。

「趙青河！」趙緣原叫住他。

這個家，人人喜歡呼喝他，趙青河早習慣不搭理，上車發動引擎。

不料，趙緣原還不嫌麻煩，跑過來趴上車窗，嘻皮笑臉，眼神但藏挑釁針芒，「暗戀五年，初戀三個月不到，就被本少爺不費吹灰之力弄上床，你現在是不是能有點覺悟了？什麼叫正版和盜版的區別。」

趙青河冷冷與趙緣原對視，眼角餘光見到女子一臉侷促不安。

暗戀的人是她，他被她的鍥而不捨打動，才答應交往。誰知不到三個月，她就提出分手。原來，是趙綠原搗鬼。

她那樣不安，是怕他說出真相，她就攀不上豪門？只是她可知，趙綠原這樣的花花公子，不可能對她認真。趙家純正高貴的公子們，婚姻是無法自主的，除非愛上門當戶對的另一半，才有皆大歡喜的結果。

「趙綠原，你自己老土掉渣，別拉著我一起。」趙青河不打算落井下石，也不打算做好人好事，「你把這麼好上手的女人當寶，我還嫌太容易了呢。而且你現在是享受女人的時候嗎？私自動用集團資金炒外匯，到今天為止輸多少了？」老爺車奮力發動引擎，用排氣管噴黑趙綠原大驚失色的臉，篤定馳遠。

過了幾天，趙家突然變成媒體寵兒，接二連三爆出醜聞。先是趙綠原被查出動用公款的事，再來趙橙雲涉嫌謀殺鄧雲，被警方扣留調查。至於有夫之婦趙紅桔，出軌小明星的娛樂版頭條新聞，根本都算不上什麼了。

市區某棟小高層的公寓裡，趙青河兩耳聞著窗外事，一心只賺捉姦費，看似過得無比悠遊自在。但他始終姓趙，趙家的事，也一定會影響到他。這天凌晨，幹完活回到家，就發現多了一個意想不到的客人。

「警方還是放了你。」

趙青河不問客人怎麼進來的，他到廚房燒水，準備泡茶接待。

從落地窗前回轉身，趙橙雲一臉鬍碴，再無俊朗的模樣，神情鐵青，「是你舉報我？」

十坪的小公寓，一張大床、一張桌子，電腦倒有四五臺，到處堆滿了書和資料夾，唯一清潔整齊的地方就是那間開放式的廚房。說宅也是宅，卻更有一種正經做事的感覺。

「不是舉報，只是配合警方調查，將我手頭的資料交給他們而已。」趙青河洗出兩個茶杯，放進茶包，「鄧雲是我的客戶，她對你倒是真心一片，為了離婚，要我查她老公的錯。」

「我對她也是真心的。」因為心機深沉的孫芮虞，趙橙雲從未多看這個弟弟一眼，還一直保持高度警惕。

「看得出來。」

「……我以為你肯定我是兇手。」趙青河的回應讓趙橙雲愕然。

趙青河涼涼瞥著他，「雖然你我相處不算融洽，不至於隨口說你殺人。不過，你也夠倒楣的，既沒有不在場證據，又有足夠的殺人動機，死者身上驗出你的DNA，她的皮包內外只有你的指紋。事實勝於雄辯，目前的證據都不利於你，就算這時可以保釋，警方也很快會再抓你。」

「但你相信我。」想不到，這人沒有當他是凶手。

「比起證據，偶爾我也會選擇相信直覺。」依據趙青河的經驗，判斷雙雲相愛是確鑿事實。不過，真愛這種事，很難有客觀依據。

水壺鳴叫，趙青河回過身去，忽然見瓷磚上一點紅光。

狙擊步槍？趙青河反應極快，一轉頭已跳上流理臺，卻還沒來得及喊出小心，落地窗的玻璃碎成了渣。

噗！廚房瓷磚上多出一個小洞。

趙橙雲驚瞪著這一切，漸漸神情駭冷，「是你。是你陷害我……」說到這兒，他抄起檯燈，往趙青河打來。

趙青河躲開了燈，卻躲不開趙橙雲的拳頭，即便他會功夫，這麼莫名其妙的情形之下，他也不想亂施展，一邊退，一邊叫住手。只是趙橙雲腦袋發熱，怎會住手，雖沒練過拳腳，也是健身房裡的常客，體能好得很。一個半力，一個全力，一時間，兩人扭打成團，分不出勝負。

公寓的門開了，走進來的是孫芮虞，見兩人掐架，連忙過來勸住手，甚至幫著兒子去拉趙橙雲。混亂之中，趙橙雲大叫一聲，從落地窗掉了出去。還好，趙青河眼明手快，伏地抓住他的胳膊。

八樓的高度，掉下去生機渺茫，卻在這時，趙青河聽到母親的聲音——

「青河，放手。」

趙青河的心陡然往下沉，抬眼，不是不可置信，是無盡悲哀，望著那張美麗大方的容顏，這些日子一直追查的真相終於得以證實，「原來真是妳。」

孫芮虞居然微笑，「都是為了你。」

「……哈哈哈……哈哈哈……」趙青河頭一次笑得眼淚都流出來了，「為了我？為了我？好啊！是不是沒有我，妳就解脫了？是不是沒有妳，我也能解脫？」不等母親回答，他奮力將趙橙雲拉上。

孫芮虞計劃了一切，眼看就要大功告成，怎能在這裡住手！一咬牙，又要

推趙橙雲。

誰知，趙青河比她快，換步將趙橙雲甩到另一邊，自己卻被推出窗去。

感覺自己一直墜、一直墜，趙青河聽到母親歇斯底里的叫喊聲，看到趙橙雲急速伸來的手只撈得到空氣，慢慢閉上了眼。

結束吧！

都結束吧！

從小到大，沒有一天過得舒心，直至輟學躲在家裡，才覺得能喘口氣。一躲這麼些年，白天睡覺、晚上出門，居然開發出一項發揮所長的業餘愛好。可是，他越過越滋潤的時候，他媽卻鑽進牛角尖，買凶殺人，嫁禍，陷阱，變得什麼事都做得出來。

他要是死了，大家都可以重新活得暢快。

他沒有錯，但他的誕生，是最大的錯。

早該如此結束。

如果有來生，他希望遇到一家平凡健康的好人，窮苦也不怕，由他來養家糊口……

（完）

綺思館027

舞青蘇：夜貓公子愛捉鼠〔卷一〕

國家圖書館出版品預行編目資料

舞青蘇：夜貓公子愛捉鼠/ 清楓聆心著. -- 臺北市
：晴空出版：家庭傳媒城邦分公司發行,
2015.11
冊；　公分. --（綺思館027）
ISBN 978-986-92184-3-6（2冊：平裝）

857.7　　104019102

作　　者　清楓聆心
封面繪圖　MOON
文字校對　劉綺文
責任編輯　高章敏
國際版權　吳玲緯
行　　銷　艾青荷　蘇莞婷
業　　務　李再星　陳玫潾　陳美燕　枡幸君
副總編輯　林秀梅
副總經理　陳瀅如
編輯總監　劉麗真
總 經 理　陳逸瑛
發 行 人　涂玉雲
出　　版　晴空
城邦文化事業股份有限公司
104台北市中山區民生東路二段141號5樓
電話：（886）2-2500-7696　傳真：（886）2-2500-1967
E-mail：bwps.service@cite.com.tw
發　　行　英屬蓋曼群島商家庭傳媒股份有限公司城邦分公司
104台北市中山區民生東路二段141號2樓
書虫客服服務專線：(886)2-2500-7718；2500-7719
24小時傳真服務：(886)2-2500-1990；2500-1991
服務時間：週一至週五09:30-12:00；13:30-17:00
郵撥帳號：19863813　戶名：書虫股份有限公司
讀者服務信箱E-mail：service@readingclub.com.tw
晴空部落格　http://sky.ryefield.com.tw
香港發行所　城邦（香港）出版集團有限公司
香港灣仔駱克道193號東超商業中心1樓
電話：852-2508-6231　傳真：852-2578-9337
E-mail：hkcite@biznetvigator.com
馬新發行所　城邦（馬新）出版集團【Cite(M)Sdn. Bhd.(45832U)】
411, Jalan 30D/146, Desa Tasik,Sungai Besi, 57000 Kuala Lumpur, Malaysia.
電話：(603) 9056-3833 傳真：(603) 9056-2833

美術設計　陳涵柔
內頁排版　洸譜創意設計股份有限公司
印　　刷　沐春行銷創意有限公司
初版一刷　2015年11月
定　　價　260元
I S B N　978-986-92184-3-6